小康路上不让任何一地因交通而掉队

——交通运输服务脱贫攻坚媒体报道汇编

交通运输部政策研究室　编

人民交通出版社股份有限公司

北京

图书在版编目(CIP)数据

小康路上不让任何一地因交通而掉队：交通运输服务脱贫攻坚媒体报道汇编／交通运输部政策研究室编. —北京：人民交通出版社股份有限公司，2021.7

ISBN 978-7-114-17232-8

Ⅰ.①小… Ⅱ.①交… Ⅲ.①新闻报道—作品集—中国—当代 Ⅳ.①I253

中国版本图书馆CIP数据核字(2021)第066038号

书　　名：**小康路上不让任何一地因交通而掉队——交通运输服务脱贫攻坚媒体报道汇编**
著 作 者：交通运输部政策研究室
责任编辑：林春江　石　遥
责任校对：孙国靖　扈　婕　宋佳时
责任印制：张　凯
出版发行：人民交通出版社股份有限公司
地　　址：(100011)北京市朝阳区安定门外外馆斜街3号
网　　址：http://www.ccpcl.com.cn
销售电话：(010)59757973
总 经 销：人民交通出版社股份有限公司发行部
经　　销：各地新华书店
印　　刷：北京交通印务有限公司
开　　本：720×960　1/16
印　　张：27
字　　数：505千
版　　次：2021年7月　第1版
印　　次：2021年7月　第1次印刷
书　　号：ISBN 978-7-114-17232-8
定　　价：100.00元

前　　言

2021年7月1日，在庆祝中国共产党成立100周年大会上，习近平总书记代表党和人民庄严宣告，经过全党全国各族人民持续奋斗，我们实现了第一个百年奋斗目标，在中华大地上全面建成了小康社会，历史性地解决了绝对贫困问题，正在意气风发向着全面建成社会主义现代化强国的第二个百年奋斗目标迈进。这是中华民族的伟大光荣，这是中国人民的伟大光荣，这是中国共产党的伟大光荣。

交通运输部坚持以人民为中心的发展思想，不断加强统筹谋划，完善法规政策，加强资金支持，深化改革创新，强化部省合力。党的十八大以来，国家累计对贫困地区投入车购税资金约1.47万亿元，约占全国总量的61%，带动贫困地区公路水路交通固定资产投入超6万亿元，推动基本建成"外通内联、通村畅乡、客车到村、安全便捷"的交通运输网络。其中，新改建农村公路超过121万公里，期间累计解决了约7万个建制村通硬化路问题，帮助5万个建制村通了客车，实现具备条件的建制村全部通硬化路、通客车、通邮路，解决了农村地区特别是贫困地区群众"出行难"的问题，为决战脱贫攻坚、决胜全面建成小康社会提供了有力的交通运输保障。

本书为交通运输服务脱贫攻坚宣传报道集锦，记录了交通运输扶贫的有力举措、驻村帮扶干部的无私奉献、贫困群众的艰苦奋斗，集中展示了交通运输服务脱贫攻坚取得的举世瞩目的成就。

谨以此书献给奋斗脱贫攻坚的交通人！

四好农村路

2019 年 4 月 6 日，安徽省肥东县岘山村，该村依托包公故里文化园，做好山水旅游大文章。农村公路的修建，使岘山的旅游业逐渐成为村级集体经济收入的主导产业

苗地　摄

古村路路通

2018 年 3 月，福建省三明市永安市青水畲族乡农村公路

陈广程　摄

菠萝的海菠萝香

2018 年 4 月，广东省徐闻县，徐闻盛产菠萝。公路到达园区各个部位，物流畅通，保障了物资运输，为果农创造了良好的经营环境

陈浩　摄

脱贫攻坚路先行

2018 年 9 月，广西壮族自治区三江侗族自治县独峒镇唐朝村

李家树　摄

“扶贫木耳”促增收

2020 年 4 月，安徽省怀宁县江镇镇新合村晾晒黑木耳
严峻　摄

致富天路

2020 年 3 月，浙江省缙云县大佑山公路，当地政府修通了一条上山公路，大力开发“交通 + ”项目
吴波　摄

丰收之路

2018 年 9 月，连霍高速公路穿过新疆维吾尔自治区沙湾县，道路两旁是成片火红的辣椒地

于琳　摄

乡村路网铺就革命老区振兴之路

2020 年 5 月，山东省临沂市沂南县常石公路

孙兆明　摄

“四好农村路”助力乡村振兴

2018 年 4 月，浙江省湖州市德清三莫线

张锦国　摄

穿梭田园间

2019 年 4 月 25 日，江苏省溧阳 1 号公路

徐诗瑶　摄

路长樱飞

2018 年 3 月 8 日，江西省九江市武宁县太平山盘山公路

周继根　摄

高速动力

2017 年 7 月，江苏连云港至新疆霍尔果斯高速公路安徽省萧县段。当地政府利用荒山荒坡，大力发展绿色清洁能源——光伏发电产业，在高速公路两侧形成了特有的景观

苗地　摄

人间奇迹

2013 年 4 月,广西壮族自治区百色市凌云县弄福公路。1998 年,饱受无路之苦的凌云人在海拔 300 至 1200 米的大石山上凿绝壁、打隧道、填深壑,全线共修建了 12 个回头弯,弄福公路因此被称为“人间奇迹”

林翔　摄

徜徉花海

2017 年 4 月。贵州省百里杜鹃,是国家 5A 级旅游景区、世界唯一的杜鹃花国家森林公园,享有“地球彩带、杜鹃王国、养身福地、清凉世界”之美誉,每年 4 月中上旬是杜鹃花的盛花期,自驾在百里杜鹃旅游公路上,仿佛徜徉在花海中

张祥兵　摄

九曲十八弯

2016 年 10 月。河南省郭陶线(112 县道)在交通扶贫期间,利用以工代赈、企业集资和交通扶贫资金进行修建。蜿蜒的公路承载着山区人民的希望和梦想,把蕴藏的资源通过公路运出大山

张晓伟　摄

丰　　收

2018 年 11 月,江西省吉安市永丰县七都乡舍下村的水稻收割场景,公路畅通使机械设备开到田间地头

刘昀溪　摄

山舞银蛇

2019 年 6 月 28 日，甘肃省环县耿湾乡通村沥青路工程

张永鑫　摄

千村万寨飘玉带

2017 年 3 月，湖北省恩施州盛家坝乡通村公路

肖华林　摄

村道硬化户户通

2019 年 8 月，江西省永丰县潭城乡仙塘村入户通道
刘昀溪　摄

山村柏油路

2020 年 6 月，重庆市梁平区渔米路
龙正江　摄

目　　录

第一部分　总书记亲切关怀

第二部分　圆满实现“两通”目标

第三部分　综合交通齐心攻坚

第四部分 交通人的扶贫故事

第一部分

总书记亲切关怀

特稿：习近平指挥中国战贫

在第七个国家扶贫日，也是第二十八个国际消除贫困日到来之际，中国在中共中央总书记、国家主席、中央军委主席习近平带领下正进行脱贫攻坚的最后冲刺。

2020年非同寻常，新冠肺炎疫情突然来袭。还在疫情严重的3月初，习近平就主持召开中共十八大以来脱贫攻坚最大规模的会议。会上，习近平说："党的十八大以来，我们坚持以人民为中心的发展思想，明确了到2020年我国现行标准下农村贫困人口实现脱贫、贫困县全部摘帽、解决区域性整体贫困的目标任务。"

这意味着，中国剩下的最后500多万贫困人口要在今年全部脱贫。最后52个"贫中之贫、困中之困"的贫困县今年要全部摘帽。

9月，习近平在第七十五届联合国大会上说："今年以来，14亿中国人民不畏艰难、上下同心，全力克服疫情影响，加快恢复生产生活秩序。我们有信心如期全面建成小康社会，如期实现现行标准下农村贫困人口全部脱贫，提前10年实现《联合国2030年可持续发展议程》减贫目标。"

精准扶贫的总指挥

贫困这一难题在中国已经存在了几千年。新中国成立以来，尤其改革开放后，中国共产党领导的反贫困之战不断推进，让7亿农村人口摆脱了贫困。

2012年，中共十八大后，历史的接力棒传递到习近平手中。这时，中国还有9899万贫困人口。

中国反贫困斗争进入新的阶段。国际经验表明，当一国贫困人口数占总人口的10%以下时，减贫就进入"最艰难阶段"。

中共承诺，到2020年实现现行标准下农村贫困人口全部脱贫，这意味着每年要脱贫约1000万人，每月脱贫要达到近100万人，每分钟脱贫约20人。这是一场进入读秒阶段的决战，也是全面建成小康社会最难啃的硬骨头。

习近平在2012年11月中共十八届一中全会当选总书记后同中外记者见面

时说:“人民对美好生活的向往,就是我们的奋斗目标。”

一个多月后,习近平冒着零下十几摄氏度的严寒,驱车 300 多公里来到地处太行山深处的河北省阜平县。他走进困难群众家看望,盘腿坐在炕上,同乡亲手拉手,详细询问他们一年下来有多少收入,粮食够不够吃,过冬的棉被有没有,取暖的煤炭够不够,小孩上学远不远,看病方便不方便。

时过一年,2013 年 11 月,习近平来到湖南西部贫困的十八洞村。不识字也不了解外界的苗族大妈石爬专把习近平迎入家中,客气地问习近平:“怎么称呼您?”习近平自我介绍:“我是人民的勤务员。”

那一次,他和乡亲们在空地上围坐一圈,首次提出“精准扶贫”——要建档立卡摸清每户致贫原因,不能“手榴弹炸跳蚤”,要下一番“绣花”功夫。

习近平解释,“精准扶贫”就是做到扶贫对象精准、扶贫产业精准、扶贫方式精准、扶贫成效精准。在习近平“精准扶贫”方略的指引下,从中央到地方,从企业到学校,方方面面行动起来。从“借鸡生蛋”到“小额信贷”,从“要想富先修路”到“扶贫先扶志”,从“易地搬迁”到“旅游扶贫”“电商扶贫”,许多独特的方式方法不断发挥效能。

习近平把脱贫置于中共中央的集中领导之下。他要求坚持党的领导、强化组织保证,落实脱贫攻坚一把手负责制,省市县乡村五级书记一起抓,为脱贫攻坚提供坚强政治保证。

中国共产党执政体系上的各层“链条”全面转动。全国共派出 25.5 万个驻村工作队、累计选派 290 多万名县级以上党政机关和国有企事业单位干部到贫困村和软弱涣散村担任第一书记或驻村干部。

习近平就打赢脱贫攻坚战召开一系列专题会议进行研究部署,包括 2015 年在延安召开革命老区脱贫致富座谈会、在贵阳召开部分省区市扶贫攻坚与“十三五”时期经济社会发展座谈会,2016 年在银川召开东西部扶贫协作座谈会,2017 年在太原召开深度贫困地区脱贫攻坚座谈会,2018 年在成都召开打好精准脱贫攻坚战座谈会,2019 年在重庆召开解决“两不愁三保障”突出问题座谈会。

每次会议聚焦一个主题。每次会前,习近平都先到贫困地区调研,实地了解情况,听取基层干部群众意见,根据了解到的情况,召集相关省份负责同志进行工作部署。

在 2020 年 3 月的决战决胜脱贫攻坚座谈会上,所有省区市主要负责人都参加,中西部22个向中央签了脱贫攻坚责任书的省份一直开到县级。

习近平这样解释对这个罕见动作的考虑:“今年年初,我就考虑结合到外地考察,把有关地方特别是还没有摘帽的贫困县所有负责同志都请到一起开个会,研究决战脱贫攻坚工作部署。新冠肺炎疫情发生后,也考虑过等疫情得到有效控制后再到地方去开,但又觉得今年满打满算还有不到10个月的时间,按日子算就是300天,如期实现脱贫攻坚目标任务本来就有许多硬骨头要啃,疫情又增加了难度,必须尽早再动员、再部署。”

习近平对脱贫攻坚有一整套谋划和部署。他要求,确保如期实现“两不愁三保障”的目标,即不愁吃、不愁穿,义务教育、基本医疗、住房安全有保障。他提出,“抓好教育是扶贫开发的根本大计”“尽力阻断贫困代际传递”“东西部扶贫协作和对口支援,是实现先富帮后富、最终实现共同富裕目标的大举措”。

他指出,“移民搬迁是脱贫攻坚的一种有效方式”。移民搬迁要充分征求农民群众意见,让他们参与新村规划。新村建设要同发展生产和促进就业结合起来,同完善基本公共服务等结合起来。

习近平多次说,脱贫攻坚要“切实防止形式主义,不能搞花拳绣腿,不能搞繁文缛节,不能做表面文章”,“脱贫结果必须真实,让脱贫成效真正获得群众认可、经得起实践和历史检验”,脱贫攻坚要“不获全胜决不收兵”。

俄罗斯著名汉学家尤里·塔夫罗夫斯基说:“中国近几十年都在朝战胜贫困迈进。随着习近平主政,这场斗争尤为迅速地发展。因为奠定‘中国梦’基础的,正是到中共成立100周年之前战胜贫困。”

“一个都不能少”

“多年来,我一直在跟扶贫打交道,其实我就是从贫困窝子里走出来的。”20世纪60年代末,15岁的习近平来到陕西梁家河大队,开始了7年艰苦却受益终身的知青岁月——住窑洞、睡土炕,忍耐跳蚤叮咬,带领乡亲们打井、修淤地坝、修梯田、建沼气池。他在这里加入中国共产党,又担任大队党支部书记。他当时最大的心愿就是“让乡亲们饱餐一顿肉”。

后来习近平到了河北正定担任县委书记,甘冒风险也要摘掉“高产穷县”的帽子;在福建宁德担任地委书记,他带领探索“弱鸟先飞”的脱贫路……一直到省里,再到中央,扶贫这件事他始终“花的精力最多”。

习近平一再强调,“贫穷不是社会主义”。他在脱贫攻坚中始终坚持人民至上、以人民为中心，强调“消除贫困、改善民生、逐步实现共同富裕，是社会主义的本质要求，是我们党的重要使命”。

“习书记让我感受最深的，就是他时刻把人民群众的冷暖放在首位。”曾和习近平在福建基层共事过的干部赵汝棋说。

在脱贫攻坚中，习近平亲自挂帅、亲自出征、亲自督战。习近平说：“我提倡钉钉子精神，这得从我做起啊！这件事我要以钉钉子精神反反复复地去抓。”

中共十八大以来，习近平进行的约80次国内考察中，脱贫攻坚是重要主题之一。他来到海拔2000米的村落，入户看望老党员和困难群众；他冒着零下30多摄氏度的严寒去边境小镇看望困难林业职工，察地窨，摸火墙，看年货；他来到红军烈士后代的家，仔细察看厨房、卧室、后院和厕所，询问还有什么困难和愿望；他走进农业园区的智能温控大棚，同正在劳动的村民聊如何脱贫；他来到少数民族村民的家中，了解就业、收入、看病、社保等情况。

“善为国者，遇民如父母之爱子，兄之爱弟，闻其饥寒为之哀，见其劳苦为之悲。”习近平在2015减贫与发展高层论坛发表主旨演讲时引用了这句话，这是他多年倾心投入扶贫工作的写照。

习近平强调，我们党员干部都要有这样一个意识：只要还有一家一户乃至一个人没有解决基本生活问题，我们就不能安之若素。他常常讲，“全面建成小康社会，13亿多中国人，一个都不能少”“全面建成小康社会，一个民族都不能少”“全面建成小康社会，一个不能少，特别是不能忘了老区”“全面建成小康社会，是我们党向人民、向历史作出的庄严承诺，是13亿多中国人民的共同期盼”。

习近平就任总书记后，4年多就走遍了全国14个集中连片特困地区。从黄土高坡到雪域高原，从革命老区到民族地区，从地震灾区到祖国边陲，有时，为到一个村子，他下飞机，就转火车，再坐汽车。在重庆石柱土家族自治县中益乡华溪村，习近平说，“换了三种交通工具到这里，就是想实地了解‘两不愁三保障’是不是真落地”。

习近平在扶贫第一线，除了走访贫困户，还重点考察产业扶贫、电商扶贫、旅游扶贫等。2020年4月，在陕西，习近平来到特困地区的核心区，访农户，看工厂。他在金米村直播平台前“点赞”当地“小木耳、大产业”的视频风靡全网。据媒体报道，有2000万网友冲进淘宝，三个直播间同时开售，20多吨木耳都被卖光。习近平被网友亲切地称为“最强带货员”。

乌兹别克斯坦塔什干国立东方学院教授伊斯马特·别克穆拉托夫认为,中国的减贫成就主要归功于中国领导人将脱贫攻坚摆在国家发展的重要位置,并实地走访最贫困地区,亲自了解群众疾苦,在全国范围内领导打响了一场脱贫攻坚战。

尼泊尔前总理贾拉·纳特·卡纳尔说:“习近平总书记对中国的脱贫攻坚工作投入了大量精力,经常深入一线,亲自视察贫困地区并就脱贫攻坚工作作出决策部署,努力解决民众在衣食住行、基础教育、医疗服务等方面遇到的困难,为提高中国贫困人口的生活水平付出了极大的、令人钦佩的努力。”

1997 年,时任福建省委副书记、同时也是福建省对口帮扶宁夏领导小组组长的习近平第一次来到宁夏。他对口帮扶宁夏脱贫攻坚的一个重点就是解决用水问题。他抓井窖工程,解决群众生活用水问题;鼓励小圆井抽水灌溉,解决产业用水问题。

2016 年 7 月,习近平来到宁夏泾源县大湾乡杨岭村看望父老乡亲,实地考察精准扶贫情况。在考察中,习近平尤其留意村民家的淋浴设施。听说安了太阳能热水器,习近平说“挺好”,关心地问家里的小男孩:“你常洗澡吗?”

“党的十八大以来,我每年都到贫困地区考察调研。前几年去,沿途山路颠颠簸簸,进了村坑坑洼洼,晴天尘土满鞋,雨天道路泥泞,贫困户房子破破烂烂、有的家徒四壁,一些贫困群众一年也吃不上几次肉,不少孩子没有上学或中途辍学,很多人生病基本靠扛,看了心里确实很沉重。这几年,我再去一些贫困村,看到了实实在在的变化,道路平坦通畅,新房子一片连着一片,贫困群众吃穿不成问题。看到群众脸上洋溢着真诚淳朴的笑容,我心里非常高兴。”习近平在 2020 年 3 月的决战决胜脱贫攻坚座谈会上说。

人类历史上的奇迹

习近平说:“中华民族千百年来存在的绝对贫困问题,将在我们这一代人的手里历史性地得到解决。”

中国贫困人口从 2012 年年底的 9899 万人减到 2019 年年底的 551 万人,连续 7 年每年减贫 1000 万人以上。“十三五”时期,全国建档立卡贫困人口人均纯收入由 2016 年的 4124 元增加到 2019 年的 9057 元,年均增幅 30%。很多农村老百姓生活有了质的飞跃。

“过去种土豆玉米，一年收入2000元；现在我和大女儿、儿子都在旅游公司上班，每人每个月收入2100元。”在河北阜平县，骆驼湾一号院72岁女主人顾宝青向游客介绍说。顾家的变化是中国农村旅游扶贫的一个缩影。

产业扶贫让许多农民走出了困境。长江南岸的重庆石柱县重点发展中药材、中蜂养殖、特色果蔬等生态产业。华溪村村民谭登周因病致贫，村里动员他加入了劳动强度不大的养蜂业，一年增收几千元。

过去5年中国有900多万贫困人口通过易地扶贫搬迁摆脱了贫困。贵州毕节的农民杨青中一家原来住在大山中的土石屋，仅有40多平方米，他和妻子、小儿子挤睡一张床，女儿们挤睡另一张床。2018年易地搬迁后，他家6口人住进了政府分配的钢筋混凝土大楼，有四室两卫一厅，他自己在扶贫车间找到了编藤椅的工作。

云南镇雄县人民医院与四川大学华西医院联合办医，设立了贫困户绿色通道，开通了与北京、上海等地知名医院的远程联合会诊。院长胡翊说：“因病致贫是农村最大难题之一。通过医疗扶贫，可以做到群众小病不出村、大病不出县。”

随着脱贫攻坚不断深入，中国西南地区的“直过民族”——新中国成立之初从原始社会末期或奴隶社会直接过渡到社会主义社会的民族——逐渐摆脱千年贫困，加快拥抱现代文明。

“脱贫只是第一步，更好的日子还在后头。”2019年4月，习近平给云南贡山县独龙江乡的乡亲们回信，祝贺独龙族实现了整族脱贫，乡亲们日子越过越好。

云南昭通是中国贫困人口最多的地级市。市委书记杨亚林说，2015年，习近平总书记来昭通考察，对脱贫攻坚等作出指示。“我们落实总书记的要求，精准扶贫，培育起马铃薯、苹果、竹子、特色养殖、天麻、花椒‘6个百亿元’产业，引起了世界关注。今年8月，世界马铃薯大会授予昭通‘世界马铃薯高原种薯之都’称号。”

中国今年实现消除绝对贫困，意味着这个世界上人口最多的国家将提前10年实现《联合国2030年可持续发展议程》的减贫目标。联合国秘书长古特雷斯曾表示，过去10年，中国是为全球减贫作出最大贡献的国家。

习近平领导的中国脱贫攻坚事业有力促进了人类的反贫困进程。2015年9月，习近平在联合国成立70周年系列峰会上代表中国政府提出了帮助发展中国家发展经济、改善民生的一系列新举措,包括设立"南南合作援助基金"、继续增加对最不发达国家投资、设立南南合作与发展学院等。

南南合作与发展学院毕业的坦桑尼亚学员赛义德·姆里绍说:"中国对非洲的帮助不仅限于资金援助,更重要的是中国企业在当地开展基础设施建设、立项建厂,帮助非洲国家实现更广泛、更长远的发展。"

2013 年以来,中国通过"一带一路"倡议帮助沿线各国增加就业、改善民生。中国商务部数据显示,尽管有疫情影响,2020 年 1 至 7 月,中国企业在"一带一路"沿线对 54 个国家非金融类直接投资 721.8 亿元,同比增长 33.2%。世界银行一份研究报告曾提出,"一带一路"倡议将使相关国家约 760 万人摆脱极端贫困、3200 万人摆脱中度贫困。

20 年前,习近平在担任福建省省长期间,曾推动实施福建援助巴布亚新几内亚东高地省菌草、旱稻种植技术示范项目。具有治沙、养畜、发电和新材料开发等功用的菌草项目而今已传播到 100 多个国家,给非洲、亚洲和南太平洋等地区的发展中国家增添脱贫希望。

2018 年 6 月,老挝人民革命党中央总书记、国家主席本扬来到十八洞村,探寻"精准扶贫"的中国经验。当本扬沿着习近平总书记走过的路线绕村一圈考察时,看到的是一番火红的发展景象——从前 3.5 米宽的盘山小路变成了 6 米宽的水泥马路,村内家家门口修了石板路,户户通了自来水。村里游步道有了、邮局有了、自助取款机有了、农家乐有了,还与文化公司合作建立了农家书屋和诗社。

"在十八洞村,我亲眼目睹了中国贫困偏远地区的扶贫成效,进一步感受到习近平总书记的领袖风范。"本扬说,"习近平总书记不仅胸怀天下、心系国家,而且关心少数民族的生产生活,对偏远山村的基层民众嘘寒问暖,这非常值得老挝人民革命党认真学习。"

中国的反贫困斗争正在取得举世瞩目的胜利。但习近平一再强调,脱贫摘帽不是终点,而是新生活、新奋斗的起点。

2020 年 9 月,习近平再次来到湖南省考察。这次,他特别强调的是:建立健全防止返贫长效机制。

考察期间,习近平还提出,要深入研究接续推进全面脱贫与乡村振兴有效衔接,并作出新部署:继续选派驻村第一书记。

习近平对中国如期完成脱贫攻坚目标任务、消除困扰中华民族几千年的绝对贫困胜券在握，并且在为全面小康后的中国展开新的谋篇布局。

（新华社记者　孟娜　许林贵　张博文）

（新华社，2020年10月16日）

习近平的扶贫故事

河北省阜平县骆驼湾村(2019 年 8 月 7 日摄,无人机照片)
新华社记者　赵鸿宇　摄

引　　子

一个个动人的故事,串联起人民领袖同扶贫事业的不解之缘。

从生产大队党支部书记,到泱泱大国最高领导人,40 多年来,习近平同志无时无刻不牵挂着贫困群众,始终把扶贫使命扛在肩上。

早在陕北梁家河插队时,他就带领乡亲们打井、修淤地坝、修梯田、建沼气池,向着"一年四季能吃上玉米面"的朴素目标而奋斗。

在河北正定担任县委书记,他扛着自行车一步一步蹚过滹沱河,走遍全县 200 多个村子,探索农村改革脱贫路。

在福建宁德担任地委书记,他几乎走遍所有的乡镇,不断探索"弱鸟先飞"的路子。

到了省里工作,他盯住对口帮扶,推动"闽宁协作"在宁夏大地结出丰硕成果。

党的十八大以来，习近平总书记站在中华民族伟大复兴和人类减贫事业的历史高度，精心谋划中国精准脱贫工作，对推进全面建成小康社会、实现第一个百年奋斗目标作出战略指引并躬身践行。

习近平总书记深入全国集中连片特困地区，考察了 20 多个贫困村，连续 4 年主持中央政治局常委会会议、政治局会议听取脱贫攻坚成效考核汇报，连续 6 年召开脱贫攻坚座谈会，连续 6 年在全国扶贫日期间出席重要活动或作出重要指示，连续 6 年在新年贺词中强调脱贫攻坚，连续 7 年在全国两会同代表委员共商脱贫攻坚大计，还多次回信勉励基层干部群众投身反贫困斗争的伟大事业……

正如习近平总书记自己所说："40 多年来，我先后在中国县、市、省、中央工作，扶贫始终是我工作的一个重要内容，我花的精力最多。"

（一）

看真贫的故事

——"你们得让我看到真正情况，不看那些不真实的"

2020 年春天，中国正处在新冠肺炎疫情冲击之下。

在带领全国人民奋力战"疫"的同时，习近平总书记心中始终还挂念着一件大事。

3 月 6 日，决战决胜脱贫攻坚座谈会在北京人民大会堂举行。这是党的十八大以来脱贫攻坚方面最大规模的会议。为了既保障防疫安全，又能把党中央精神准确、快速传递到各地区各部门，座谈会以电视电话会议形式举行，所有省区市主要负责同志都参加，中西部 22 个省份一直开到县级。

座谈会一开始，习近平总书记开门见山："新冠肺炎疫情发生后，也考虑过等疫情得到有效控制后再到地方去开，但又觉得今年满打满算还有不到 10 个月的时间，按日子算就是 300 天，如期实现脱贫攻坚目标任务本来就有许多硬骨头要啃，疫情又增加了难度，必须尽早再动员、再部署。"

向前看，300 天！实现脱贫攻坚目标，迈向全面小康社会。中国人民千年宏愿梦圆今朝，何其激越！

事非经过不知难。回望来路，又是何等艰辛！

在最近一个世纪的奋斗征程上，中国共产党人带领人民创造出摆脱贫困的一个个奇迹，立下了全面建成小康社会的宏伟目标。

这是党中央向历史、向人民作出的庄严承诺。

党的十八大闭幕后，新当选中共中央总书记的习近平在同中外记者见面时掷地有声地说："人民对美好生活的向往，就是我们的奋斗目标。"

面对这一奋斗目标，他深感责任重大——

"不能到时候，宣布了全面建成小康社会，可还有那么多群众生活在贫困线下。"

摸清贫困真实底数，做到心中有数，才能有针对性地推进扶贫工作。习近平总书记上任伊始便提出这个要求。

一个多月后，总书记的身影出现在天寒地冻的太行山深处。

河北省阜平县骆驼湾村，贫困户唐荣斌此前见过最大的官不过是乡长。那天，村支书顾润金来到唐荣斌家，说上面要来人视察，但没告诉他来人是谁。没想到来的竟是总书记习近平。

拉着习近平总书记的手，唐荣斌紧张得把准备了一宿的话全忘了。

习近平总书记说这次考察目的是"看真贫"。他强调，不管路多远、条件多艰苦，都要服从于此行的目的。

总书记对当地干部说："专程来这里看望大家，就是为了解我国现在的贫困状态和实际情况。你们得让我看到真正情况，不看那些不真实的。所以走得远一点，哪怕看得少一些，是真实的，才是值得的！"

家里几口人，兄妹几个，家里有几亩地，收成咋样，农村合作医疗咋样……看真贫、察实情，总书记一句一句问得十分仔细。

灶台上的铁锅还冒着热气。总书记揭开锅盖察看，只见里面蒸着馒头、玉米饼子、红薯、土豆和南瓜。

唐荣斌老伴从锅里拿出一块蒸土豆递给了总书记。总书记掰了一块放在嘴里："味道不错！"还让同行的人都尝尝。

行程万里，人民至上。党的十八大以来，习近平总书记的足迹遍及一个个集中连片特困地区。农家院落、田间地头，一张方桌、几条板凳，体察百姓疾苦，细辨贫困症结。像发生在骆驼湾村这样的故事还有很多。

（二）

账本的故事

——“扶贫攻坚就是要实事求是、因地制宜、分类指导、精准扶贫”

十八洞村，湘西一座普通的小村庄。

阜平之行一年后，2013年11月3日，习近平总书记在这里首次提出“精准扶贫”重要论述。

湖南省花垣县十八洞村地处武陵山脉腹地，是一个藏在偏僻幽静山谷中的苗族聚居贫困村。总书记到十八洞村那年，全村贫困发生率高达57%。

村民石拔三清晰记得，习近平总书记到她家中看望，坐下来同一家人算收支账，询问有什么困难、有什么打算，察看了她家的谷仓、床铺、灶房、猪圈，勉励一家人增强信心，用勤劳和智慧创造美好生活。

“他希望大家把种什么、养什么、从哪里增收想明白，不要喊大口号，也不要定那些好高骛远的目标。扶贫攻坚就是要实事求是、因地制宜、分类指导、精准扶贫。”村民施成富回忆道。

2016年全国两会湖南代表团审议现场：

习近平总书记同代表们一边回忆当时的情景，一边又算起增收账。

“我正式提出‘精准扶贫’就是在十八洞村”，“现在人均收入有多少了？”习近平总书记问。

“您当年来的时候是1680元，现在已经增加到3580元。”湘西土家族苗族自治州州长郭建群告诉总书记，十八洞村百姓收入增加，村容村貌变化，已经成为全省文明村和旅游定点村，村民笑容多了、求发展愿望强了，连大龄男青年解决“脱单”问题也容易了。

“去年有多少人娶媳妇儿？”总书记问。

“7个，就是‘脱单’的大龄青年7个。”郭建群说。

习近平总书记高兴地说：“最近一段时间有些系列报道我都在看，看后也很欣慰，本身也起到示范作用。要以更大的决心，更明确的思路，更精准的举措，打好脱贫攻坚战，如期实现脱贫攻坚目标。”

2016年，十八洞村实现整村脱贫。

“算账”，成为精准扶贫最生动的诠释。

2017年春节前夕，在北京向北200多公里的河北省张家口市张北县的贫困村德胜村，习近平总书记坐在村民徐海成家的客厅里，一笔一笔给他算收入支出账："种植马铃薯原种3亩，亩产2000斤，一斤收入2元；一般的商品薯种了15亩，每斤是5毛钱。"

"这价格差得很多啊。"习近平总书记从贫困户的小账本上指出了增收的门路。

习近平总书记说，马铃薯是个大产业。他问当地干部，马铃薯原种育种这一项有希望做大吗？

"有希望，我们全县马铃薯育种占到全国五分之一。"县委书记郝富国答道。

习近平总书记点点头说："你们下一步的路子都有了，就是怎么把它市场化、规模化发展起来。"

这样的场景并不陌生。

在江西井冈山神山村张成德家中，在青海互助土族自治县班彦村吕有金家中，在安徽金寨汪能保家中、陈泽申家中，在宁夏固原杨岭村马科家中……习近平总书记翻开一本本扶贫手册，"移民直补""公益林补贴""计生奖""劳务收入"，他察看着一项项精准扶贫政策的落实情况，细致询问他们的收入和支出，同困难群众一起盘算脱贫致富的门路。

不仅是贫困户的收入支出账。全国到底有多少贫困人口，能否精确到一家一户，这本账，更是精准扶贫的基础。

"情况搞清楚了，才能把工作做到家、做到位。帮助困难乡亲脱贫致富要有针对性，要一家一户摸情况，张家长、李家短都要做到心中有数。"在河北阜平县看望慰问困难群众时，习近平总书记这样强调。2013年参加全国两会人大代表团审议时，总书记进一步指出，扶贫不能"手榴弹炸跳蚤"，不能搞"大水漫灌"，对贫困人口要精准识别、精准帮扶、精准管理。

总书记所说的"心中有数""精准识别"，直指扶贫工作的要害。

按照习近平总书记的指示，一项史无前例的贫困人口建档立卡工作在全国展开。2014年，扶贫系统在全国范围开展贫困识别。建档立卡使我国贫困数据第一次实现了到村到户到人。

有了这本"账"，扶贫开发进入了"滴灌式"精准扶贫新阶段。

小账本，大情怀。党的十八大以来，习近平总书记在长期实践基础上，对扶贫工作进行科学总结和理论提升，形成精准扶贫方略，促进了中国扶贫工作大发展。

脱贫攻坚以来的7年间,中国贫困人口减少9000多万,相当于一个中等国家的人口总规模。

(三)

茶和果的故事

——"'吃水不忘挖井人,致富不忘党的恩',这句话讲得很好"

端起一杯清香的安吉白茶,这一片片致富的金叶子曾经只是偏僻山村的普通作物。

浙江省安吉县溪龙乡黄杜村时任白茶基地负责人梅喜英还清楚地记得:2003年4月9日,时任浙江省委书记的习近平沿着泥巴路走进茶园,询问白茶推广种植情况——白茶是怎么引进的,怎么扦插、采集、加工,销售情况如何。

"没想到作为省委书记,竟然对茶园里的事这么清楚。"梅喜英回忆,那次调研后不久,安吉县的白茶产业得到了跨越式发展,政府注册了"白茶之乡"品牌,免费培训茶农,拓展出茶文化、茶工艺、茶食品等白茶产业链。

如今,黄杜村白茶种植面积已从5000余亩扩大到1.2万亩,年产值达1.5亿元,昔日荒山变身"茶海",村民收入也从"一天赚一块钱"变为年人均超过3.6万元。

致富不忘党恩,先富不忘后富。

2018年4月,黄杜村20名党员给习近平总书记写信,汇报村里种植白茶致富的情况,提出捐赠1500万株茶苗帮助贫困地区群众脱贫。

习近平总书记对这件事作出重要指示,强调:"吃水不忘挖井人,致富不忘党的恩",这句话讲得很好。增强饮水思源、不忘党恩的意识,弘扬为党分忧、先富帮后富的精神,对于打赢脱贫攻坚战很有意义。

2年过去了,1500万株茶苗在湖南、四川和贵州3省4县的34个建档立卡贫困村扎下根来,带动受捐地1862户5839名贫困人口增收脱贫。

我国社会主义制度的优越性在于,扶贫从来不是一个地方、一个单位、一个人的事。

2015年2月,习近平总书记回到梁家河。他特意坐上越野车沿着崎岖的山路前往山梁高处的苹果种植园察看。

得知坡地上种植的苹果亩产4000斤,能够收入2万多元,习近平总书记很高兴。回想起40多年前插队时，乡亲们受苦受累种的农作物亩产只有几十斤，他非常感慨。

“一定要坚定地把苹果产业抓下去。”总书记的嘱托，延安市委常委、宝塔区委书记刘景堂记忆犹新。“我们这几年坚定不移地落实总书记指示，不断发展壮大苹果产业。这两年丰产，亩产8000斤左右，农民收入大幅增加。”刘景堂说。

习近平总书记强调，要研究如何解决好因灾减产、同果不同价、丰年难丰收等问题。特别是提出的对口帮扶，让曾经被认为和贫困地区不沾边的金融产品成为苹果产业发展的稳定支撑。

在证监会统筹下，中国金融期货交易所在对口帮扶的陕西延长县，创新推出苹果“保险+期货”金融产品——由保险公司负责为果农提供价格保险，最终价格波动风险由期货公司在期货市场进行对冲平抑。

受益的第一批试点户有安沟镇阿青村果农肖金光。他2018年按一斤4元把家里30吨苹果上了保险，后来遇上市场行情波动，一斤跌了1.8元，“换作以前又要返贫了，如今保险公司真给赔了，有底气就更有干劲。”

“苹果也能上保险！”肖金光的经历带动了村民参与。有了价格保险保“价”护航，贫困老区的苹果成了“金苹果”，走向迪拜等国际市场。

2019年5月延安各县整体脱贫摘帽，苹果真正成为“致富果”。

一杯清茶、一个苹果、一块火腿、一壶小酒……越来越多的贫困地区特色产品走向大城市的百姓餐桌。

2018年2月12日，习近平总书记在成都主持召开打好精准脱贫攻坚战座谈会时强调，坚持社会动员、凝聚各方力量，充分发挥政府和社会两方面力量作用，形成全社会广泛参与脱贫攻坚格局。

2019年11月，国家发展改革委等15部门发出《动员全社会力量共同参与消费扶贫的倡议》。专项扶贫、行业扶贫、社会扶贫互为补充的“大扶贫格局”逐步形成。

（四）
“弱鸟先飞”的故事
——“加强扶贫同扶志扶智相结合，让脱贫具有可持续的内生动力”

1988年，走完闽东九县后，时任宁德地委书记习近平以“弱鸟如何先飞”为题写下闽东九县调查随感。

他写道，“安贫乐道”，“穷自在”，“等、靠、要”，怨天尤人，等等，这些观念全应在扫荡之列。弱鸟可望先飞，至贫可能先富，但能否实现“先飞”、“先富”，首先要看我们头脑里有无这种意识。

当时，不少同志把脱贫的希望寄托在国家多拨资金、多一点关照上。习近平同志认为：“我们有必要摆正一个位置：把解决原材料、资金短缺的关键，放到我们自己身上来，这个位置的转变，是‘先飞’意识的第一要义。我们要把事事求诸人转为事事先求诸己。”“我们完全有能力在一些未受制约的领域，在贫困地区中具备独特优势的地方搞超常发展。”

要“先飞”，得拿出“敢飞”的精气神来。

习近平同志发现，因为在福建9个地市中经济排老九，宁德的同志到省里开会，都坐在最后一排，不敢大声说话。

习近平同志深感这一局面要改变。到宁德工作后，他到省里开会，总是坐第一排，争着第一个发言。他深信，扶贫扶志，贫困地区缺精气神不行。不能因为定为贫困县、贫困地区，就习惯于讲我们县如何如何贫困，久而久之，见人矮一截，提不起精神，由自卑感而产生“贫困县意识”。

有了“先飞”的意识，还得有“能飞”的“翅膀”。

在西宁市回族中学高级教师拜秀花心里，2016年那个玉兰花盛放的日子永生难忘。

作为全国人大代表，她带着自己对几个农牧区学校进行调研的成果来到北京，希望在全国人代会上为改善乡村教师师资力量建言。

在青海代表团审议中，她直言不讳：“乡村教师整体素质不高问题依然突出，特别是汉语和民族语言双语教师力量薄弱。”

坦率的发言，引起了习近平总书记的关注：“扶贫先扶智，要更加注重教育脱贫，着力解决教育资源均等化问题，不能让贫困人口的子女输在起跑线上，要阻断贫困代际传递。”

只有打破“穷”和“愚”的恶性循环，“弱鸟”才能展翅高飞。

然而，在广袤的中华大地上，“马太效应”的案例并不鲜见——越穷的地方就越难办教育，但越穷的地方越需要办教育，越不办教育就越穷。

这种状况令习近平总书记深感痛心——

"我到一些贫困地方去看,有的孩子都七、八岁了,还在家里待着,没有上学。贫困地区教育一定要搞上去,不能让孩子输在起跑线上,要让他们有受教育的机会,有上大学的机会,再过十年八年能够成为致富能手,起码有本事挣到饭吃,不至于再过穷日子。"

只有教育,能让贫困地区插上腾飞的双翅,实现"弱鸟先飞"的梦想!

为了"扶智",他看实情——辗转3个多小时来到重夫大山深处的中益乡小学,仔细察看师生食堂的餐厅、后厨,了解孩子们的学习和生活情况。

为了"扶智",他想办法——"对贫困山区,要乡村教师进去,或者让孩子们在外面寄宿。对实在太偏远的,可以不搞集中住宿,为了到寄宿点,孩子要走几个小时的路,很不安全。可以派教师进去,把待遇搞得好一点,搞轮换制,把这样的经历作为教师提级的一个重要依据。"

为了"扶智",他提期望——在给"国培计划(2014)"北京师范大学贵州研修班参训教师的回信中,谆谆叮嘱年轻人要"努力做教育改革的奋进者、教育扶贫的先行者、学生成长的引导者"。

"弱鸟可望先飞"的信念和志向让变化悄然发生——

"现在党的政策这么好,不加油干,我们就对不起总书记!"在河北阜平县骆驼湾村,朴实的村民异口同声。

"'只要有信心,黄土变成金',总书记当年讲的这句话真的灵验了!"乡亲们笑着说。

小小的村庄,一年一个样。蜘蛛网悄悄爬满往日香火旺盛的小庙。"靠烧香是拔不了穷根的。"一位村民说,也不能等救济,大家要一起想办法、找门路、抓机遇,谁上了脱贫志气榜、光荣榜谁就行。

这几年,习近平总书记在很多场合讲过这句话:"加强扶贫同扶志扶智相结合,让脱贫具有可持续的内生动力。"摆脱贫困,不仅是物质条件的改善,更是人的全面发展。这是中国反贫困斗争的题中之义。

(五)

县委书记"返岗"的故事

——"贫困县的县委书记、县长要稳在那儿,把责任扛到底,不脱贫'不能走'"

不久前,一张"五位书记同框"的照片在互联网上"刷屏"。

淅沥春雨中，正在陕西秦巴山区考察的习近平总书记面带微笑，向正在劳动的茶农们走来。在他身旁，是陕西省委书记、安康市委书记、平利县委书记、蒋家坪村党支部书记。

远山如黛，茶园如画。从党的总书记到基层党支部书记，人们看到党的各级领导干部扎根泥土、一心为民的质朴情怀，也看到中国共产党组织优势和制度优势所在。

时光回溯至5年前。

2015年11月，北京京西宾馆。被外界称为"史上最高规格"的中央扶贫开发工作会议在这里举行，中央政治局常委全部出席。

会上，22个中西部省区市主要负责人，在脱贫攻坚责任书上郑重签下自己的名字。这些肩负脱贫攻坚重任的"一把手"们，向党中央立下了"军令状"。

军中无戏言。习近平总书记多次强调："军令状不是随便立的，我们说到就要做到。"

省里向中央立"军令状"，地市向省、县向地市也要立下"军令状"，压力层层传导、责任层层压实。

这次会议召开后约半年，2016年6月3日，地处大别山区的安徽省六安市金寨县召开了一次县领导干部会议，会上宣布上级决定，潘东旭同志不再担任县委书记。此前，他已任六安市委副书记。

让大家没想到的是，12天后，潘东旭同志又回来了——职务还是六安市委副书记、金寨县委书记。

原来，就在一个多月前，习近平总书记到金寨县考察，明确提出："打好扶贫攻坚战，要采取稳定脱贫措施，建立长效扶贫机制，把扶贫工作锲而不舍抓下去。"潘东旭同志"离任"又"返岗"，正是总书记亲自作出的指示。

"得来点儿真的，贫困县的县委书记、县长要稳在那儿，把责任担到底，不脱贫'不能走'，一个萝卜一个坑，出水才见两腿泥。"习近平总书记多次强调，"没有这一条，谁都能拍拍屁股就走，那就变成流水宴、流水席了。"

2017年春节前夕，习近平总书记冒着严寒，来到河北省张北县德胜村看望慰问困难群众。在村民徐海成家，县委书记郝富国指着德胜村第一书记苏会彬向总书记汇报："这是省里派来的第一书记，发挥了重要作用。包括引进光伏扶贫项目、打井修路、联系科研院校开展农技培训、加强基层党建。"

“我们的目标是‘不脱贫、不脱钩’。”苏会彬接着向总书记汇报，他 2016 年 2 月份到村里担任第一书记，每个月都要在村里干上 20 多天。

“火车跑得快，全靠车头带。”习近平总书记说，脱贫攻坚的火车头就是党支部。派扶贫工作队、第一书记，这些举措都有了，关键是要夯实，发挥实效。第一书记要真扶贫，扑下身子在这里干。

苏会彬记下了这些话。

“深度贫困是坚中之坚，打这样的仗，就要派最能打的人”——这是总书记始终坚持的观点。

他多次指出，要把夯实农村基层党组织同脱贫攻坚有机结合起来，注重选派一批思想好、作风正、能力强的优秀年轻干部和高校毕业生到贫困村工作。

对于第一书记如何开展工作，习近平总书记也常常给他们支招：要真正沉下去，扑下身子到村里干，同群众一起干，不能蜻蜓点水，不能三天打鱼两天晒网，不能神龙见首不见尾。

贫困地区干部工作辛苦，总书记看在眼里、记在心上。

在 2019 年新年贺词中，他暖心地问候第一书记。在人民日报社，他视频连线人民日报派驻河北省滦平县于营村第一书记，了解工作情况，并向全国所有扶贫驻村第一书记致意。

“要关心、关爱、关注他们，努力为他们的工作生活排忧解难，各方面素质好、条件具备的要提拔使用，激励他们为打赢脱贫攻坚战努力工作。”习近平总书记说。

2015 年 11 月，《中共中央　国务院关于打赢脱贫攻坚战的决定》明确提出：“脱贫攻坚期内贫困县县级领导班子要保持稳定，对表现优秀、符合条件的可以就地提级。”

在习近平总书记亲自关怀指导下，自 2015 年以来，全国累计选派第一书记 45.9 万人，现在岗 23 万人，实现了建档立卡贫困村和党组织软弱涣散村全覆盖，被群众誉为“党派来的好干部”“脱贫致富的领路人”。

（六）
路的故事
——“那真是披荆斩棘、跋山涉水”

“中国减贫之路的特别之处何在？”

2019 减贫与发展高层论坛上，联合国驻华系统协调员罗世礼提出这样一个问题。

探寻答案，只有回溯走过的路。

50 年前，陕西梁家河的黄土地上沟壑纵横，习近平同志亲眼目睹百姓艰难、体会群众疾苦。

“知青刚去时，还有些粮食供应，后来要靠自己劳动，跟老百姓一样，就挺紧张的了。”多年后习近平同志仍记得，当地老百姓常说：“肥正月，瘦二月，半死不活三四月。”春耕时，家家户户都把仅有的粮食留给种地的壮劳力，婆姨带着孩子出去讨饭。

“刚开始，知青脑子里都是概念化的东西，觉得要饭的都是不好的……后来，我们自己落到快去要饭的地步了，才明白是怎么回事，就主动帮着出去要饭的人开路条、开介绍信。那会儿，这些现象让我们心里大为触动，感觉农民怎么这么苦啊。”

几十年后，习近平作为中国国家主席访问美国，在华盛顿州当地政府和美国友好团体联合欢迎宴会上，对全世界坦陈了自己当年质朴的心愿：“我很期盼的一件事，就是让乡亲们饱餐一顿肉，并且经常吃上肉。”

正是走过这样艰难的路，向贫困开战的决心才会如此坚定。正如习近平总书记自己所说：“回顾中国几十年来减贫事业的历程，我有着深刻的切身体会。”

在中国共产党人“不获全胜、决不收兵”的铮铮誓言中，千千万万个“梁家河”旧貌换新颜——“修起了柏油路，乡亲们住上了砖瓦房，用上了互联网，老人们享有基本养老，村民们有医疗保险，孩子们可以接受良好教育，当然吃肉已经不成问题”。

福建寿宁县下党乡的山路，见证了一段动人的往事。

30 年前，下党的山路蜿蜒崎岖，习近平同志着手探索带领群众摆脱贫困的道路。

“那个地方，由于过于偏僻难行，上面的干部很少去。地委书记我是第一个去的。”习近平同志时常回忆起当年的场景，“那真是披荆斩棘、跋山涉水。乡党委书记拿着柴刀在前面砍，我们每个人拿个竹竿，沿着河边走，他说这样走近一点。”

当地百姓自发来到路上，每隔上两三里就摆上一桶一桶用土药材做的清凉汤，让习近平同志一行消暑。

“虽然很累，但我很感动。”习近平同志深情地说，“那样一个地方，你去了一次，人家记你几代。现在他们还会说，当年习书记到过下党乡。冯梦龙在寿宁当过知县，上任时路上走了半年。我们要学习这种精神，为官都想当舒服官，那还不如封建时代的士大夫呢。”

今天，千千万万名第一书记、驻村干部正坚守在最贫困的地方，进村入户、一人一策，找准“病根”，拔掉“穷根”。

两年前，四川大凉山的山路崎岖险峻，习近平总书记不远千里去到那里，给那里的彝族群众带去关怀和希望。

开门是悬崖，背后为绝壁——大凉山深处，阿土列尔村人祖祖辈辈对“路”的形象认知，是从一道道绝壁、一道道天堑开始的。

公元前130年，汉朝使节唐蒙逢山开路、遇水架桥，意欲修建西南夷道而“不成”。夷道艰险，难于登天。这里的村民们用木棒和藤条在最险要的地方编成藤梯，这些“天梯”就是他们抗争命运的唯一出路和希望。

“看着村民们的出行状态，感到很揪心。”2017年全国两会上，习近平总书记谈到有关凉山州“悬崖村”的电视新闻报道时，关切之情溢于言表。在了解到当地建了新的铁梯后，总书记的心里“稍稍松了一些”。藏在云端的“悬崖村”办起旅游，招揽客人；忧心忡忡的父母，从此不再为儿女的上学路担惊受怕。

广袤的中华大地上，脱贫攻坚为亿万人民打通奋斗之路——

“我们坚持以脱贫攻坚统揽贫困地区经济社会发展全局，贫困地区呈现出新的发展局面。特色产业不断壮大，产业扶贫、电商扶贫、光伏扶贫、旅游扶贫等较快发展，贫困地区经济活力和发展后劲明显增强。”

此刻，脱贫攻坚决战决胜，奋力冲刺时不我待。

“我多次讲，脱贫攻坚战不是轻轻松松一冲锋就能打赢的，从决定性成就到全面胜利，面临的困难和挑战依然艰巨，决不能松劲懈怠。”面对剩余脱贫攻坚任务艰巨、新冠肺炎疫情带来新的挑战、巩固脱贫成果难度很大等现实情况，习近平总书记始终清醒冷静、沉着应对。

从初到梁家河的知识青年，到为国为民夙夜在公的人民领袖，习近平同志走过坡急沟深的盘山路、走过覆满冰雪的乡村路、走过滚滚麦浪间的田野小道……风雨兼程、一往无前。

今天，他正带领人民在实现中华民族伟大复兴的康庄大道上阔步前行。

（记者　赵承　霍小光　张晓松　侯雪静　林晖　施雨岑）

（新华社，2020年5月19日）

交通“短板”变幸福“潜力板”
习近平布局畅通农村“大动脉”

编者按:2020年6月1日出版的第11期《求是》杂志发表了中共中央总书记、国家主席、中央军委主席习近平的重要文章《关于全面建成小康社会补短板问题》,就补齐短板进行了深刻阐述,为决胜全面建成小康社会指明了工作着力点。

习近平指出,全面建成小康社会牵涉到方方面面,但补短板是硬任务。8月3日起,人民网推出“习近平总书记牵挂的全面小康‘硬任务’”系列报道,深入解读这篇重要文章的精髓要义。

“路,就是山里人的命。”这话并不夸张。从一个普通群众的脱贫致富,到一个乡村的振兴,再到整个农业农村的现代化,哪样都离不开路。

在《关于全面建成小康社会补短板问题》的文章中,习近平总书记指出,在贫困地区水电路讯等基础设施状况较差,很多地方没有打通“最后一公里”。如何逐步消除制约农村发展的交通瓶颈,为广大农民脱贫致富奔小康提供更好的保障,这一直是他挂念在心的大事。

破除农村交通瓶颈　打通“最后一公里”

一条农村公路,连接的是乡村与城市,打通的却是贫瘠与富足、困顿与希望。

要想富,先修路。对大山深处的群众来说,没有畅通的路,再好的致富梦想也是“空中楼阁”。

在湖南湘西有首民谣:“矮寨坡,山连山,一十三道弯,弯弯都是鬼门关。”唱的是湘西矮寨盘山公路的险恶,这里是湖南通往重庆的必经之路,历来被过往司机视为畏途。

2013年11月3日,习近平总书记来到位于湖南吉首市的矮寨特大悬索桥视察。了解到湘西州近年来交通条件变化很大,特别是乡村道路网已基本形成,习近平总书记很高兴。他指出,“贫困地区要脱贫致富,改善交通等基础设施条件很重要,这方面要加大力度,继续支持。”

时隔四个月，习近平总书记于2014年3月在关于农村公路发展的报告上再度批示：“在一些贫困地区，改一条溜索、修一段公路就能给群众打开一扇脱贫致富的大门。”

在习近平总书记的关心指导下，党的十八大以来，我国以国家高速公路、普通国道、农村公路建设为重点，实施了一大批重点工程，积极解决贫困地区的交通发展短板。

在中国西部偏远山区山高谷深的地方，溜索曾是民众的重要交通工具。近年来，四川在阿坝、甘孜、凉山、广元、绵阳等地山区相继建设的“溜索改桥”项目，让这里的“蜀道难”成为历史。

2018年，经过5年多艰苦奋斗，四川省77座“溜索改桥”项目全部建设完成，结束了该省499个村、十几万民众仅靠溜索出行的历史。路通了，山货得以卖出，游人纷至沓来，老百姓的日子越过越有盼头。

湘西土家族苗族自治州泸溪县曾是国家级深度贫困县。当地村民从外返村必须先坐渡船，再步行一个多小时的山路，恶劣的交通条件是导致“山里产品运不出去、山外技术引不进来”的直接原因。而在泸溪县建桥、修路通车以后，不仅旅游经济一路攀升，还发展了蔬菜和中药材基地，脱贫攻坚成效显著。

“打通农村发展‘最后一公里’，这不仅意味着弥补贫困地区在交通上的缺陷，也为贫困地区步入全面小康、打赢脱贫攻坚战奠定基础。”中央党校（国家行政学院）社会和生态文明教研部教授张孝德坦言，在中国迈向交通强国的进程中，一个布局完善、互联互通、绿色智能、耐久可靠的综合交通基础设施网络体系，离不开农村公路这一“毛细血管”的畅通。

北京师范大学中国扶贫研究院院长张琦指出，农村公路发展为深度贫困地区打通“最后一公里”取得了明显成效，但还面临不少挑战。他建议，在农村公路发展的总量、路网完善、技术等级、网络覆盖广度与通达深度等方面，应加以重视积极发力。

倡建“四好农村路”　给力新时代的乡村振兴

受地理条件复杂、经济基础薄弱等因素制约，不少地区农村公路的建、管、养、运还存在许多薄弱环节，成为广大贫困地区脱贫致富的短板。

为此，2014年，习近平总书记就建设“四好农村路”作出重要指示，要求把农村公路“建好、管好、护好、运营好”，一场关于农村路的改革拉开序幕。

图为 2020 年 5 月 12 日拍摄的广西融水苗族自治县同练瑶族乡大坪村下大弄屯的通屯公路。2016 年至 2019 年，同练瑶族乡共建设 48 条公路，实现 108 个屯全部通路、49 个 20 户以上屯全部通水泥路，改善了瑶乡群众的出行条件，打通了脱贫攻坚“最后一公里”（新华社记者　黄孝邦　摄）

2017 年 12 月，他再度作出重要指示，要求交通运输部等有关部门和各地区要认真贯彻落实党的十九大精神，并再次强调既要把农村公路建好，更要管好、护好、运营好，为广大农民致富奔小康、为加快推进农业农村现代化提供更好保障……

在中国农业大学人文与发展学院教授左停看来，“四好农村路”是实现精准扶贫精准脱贫的“先手棋”，是破解贫困地区经济社会发展瓶颈的关键，也是广大农民脱贫致富奔小康的重要保障，还是乡村振兴的基础，更是确保小康路上不让任何一地因交通而掉队的底气所在。

“四好农村路”就像一条条金丝银线，一头连着田间地头，一头连着广大客户，把贫困地区与全国大市场紧紧连在一起，有效盘活了贫困地区的资源。这项由习近平总书记亲自提出、亲自推动的民生工程、民心工程和德政工程，为农村交通发展指明了前进方向。

“四塞之固，舟车不通；土货不出，外货不入。”坐落于沂蒙山深处的山东省蒙阴县岱崮镇，长年交通闭塞，山货难运出、美景无人赏，庄稼汉们只好外出另谋生计。

近年来，“四好农村路”的春风吹拂神州大地，让曾经的“四塞之固”变成了大道通途。路通了，山里的蜜桃飞向了北京、上海的超市，还漂洋过海远销欧洲；

路通了，城里的游客纷至沓来，赏春度夏领略金秋；路通了，不少打工者重返家乡，办起农家乐、建立合作社。

不仅是岱崮镇变了样，湖北省罗田县“四好农村路”的快速发展，带动了近10万贫困人口脱贫增收。老胜天公路改造后，九资河镇2000多户贫困户靠种植中药材脱贫摘帽；骆驼坳镇燕儿谷公路和凤山镇大雾山旅游公路通车后，乡村旅游火爆，700多户贫困户吃上了旅游饭。

强化顶层设计、加强组织保障、加大资金投入、精准定向施策……党的十八大以来，在以习近平同志为核心的党中央的关心支持下，我国大力推进“四好农村路”建设，结出了累累硕果——

2014—2019年五年间，全国农村路网规模持续增长，新改建农村公路139.2万公里，农村公路总里程达405万公里，通硬化路乡镇和建制村比例分别达到99.64%和99.47%。共建农村交通的大格局逐步形成。农村“出行难”问题得到有效解决，交通扶贫精准化水平不断提高，农村物流网络不断完善，“四好农村路”已经成为乡村居民增产增收、脱贫致富的幸福之路。

“总书记提出建设‘四好农村路’的思路，让乡村‘走得出去’、‘引得进来’。这不仅能打通城乡一体化发展的梗阻，还能让农村有‘造血’能力，从而形成服务乡村振兴的‘双向通道’，推进城乡基础设施互联互通、共建共享，为乡村振兴的发展带来活力。”张琦如是说。

坚持新发展理念　布局致富“大动脉”奔小康

“没有农村的小康也就没有全面的小康。为了广大农民的小康梦早日实现，新形势下，要进一步深化和加强农村公路发展。”习近平总书记对农村的发展和农民致富奔小康有着更加深远的谋划。

对于农村公路助推广大农民脱贫致富奔小康，习近平总书记寄予了殷切期望。在他的关心推动下，我国努力迈向“四好农村路”的总目标，筑起打赢脱贫攻坚、走向全面小康的康庄大道。

2019年8月，交通运输部等八部门联合印发关于推动“四好农村路”高质量发展的指导意见，明确到2025年，农村交通条件和出行环境得到根本改善，基本建成布局合理、连接城乡、安全畅通、服务优质、绿色经济的农村公路网络。

规划建设农村公路，不能一味追求数量和规模的增长，要想发挥农村公路建设的最大效益，需注重与乡村振兴战略、与精准扶贫脱贫、与农业农村现代化发展相协调。世易时移,“修路”的要求更高,但永恒不变的是,农村道路连通人的需求,深植在人民群众对美好生活的向往里。

昔日羊肠小道的罗霄山脉井冈山贫困地区“路无三尺宽”,如今“诸多动脉通四海,千条血管互交织”的交通路网伸向田间山头,打通经济社会发展的“任督二脉”……

井冈山神山村路况新旧对比图(井冈山市委宣传部供图)

日前,记者在井冈山市茅坪乡神山村看到,村里的羊肠小道变成宽广平坦的柏油路。一路通,百事通!发展绿色产业,搞起红色旅游,神山村推进“交通+产业”模式,大力发展茶叶、黄桃、雷竹等特色产业,这里的人们生活越来越富裕,笑容越来越灿烂。

神山村的变化，只是我国农村公路建设成果的一个缩影。

近年来，一些贫困县大力推进“四好农村路”建设，带动了一批特色产业、特色小镇发展，桃花小镇、莲藕小镇、光伏小镇等雨后春笋般涌现，一条条路把这些特色小镇“串珠成链”，让群众在家门口就能找到致富门路。“下一步的重点应以‘四好农村路’高质量发展为抓手，因地制宜推动交通项目更多向进村入户倾斜。”左停建议说，一是聚焦深度贫困地区，进一步加大投入，改善道路条件；二是加强道路的维护和管理，可以开发一些道路维护的专项公益性岗位；三是要加大对农村运输、物流发展的政策支持力度，要采用财政补贴等手段鼓励公司、能人参与农村交通运营。

高质量的乡村交通基础设施需要专业化的管理与运营。张琦支招表示：“我认为应探索引‘政’入村，强化政府主导责任；引‘资’入村，夯实建设资金保障；引‘智’入村，提供人才智力支撑；引‘技’入村，优化交通运输服务。”

“绝不让任何一个地方因农村交通问题在小康路上掉队！”这是党向广大人民群众作出的庄重承诺。

以习近平总书记的重要指示为遵循，广袤的农村土地上一条条“脱贫攻坚路”“乡村振兴路”“全面小康路”徐徐铺开，必将筑起广大农村群众共圆致富梦的康庄大道。

（人民网，2020 年 8 月 7 日）

时隔15年习近平再到余村考察
四好农村路畅通绿水青山带来金山银山

2020年3月30日下午，习近平总书记来到浙江省安吉县天荒坪镇余村考察，看望余村的乡亲们。十五年前，“绿水青山就是金山银山”理念在这里诞生。十五年来余村认真践行“绿水青山就是金山银山”理念、推动绿色发展，如今，余村以自身的发展实践，成为生动诠释这一理念的典型样本。

浙江湖州是一座拥有二千多年历史的江南古城，湖州安吉的大山深处，隐藏着一个小村落，这里青山和绿水环绕，这个美丽的村落就是余村。一走进余村，就会被碧水鲜花环绕的一个巨大石碑所吸引，上面写着几个大字：“绿水青山就是金山银山”，美丽的乡道“山石线”贯穿全村。

安吉县余村山石线（石红岩　摄）

2005年8月15日，时任浙江省委书记习近平在余村考察时首次提出“绿水青山就是金山银山”的科学论断。在科学论断指引下，余村人关停石矿和水泥厂后干的第一件事就是修路！在安吉交通部门的大力支持和精心指导下，余村人对这条原本只有4米的穿村公路“山石线”进行了拓宽硬化和改造提升，拓宽后两侧增加了人行道，实现了“路田分家、路宅分家”。与此同时，余村人还对沿线房屋进行整体规划、设计，农村公路沿线风景再现，路景相融。如今的余村交通便利，外来游客通过 S14 杭长高速（安吉大道）、G235 国道、S205 省道青临线，便可顺利来到余村休闲观光，村民出行也很方便，真是路通百事兴。

S205 省道青临线（何永春　摄）

2020 年 3 月 21 日，安吉县“两山大道”公路工程方案设计通过评审。“两山大道”的实施建设，是为了有效解决天荒坪镇直入余村现状道路拥挤的状况，促进当地旅游发展，“两山大道”起点位于天荒坪镇 S205 省道 K7 + 130 处，右侧辟单向直入式开口，跨越浒溪，与老省道平交，到达规划集散中心，之后沿山间漫步绿道，一览余村全貌，终点直达余村“两山”景区，全长 2. 4km。这条路对打造安吉特色旅游，带动全县旅游经济快速发展有积极作用。

余村“两山”绿道（石红岩　摄）

“修一条路，造一片景，富一方百姓”是浙江美丽公路的理念，公路好走了，环境变美了，游客慕名而来，农家乐、漂流、采摘等项目应运而生，乡村游成为余村的支柱性产业。游客来了很多，采购了很多农产品，总不能让游客双手提回去。安吉县不断完善乡村物流配送体系，设立了“美丽 E 家”“邮掌柜”村级电商服务站，让游客放心大胆购，轻松寄回家。2019 年，全村实现农村经济总收入 2.796亿元，农民人均收入 49598 元，村集体经济收入达到 521 万元，是远近闻名的全面小康建设示范村。从“石头经济”到“生态经济”转型，余村依托“竹海”资源优势，着力发展生态休闲旅游，开农家乐、民宿，办漂流。经过十多年不懈努力，余村从一个污染村，完美蜕变成了国家 4A 级景区。

余村村容村貌

2003—2006 年，安吉县大力建设通乡、通村公路，累计建成康庄公路 492.7 公里，提前实现等级公路建制村覆盖率 100%；2007 年全面启动农村联网公路建设，至 2015 年累计建设 759.9 公里，基本实现通自然村公路硬化率 100%。2018 年全国四好农村路现场会在安吉举行。“四好农村路”建设有效盘活了农村资源，促进农民增收，助力乡村振兴。

（特约记者　赵阳　秦虹光　　通讯员　谢函）

（《中国交通报》，2020 年 3 月 31 日）

第二部分

圆满实现“两通”目标

小康路上不让任何一地因交通而掉队

全面建成小康社会，最艰巨最繁重的任务在农村，特别是在贫困地区。党的十八大以来，习近平总书记高度重视交通扶贫工作，亲自谋划、亲自推动“四好农村路”建设，多次作出重要指示批示，始终牵挂着老乡家门口的路好不好走，强调要逐步消除制约农村发展的交通瓶颈，为广大农民脱贫致富奔小康提供更好的保障。交通运输部认真贯彻总书记重要指示精神和党中央决策部署，全力推动交通扶贫脱贫攻坚工作，努力实现小康路上不让任何一地因交通而掉队的承诺。

一、“要想富，先修路”不过时

“要想富，先修路”，这句老百姓口口相传的朴素话语，既是对修路致富实践的认可，也是对未来美好生活的向往。2016 年 9 月，习近平总书记在指导交通运输工作时强调“要想富，先修路”不过时，充分体现了亲民爱民为民的真挚情怀，也蕴含着深刻的哲理。脱贫致富靠发展，发展先行是交通。“四好农村路”建设取得了实实在在的成效，为农村特别是贫困地区带去了人气、财气，也为党在基层凝聚了民心。

助力农民产业致富。道路通，百业兴。很多贫困地区不缺资源，就因路不通，企业不愿落户。党的十八大以来，交通扶贫大力支持“交通 + 特色产业”等扶贫模式，公路围绕产业建，产业围绕公路转，这些路打通了对外通道，降低了运输成本，吸引了企业落户，就像一把把打开山门的“金钥匙”，把一只只“金凤凰”引进门。修好一条路，就能带动一片产业，带富一方百姓。近年来，一些贫困县大力推进“四好农村路”建设，带动了一批特色产业、特色小镇发展，桃花小镇、莲藕小镇、光伏小镇等雨后春笋般涌现，一条条路把这些特色小镇“串珠成链”，让群众在家门口就能找到致富门路。

助力农民商贸致富。交通基础设施建设具有很强的先导作用，特别是在一些贫困地区，改一条溜索、修一段公路就能给群众打开一扇脱贫致富的大门。道路不畅，商贸不旺。一些贫困地区守着“金饭碗”饿肚子，水果满枝却没有销路、烂在枝头，十分可惜。党的十八大以来，交通扶贫大力支持农村物流体系建设，鼓励“交通＋电商”融合发展，“四好农村路”就像一条条金丝银线，一头连着田间地头，一头连着广大客户，把贫困地区与全国大市场紧紧连在一起，有效盘活了贫困地区的资源。有了市场，农产品不愁销路，好东西也能卖上个好价钱，“山货进城、城货下乡”，“早上进城赶集，下午下地干活”成为平常事，人流、物流、资金流、信息流也在城乡间双向流起来、滚起来，老乡们自然就富起来了。例如，黑龙江省海伦市积极探索“交通＋”扶贫模式，菇娘、毛葱、黑木耳等特色经济作物借助快递物流走向全国大市场，实现了农副产品逐渐由“种得好”向“卖得好”转变，有力带动了农民增收致富。

脱贫致富靠发展，发展先行是交通，交通扶贫使贫困地区告别“出行难”。图为2020年5月12日拍摄的广西融水苗族自治县同练瑶族乡大坪村下大弄屯的通屯公路。2016年至2019年，同练瑶族乡共建设48条公路，实现108个屯全部通路、49个20户以上屯全部通水泥路，改善了瑶乡群众的出行条件，打通了脱贫攻坚“最后一公里”。（新华社记者 黄孝邦 摄）

助力农民创业致富。小康不小康，关键看老乡。我国城乡长期二元分割，农村是全面建成小康社会的短板，外出打工成为老乡创收的重要选择。老乡富不富，基础在公路。党的十八大以来，“四好农村路”连片成网，极大地缩短了往返城乡的时空距离，深刻改变了农村的生产生活条件和社会面貌，有力支撑了农村人口向工业和服务业转移，大力推动了农业社会向现代社会转变。可以说，“四好农村路”是新时代中国社会变迁的重要标志，一头连着广大老乡，一头连着致富希望。有了路，老乡们进城就业、返乡创业更便捷，人回乡、钱回流、企回迁的

“归雁经济”也热了起来。

助力农民文化致富。要富口袋，先富脑袋。很多贫困山区，因为道路不通，与现代文明相离甚远。党的十八大以来，交通扶贫特别是“四好农村路”建设，为偏远闭塞的乡村开辟了一条通往现代文明的大道，人流、物流带动了知识流、信息流、资金流，促进了贫困地区知识的传播、思想的开化、文化的交流、风俗的改进，真正使扶贫与扶志扶智相结合，有利于培养现代职业农民、促进人的现代化，为广大农民通过知识文化致富提供了坚实保障。例如，河北省涉县地处太行山革命老区，近年来大力挖掘红色文化、女娲文化、民俗文化，全县千里乡村路上镶嵌了300余处文化景点，外地游客慕名而来，让旅游公路变身公路旅游，太行梯田小米、红薯小镇、女娲祭典、清漳画廊、圣福天路等名片擦亮了，老百姓的日子富了起来。实践证明，路通人旺，路通业兴，路通天地宽。

助力农民生态致富。把绿水青山变成金山银山，“四好农村路”起了促进作用，特别是对有条件搞旅游的地区，“四好农村路”的建设，让乡亲们世世代代守护的山川秀色，成为游人如织的风景名胜。很多乡亲开起了农家乐、民宿、观光农业等，腰包也鼓了起来。正是有了路，这些深山的美景才成为抢手的生态产品。例如，内蒙古伊金霍洛旗全旗依托“四好农村路”建设，推出文化体验游、草原风情游、都市休闲游、乡村生态游、徒步探险游等8条主题特色旅游线路和苏布尔嘎、布拉格等8个乡村旅游示范嘎查村，2018年全旗实现旅游收入46.2亿元，增长15.5%，有效带动了乡亲们致富。

助力农民复工复产。复工复产，交通运输是“先行官”。突如其来的新冠肺炎疫情，使很多地区运输中断，特别是一些贫困地区，农民务工出不去，农资农机进不来，春耕生产无法开展，严重影响脱贫进程。为保障农民工及时返岗复工、生产生活有序开展，全国交通运输系统组织发送“点对点”直达包车、铁路专列、民航包机等，累计开行返岗包车19万趟次、运送农民工超过480万人，安全快捷地把农民工兄弟从家门口送到厂门口；将春季农业生产物资和农机具转运纳入应急运输绿色通道政策范围，全力做好春耕生产物资的运输保障工作，推动贫困地区实现人财物有序流动、产供销有机衔接、内外贸有效贯通，助力贫困地区农民兄弟早日脱贫致富奔小康。

总书记“要想富，先修路”不过时的论断是对我们的激励和鞭策，建设好“四好农村路”是我们义不容辞的责任和担当。这里的路，不仅是农村公路，也包括贫困地区的高速公路、国省干线公路,还包括铁路、水路、航路、邮路等。实践充分证明,推进交通扶贫特别是“四好农村路”建设,是贫困地区破解经济社会发展瓶颈的关键,是决战决胜脱贫攻坚、全面建成小康社会的先手棋。

二、交通扶贫为农村特别是贫困地区发展带来历史性变化

党的十八大以来,在以习近平同志为核心的党中央坚强领导下,在各级党委、政府和各有关方面的共同努力下,交通扶贫取得决定性成就,2019 年实现具备条件的乡镇和建制村 100% 通硬化路、通邮的兜底性目标。交通运输部定点扶贫的四川省小金、黑水、壤塘、色达 4 县和对口支援的江西省安远县已经摘帽,牵头联系的六盘山片区 61 个县中有 55 个县也已摘帽。贫困地区“外通内联、通村畅乡、客车到村、安全便捷”的交通运输网络基本形成,为农村地区特别是贫困地区脱贫致富奔小康提供了有力支撑。

“四好农村路”建设,为贫困地区带去了人气、财气,通过构筑“村村通公路、村村通公交”的城乡全覆盖交通网,为贫困地区畅通了“微循环”,实现了进得来、出得去、行得通、走得畅。图为 2020 年 4 月 6 日,安徽省铜陵市义安区顺安镇城山村,四通八达的农村公路就像毛细血管一样,延伸到农村每家每户,将城镇与乡村紧密地连接在一起(中新社记者　铜陵陈磊　摄)

打通“大动脉”。“要想富,先修路;要快富,修大路”,老百姓的顺口溜形象地说明了“大动脉”对脱贫致富的重要性。党的十八大以来,按照“外通内联”的要求,着力打通贫困地区“大动脉”。铁路方面,累计新增铁路里程 3.5 万公里,其中新增高铁 2.1 万公里。公路方面,交通扶贫规划建设了 11.2 万公里国省干

线公路,其中高速公路约2.8万公里,打通了多条“断头路”和“瓶颈路段”,县城基本实现了二级及以上公路覆盖。水运方面,“十三五”以来新改建内河航道里程1962公里,在建870公里;新增码头泊位79个。民航方面,扶贫机场项目已投产12个,在建2个。邮政方面,邮路总长度(单程)1222.7万公里。贫困地区综合交通运输通道网络加快形成,曾经“山里山外两重天”的局面彻底改变。

畅通“微循环”。畅通“微循环”,关键是要让运输畅通起来。客运方面,大力推进村村通客车,超过5万个建制村新通了客车,力争2020年9月底前实现所有具备条件的建制村100%通客车,农村地区实现“行有所乘”。有的地区还发展村镇公交和定制农村客运,“出门水泥路,抬脚上客车”的梦想即将变成现实。货运方面,大力推进县乡村三级农村物流网络体系建设和“快递下乡”工程,城乡物流网络越织越密。邮政快递方面,邮政快递营业网点31.9万处,其中设在农村的10.5万处,邮政实现乡乡有网点,村村直通邮,提前完成了村村通邮的兜底性目标任务。“城货下乡、山货进城、电商进村、快递入户”双向运输服务进一步打通,贫困地区实现了进得来、出得去、行得通、走得畅。

告别“出行难”。从过去“沿途山路颠颠簸簸,进了村坑坑洼洼,晴天尘土满鞋,雨天道路泥泞”,到现在“道路平坦通畅”,贫困地区群众出行难等长期没有解决的老大难问题普遍解决,这一切得益于“四好农村路”的建设。党的十八大以来,累计投入车辆购置税资金5927亿元用于支持“四好农村路”建设,带动全社会完成农村公路投资26793亿元,新改建农村公路188.8万公里,实现了村村通硬化路的目标任务;以县城为中心、乡镇为节点、建制村为网点的农村公路网络基本形成,农村公路真正实现通村畅乡。着力解决贫困地区出行的难中之难,实施311个“溜索改桥”项目,完成了渡口改造996座、渡改桥5.2万延米。“十三五”以来完成约45.8万公里农村公路安全生命防护工程,改造完成约1.5万座农村公路危桥,贫困地区累计完成14.3万公里农村公路窄路加宽,贫困地区群众出行更舒心、更放心。

走上“致富路”。党的十八大以来,交通扶贫支持贫困地区新改建了5.9万公里资源路、旅游路、产业路,有效盘活了贫困地区的资源,增强了贫困地区的“造血”功能,极大改善了农村生产生活条件,“交通+特色农业+电商”“交通+文化+旅游”“交通+就业+公益岗位”等扶贫模式助力一批批特色产业乘势而起,许多全国知名的地理标志品牌也涌现出来,农业生产经营规模化、集约化、非农化趋势明显。随着基本出行条件的改善，贫困地区教育水平和医疗保障水平也相应提升，城市文明、基本公共服务逐步向贫困地区纵深覆盖，“四好农村路”成为乡风文明的重要载体，成为美丽乡村的重要窗口。一条条致富路通到大山深处、修到了乡亲们的家门口，也让乡村因路而兴、因路更美，为老乡们铺就了脱贫致富奔小康的康庄大道。

交通扶贫工作是习近平新时代中国特色社会主义思想在交通运输领域的生动实践，成绩来之不易，经验弥足珍贵。

——坚持党的领导。纵观世界，没有一个国家能像中国这样，用如此短时间在贫困地区建成如此大规模的交通设施。究其根本，在于有以习近平同志为核心的党中央对脱贫攻坚的坚强领导，在于有习近平新时代中国特色社会主义思想的科学指引，在于有各级党组织在脱贫攻坚中的战斗堡垒作用，在于有以人民为中心的发展思想扎下了根。坚持党的领导，是做好交通扶贫工作的根本政治保证。

——坚持建设人民满意交通。做好交通扶贫工作，必须坚持人民交通为人民，为人民修路，修人民最想修的路；必须坚持人民交通靠人民，调动好人民群众的积极性、主动性、创造性，依靠人民办好人民交通；必须坚持人民交通由人民共享，大力推进城乡基本公共服务均等化，让人民群众共享交通发展成果；必须坚持人民交通让人民满意，努力满足人民对美好生活的向往，奋力解决由“通”到“畅”再到“好”的问题，切实把“四好农村路”修成老百姓的致富路、幸福路、连心路。

——坚持精准扶贫。精准扶贫才能精准脱贫。不断完善精准扶贫政策工作体系，根据贫困地区贫困程度的不同，制定“普惠”与“特惠”相结合的差异化支持政策，因地制宜建设“康庄大道路”“幸福小康路”“平安放心路”“特色致富路”，探索丰富“交通+”扶贫模式，充分发挥不同地区的资源禀赋和比较优势，带动贫困人口精准脱贫。

——坚持加大投入。党的十八大以来，坚持扶贫项目优先安排、资金优先保障、工作优先对接、措施优先落实，重点向“三区三州”等深度贫困地区倾斜，国家高速公路车辆购置税补助标准由“十二五”平均占项目总投资的15%提高到28%以上，普通国道由30%提高到50%左右，乡镇、建制村通硬化路提高到平均工程造价的70%以上，为做好交通扶贫工作提供了重要政策保障。

——坚持合力攻坚。交通扶贫靠大家。以车辆购置税补助资金为杠杆，按照“中央统筹、省负总责、市县抓落实”工作机制，与24个省级人民政府签订了交通扶贫部省共建协议，充分调动中央、地方政府、市场特别是贫困群众的积极性和主动性，齐心协力推进交通扶贫工作，涌现了一批批“路书记”“路县长”“路支书”，也留下了很多可歌可泣的普通筑路人、普通养护工们修路护路的感人事迹。

——坚持统筹协调。“四好农村路”本身就是系统工程，“建好”是基础，“管好”是重点，“护好”是保障，“运营好”是目的，必须全面协调发展，才能实现系统最优。在交通扶贫中，只有把“四好农村路”主动融入农村地区的产业、物流、环境、特色经济的大生态中，实现路与自然环境和谐统一，才能发挥整体最大效能，带动群众脱贫致富奔小康。

三、为决战决胜脱贫攻坚、全面建成小康社会当好先行

习近平总书记指出，从决定性成就到全面胜利，面临的困难和挑战依然艰巨，决不能松劲懈怠。就交通扶贫工作而言，目前主要是在实现村村通硬化路、通邮的基础上，实现所有具备条件的建制村通客车。目前，全国还有172个具备条件的建制村未通客车。虽然总量不大，但都是贫中之贫、困中之困，是最难啃的硬骨头。虽然疫情带来新的挑战，但我们有信心、有能力克服疫情影响，如期完成所有脱贫攻坚目标任务，为决战决胜脱贫攻坚、全面建成小康社会当好先行。

毫不放松抓好交通运输疫情防控，为全面建成小康社会提供坚强保障。毫不放松、慎终如始，全面贯彻落实“外防输入、内防反弹”要求，坚决克服麻痹思想、厌战情绪、侥幸心理、松劲心态，继续抓紧抓实抓细各项防控工作。复工复产方面，加快打通“大动脉”，畅通“微循环”，全力做好贫困地区劳动力返岗复工、农业生产物资和农产品销售等运输保障工作。在企业复工复产、重大项目建设、物流体系建设等方面优先组织和使用贫困劳动力，继续做好扶贫公益性岗位和农村公路养护等工作的有机结合，积极为贫困劳动力提供更多的就近就业机会。

坚决打赢交通扶贫脱贫攻坚战，为全面建成小康社会当好先行。坚持目标导向，绷紧弦、再发力，尽可能加大对“三区三州”的倾斜支持力度，加快推进铁路、公路、水运、民航、邮政等基础设施建设，实行任务重点管理、支持重点倾斜、政策统筹配套、调度有序有效，确保打赢深度贫困歼灭战。力争9月底前实现具备条件的乡镇、建制村通客车，实打实交好账。因地制宜、因疫施策，灵活采取公

交、班线、区域经营、预约响应等方式推动农村客运开通运营。推动建立农村客运发展长效机制，严防数字通车、虚假通车，确保真通稳通。扎实做好定点扶贫、对口支援和联系六盘山片区收官工作，发挥行业优势，在产业扶贫、消费扶贫、就业扶贫、扶志扶智结合等方面多想办法、多出实招。持续抓好专项巡视“回头看”反馈问题整改落实，确保脱贫成果经得起历史和人民检验。

道路通，百业兴。交通扶贫是贫困地区破解经济社会发展瓶颈的关键。图为2020年3月19日，重庆市梁平区福禄镇乐园村，新修的水泥公路蜿蜒至山区农家，带动当地农民发展产业增收脱贫(人民图片　高小华　摄)

推动“四好农村路”高质量发展，统筹做好脱贫攻坚与乡村振兴有机衔接。脱贫摘帽不是终点，而是新生活、新奋斗的起点。收官之年要把短板补得再扎实一些，把基础打得再牢靠一些。以“四好农村路”高质量发展为抓手，因地制宜推动交通项目更多向进村入户倾斜，深化农村公路管养体制改革，推动“四好农村路”示范创建工作提质扩面；以推动产业兴旺为着力点，促进交通运输、邮政快递、商贸供销等农村物流资源整合，努力提高农村物流网络覆盖和整体服务水平。不断完善机制，结合“十四五”规划编制工作，统筹研究2020年后铁路、公路、水运、民航、邮政等领域的接续政策，做好交通扶贫“后半篇文章”。

决战决胜脱贫攻坚和全面建成小康社会的冲锋号已经吹响。越到总攻时刻，越要紧密地团结在以习近平同志为核心的党中央周围，坚定信心、顽强奋斗，坚决打赢打好交通扶贫脱贫攻坚战，确保小康路上不让任何一地因交通而掉队！

(《求是》，2020/11)

交通运输部：小康路上决不让任何一地因交通掉队

2020 年是全面建成小康社会的决胜之年和“十三五”规划的收官之年，作为社会经济发展的“先行官”，交通运输在助力扶贫攻坚方面有哪些举措？如今进入疫情常态化防控阶段，交通运输行业怎样更好地做好“六稳”、服务“六保”？5 月19 日，在国务院新闻办举行的新闻发布会上，交通运输部部长李小鹏，交通运输部副部长戴东昌、交通运输部副部长刘小明对相关问题进行了回应。

坚决打赢交通脱贫攻坚战

突如其来的新冠肺炎疫情对经济社会发展造成一定冲击，交通运输行业能否完成“十三五”规划的建设目标，助力脱贫攻坚，受到社会各界关注。

对于这个问题，李小鹏指出，交通运输部去年就启动了“十三五”规划阶段性的评估工作，从评估情况看，规划确定的重点任务、重大工程和 23 项主要目标，目前为止进展良好。

“预计到 2020 年年底，全国铁路营业总里程将达到 14.6 万公里，其中高铁（含城际铁路）大约 3.9 万公里，继续领跑世界。公路总里程将达到 510 万公里左右，其中高速公路建成里程将达 15.5 万公里左右，民用运输机场将达到 243 个。”李小鹏表示，此外，在与脱贫攻坚息息相关的农村地区，今年年底还将在具备条件的乡镇和建制村 100% 通硬化路的基础上，实现 100% 通客车。

如期打赢交通运输脱贫攻坚战的意义非常重大，李小鹏表示，在一些贫困地区，正是因为农村公路的不断完善，农民朋友才逐步告别了“晴天一身土，雨天两脚泥”的困境，有了实实在在的“获得感”。

“小康路上决不让任何一个地方因交通而掉队，这是全体交通人向党中央、向人民群众作出的庄严承诺、立下的军令状，我们必须要如期实现。”李小鹏指出，接下来，交通运输部将以“三区三州”为重点，尽最大可能加大倾斜支持力度，集中攻坚，凝聚合力，坚决打赢交通脱贫攻坚战。

交通运输在建项目复工率达 99.7%

“为了打通‘大动脉’、畅通‘微循环’，新冠肺炎疫情防控过程中，交通运输系统 4000 多万干部职工每日都奋战在抗疫一线，全力守护疫情防控‘生命线’。”李小鹏表示，作为复工复产的“先行官”，据统计，交通运输部门累计开行“点对点”农民工返岗包车 19 万多辆、铁路专列 400 多列和包车厢 1500 多个、民航包机 570 多架，累计运送农民工超过 480 万人。

目前新冠肺炎疫情已进入常态化防控阶段，但做好“外防输入”“内防反弹”的各项工作仍是重中之重。李小鹏表示，交通运输部门将在加强与卫生健康、海关、移民等部门的信息共享、把牢疫情境外输入关的同时，继续抓好重点地区疫情防控，打赢疫情防控的总体战和阻击战。

此外，截至目前，交通运输领域投资建设项目的复工复产率已达 99.7%。“接下来，交通运输部门要在进一步做好复工复产工作的同时，指导各地提前启动一批符合国家战略、符合‘十三五’‘十四五’规划方向的重大项目，在需要时可以及时开工投入建设。”李小鹏说。

（记者 訾谦）

（《光明日报》，2020 年 5 月 21 日第 3 版）

交通扶贫“两通”任务已基本完成

对许多贫困地区而言，交通不便成为发展经济的最大制约。目前，贫困地区通硬化路、通客车等工作进展如何？交通保障如何助力贫困地区打通扶贫“动脉”？

2020年9月28日，交通运输部副部长戴东昌在国新办新闻发布会上对此进行了回应。

具备条件的乡村100%通路通车

贫困地区新建和改建公路12.5万公里，实现所有乡镇和建制村通硬化路，开通“金通工程”客运班车……近年来，随着交通扶贫工作开展，四川自古以来“蜀道难，难于上青天”的交通状况一去不复返。

四川等省贫困地区交通状况的改善，是全国交通扶贫工作取得成效的缩影。据戴东昌介绍，目前交通扶贫取得了决定性进展，已经基本完成了“两通”任务。

“两通”，指的是通硬化路和通客车，是交通扶贫两个兜底性目标任务。截至2019年年底，全国农村公路里程已达420万公里，实现具备条件的乡镇和建制村100%通硬化路；到2020年8月底，已基本实现具备条件的乡镇和建制村100%通客车。

数据显示，2016—2019年，在交通扶贫的支持下，我国贫困地区较大人口规模自然村建设了约9.6万公里硬化路，完成约45.8万公里农村公路安全生命防护工程，加宽改造了14.3万公里窄路基路面，改造建设了约1.5万座危桥。乡镇和建制村“两通”的实现，使贫困地区人口告别了出行难。

确保农村客运“真通实通”

农村客运点多面广、串乡进村，覆盖面要求广。同时，农村客运量少，需求不一，相对比较分散。因此，解决农村客运问题难度大、要求高，需要因地制宜、因需施策。

“各地采取了不少举措，创新了不少办法，提供了多元的、与需求相适应的客运服务。”戴东昌表示，针对多元需求，具备条件的地方可以进行班线化、公交化改造；针对临时需求，可以设定一些定点、定时的班线；针对灵活的需求，可以推出预约。

为了确保农村客运“真通实通”，交通运输部采取了一系列举措，包括摸清底数，精准锁定通客车任务；开展自查，持续改善农村客运的服务质量；委托第三方机构开展通客车质量第三方评估；畅通 12328 交通运输监督电话渠道，随时解决群众反映的问题等。

据戴东昌介绍，目前，第三方评估工作正在进行，10 月底前，将基本完成通客车质量第三方评估工作。第三方评估将通过开展暗访、走访、随访等多种形式，实地了解掌握当地农村客运开通的情况，确保“真通实通”。

农村公路成为“致富路”

数据显示，2016—2019 年，贫困地区建成 3.8 万公里“资源路”“旅游路”“产业路”，有效盘活了贫困地区的资源，助力一批特色产业乘势而起。随着交通的改善，贫困地区教育和医疗保障水平不断提升，城市文明、基本公共服务也逐步向贫困地区纵深覆盖。

农村公路的建设、管理、养护、运营，技术含量相对较低，适合吸纳当地群众特别是贫困群众就业。

据戴东昌介绍，在建设“四好农村路”的同时，各地交通运输部门加大农村公路就业岗位开发力度，稳定和扩大农民群众特别是建档立卡贫困户就业，助力脱贫攻坚和乡村振兴。

参与路基整理、路面硬化、简易候车亭等小型基础设施建设工作，招聘沿线群众参与日常养护、路面清扫等工作，鼓励运输企业招聘贫困群众……一系列农村公路相关就业岗位吸纳了当地群众特别是贫困群众就业。

截至 2020 年 8 月底，全国共设置农村公路相关就业岗位 66.8 万多个，其中公益性岗位 27 万多个，共吸纳建档立卡贫困户 37 万余人，有效促进了群众就业和增收。

（本报记者　姚亚奇）

（《光明日报》，2020 年 9 月 29 日第 16 版）

杨传堂在全国推动完善“四好农村路”高质量发展体系现场会上强调

完善“八个体系”推动“四好农村路”高质量发展 有力支撑加快建设交通强国实现农业农村现代化

2020年10月21日至22日，全国推动完善“四好农村路”高质量发展体系现场会在贵州省长顺县召开。交通运输部党组书记杨传堂出席会议并强调，要坚持以习近平新时代中国特色社会主义思想为指导，深入学习贯彻习近平总书记关于脱贫攻坚工作和“四好农村路”重要指示精神，坚定不移贯彻新发展理念，继续保持攻坚态势，聚焦脱贫攻坚与实施乡村振兴战略有效衔接，着力在创新体制机制、完善政策制度上下功夫，着力提高农村公路的服务能力、服务品质和服务效率，着力推动农村公路发展质量变革、效率变革和动力变革，不断完善“八个体系”，加快推动“四好农村路”高质量发展，为加快建设交通强国、实现农业农村现代化提供有力支撑。贵州省省长谌贻琴出席会议并讲话。

杨传堂指出，“十三五”以来，在习近平总书记的关心关怀、亲自谋划推动下，在社会各界广泛支持下，交通运输行业坚持以人民为中心的发展思想，不断加强统筹谋划，完善法规政策，加强资金支持，深化改革创新，强化部省合力，突出示范引领，推动农村公路发展取得了历史性成就，农村“出行难”成为历史，带动脱贫致富效应不断显现，有效服务乡村振兴战略实施，人民群众获得感幸福感不断增强，为决战脱贫攻坚、决胜全面建成小康社会提供了有力的交通运输保障。

杨传堂强调，今年是决战决胜脱贫攻坚、完成“十三五”规划和全面建成小康社会的收官之年，也是“十四五”规划谋篇布局之年。要深刻把握人民对美好生活的向往、加快构建新发展格局、实施乡村振兴战略、加快建设交通强国对农村公路高质量发展的要求，要深刻认识到，与人民对美好生活的期盼相比，与习近平总书记的重要指示要求相比，与加快建设交通强国的要求相比，农村公路在服务能力、协调发展、治理体系、责任落实等方面仍有差距，必须善始善终、善作善成，因时而变、乘势而上，全面、科学、规范、长效地推动“四好农村路”高质量发展。

杨传堂要求,推动“四好农村路”高质量发展,是当前和今后一个时期农村公路发展的主攻方向。要加快完善“八个体系”,营造与高质量发展目标相契合的工作环境。一是构建广泛覆盖的农村公路网络体系。二是健全长效稳定的管养保障体系。三是完善高效优质的运输服务体系。四是构建规范有效的制度政策体系。五是完善支持有力的资金保障体系。六是制定完备适用的技术标准体系。七是发展共享共治的群众参与体系。八是打造创新多元的融合发展体系。

会上,部分省市县作经验交流。会后,与会代表还实地参观了长顺县“四好农村路”建设情况。

副部长戴东昌主持会议。贵州省领导陶长海、陈坚出席会议。部总工程师兼公路局局长汪洋,部机关有关司局负责同志,各省(自治区、直辖市)、新疆生产建设兵团交通运输厅(局、委)主要负责同志在主会场参加会议。中央和国家机关有关部门同志,部分全国人大代表和政协委员应邀列席会议。各省交通运输主管部门负责同志和农村公路负责同志,部分“四好农村路”全国示范县和全国深化农村公路管养体制改革试点地区交通运输主管部门负责同志在分会场参加会议。

(记者　毛剑)

(《中国交通报》,2020年10月23日)

交通运输部:将持续推进"四好农村路"高质量发展

今日,交通运输部召开10月例行新闻发布会,介绍2020年前三季度交通运输经济运行情况。交通运输部新闻发言人、政策研究室主任吴春耕指出,实现具备条件的乡镇和建制村通硬化路和通客车的"两通"目标,这是交通系统向全社会作出的庄严承诺,也是交通运输行业在决战决胜脱贫攻坚必须完成的兜底性目标,目前已经基本实现了"两通"目标。

吴春耕认为,即使已经通路通车,但这还不是终点,而是提供更好服务的起点。确保"两通"是长期任务,也是今后的重大课题,交通运输部对这个问题高度重视,系统部署,采取一系列措施达到这个目标。具体如下:

通硬化路方面。2019年底已经全面实现具备条件的乡镇和建制村通硬化路的目标。为巩固通硬化路的成果,2020年4月,交通运输部在全国开展了通硬化路检查核查,重新摸底,做到心中有数。同时采取"三个突出",突出抓好三个重点,确保通硬化路的目标真通、实通,防止"畅返不畅、通返不通"。这"三个突出"分别是:

一是突出抓好农村公路的管理养护,大力推广"路长制",加快完善农村公路管理养护长效机制,确保通乡镇和通硬化路路况良好、畅通。公路行业有句话"公路建设是过年,热热闹闹""公路养护管理是过日子,平平淡淡",将通过公路养护管理来实现过好日子,实现可持续发展。

二是突出抓好新增的、新调整的乡镇通硬化路的建设工作,主要是确保"应通尽通",防止出现新的、不通的增量。

三是突出抓好灾毁路段的恢复重建工作。要求各地在洪涝等灾害发生以后,及时开展损毁路段的恢复和重建工作。今年洪涝灾害比较严重,多年罕见,大量农村公路基础比较弱,来一场洪水很多路就冲毁了。为解决这个问题,今年交通运输部紧急追加100亿元资金,帮助指导地方加快灾损路段的恢复重建工作。这当中首次把乡镇和建制村的通硬化路灾毁路段的重建纳入支持范围。过去主要是支持高速公路和各省干线,今年第一次把灾损的农村工作和建制村的通硬化路纳入支持范围。初步统计，累计安排项目 2898 个，资金 22.3 亿元，预计修复灾损通硬化路里程能够达到 1.5 万公里。

通客车方面。农村客运是点多面广，串乡进村，情况比较复杂，确保农村客运真通实通难度比较大，交通运输部将指导各地采取一系列措施，巩固确保通客车的成果。具体来讲，一是全面摸清底数。二是系统开展自查。三是组织开展第三方评估。四是广泛开展宣传。五是全面接受社会监督。

吴春耕表示，“两通”目标目前基本完成，但是一些地方由于各种原因，可能存在“畅返不畅、通返不通”的现象，包括一些边远地区，“开得通、留不住”的现象时有发生。未来，交通运输部将围绕乡村振兴持续推进“四好农村路”高质量发展，着力提高农村公路交通的服务能力、服务水平和服务品质，确保通硬化路服务水平不断提升，确保农村客运“通得了、留得住、服务好”，更好地满足人民群众日益增长的美好出行需求。

（王紫）

（人民网，2020 年 10 月 28 日）

杨传堂在四川调研交通扶贫工作时强调

鼓足决战决胜精气神尽锐出战真抓实干 部省合力为全面小康当好先行提供支撑

2020年6月2日至6月6日，交通运输部党组书记杨传堂先后到四川省凉山彝族自治州、甘孜藏族自治州、阿坝藏族羌族自治州等地，就深度贫困地区交通扶贫特别是“两通”工作、交通扶贫与乡村振兴衔接、定点扶贫县巩固脱贫攻坚成果等工作开展调研和座谈。调研期间，杨传堂与四川省委书记彭清华、省长尹力就推动四川交通运输改革发展交换了意见。杨传堂强调，要深入学习贯彻习近平总书记关于决战决胜脱贫攻坚的重要讲话精神，贯彻落实全国两会精神，部省州县凝心聚力，增强责任感和紧迫感，鼓足决战决胜的精气神，尽锐出战、真抓实干，坚决克服疫情影响，确保完成交通扶贫脱贫攻坚任务，为决胜全面小康当好先行、提供支撑。

杨传堂在西昌市樟木箐镇丘陵村、昭觉县三岔河乡三河村、康定市聂呷乡等地调研了解了通村硬化路、通客车、“交通+产业”和“三保障”落实有关情况；在小金县沃日镇木栏村、黑水县色尔古镇麻都社区等地调研了脱贫攻坚和交通扶贫情况，到脱贫户家中走访了解了巩固脱贫攻坚成果情况，听取了四川省交通运输厅关于脱贫攻坚挂牌督战工作汇报，并看望了部在川定点扶贫挂职干部。杨传堂沿途还调研了雅西高速公路干海子特大桥、雅康高速公路泸定大渡河大桥的运营安全管理情况，调研了雅叶高速公路康定过境段、二郎山川藏公路纪念馆。调研组有关同志先期赴凉山州尚未摘帽的喜德、普格、布拖、金阳等4个县和已脱贫的冕宁、德昌2个县，实地抽查了“两通”完成情况，调研了交通扶贫年度建设任务进展情况，并听取地方关于推进交通扶贫与乡村振兴有效衔接的意见建议。

2日下午和6日上午，杨传堂在西昌市和黑水县先后主持召开深度贫困地区交通扶贫调研座谈会和交通运输部定点扶贫县脱贫攻坚推进现场办公会，听取省、州、县有关情况汇报，并充分肯定了四川交通扶贫工作取得的成效。

杨传堂指出，2020年是全面建成小康社会收官之年，是脱贫攻坚决战决胜之年。今年以来,面对疫情"大考",以习近平同志为核心的党中央,立足大局、统筹全局、引领变局,统筹推进疫情防控和经济社会发展,推动党和国家各项事业取得新的重大进展。习近平总书记始终将决战决胜脱贫攻坚作为重中之重,多次作出重要指示,为脱贫攻坚全面收官提供了根本遵循和行动指南。

杨传堂强调,要深入学习贯彻习近平总书记重要指示批示精神,切实把思想和行动统一到中央决策部署上来,聚焦存在的困难和问题,部省合力、集中力量,高质量打赢脱贫攻坚战。一是坚决克服疫情影响,高质量完成通客车兜底任务,全力完成剩余交通扶贫规划建设任务。二是巩固拓展交通扶贫成果,因地制宜推动交通项目更多向进村入户倾斜,推动"四好农村路"高质量发展,做好政策储备,推进全面脱贫与乡村振兴有效衔接。三是对已实现脱贫摘帽的定点扶贫县落实"四个不摘"要求,强化排查监测,突出脱贫质量,着力做好防止返贫各项工作。四要狠抓主体责任落实,领导干部发挥"头雁效应",强化政策、资金保障。五要抓好问题整改,强化作风保障,严肃治理扶贫领域腐败和作风问题。

杨传堂在部省会谈时指出,要部省合力,充分发挥交通运输在统筹推进疫情防控和经济社会发展中的支撑保障作用。要以"三区三州"深度贫困地区为重点,高质量打好脱贫攻坚收官之战。要抓好规划、抓好项目、抓好试点,加快建设交通强国。要加强交通基础设施建设,更好融入国家战略,当好区域协调发展先行官,加快推进成渝地区双城经济圈建设。要绷紧"安全弦",强化隐患排查治理,加强汛期安全生产,确保交通运输安全生产形势稳定向好。

四川省领导柯尊平、邓小刚、王一宏、杨洪波、林书成、祝春秀、刘成鸣,部机关有关司局负责同志和部在川定点扶贫挂职干部,四川交通运输部门及相关州、县(市)负责同志参加有关调研和座谈。

(毛剑)

(中国交通新闻网,2020 年 6 月 8 日)

杨传堂在宁夏、甘肃调研六盘山片区脱贫攻坚工作时强调

部省合力集中优势打赢打好脱贫攻坚战 实现片区和全国一道迈入全面小康社会

本报讯 2020 年 7 月 15 日至 18 日，交通运输部党组书记杨传堂先后到宁夏回族自治区银川市、固原市和甘肃省定西市、兰州市，就六盘山片区剩余未摘帽县加快完成脱贫任务、深化片区交通扶贫、与乡村振兴有效衔接等情况开展调研。调研期间，杨传堂分别与宁夏回族自治区党委书记陈润儿、自治区主席咸辉，甘肃省委书记林铎就推动本省（区）交通运输改革发展稳定交换了意见。杨传堂强调，要认真落实习近平总书记关于决战决胜脱贫攻坚的重要讲话精神，全面落实全国两会要求，聚焦存在的主要困难和问题，发扬斗争精神，抓紧抓细、持续用力、苦干实干，部省合力、集中优势打赢打好脱贫攻坚战，实现六盘山片区如期完成脱贫任务，和全国一道迈入全面小康社会。

杨传堂在西吉县硝河乡新庄村、偏城乡下堡村、吉强镇水泉村等地调研了“两不愁三保障”落实及“两通”、劳务就业、“交通 + 产业”有关情况；在通渭县李店乡李店村调研了产业扶贫等情况；在贫困户、异地扶贫搬迁户家中了解了稳定脱贫和搬迁后生产生活情况。调研期间，调研组有关同志还分赴六盘山片区甘肃省尚未摘帽的通渭县、镇原县、岷县、临夏县、东乡县以及六盘山片区宁夏回族自治区尚未摘帽的西吉县开展了调研和帮扶工作，实现了对片区剩余 6 个未摘帽县调研全覆盖。

17 日下午，杨传堂在定西市主持召开六盘山片区脱贫攻坚调研现场办公会，听取省、市（州）、县有关情况汇报，充分肯定了片区脱贫攻坚取得的新成效。他指出，2020 年是脱贫攻坚决战决胜之年，是全面建成小康社会收官之年。习近平总书记始终将决战决胜脱贫攻坚作为重中之重，多次作出重要指示批示，为脱贫攻坚全面收官指明了方向、提供了遵循、鼓足了干劲。

杨传堂强调，要深入贯彻习近平总书记重要指示批示精神，切实增强“四个意识”、坚定“四个自信”、做到“两个维护”，坚决克服疫情影响，瞄准突出问题和薄弱环节，以更大决心、更强力度、更硬作风夺取脱贫攻坚战全面胜利。

一是切实抓好片区剩余6个未摘帽县挂牌督战工作。坚持以“督”促“战”，“督”“战”一体，确保按既定时间表如期高质量完成剩余脱贫任务。

二是扎实开展“两不愁三保障”和饮水安全查漏补缺。用好动态监测机制，把短板补得再扎实一些，把基础打得再牢靠一些。

三是坚持就业产业并重确保稳定增收。优先安排贫困劳动力务工，加大劳务输出组织力度。大力发展区域特色产业，充分发挥企业、村级集体经济等的带动作用。

四是加强监测帮扶，防止返贫和新致贫发生。完善事前预防、事后救助相结合的帮扶机制，坚持开发式帮扶和保障性兜底相结合。

五是抓好脱贫攻坚与乡村振兴的有机衔接。进一步补齐农村基础设施和公共服务短板，加强人居环境整治和扶志扶智工作，抓好生态修复保护。

杨传堂要求，要把工作抓得更紧、更细、更精准，巩固好“两通”成果，全力完成剩余交通扶贫规划建设任务，推动“四好农村路”高质量发展，抓好交通扶贫领域腐败和作风问题专项治理，全力完成交通扶贫“十三五”规划目标任务。

杨传堂在部省(区)会谈时指出，要一鼓作气、尽锐出战，确保如期打赢交通运输脱贫攻坚战。要继续统筹做好常态化疫情防控和经济社会发展交通运输工作。要坚持生态优先、绿色发展，推动黄河流域交通运输生态保护和高质量发展。要扎实做好交通强国建设试点、综合立体交通网规划、“十四五”规划相关工作。要全力推进交通运输稳投资、补短板、强服务等各项工作。要高度重视交通运输安全发展工作，特别是汛期要尽最大努力保障人民群众生命财产安全。

调研期间，杨传堂还看望慰问了部派驻六盘山片区挂职干部，并提出了工作要求。

宁夏回族自治区领导崔波、赵永清、张柱、刘可为、马汉成，甘肃省领导欧阳坚、宋亮、王嘉毅、程晓波，部机关有关司局负责同志和部驻六盘山片区挂职干部，宁夏、甘肃交通运输部门及相关市(州)、县负责同志参加有关调研和座谈。

(徐晴　关亮亮　毛剑　赵鹏飞)

(中国交通新闻网，2020年7月18日)

坚决打赢“三区三州”交通扶贫攻坚战

打好“三区三州”深度贫困歼灭战，对夺取全国脱贫攻坚战全面胜利具有重要意义。脱贫攻坚进入最后冲刺阶段，“三区三州”所在的六省（区）和新疆生产建设兵团交通运输主管部门多措并举、攻坚克难，一手抓疫情防控，一手抓项目复工，确保交通运输扶贫脱贫任务如期完成。

西藏吸纳71万人次农牧民参与交通建设

“十三五”期间,西藏自治区交通运输厅扎实推进各项工作,交通脱贫取得显著成效。在交通运输部“十三五”规划支持西藏新开工的 22 个普通国道项目中,已开工建设 21 个,建成 11 个;实施农村公路项目 3123 个,新改建里程 3.82 万公里,解决了 290 个乡镇、3005 个建制村、236 个抵边自然村的通达通畅问题;实施农村公路村道安全生命防护工程 5003 公里,完成投资 6.1 亿元;实施 220 座共 6154 延米村道危桥改造工程,累计完成投资 11.25 亿元;实施 6 个市(地)级客运站、25 个县级客运站、211 个乡级客运站建设,完成投资 5.2 亿元。2019 年年底,西藏自治区贫困县提前一年全部摘帽。

为切实将疫情影响降到最低程度,西藏自治区交通运输厅科学研究应对预案和政策措施,在确保疫情防控的前提下,分批推动今年 918 个建设项目有序开复工,全区农村公路续建项目复工率基本达到往年同期水平;落实“点对点、一站式”运输服务,将进藏务工人员直接输送至项目指挥部,开辟“绿色通道”,优先安排工程技术人才、施工骨干人员进藏返藏;积极安排农牧民施工企业参与公路项目建设,吸纳农牧民就业,“十三五”以来,已有 71.67 万人次农牧民参与交通项目建设,增加劳务收入 185.44 亿元;统筹利用涉农整合资金,加强易地扶贫搬迁点农村公路基础设施建设,确保搬迁群众搬得出、稳得住、能致富。

新疆复工复产“一项目一领导一方案”

新疆维吾尔自治区交通运输厅始终将交通扶贫脱贫作为重大政治任务和首要民生工程抓紧抓好,南疆四地州各项既定交通扶贫任务全部圆满完成、“两通”任务提前一年完成,有效发挥了交通运输在服务经济社会发展、助推脱贫攻坚大局中的先行引领作用。

2020 年重点推动南疆四地州 8 个国省道续建项目、加快推进 4 个部规划研究类国省干线公路项目前期工作等建设任务,新疆在扎实做好疫情防控的前提下,全力加快各项工作进度。深入推行公路建设月调度、周例会工作机制,建立“一项目一领导一方案”的复工复产诉求响应机制,实行“日报送、日分析”的动态跟踪,逐项目落实开工(复工)计划和保障方案。此外,新疆交通采用电子招标、远程异地开标等方式,简化审批流程,加快前期工作进度,推动交通扶贫项目应开尽开、能开快开。采取“点对点、一站式”直达运输、联程运输,为公路项目复工复产农民工提供“定制化”服务。截至 2020 年 3 月 30 日,南疆四地州 8 个国省道续建项目中,6 个已复工建设,2 个因高海拔原因将于 4 月下旬复工;农村公路开复工项目 368 个,复工率达 95%,其余项目将于近期全面开复工。

四川下达补助资金 140 亿元

"三州三区"涉及四川凉山、甘孜、阿坝三个民族自治州。四川省交通运输厅聚焦高质量发展,畅通扶贫大通道、织密致富基础网、打造交通新名片,推动与乡村振兴战略有效衔接。全力推动高速公路向深度贫困腹地延伸,继续推进普通国省道提档升级,全力构建"外联内畅、集约高效、保障有力"的骨干公路网络。开展农村公路网规划调整,鼓励有条件的地区实施建制村联网和通自然村(组)硬化路,加快美丽乡村旅游示范路建设,全力构建"覆盖空间大、通达程度深、服务能力强"的农村公路网络。立足三州资源禀赋,创新推进高原山区综合立体交通网建设试点,全力建设"交旅融合"精品新示范线路。推进"美丽四川·宜居乡村"建设,营造"畅、安、舒、美"农村通行环境。开展乡村客运"金通工程"试点,全力打造交通运输行业新名片。

2020 年以来,四川省交通运输厅统筹推进疫情防控和交通脱贫,及早转段、提早部署,强力推动交通脱贫攻坚加快实施。部省已下达三地补助资金 140 亿元,实现年度交通脱贫项目资金安排全覆盖,将新增地方政府一般债券资金的 40% 以上比例预留投向三地。推动管养工作责任、资金保障、能力供给和绩效评价"四落实",大力建设"交通扶贫专柜",构建交通综合帮扶工作格局。目前,三地交通项目已全面复工,部确定三地的交通脱贫攻坚任务已基本完成,剩余具备条件的 1 个乡镇、187 个建制村将于 6 月底前开通客车。

青海具备气候条件的项目全部开工

"十三五"以来,青海省持续累计完成交通固定资产投资超 690 亿元,其中农村公路投资约 90 亿元,已实现所有县级行政区通二级公路,所有具备条件的乡镇、建制村 100% 通硬化路、通客车,全面完成"两通"兜底性指标。青海藏区所有县城建有二级及以上或能力适应的三级公路客运站,全面实现所有乡镇和具备条件的建制村 100% 通客车目标;交通建设项目向"进村入户"倾斜,安排藏区自然村通达工程 3600 公里,补助资金 3.6 亿元,积极推动深度贫困地区交通运输向自然村深入;先后创建了 4 个"四好农村路"省级示范县。

2020 年以来,在做好疫情防控工作的同时,青海省交通运输部门加快推动恢复正常生产生活秩序。巩固"两通"建设成果,严格按照"四个不摘"等要求,坚决打赢交通运输脱贫攻坚收官战。目前，青海省深度贫困地区除个别高寒高海拔项目外，其余具备气候条件的项目均已开工；藏区6州中，海南、海西、黄南州境内农村公路建设已陆续开工；城市公交、出租车全部恢复正常运营，市州际、县际客运班线恢复率均已达97%，为企业返岗人员提供"点对点"客运服务。

云南迪庆、怒江州综合交通基础设施项目快速推进

"十三五"以来，云南省交通运输厅通过部省州县四级交通运输部门的共同努力，聚焦"三区三州"及深度贫困县区脱贫攻坚战，迪庆、怒江州综合交通基础设施项目快速推进，交通运输发展短板不断补齐。2019年，丽香高速公路小中甸至香格里拉段先期建成通车，打破迪庆州没有高速公路历史；怒江兰坪通用机场通航，结束怒江州没有民航的历史；沿边219国道六库至贡山段提升改造工程建成通车，让怒江州福贡、贡山县也通了高等级公路，且怒江州4个县市实现100%通高等级公路。在完成乡镇和建制村100%通硬化路的基础上，云南省交通运输厅加快推进"直过民族"及沿边、抵边地区自然村通硬化路项目建设。独龙族等9个"直过民族"和人口较少民族实现整族脱贫，迪庆州3个县市全部脱贫摘帽，怒江州贡山县脱贫摘帽，怒江州福贡、兰坪、泸水3个县市计划于2020年6月脱贫摘帽。

为确保2020年交通扶贫建设目标任务全面按期完成，云南省交通运输厅将继续一手抓重大项目建设促投资稳增长，一手抓交通扶贫不松劲，加快丽江至香格里拉高速公路、保山至泸水高速公路建设，争取到2020年年底实现迪庆、怒江州府通高速公路；推进丽江至香格里拉铁路建设，争取2020年年底实现迪庆州通铁路；加快怒江州和迪庆州"直过民族"及沿边地区20户以上自然村、抵边自然村通硬化路、农村公路安全生命防护工程等交通扶贫项目建设，进一步巩固提升脱贫攻坚成效，助力迪庆、怒江州全面进入小康社会。

甘肃以工代赈吸纳贫困群众就地务工

近年来，甘肃省聚焦"三区三州"等深度贫困地区，加快"外通内联"干线公路建设，列入方案的9条国家高速公路项目顺利推进，19条普通国道全部开工建设，撤并建制村通硬化路任务、村道安防工程已全部完成。"三区三州"等深度贫困地区所有乡镇和具备条件建制村实现了100%通硬化路、通客车，为深度贫困地区打赢脱贫攻坚战提供了有力支撑。

新冠肺炎疫情发生以来，甘肃慎终如始，抓好交通运输疫情防控工作，坚持“外防输入、内防反弹”，采取严格措施，密切配合相关部门做好疫情防控。进一步加强“两站一场”及交通运输工具防控工作，坚决遏制疫情通过交通运输传播。快马加鞭推进交通扶贫项目开工建设，开通快速审批“绿色通道”，指导各地灵活采取网上招投标、邀请招标等方式，加快前期工作。建立厅级领导包抓复工复产工作机制，深入现场，促前期、督开工，加快工程项目开工建设。今年甘肃先后谋划两批村组道路，采取以工代赈的方式吸纳当地贫困群众就地务工，就近选用砂石材料，优先租用当地贫困户农用车辆，指导县区开发公益性岗位吸纳贫困劳动力参与村组道路管养，努力增加贫困群众收入。

新疆生产建设兵团100%团场通二级及以上公路

兵团“三区三州”涉及南疆四地州主要有41个团场、465个连队，总人口为66.9万人，占兵团总人口的24.2%。“十三五”期，兵团南疆4个师市预计完成交通运输固定资产投资约190亿元，国家补助资金达123亿元，实现了100%团场通二级及以上公路。179个建制连队实施农村客运公交化改造，城乡受益人口近36万人，有效地满足了贫困地区职工群众安全便捷出行需求。截至2019年年底，新疆生产建设兵团南疆四地州的465个连队已提前实现了100%建制村通硬化路，具备条件建制连队100%通客车，兵团全部团场实现脱贫摘帽。

当前，兵团着力克服疫情影响，狠抓复工开工，确保2020年4月15日前“十三五”交通扶贫公路全面复工，确保贫困地区项目早建成、早见效，坚决完成深度贫困地区交通扶贫任务；强化红线意识和底线思维，开展安全生产隐患集中治理行动，坚决遏制重特大安全事故发生；进一步强化建设项目质量安全管理，把好材料设备进场关、工序验收关、质量评定关，确保工程质量标准不降低；在认真编制“十四五”交通运输规划的基础上，以“补齐南疆短板、夯实北疆基础、贯通边境通道、促进融合互通”为思路，以补短板、强弱项、优结构为重点，提前启动11个向南发展、符合兵团“十四五”规划方向的建设项目，为加快向南发展做好先行、提供保障。

（交通运输部微信公众号，2020年4月7日）

绿漾六盘山　通衢奔小康

——交通先行支撑六盘山集中连片特困地区脱贫攻坚综述

巍巍六盘山，绿意盎然，生机涌动。

在这里，山水皆灵，无论是层峦叠嶂、云开日出，还是淳朴民俗、红色传奇，皆是亮眼的风景；在这里，阡陌相通，无论是红黑枸杞、五谷杂粮，还是葡萄美酒、苹果梨花，正成抢手的生意。路网畅通处，熙熙攘攘，日益高效的城乡人流物流，促进了农业产业转型升级，也让美丽乡村宜居宜业焕发生机……六盘山，曾经记录下历史转折的奇迹，而今正见证一个摆脱贫困的新时代。

时光回溯到4年前的夏季，习近平总书记考察宁夏时指出，就像六盘山是当年红军长征要翻越的最后一座高山一样，只有翻越了这座山，扶贫开发的万里长征才能取得最后胜利。

“六盘山上高峰，红旗漫卷西风。今日长缨在手，何时缚住苍龙？”

作为国务院扶贫开发领导小组成员单位和六盘山片区牵头联系单位，交通运输部积极发挥部门职能作用和片区牵头联系作用，凝聚各方力量、整合优质资源，向“贫中之贫、困中之困”的六盘山集中连片特困地区脱贫攻坚战发起总攻，强有力支撑六盘山片区脱贫攻坚取得决定性进展。

如今，六盘山片区贫困人口大幅减少，水、电、路、网等基础设施不断完善，产业培育、产业发展取得长足进步，群众收入水平大幅提高，经济社会发展明显加快，全部61个贫困县中有55个成功实现摘帽，未摘帽的6个县脱贫攻坚工作也进入最后冲刺阶段。

青海省互助县班彦村农村公路

咬定目标部省合力攻坚克难

六盘山片区，苦甲天下，自然条件差、经济基础弱、贫困程度深、扶贫成本高。2011年，《六盘山片区区域发展与扶贫攻坚规划（2011—2020年）》尚未启动实施，片区扶贫对象达642万人，贫困发生率高达35%，高出全国平均水平22.3个百分点，是全国集中连片特困地区中贫困问题最突出、攻坚难度最大的片区之一。

小康路上绝不让任何一地因交通而掉队。

交通运输部党组深入贯彻落实习近平总书记的重要指示精神，加强与片区各省区和中央部委的联系沟通，切实发挥好片区牵头联系单位作用。部领导以上率下，多次深入扶贫一线调研，现场办公研究协调解决难题，部署推动片区脱贫攻坚。

——制定实施片区交通扶贫规划，不断加大资金、政策倾斜支持力度。党的十八大以来,交通运输部累计安排中央补助资金超过1260亿元,支持六盘山片区建设超过2100公里国家高速公路、4800多公里普通国省道和3.86万公里农村公路,有效破解片区交通发展瓶颈,历史性地解决了其“山里山外两重天”的局面。

——组织实施由21个部门单位参加的片区部际联系会议制度,每年召开片区会,凝聚合力攻坚,积极帮助片区解决脱贫攻坚中的突出难题,加快补齐“两不愁三保障”短板,改善发展条件,为片区脱贫攻坚奠定坚实基础。

从2012年到2019年,片区内农村贫困人口由532万人减少到45万人,91.5%的贫困人口实现脱贫;贫困发生率由28.9%下降到2.6%。2019年,六盘山片区农村居民人均可支配收入9370元,比2013年增加4439元,增幅达90%,贫困群众生产生活条件显著改善,幸福感获得感显著提升。

宁夏回族自治区固原市隆德县观堡乡农村公路

“交通+”特色扶贫之路越走越宽广

脱贫致富靠发展,发展先行是交通。

六盘山片区以路兴业、以业增收,结合实际,发展特色农业、畜牧养殖、红色旅游,55个贫困县摘掉穷帽……“四好农村路”建设取得了实实在在的成效,“交通+”特色扶贫之路越走越宽广,为当地带去了人气、财气,也为党在基层凝聚了民心。

产业致富,特色产业“串珠成链”——

庆阳，东倚子午岭，西接六盘山，山、川、塬兼有，沟、峁、梁相间。“过去，从甘肃省庆阳市区到华池县，要翻老爷岭，近4小时的盘山路绕得‘脑壳痛’。”回忆起最初参加工作时的场景，南梁革命纪念馆陈列展览科科长王雅丽记忆深刻。

庆阳市着力补齐交通短板，截至2019年年底，建成国省干线公路29条2735公里、农村公路4186条13480公里。“随着交通网络完善，庆阳市区到华池县车程缩短了近2小时。”王雅丽说。

华池县依托便利路网及南梁革命纪念馆、陕甘边区苏维埃政府旧址寨子湾等红色革命遗迹，着力打造红色旅游小镇，产业发展欣欣向荣。脆甜爽口的庆阳苹果、味道鲜美的庆阳黄花菜、果仁饱满的南瓜子等，从过去农户家中的“土特产”变成了“热销品”。

商贸致富，田间至舌尖的距离更近了——

过去，道路不畅，商贸不旺。一些贫困地区守着“金饭碗”饿肚子。

“现在水泥路通了，渠道搭建好了，只要咱甩开膀子干，不愁销路！”农忙时节，陕西省咸阳市淳化县润镇张家岭村的海越现代果业示范园区内，村民们正忙着上肥、翻地、覆膜……淳化苹果产业是富民强县的第一支柱产业，当地依托“交通＋电商”模式，苹果销量可观。

一条条公路，宛如一根根金丝银线，把贫困地区与全国大市场紧紧连在一起，有效盘活了贫困地区资源。紧邻咸旬高速公路淳化北出口的海越现代果业示范园区，通过全产业链运营，带动260户贫困户发展1300余亩果园，年可生产优质苹果5万吨以上。

电商随交通勃兴，轻点鼠标，甘肃省平凉市静宁县田间地头的苹果同样畅销全国，甚至远渡重洋。田间至舌尖的距离更近了！

创业致富，“归雁经济”热了起来——

“路带来的好处说也说不完。运费低了，卖价高了，村里的面貌也变好了，我愿意回家乡工作。”在青海省海东市乐都区瞿昙镇晁家村的生鹏农作物家庭农场和兴丰种植专业合作社，村民李顺成如今在家门口就业，还能照顾家里的十几亩地，生产、工作两不误。

“四好农村路”连片成网，极大缩短了往返城乡的时空距离，有力支撑了农村人口向工业和服务业转移。

“2014年人均收入才5000多元，现在收入增长不少，路修通后，激发了老百姓的脱贫动力。”在紧邻瞿昙镇的蒲台乡，党委书记李福海介绍，交通运输条件的改善，首先带来的是产业结构的变化，更多村民回乡创业发展起养殖业和药材种植。

扶贫成效离不开交通发展。2015 年，青海省交通运输厅编制了《青海省交通精准扶贫规划(2016—2018 年)》。截至 2019 年年底，全省公路总里程达 8.3 万公里，片区内已实现“县县通高速公路、乡乡通沥青路、村村硬化路、村村通客车、户户水泥路”。

文化致富，扶贫扶智增内力——

要富口袋，先富脑袋。很多贫困山区，因为道路不通，一度与现代文明相离甚远。一条条“四好农村路”，通往偏远闭塞的乡村，带动了知识流、信息流、资金流；一批批交通扶贫干部，真正使扶贫与扶智相结合，为广大农民通过知识文化致富“铺路架桥”。

“我把扶贫重点选在了这里，利用梨花盛景组织了第三届梨文化艺术节，举办乐都区第三届农家乐厨艺大赛，吸引了超过 8 万名省内外游客前来旅游。”2017 年 9 月 28 日，交通运输部法制司干部张阳成被派往六盘山片区，挂职青海省海东市乐都区碾伯镇副镇长。其间，他通过梨文化艺术节，4 天时间为村民带来近 50 万元的收益。

过去，碾伯镇下寨村村民主要通过种植土豆和软儿梨获取收入，经济效益较低。张阳成与同事们打响梨文化艺术节的金字招牌，广泛招商引资，与浙江房地产公司初步达成了 5 亿元左右的投资意向。下寨村党支部书记刘德有兴奋地说：“党和政府帮助我们吃上了旅游饭，以后我们村脱贫致富的小康路越走越宽，乡村振兴大有希望！”

生态致富，喜看路通处山水淌金银——

固原市泾源县位于宁夏回族自治区最南端，素有“秦风咽喉、关陇要地”之称。这里群山环抱，百泉汇流，气候湿润，风光旖旎，坐拥秀美山川，却也“穷”得彻底。

如何破局？宁夏回族自治区交通运输厅通过支持贫困地区建设旅游路、资源路、产业路，形成六盘山片区县区“一小时”、与周边省会城市“三小时”交通圈。

如今，地处 20 公里旅游服务带的泾河源镇高速公路出口处，分布着许多风格别致的农家乐。“你看,这条畅通的公路,带来了源源不断的客人。”村民马治平曾是一名建档立卡户,泾源创建全域旅游示范县后,他率先在村里开办起了农家乐,让南来北往的游客品尝泾源最地道的原生态柴火鸡。

据统计,从 2015 年至 2018 年,固原市年旅游收入已从 25 亿元上升到近 40 亿元,乡村旅游直接带动就业超过 5000 人,4 万多人实现了间接就业。

聚焦真问题敢啃硬骨头

“行百里者半九十”。当前,实现脱贫攻坚目标任务,正处于攻坚拔寨、最为吃劲的冲刺阶段。

截至 2019 年年底,六盘山片区尚未摘帽的甘肃东乡县、临夏县、通渭县、岷县、镇原县,宁夏西吉县,合计剩余 183 个贫困村、18500 余户、6.3 万多人未脱贫,其中老年人、患病者、残疾人的比例较高,都是最难啃的硬骨头,东乡县、岷县、通渭县的贫困发生率仍在 3% 以上。

全面打赢脱贫攻坚战收官之年,又遭遇新冠肺炎疫情大考,这场硬仗怎么打?

较真碰硬“督”,凝心聚力“战”——交通运输部门以务实行动作答!

交通运输部将切实发挥好片区牵头联系单位作用,部扶贫办和四个结对帮扶工作组主动对接、主动服务,切实做好协调、指导、帮扶等各项工作。东乡县、岷县、西吉县饮水安全问题,临夏县、西吉县基本医疗设备人才紧缺问题,通渭县乡村寄宿制学校短缺和安全住房隐患问题等……这些现实问题都要扎扎实实解决。优先支持劳动力务工就业,切实解决农副产品滞销问题,积极支持扶贫产业恢复生产,加快扶贫项目开工复工……交通运输部将发挥行业优势,给予片区更多支持。

咬定目标,越到最后越要绷紧弦。相关省区也明确由省级领导一对一进行督战。

西吉,这个宁夏最后一个未脱贫县,正向绝对贫困发起冲锋:百万亩马铃薯变成“金豆豆”,草畜、冷凉蔬菜等特色产业成长起来,贫瘠的黄土丘陵绿了起来。

“疫情防控和脱贫攻坚两不误,加快复工复产,一定把时间抢回来!”在宁夏西吉县吉德慈善产业园的国圣食品有限公司,厂房里机器声鸣,一派繁忙景象。

相关负责人肖剑沣介绍,近年来西吉主干道路连线成网,当地与外界商业流通更加频繁,以往专门来拉货的车不再空载,一个标箱的饼干就能节约2000元的物流成本。公司利用西吉特产马铃薯作为原料研制生产的营养饼干,销往新疆、甘肃、青海、四川,带动更多群众就业。

甘肃省镇原县同样精准发力。“公路修到家门口,小康生活在招手。”在镇原县,南川乡桃园村村民祁玉琢欣喜于家门口的变化,过去家门前是黄土路,一下雨满地稀泥,娃娃上学、出行都不方便,现在修好了,大家都满意。

近年来,镇原县把农村公路建设作为加快扶贫攻坚的突破口,大力实施农村公路通畅工程。镇原县交通运输局在规划上做到了四个优先,优先规划贫困片大、贫困程度深、群众最期盼的路,优先规划农业产业示范区、石油开发区和中盛公司养殖小区的路,优先规划打造“出境路”、清除“断头路”,优先规划“联网路”。

在田间地头,在扶贫车间,各地攻坚不停步,精准施策解难题。干部群众的火热干劲,彰显出打赢脱贫攻坚战的必胜信心。

甘肃省交通运输厅将以六盘山片区和8个未脱贫摘帽县为重点,扎实开展“十三五”交通扶贫规划和部省共建协议剩余建设任务清零工作。目前,1.2万公里村组路80%已完成前期工作。甘肃还将强化政策支持,吸纳贫困劳动力就地就近就业,优先租用当地贫困户农用车辆,保障春耕物资和农产品运输,纾解农产品销售难运输难。

宁夏倾力支持全区最后一个未摘帽贫困县西吉县加快交通扶贫项目建设。宁夏回族自治区交通运输厅成立交通工程项目建设指挥部,建立“问题日解决、计划旬调度、工作月督查”机制,突出抓好西吉至会宁高速公路等交通扶贫重大项目复工前准备工作;加快百项扶贫骨干通道银昆高速公路PPP项目建设进度,争取下半年开工建设。

全面巩固脱贫成效再谱“兴”篇

脱贫摘帽不是终点,而是新生活、新奋斗的起点。陕甘宁青四省区接续出实招,持续推进全面脱贫与乡村振兴的有效衔接。

——创新举措促发展。

甘肃以“四好农村路”建设为抓手,不断提升农村公路通达程度和通畅水平,优化等级结构,形成广覆盖的农村交通基础设施网络。目前,已编制《支撑乡村振兴战略甘肃省农村公路中长期发展规划(2021—2035年)》,将推动老旧县乡道提级改造;推行农村公路灾毁保险,大力整治路域环境;创新农村客运组织方式和农村物流发展模式，推动农村物流节点和配送体系建设。

——问题导向补短板。

宁夏开展农村公路通畅基础数据核查，摸清“底数”，找准“路子”，有序推进较大人口规模自然村通硬化路；推广原州区、隆德县“互联网+农村客运”模式。

青海加强规划衔接引领，编制《青海省服务支撑乡村振兴战略农村公路中长期发展规划》；强化政府公共服务投入，解决农村客运“开得通、留不住”困境；根据交通运输领域财政事权和支出责任划分改革、农村公路管理养护体制改革，推进示范县、示范州创建，力争全省各市州均有省级示范县。

——多措并举巩固脱贫成果。

陕西开展建制村“两通”效果“回头看”，以交通运输部内外部监督检查发现贫困地区交通运输有关问题为重点，扎实开展剩余6项整改问题“清零”行动；强化产业扶贫、就业扶贫，确保有劳动力的贫困户每户至少有1个稳定增收的产业项目，至少有一人稳定就业。

陕西还将牵线搭桥引进龙头企业，推动消费扶贫，巩固来之不易的交通脱贫攻坚成果；因地制宜推动交通项目更多向进村入户倾斜，积极开展“四好农村路”示范县、示范乡镇创建；完善交通扶贫后续政策。

不获全胜不收兵。各级交通运输部门将继续以习近平新时代中国特色社会主义思想为指引，合力攻坚、顽强作战，以更精准的实践深耕于贫困地区，将致富的希望撒向乡村田野，中华民族摆脱绝对贫困的千年梦想正在照进现实！

□链接

决战决胜片区全力推进剩余贫困县脱贫摘帽

当前，六盘山片区还剩下甘肃东乡县、临夏县、通渭县、岷县、镇原县和宁夏西吉县尚未摘帽，相关省（自治区）、市、县人民政府坚持“省负总责、市县抓落实”，聚焦“两不愁三保障”底线目标，压实脱贫攻坚工作责任，统筹疫情防控和脱贫攻坚，狠抓工作落实，全力冲刺如期脱贫摘帽。

宁夏回族自治区西吉县

西吉县是宁夏人口第一县、少数民族聚居县，史称“苦瘠甲天下”，精准扶贫核定贫困村238个、建档立卡贫困人口33650户147090人。

2020年,西吉县在从严抓好疫情防控的前提下,围绕"两不愁三保障"标准,以"四查四补"为抓手,力争做到疫情防控和脱贫攻坚安排部署、摸底排查、督导落实"三同步",增收措施、结构调整、保障服务、宣传动员、问题整改、责任落实"六跟进"。

加强组织领导,强力挂牌督战。自治区扶贫开发领导小组印发《脱贫攻坚挂牌督战工作方案》,自治区副主席王和山牵头负责西吉县的挂牌督战。西吉县制定实施产业结构调整、薄弱村挂牌督战、"四查四补"、三类重点人群扶持等八方面的配套政策。

聚焦脱贫标准,全面开展"四查四补"。

——开展查损补失。西吉加强信息沟通,全力以赴"稳岗",扩大就业总量,千方百计"增岗",全年农村劳动力转移就业总人数比去年增加1.5万人。同时疏通销售渠道,加大产品"外销",全县库存的43万吨马铃薯正以每天2000吨的量销往外地,争取上半年出栏肉牛10万头、羊25万只,补栏肉牛3万头。

——开展查漏补缺。按照"缺什么补什么"原则,西吉实行"一户一档、一人一策",建立台账、动态管理、销号清零,做到新学期开学后所有辍学学生全部返校,5月底前完成危房改造和自来水入户。

——开展查短补齐。西吉抓紧开展项目前期工作,确保9月底前全面完工。针对村集体经济年收入低于5万元的薄弱村等问题,投入7055万元为114个集体经济薄弱村注入资本金,确保全年全县295个村集体经济收入全部达到5万元以上。

——开展查弱补强。西吉整合涉农资金10.45亿元,重点向结构调整和新品种、新技术推广应用方面倾斜。加快发展服装加工、人造花、电子产品组装等劳动密集型工业,建好用好扶贫车间,扩大就业岗位,力争全年农村劳动力转移就业13万人,努力实现今年农民人均可支配收入增加940元、增长9%的预期目标。

加强监测预警,完善动态帮扶机制。为确保脱贫不返贫,西吉紧盯因病、因学、重大灾害、突发事件以及新冠肺炎疫情影响等关键因素,重点关注脱贫不稳定人口与边缘易致贫人口;侧重产业就业增收、激发内生动力、社会综合保障、金融信贷支持;认真做好移民贫困人口脱贫、移民零就业、"十二五"劳务移民"多代多人"住房困难家庭、劳务移民土地确权等"七项清零"工作。

甘肃省剩余5个未摘帽贫困县

当前,甘肃全面启动对六盘山片区剩余的5个未摘帽县,246个未退出贫困村、13.1万未脱贫人口(含片区其他已摘帽县剩余贫困村、贫困人口数据)的挂牌督战。

义务教育方面,全面加快"两类学校"建设,排查核查适龄儿童少年入学情况,目前没有发现义务教育阶段学生失学辍学现象。通渭县积极完善教学基础设施,2019年完成薄弱学校改造4所(累计246所),义务教育巩固率达97.6%。

基本医疗方面,加快推进贫困人口动态实时参保,大争缴费期结束前100%完成贫困人口参保任务。

住房安全方面,逐村逐户开展农户危房排查和动态监测,开展搬迁群众后续扶持,提升搬迁质量和群众满意度。

镇原县已对1.9万处现存危房进行喷绘标识,核准建立215个建制村农村住房台账,同步完成安全住房户内资料整建工作。临夏县对新摸排因灾和自然新增危房,发现一户改造一户。

安全饮水方面,加快农村安全饮水提升工程建设,持续开展冬季冻管隐患摸排整改,解决部分地区供水不稳定问题。

东乡县坚持节水与调水并重,通过普及智能水表、加强水压调试和水质监测等方式,发挥村级水管员作用,健全完善网格化维护服务管理机制。

岷县持续实施农村饮水安全巩固提升工程,改造提升42处不稳定小型水源工程,新建(维修)各类调蓄水池67座,保障水源稳定和提升水质。

(中国交通新闻网,2020年6月17日)

大同大不同

“今年5月，习近平总书记就是通过这条‘忘忧大道’走进黄花种植基地视察的。”山西省大同市云州区旅游中心工作人员说，“每年花期，来参观的游客都会排满‘忘忧大道’，黄花丰收后的产值也相当可观。”

近年来，山西省以实现“两通”目标、建好“四好农村路”和三大板块旅游公路为重点，持续推动交通基础设施建设向“进村入户”倾斜，奋力蹚出了一条交通扶贫的新路子。

大同市交通运输部门“十三五”期共投资约64亿元，建设6158公里农村公路，并通过“交通+特色产业”“交通+旅游”等方式，让交通扶贫之路越走越宽。

万亩黄花“忘贫忧”

2020年9月，刚刚经历过收获的大同市云州区万亩黄花种植基地中只余杆茎。垂垂日暮，寥寥花开，不见花海，但在三晋人民粗犷又务实的观念中，花朵的意义不仅在于美丽，更在于丰饶。

云州区把黄花作为产业扶贫和“一区一业”的主导产业来抓，黄花种植面积17万亩，盛产期黄花有9万亩，产值达7亿元。2014年以来，云州区结合产业发展和全域旅游示范区创建工作，大力开展“四好农村路”建设。

截至目前，全区共投资5.2亿元完成新改建农村公路689公里；结合黄花产业发展，投资2.1亿元完成273公里县乡村道改造工程，建成“忘忧大道”，为脱贫致富提供了坚强的交通保障。

长城一号“有一号”

山西省大同市阳高县长城乡镇边堡村是明代大同镇边墙五堡的重要关口，依托明长城、明古堡、烽火台、汉代将军墓遗址等独特资源，以及神奇秀丽的自然风光，镇边堡村自2013年起开始进行“明代一条街”建设工程和西堡门修复工程，着力发展旅游业。

镇边堡是明代大同镇边墙五堡的重要关口，除了古城墙，还有台地长城、明古堡等旅游资源。2019年，镇边堡村成功举办了首届长城花海季，慕名而来的游客越来越多。

随着“长城一号”旅游公路建设的推进，镇边堡村旅游产业发展再乘东风。

该村党支部书记渠启坦言：“我们深刻感受到旅游业对经济增长的带动作用最大，交通建设对旅游业发展有着直接的促进作用。周边旅客一般都是自驾游，所以交通便利对我们来说太重要了。”

山西大同阳高县长城乡镇边堡村党支部书记渠启说，旅游业对当地的带动作用大，现在来镇边堡村，自驾游的比较多，长城一号旅游公路直达，很方便，最多的时候一天能有 5000 人。

即将建成的“长城一号”旅游公路连通天镇、阳高、新荣和左云 4 个县区，串联 30 多个景点，形成外畅内达的全域旅游公路网，通过整合区域旅游资源，有效释放旅游业发展潜力，实现了“城景通，景景通”，并推动乡村旅游资源与产业发展深度融合，将旅游公路“变现”为公路旅游，完成增值创收，让村民获得实实在在的效益。

“好多村民办了农家乐，每年能收入 5 万至 10 万元。”渠启说。

天镇县李二口村曾是一个道路破败、房屋凋敝的落后乡村，交通条件得到改善后，该村因路而盛，缘路而兴，不到一年的时间里就有6家企业入驻，带动“小杂粮”、黑陶工艺品顺利出销；旅游业蓬勃发展，特色民宿、农家乐也应运而生，村民人均月收入超过2000元，更加坚定了打赢脱贫攻坚战的信心。

76岁的天镇县李二口村村民雷进林介绍，以前村里的路坑坑洼洼，生产生活极不方便，现在，旅游扶贫路通到了村口，游客远道而来，村里种的玉米、黄米、谷子等特色农产品远销全国，村民们的收入都增长了不少。

村里小伙更抢手

贫困地区的产业发展离不开扶贫干部的倾心帮扶，山西省大同市副市长郝献民表示：“长城沿线群众收入较差，贫困程度较深，我们就要把最强的干部留给扶贫工作。”

近年来，山西交通运输系统根据各地实际调整帮扶队伍，激发当地群众自主脱贫的内生动力，涌现出了任晓军、李平、谢育斌等一批群众的贴心人、致富的领路人，他们多年扎根扶贫一线，早已在步履匆匆挥汗如雨中，和大山脚下的贫困群众通了悲欢。

人才振兴是乡村振兴的重要一环。镇边堡村的张月文大学毕业后曾在大同市工作，3年前，张月文得知村里旅游业发展得越来越好，便回到镇边堡村，在“明代一条街”开了一家酿酒铺子售卖自酿的高粱酒，旅游高峰时期，每天的销售额能达到两三千元。

青年回归也为李二口村带来了新的生机，该村党支部书记王江乐呵呵地说：“现在村里产业发展好了，不光年轻人愿意回来，外村的姑娘还想嫁到我们村哩！”

（《中国交通报》，2020年9月8日）

交通运输部通报表扬交通扶贫进展成效显著省份

本报讯(全媒记者 孙丹妮)按照《落实部省共建协议奖惩机制加快完成交通扶贫目标任务实施方案》,2020年8月24日,交通运输部发布《关于表扬交通扶贫进展成效显著省份的通报》(简称《通报》),对2019年交通扶贫进展成效显著的福建省、广东省、四川省、安徽省、新疆维吾尔自治区交通运输厅给予通报表扬。

记者了解到,交通运输部制定交通扶贫规划,把贫困地区、革命老区、民族地区、边疆地区共1177个县(区、市)全部纳入支持范围,坚持"扶贫项目优先安排、扶贫资金优先保障、扶贫工作优先对接、扶贫措施优先落实",以超常规的举措和力度,推进贫困地区加快建设"外通内联、通村畅乡、客车到村、安全便捷"的交通运输网络,大力提升城乡客货运输服务水平,健全农村公路管养体制机制。

根据交通运输部与各省(区、市)人民政府签署的《落实〈中共中央国务院关于打赢脱贫攻坚战的决定〉加快贫困地区、革命老区、民族地区、边疆地区交通运输发展的共建协议》,"十三五"时期,交通运输部支持各省(区、市)开展交通扶贫建设,加快"老少边穷"地区交通运输发展,全面提升交通运输服务水平。2019年年底,各省(区、市)交通扶贫建设任务累计完成率均达到80%以上,超过时间进度,完成了预期目标,全国实现了具备条件的乡镇和建制村全部通硬化路,国省干线和农村公路交通条件持续改善,客货运输服务水平明显提高。

《通报》指出,2020年是脱贫攻坚决战决胜之年,各单位要进一步提高政治站位,将交通扶贫作为重点工作,加快推动落实交通运输部与各省(区、市)人民政府签订的交通扶贫部省共建协议。加强组织领导,强化目标管理和执行进度跟踪、督导考核,发现问题及时解决。加强建设项目资金、工程质量、工程安全监督检查,扎实开展交通扶贫领域腐败和作风问题专项治理,确保"十三五"交通扶贫规划目标如期优质完成。

(《中国水运报》,2020年8月26日第1版)

阿布洛哈:美好生活新起点

“我打算在公路附近修建新房,孩子上学更方便。”“现在有了路,我想买辆车把农产品运出去卖。”“再也不用爬危险的山路了。”……在四川省凉山彝族自治州布拖县阿布洛哈村,一条通村公路让村民们看到了幸福生活的曙光。回想起以往艰苦的出行条件,大家感慨不已。在这条承载着致富希望的路上,男女老少激动得像孩子一样来回踱步,畅想美好新生活。

在彝语中,阿布洛哈意为“高山中的深谷”“人迹罕至的地方”。坐落在金沙江大峡谷深处的阿布洛哈村,三面环山,一面临崖,过去全村 65 户、263 名村民要想出村,要么花上 3 个多小时翻越高差 1000 米的悬崖路,要么走 2 公里长、坡度近 70 度的山路下到谷底。

2019 年 12 月 31 日,阿布洛哈村不通公路的过往被划进历史——全长 3.8 公里的通村硬化路主体工程建成、峡谷摆渡车正式投运,老百姓出行更方便了,客货运输需求也得到了基本满足。至此,四川打通最后一个建制村对外通道,提前一年完成交通脱贫攻坚兜底性目标。

直升机吊来修路设备

阿布洛哈的通村公路不长,但全线位于高山峡谷地带,地质结构复杂,岩层破碎,施工难度很大。

到底应该采用什么样的建设方案?这曾令当地交通运输部门头痛不已。经过大家反复研究后,项目组最终决定从山腰上直接开辟通村公路。

为全力推进通村硬化路建设,四川省交通运输厅将该项目作为交通脱贫攻坚的“头等大事”,抽调专业技术骨干力量,组建阿布洛哈村通村公路工程现场服务指导组,蹲点帮扶。施工单位更是 24 小时轮班连续作业。

从 2019 年 6 月开始施工到 11 月底,施工人员奋战了 5 个多月才修了不到 3 公里路。修建最后的 1 公里需穿越一个险峻的峡谷,是整个项目中难度最大的路段。“由于阿布洛哈村一端没有路,大型施工机械不能进入,施工效率很低。”阿布洛哈通村公路项目经理赵静坦言。

距离规定的工期越来越近,当地交通运输部门越来越急。施工人员望着人拉马拽都难以逾越的天堑,萌生了一个大胆的想法:使用直升机。2019 年 11 月 30 日,由项目方出资,省州两级交通运输部门出面协调,一架从应急管理部门“借来”的米格 26 大型直升机从布拖县城起飞,抵达阿布洛哈。几日里,直升机巨大的轰鸣声响彻峡谷,陆续运来了挖掘机、压路机等 10 余台大型机械。村民们第一次看到这么大的直升机十分兴奋,更激动的是看到路修得更快了。

修建最后 1 公里路面时,施工人员发现悬崖地质构造复杂、断裂纵横交错,原本设计的隧道难以施工。经过数十次讨论之后,专家制定了方案:立即修建峡谷摆渡车,让村民顺利通行,同时继续修建通村公路,将 C 形隧道改为全隧道,预计 2020 年 4 月完工。

奔小康信心更足

“一二三,往这边移一点,别碰坏了!”在阿布洛哈村村口,村民吉吉尔贵正在峡谷摆渡车旁,搬运着全村的第一台冰箱。再有不到 500 米,冰箱就可以抵达目的地,以前这段距离是难以跨越的鸿沟。

眼下,阿布洛哈村采用“硬化路 + 缆车摆渡”的方案,开通了拖觉镇至阿布洛哈村的农村客运,由西昌汽车运输(集团)有限责任公司布拖分公司投入 2 辆 8 座小型农村客运车辆。“赶场”日子开设固定班次,其他时间提供响应式服务。

通了路、通了车,阿布洛哈村村民的美好生活有了新起点。布拖县政府送给村卫生院和集中安置点的洗衣机、冰箱,也连夜沿着新的村道运到了摆渡车前。“大家以前都没见过大家电。”吉吉尔贵说,“也不是没想过用马驮,可是马匹自己掌握不好重心,之前背送大件货物,有几次都掉下过悬崖。”

吉吉尔贵的妻子阿达么有杂一边摸着冰箱一边说,路通了,她要在村里开办第一家小卖部,还要买一台冰箱,让孩子们随时吃到雪糕、喝到冰可乐。

村里的农产品也将走出大山。“我们种植的水果、中草药、蔬菜都可以外销了,脱贫致富奔小康的信心更足!”阿布洛哈村党支部书记吉列子日说。

(特约记者　扎西美朵　通讯员　邓蕾　孟松)

(中国交通新闻网,2020 年 1 月 17 日)

四川藏区实现全域脱贫
村里通了路牧民迁新居

位于川西高原的四川藏区,是国家集中连片特困地区和“三区三州”深度贫困地区,贫困发生率高,贫困程度深。2020年2月,随着阿坝藏族羌族自治州黑水县、壤塘县、阿坝县等16个藏区县退出贫困县序列,加上此前已有的16个藏区县退出贫困序列,四川藏区已全域脱贫摘帽。

走进四川藏区大草原,沿途映入眼帘的是一座座漂亮的藏式新居,曾经信息闭塞、交通不便、居无定所的游牧生活状况得到改变,牧民看病、子女上学、卫生饮水等诸多难题也得以解决。在四川藏区,近10万户农牧民住进藏区新居,30多万藏区群众告别了点酥油灯的时代。

“对口帮扶的成都银行帮我们修建新房,购置家具、电器,还帮我们拟订下一步的产业发展计划。”2019年5月,甘孜藏族自治州德格县窝公乡村民多珍一家搬进了村易地扶贫搬迁集中安置点。在这里,和多珍一起搬进来的还有18户贫困群众。

交通曾是四川藏区脱贫攻坚的“拦路虎”。为打通群众出行最后一公里,四川藏区不断改善交通条件,实现了“乡乡通油路、村村通硬化路”,为藏区群众外出就业提供保障,很多沿路藏区百姓还端起了旅游新饭碗。

近年来,四川建成通航甘孜稻城亚丁机场、阿坝红原机场,开工建设川藏铁路成雅段和雅康、汶马高速。雅康高速的建成,结束了四川藏区不通高速公路的历史,让高原天堑变通途。此外,“十二五”以来,国网四川电力先后投入超过400亿元,建成了新甘石电力联网工程、甘孜州“电力天路”工程、川藏电力联网工程等,实现藏区全部县域电网与四川主网相连,让藏区群众从“用上电”迈向“用好电”。

一大早,阿坝州黑水县沙石多乡甲足村村民南卡头就在自己开的养殖场里忙活起来。近年来,乡党委政府带领驻村工作队因户施策,在县农业畜牧和水务局的扶持和引导下,南卡头掌握了疫病防治、快速育肥等标准化养殖技术。2016年,他和几户村民一起成立了村里第一个专业合作社,当年就实现纯收入4.7万元。曾经的贫困户成为村里的脱贫典型,南卡头说:“国家的帮扶政策好,我们也要自力更生!”

在甘孜州炉霍县的“飞地”园区蔬菜大棚内,吉绒村村民曾兴容正在熟练地采摘番茄。2018 年,在园区种植番茄让她顺利脱贫,“最高兴的还是学到了番茄种植技术,长了本事。”

遵循高原藏区的既有优势,培植特色产业事半功倍。2019 年,四川藏区“飞地”产业园区实现工业总产值 268.5 亿元,是 2017 年的 3.2 倍,其中高新技术企业实现产值 53.5 亿元。

此外,四川出台实施《川西藏区生态保护与建设规划(2013—2020 年)》,取消对藏区州县的地区生产总值考核排名,全面落实生态补偿政策。

“过去只有城里才有幼儿园,牧民是放牧放到哪儿,孩子就背到哪儿。”凉山彝族自治州木里藏族自治县依吉乡小学校长仁青这样说。

2016 年,四川全面实施民族地区 15 年免费教育,在免费九年义务教育和中职教育的基础上,还免除民族地区公办幼儿园 3 年保教费和公办普通高中 3 年学费、教科书费。

在成都轨道交通集团有限公司一间培训教室里,藏族姑娘肖芳正在给即将上岗的地铁司机们讲课。别看她是“90 后”,却已在地铁线上开车多年。肖芳是四川省实施藏区“9 + 3”免费教育计划的首批受益者之一。2012 年通过考试当上地铁司机后,她成为第一个驾驶行程超 10 万公里的成都地铁女司机。

截至 2019 年 8 月,四川民族地区学前 3 年入园率由 2010 年的 19.39% 提高到 83.27%,高中阶段毛入学率由 2010 年的 44.69% 提高到 77.59%,基本实现了民族地区与全省教育同步发展。

2013 年以来,四川启动实施藏区六项民生工程计划,涵盖藏区新居建设等六大领域。走进如今的四川藏区,可以见到四通八达的雪域“天路”、整洁典雅的藏式新居,广大农牧民开启了幸福新生活。

(本报记者　宋豪新)

(《人民日报》,2020 年 3 月 30 日第 13 版)

广西大化群山连绵，悬崖峭壁阻断了与外界的交通——

修路四千里　劈山为脱贫

核心阅读

广西大化瑶族自治县群山连绵，地形崎岖，公路不通是阻碍群众出行和脱贫的最大难题。从2016年开始，当地干部带领广大群众，克服地势复杂难作业、建筑材料难运输等困难，新建和改造了村屯公路2000多公里。通路以后，乡亲们建新房、修水柜、运货物，生产生活条件得到很大改善。

“在这么艰险的深山里，为群众修通了这么好的山路，真不容易！”走进广西大化瑶族自治县，看到一条条盘旋于崖间山坳的村屯公路，没有谁不感叹，没有谁不竖大拇指。

大化是大石山区，全县共有两万多座山峰，在七百弄乡251平方公里范围内，海拔800～1000米的山峰有5000多座，平均每平方公里就有近20座山，自然条件十分恶劣。但历经4年的奋战，大化的干部群众却在悬崖峭壁间新建和改造了村屯道路，总里程达到2000多公里。

图为广西大化瑶族自治县百马乡中和村的村屯公路（韦哲　摄）

修路前——
群峰莽莽路难行　十家农户九家贫

2016 年初春，乍暖还寒，大化新一届领导班子冒着淅淅沥沥的春雨，踏进迷雾茫茫的群山，对全县需要修建的村屯公路进行调研。

在仅有一条通村砂石公路的板升乡八好村，老村支书蓝朝坤对“八好”有哪“八个好”的回答，让调研的同志心情凝重：“八”实际上是“爬”，“八好”就是“爬要（出门要爬山）”的意思。有一首打油诗这样形容“八好”：“壁立千仞弄场深，群峰莽莽路难行；八好原来是爬要，十家农户九家贫。”

群众最大的心病，就是公路不通。

公路不通，如动脉栓塞，山里的物产难以外运，乡村经济无法发展。八好村弄豪屯村民蒙金民说，一年养肥一头牲畜，要请上几个村民沿着崎岖的山路抬到街上卖，卖来的钱还不够路费，如何富起来呀？

公路不通，危房改造就极为困难，解决大石山区饮水安全问题的家庭水柜建设就难于上青天。七百弄乡弄合村弄确屯村民莫桂杰说，10 年前，为了修建老家的砖瓦房，他雇人从 3 公里外的弄鲁坳口把一包水泥背到村里，运费开支 70 元，比成本价高出 4 倍多。八好村弄麻屯村民蓝美尤重建新房，因为承担不起高昂的建材运费，买了一匹马来运建材，山路崎岖难行，结果马活活累死在路上。

调研摸底发现，大山里需修建的通屯道路达 1300 多条。按照以往的建设进度，要 50 年才能建成。

“公路不通，脱贫攻坚无从谈起。任务重，等不得！”大化瑶族自治县委书记杨龙文说。当年尽管存在重重困难，但屯级公路建设的决心已下，群山之间响起了“轰隆隆”的爆破声。

为拿出真实可靠的数据，做好预算编制，大化各扶贫工作队干部和广大群众克服重重困难，纷纷攀爬在荆棘纵横的高山上，砍荒走线，进行线路勘察。这项工作按常规至少要半年才能完成，但他们日夜奋战，仅用了两个多月时间就完成了，为线路规划、项目招投标及资金筹集打下了良好基础。

建设中——
干部群众齐出力　悬崖之间筑通途

连绵起伏的群山，重峦叠嶂。修路之难，超出人们的意料。

“没有10年以上操作钩机的精湛技术，没有胆量十足的师傅，干不了劈山开路这种活。”承建山区公路多年的韦汉斌说，修筑七百弄乡弄良村弄丘公路的过程中，一台钩机在爆破过后排险时，山石突然整片下滑，钩机悬在浮石上，进退两难，师傅急忙伸出钩机的长臂，支撑整部钩机，下面却是200多米深的陡峭悬崖，十分危急！第二台钩机急忙跟进，挖砌一条便道来救援。类似惊险的场面，在修路中不时出现，惊心动魄。在接近山坳的陡险绝壁上，还要打钻一个隧道，胜似绝处求生，艰险难以形容。

八好村弄研屯至下麻屯的砂石公路，里程不到3公里，经过整整3年艰苦开挖才被打通。因大半是陡峭悬崖，挖掘机无法作业，爆破又容易形成新的悬崖，只能采取人工开凿、钩机跟进的做法。

修筑雅龙乡尤齐村弄庭坳口至弄迎屯的砂石路，必须经过300米悬崖峭壁。下面是民房、学校及水柜，无法爆破施工。健壮敏捷的青年在悬崖上电钻切块，挖掘机挥舞着铁臂跟进锤打，石匠在紧张地砌构路基，义务投工投劳的群众挥舞着铁铲、锄头……有的工地上，附近村屯男女老少都来了，有帮工作人员扛设备的，有除草开路的，有送茶水的……

爆破更是不轻松。爆破北景镇可考村弄棒悬崖时，9个年轻力壮的工人分别从山顶吊到悬崖中间钻炮眼，奋战25天，钻出78个炮眼。所用炸药要用绳子一包一包从崖底吊到悬崖中间，才能灌装。爆破当天凌晨3时多，70名工作人员从临近县城的仓库将5吨炸药装车出发，奋战到晚上10多时才安全爆破完。

据统计，2016—2019年大化全县屯级道路建设使用的炸药达2292.28吨，雷管达60.29万支。

深山修路，处处都是难啃的硬骨头。不但砂石、水泥等建筑材料运输艰难，买水、运水进山修路，更是艰辛。山里严重缺水，建设水泥路或者对已建成而坑坑洼洼、狭窄难行的通屯砂石路进行升级硬化，都需要大量用水。大化县扶贫办副主任蓝勇说，浇筑1公里山路，视水源地远近，就要花1.2万~1.8万元的水费。

在修路中，有几名民工甚至献出宝贵的生命。开挖板升乡弄雷村挖金坳至红山小学公路一段山崖时，因山势陡险，一台钩机坠下山崖；修筑七百弄乡公路时，因山石松垮，一台钩机从山上坠滚而下……

通路后——
新房水柜拔地起 生活方便产业兴

历经4年的艰苦奋斗，一条条盘绕在悬崖峭壁间的“天路”修通了，成为大化连接外界的大动脉，让群众结束了肩挑背驮、翻山越岭的历史。

如今，大化全县实现了村村通水泥路，109个建制村通了客车。大化还同步建设了公路的排水设施和防护设施，保障了乡村公路的安全畅通。

“路一通，新房、水柜拔地起，千山万弄换新颜，山村群众的生产生活条件从根本上得到了改善。”大化瑶族自治县县长蓝胜说。2019年10月，公路通屯后，八好村下麻屯的28户乡亲纷纷拆除四面通风、人畜混居的危旧房子，进行新房建设。历经几个月奋战，一个人居环境优雅的新家园呈现在乡亲们的眼前。春节前夕，瑶族同胞欢天喜地乔迁新居。

以前带着小孩在外务工的八好村下研屯村民罗桂芳，在屯里通水泥路后，回家买了拖拉机、碎石机，为危房改造、家庭水柜建设供应砂石，不仅服务了村里的脱贫攻坚，还解决了家庭增收问题。2019年国庆节，罗桂芳家又买了轿车，一家人过上了幸福的新生活。

“现在，每天都有人开着车或骑着摩托到村里来卖果卖肉，我们在家门口就可以买到很多东西，生活方便多了。”八好村弄业屯的瑶族同胞蒙天合高兴地说。

村屯公路通了，有力促进了山区经济发展。七百弄乡弄雄村村民蓝志平说，以前从七百弄街上回家，不到10公里的山路要走两个多小时，现在从大化县城开车回家，通过山脚村打通的新路，80多公里不到两个小时就到家了。今年春节前夕，南宁一客户上午打电话订购300羽鸡，要求当天杀好送到南宁。蓝志平通过大化冷链物流服务中心进行配送，当天下午就送货上门。

“玉带”绕青山，天堑变坦途。统计显示，4年间，大化县新建和改扩建并升级硬化屯级道路1370条，总里程达2000多公里，总投资约7.5亿元，解决了5.88万户30.99万人的出行难问题，其中贫困户有2.88万户11.25万人。

（本报记者 庞革平 韦哲参与采写）

（《人民日报》，2020年4月3日第14版）

精准扶贫路先行

“真不敢相信,大山里修路要修到我们家门口了。随后,政府还要带领我们搞特色产业,这真是让大家过上美好生活的幸福路啊!”中建路桥集团的志愿者们到结对帮扶贫困户家中慰问时,宣恩县村民们亲切地对他们说着近一年的变化。

宣恩是国家级贫困县,也是湖北省贫困程度最深的地区之一。农村奔小康,基础在交通。宣恩县的普通公路“建养一体化”项目就是其中一颗至关重要的“纽扣”。

该项目由中建路桥集团承建,是宣恩县交通史上最大的基础设施建设项目,也是宣恩县着力破解脱贫致富“瓶颈”的重点基础设施项目,发挥着“交通运输+特色产业”“交通运输+旅游休闲”“交通运输+电商快递”等“造血功能”的交通运输先导作用。工程在复工复产后,目前正加快施工建设。项目建成后,将改善宣恩县高山片区的交通环境,带动当地农村产业的发展,增加农民的经济收入。这对巩固山区脱贫成果,确保山区脱贫攻坚战完美收官,促进全县经济社会持续健康发展具有重要意义。

交通融合特色产业发展的扶贫模式,使交通运输不只是“输液”救急,更是“造血”新生,把农民增收的致富路、农业和农民发展的转型路、百姓期盼走出大山的脱贫路,铺到家门、修到地头、通到村口,真正实现“路通即福、路通即富”。

(王绍旭)

(《人民日报海外版》,2020年4月24日第12版)

带动一方经济致富一方百姓
“四好农村路”建设成为实现精准扶贫脱贫“先手棋”

贵州省遵义市道真自治县忠信镇石笋村寨子组，坐落于芙蓉江峡谷谷底，是一个仅有100多名村民的小山村。

过去，受地理位置和不通公路的限制，悬崖上的“天梯”是村民们出行的“交通要道”，交通阻断了寨子组的村民与外界的联系。

2019年5月30日，一条全长5.44公里、路面宽度4.5米的坳口至寨子农村公路建成通车，彻底解决了石笋村山区群众的出行难题。

随着这条农村公路的建成通车，不仅解决了村民出行问题，而且带动了山区经济发展，引领和带动群众冲破了“穷门槛”，寨子组村民的生活苦尽甘来。

这是贵州省近两年来着力解决全省30户以上村民组打通硬化路、切实改善农村地区交通条件的一个缩影。

“四好农村路”是实现精准扶贫脱贫的“先手棋”，修的是路，带动一方经济，致富一方百姓。

近年来，农村公路发展取得历史性成就。过去是“晴天一身土，雨天一脚泥”，如今是“出门水泥路，抬脚上客车”，一条条“四好农村路”通村畅乡，成为民生路、产业路、致富路。

交通扶贫抓住关键　选准农村路

党的十八大以来，习近平总书记对农村公路发展高度重视，多次作出重要指示，要求建好、管好、护好、运营好农村公路。

《交通强国建设纲要》提出，全面推进“四好农村路”建设，加快实施通村组硬化路建设，建立规范化可持续管护机制。

党的十八大以来，新改建农村公路188.7万公里，完成了所有具备条件的乡镇和建制村通硬化路任务。截至2018年年底，农村公路总里程达到404万公里。以县城为中心、乡镇为节点、建制村为网点的交通网络初步形成，乡村之间、城乡之间连接更加紧密。

全国城乡交通运输一体化发展水平达到 AAA 级以上的区县比例超过 94%。农村“出行难”问题得到有效解决,交通扶贫精准化水平不断提高,农村物流网络不断完善,广大农民群众得到了实实在在的获得感、幸福感。

为落实联合国 2030 年可持续发展议程,2016 年 9 月,中国发布的《中国落实 2030 年可持续发展议程国别议案》指出,按照“扶贫对象精准、项目安排精准、资金使用精准、措施到户精准、因村派人精准、脱贫成效精准”的要求,对农村贫困人口实行分类精准扶贫,确保实现 2020 年全部脱贫的目标。

2020 年是全面建成小康社会目标实现之年,是全面打赢脱贫攻坚战收官之年。在交通运输管理干部学院教授张柱庭看来,农村公路是一项基础性项目,是交通为经济社会发展赋能的先导项目,也是可持续发展的组成部分,是扶贫的关键,选择农村公路是典型的项目安排精准的体现。

记者从交通运输部了解到,截至 2018 年年底,全国农村公路总里程达到 404 万公里,占全国公路总里程的 83.4%,其中等级公路比例达到 91.3%,硬化路率达到 81.3%,具备条件的乡镇和建制村通硬化路率分别达到 99.64% 和 99.47%。

尽管在农村公路建设中取得了成效,但如何补齐农村交通供给短板,保证农村公路管养质量,是保持可持续交通发展、破解贫困地区经济社会发展瓶颈的关键。

良法善治提供保障　建好农村路

建设农村公路作为交通扶贫最艰巨的一项工作,需要资金投入、保证工程质量以及应对各种复杂的环境。如何解决?完善法规政策是推进“四好农村路”建设的重要保障。农村公路基本实现“良法善治”,共治格局基本形成。

党中央、国务院高度重视“四好农村路”建设,连续多年在中央一号文件、政府工作报告中对农村公路建设作出部署。国务院办公厅印发了《关于深化农村公路管理养护体制改革的意见》,交通运输部联合 7 个部门共同印发了《关于推动“四好农村路”高质量发展的指导意见》,发布了《小交通量农村公路工程技术标准》《农村公路养护技术规范》《农村公路养护预算编制办法》等标准规范,农村公路规范和技术标准体系更加完善。

为了落实国家一系列关于建设农村公路的政策措施,29 个省份将“四好农村路”纳入政府绩效考核,21 个省份明确提出实施农村公路“路长制”。

张柱庭认为，农村公路包括了县道、乡道、村道，由于公路法、《公路安全保护条例》制定较早，当时没有把村道纳入调整范围，对县道、乡道的规定较为简单，特别是整体上没有把运营纳入法律调整范畴，已经不能满足快速发展的"四好农村"需要。

他表示，近几年已经有 14 个省级人大常委会通过了农村公路管理地方法规，已经取得了立法经验，下一步应当加快修改公路法、出台国务院行政法规《农村公路条例》的步伐。

建立养护长效机制　管好农村路

贵州始终把农村公路建设作为实施交通扶贫的"主战场"，打出了一系列加快农村公路建设的"组合拳"。截至 2019 年，贵州省计划投资 314.8 亿元，建成通组硬化路 7.87 万公里，实现 39867 个 30 户以上村民组 100% 通硬化路。

海南省通过实施交通扶贫六大工程，补齐了基础设施短板，大幅拉近了城乡距离，率先在全国实现 100% 具备条件的自然村通硬化路目标。

目前，农村公路基本实现"有路必养"，优良路率持续提升。

2019 年 9 月，国务院办公厅印发了《关于深化农村公路管理养护体制改革的意见》。2020 年 2 月，交通运输部联合财政部印发了《贯彻落实〈国务院办公厅关于深化农村公路管理养护体制改革的意见〉的通知》，"以县为主、分级负责、群众参与、保障畅通"的农村公路管理养护体制基本建立，管养责任落实日益到位。

截至 2018 年年底，全国县、乡级农村公路管养机构设置率分别达到 99.9% 和 92.9%，农村公路养护里程超过 395 万公里，列养率达到 97.95%，优、良、中等路率达到 82.5%。

针对农村公路管养机制不健全的问题，交通运输部表示，将实施"长效机制强管养工程"，深化管养体制改革，建立管养长效机制，重点解决重建轻养、资金不足、机制不健全等问题。

农村公路三分靠建，七分靠养，关键在管。

近年来，一些地方大力推进农村公路"路长制"，不断夯实各级党委政府责任。河北、辽宁等 21 个省在省级层面制定了落实"路长制"的工作措施，其中福建、四川等 9 个省出台了实施"路长制"的指导意见。

国务院办公厅印发的《关于创新农村基础设施投融资体制机制的指导意

见》明确农村公路建设、养护、管理机构运行经费及人员基本支出纳入一般公共财政预算。提出将破除体制机制障碍,引导和鼓励社会资本投向农村基础设施领域,提高建设和管护市场化、专业化程度。

交通运输部、财政部也发出通知,要求对地方各级财政、交通运输部门做好农村公路管理养护资金的筹措、使用和监管工作,细化实化资金政策措施,加大投入。

国家给予政策、资金的支持,关键看落实。

虽然建好了农村公路,但管好、养好、运营好公路是一项重要工作。建设四好农村路,如何管养、如何运营使之真正发挥效益呢?张柱庭告诉《法制日报》记者:"关键是人、财、物及运营的可持续性保障机制,其中人才是第一位的,资金和物质是基础性的,法律、政策、标准是保障性的,建立好四者运行的科学机制,农村公路治理体系和治理能力现代化才能真正实现。"

(本报记者　梁士斌)

(《法制日报》,2020 年 5 月 8 日第 1 版)

交通扶贫　共画同心圆

2019 年 8 月 6 日，闽浙交界大山深处的福建省宁德市寿宁县下党乡，一封信的到来沸腾了整个山乡。

“总书记给我们回信啦！”喜讯传遍村落，乡亲们脸上洋溢着满满的幸福。在信中，习近平总书记表示对当年“三进下党”时“车岭车上天，九岭爬九年”的场景历历在目，如今天堑变通途、旧貌换新颜。他祝贺下党乡实现了脱贫，鼓励他们继续发扬滴水穿石的精神，久久为功，努力走出一条具有闽东特色的乡村振兴之路。

修一条路，带动一方经济，致富一方群众。下党乡的变化，也是全国所有贫困乡村的变化。

四川省阿坝藏族羌族自治州汶川县威州镇秉里村通村路（汶川县融媒体中心供图）

2016 年以来，交通运输部已累计投入约 7600 亿元车购税资金支持贫困地区交通项目建设。到 2019 年年底，中国农村公路里程已经从新中国成立之初的 8.08 万公里，延伸到 400 万多公里。

这数字的背后，是像下党乡这样“无公路、无自来水、无电灯照明、无财政收入、无政府办公场所”的“五无乡”的整体脱贫；这数字的背后，是 960 万平方公里土地上一个一个贫困村开枝散叶，连通到全国经济发展大潮而蓬勃发展；这数字的背后，是2020年全国各族人民同步迈入全面小康社会的前景在望，是一个国家和民族的沧桑巨变。

四川省阿坝藏族羌族自治州黑水县扎窝乡日布村村道

贵州省贵阳市乌当区下坝镇谷金苗族村，一位年长的村民为客运班车剪彩（杨楹　摄）

路通百业兴

冬日的四川省阿坝州黑水县羊茸哈德藏寨，一场大雪把整个寨子装扮得银装素裹，仿佛童话世界，吸引众多游人前来打卡。这里三面环山，四季美景如画。

游人不仅能住进藏式民居，品尝藏餐，还可以与藏民一起跳锅庄、唱藏歌，感受民俗文化。

羊茸村坐落在高山上，生活必需品都是靠人背马驮。村子整体搬迁到山下河边平地后，河对面的347国道，给这个曾与世隔绝的村子带来了无穷的希望。2016年11月，一座长68米、宽3米的桥——羊茸村人行索桥改建工程的完工，彻底把这个村与外界联系了起来。依托便利的交通条件，村民们组织起来发展民宿。

羊茸哈德，当地人叫“冬巴嘎”，藏语的意思是“神仙居住的地方”。交通条件的改善让这里真的变成了人间仙境。桥通路畅，游人络绎不绝，旺季时羊茸村常常爆满。在桥建成后的2017年，单单黑水县“彩林节”期间的一个多月的时间里，村里就接待了1万多名游客，收入近100万元，参与接待游客的农户最多分红4万多元，最少也分得2万多元。

“蜀道之难，难于上青天！”四川处于中国大陆地势第一级青藏高原和第二级长江中下游平原的过渡带，海拔高低悬殊，地貌复杂，自古交通为绝域。交通运输部定点帮扶的阿坝州黑水县、小金县、壤塘县和甘孜州色达县属于青藏高原东南缘和横断山脉的藏区深度贫困地区，交通状况又是这难中之难。

像阿坝州黑水县羊茸村这样的深度贫困村因交通改善完成的蜕变，为全国层面的交通扶贫提供了样板。

四川省阿坝藏族羌族自治州省道217（卓小路）梦笔山段，远处雪山隐约可见

从2009年开始，交通运输部累计投入65亿元、四川省累计投入15.4亿元，打了一场持续10年的交通大会战，打通4县交通命脉。到2019年年底，四县的乡镇和建制村全部通硬化路，县城均有两条以上三级公路通道对外连接。

交通的改变，释放出了原来被地域封印的发展活力，激活了这片高原蓬勃的生机。

“交通+旅游”。依托独特的民族文化和自然人文资源，四县通过公路建设整合全境旅游资源，同时以风景道的标准打造每条公路，形成与全域旅游相适应的“快进慢游”新模式。以350国道为主线正在打造的“中国熊猫大道”，串联起汶川特别旅游区、卧龙大熊猫研究中心、小金四姑娘山、夹金山等热门景区；以317国道、213国道等为主线的“茶马·藏羌风情大道”，串联理县桃坪羌寨、马尔康卓克基官寨、若尔盖草原、松潘黄龙等热门景区。旅游资源正通过公路被整合为一体。

2019年7月，四川省阿坝藏族羌族自治州壤塘县非物质文化遗产传习所唐卡创作现场(赵煜民 摄)

“交通+文化”。在壤塘县中壤塘乡壤巴拉觉囊唐卡传习所，上百名藏族青年在这里学习觉囊唐卡、唐卡堆秀、雕塑和藏香制作等技艺。借助“藏羌彝文化产业走廊”政策红利，当地政府将觉囊唐卡、梵音古乐、南木达藏戏等打包成“觉囊文化”大品牌整体发展。

“交通+旅游+非遗”。2019年年底，壤塘县完成了227国道壤塘友谊桥至黑桥公路主体工程，打通了旅游黄金通道。从2017年开始，壤塘县累计投资4600余万元，完成了中壤塘景区过境公路和画家村公路，助力壤巴拉文化旅游景区成功创建国家AAA级景区。目前，围绕藏香、藏茶、藏药、石刻等非物质文化遗产，壤塘县建成了27个非遗传习所，2000余名青年在那里从事非遗的生产性保护、活态化传承工作，其中来自贫困家庭的有600多名。

“交通+产业”。2019年6月，小金县一次性打捆招标3年交通定点扶贫项目18个。随着交通基础设施不断完善，小金苹果、高山玫瑰、葡萄酿酒、生态蔬菜、高原牦牛五大主导产业已初具规模。

“交通条件的改善，不仅解决了群众出行问题，还极大地促进了农村产业发展、农村基本公共服务改善和农民增收致富。”在2016年的交通扶贫新闻发布会上，国务院扶贫办副主任欧青平表示，一些拥有良好自然环境和独特人文环境的农村，因为交通条件的改善，把农产品变成了旅游产品，农家院变成旅游设施，让绿水青山变成了脱贫致富的金山银山。

以“交通+”为代表的扶贫模式，四年来在全国各地遍地开花，各地探索层出不穷。

在陕西省宝鸡市千阳县，交通的改变给有着千年历史的“布要活”赋予了新的生机，在南寨镇闫家村，民间女艺人杨林转带着姊妹们飞针走线，虎头枕、鸳鸯枕……一个一个颜色鲜艳、充满喜气的“布要活”刚缝制出来就被买走。

在云南，2015年全长近50公里的晋红高速公路通车，2016年全长86公里的昆玉高铁通车，一直以来紧锁玉溪、普洱、西双版纳发展“瓶颈”的“刺桐关”，被云南交通人彻底打破，助力沿线近10个县打赢脱贫攻坚战。

在江西省萍乡市，盘山公路的修建，方便了出行，既让当地的茶叶、竹笋等农产品走出大山，还吸引外地游客来武功山景区游玩，直接沿路带货。

在四川省华蓥市，随着农村公路建设力度的加大，阳和、高兴、永兴纯农业乡镇建起了2.6万亩大棚，种植葡萄、草莓、西瓜和食用菌等果蔬，农民收入连年翻番。

在贵州省铜仁市玉屏侗族自治县，交通脱贫攻坚成了服务乡村振兴战略和建设社会主义新农村的“新引擎”，杂交水稻制种基地产业路的建成，让工人们一步到位，把水稻直接脱粒从田地运到谷仓。

在新疆维吾尔自治区，果子沟大桥的建成通车，改变了新疆伊犁河谷千百年来交通闭塞的状况。

农村路畅通后，浙江省湖州市安吉县余村过上了城里人的日子(石红岩　摄)

在重庆市綦江区赶水镇，凭借便捷的交通优势，以草蔸萝卜为主要拳头产品的特色农业让农民群众在家门口就业。

在湖北省宜昌市夷陵区伍家岗至龙泉一级公路旁，配套建设的标准化公路柑橘卖场，把贫困户的柑橘直接装箱销往全国各地……

四川省乐山市峨眉山市绥山镇天全村通客车了(胡克相　摄)

交通扶贫，让"出门水泥路，抬脚上客车"在越来越多的地方成为现实，曾经

“山里山外两重天”的局面正在不断改变，持续改善的交通条件有效带动了种养业、农村电商、乡村旅游等特色产业发展，为贫困地区群众打开了脱贫致富的大门。

真正的超级工程

2019年腊月的一天，一声清脆的“吱嘎”声打破了山间的岑寂，四川凉山彝族自治州布拖县乌依乡阿布洛哈村的悬崖索道摆渡车正式运行，至此，四川最后一个“无公路村”打通了对外通道。

这是一条临时的索道。

阿布洛哈村三面环山，悬崖陡峭壁立千仞，一面临水，金沙江支流割山成深谷。全村65户253人进出全靠一条不足一米宽的砂土路，马驮人背运物资走一趟要3个多小时。悬崖摆渡车让这个村过上了几百年来最富足的一个年。

与他们一起过年的，还有乘摆渡车进村的来自省、州、县三级的筑路工人。一条已持续施工一年的通村公路（主体工程2019年已完成）仍在紧张施工中。

这也是凉山州最后一条通村路。

俯瞰阿布洛哈村通村公路2、3号隧道之间的钢桥（6月29日摄，无人机照片，新华社记者　江宏景　摄）

这是一条几乎每一米都需要爆破施工的路，2019年10月，工程推进到两公里处，陡崖夹沟的地势极大增加了施工难度，拖慢了工程进度，工程队调用米-26重型直升机，吊运9台重型设备进山两边多点施工，每天仅能推进10米。

一个偏远小村出行的变化，记录着为了打赢脱贫攻坚战，不落下一村一户，我们有多努力。

2019年年底，交通运输部举行"脱贫攻坚"专题新闻发布会上，面对记者"广大农村地区全面实行通路和通车能否如期实现"的提问，交通运输部新闻发言人孙文剑给予肯定回答后动情地说，"中国的农村公路才是中国真正的超级工程。"

这条克服各种施工难度、已经历时一年之久的阿布洛哈村通村路，正是中国这项超级工程的一部分，这也是每一个交通扶贫人的骄傲。

到2019年年底，中国农村公路里程超过400万公里，这个中国纵横广袤乡野长度可绕地球100圈的巨大网络，串通了村和村、乡和乡，连接了乡村和城市，托起了6亿农民的脱贫梦、致富梦、小康梦。

湖南省永州市道县营江街道芒头寨村，平坦的通村公路穿过田野，通向整洁的民居（蒋克青　摄）

这项超级工程的背后，是交通扶贫人的辛劳付出。交通运输部已累计选派49名优秀干部到四川藏区挂职帮扶，在雪域高原，在大凉山腹地，在西南边陲的深山，都洒下了交通扶贫人的汗水。

这项超级工程的背后，是来自党中央对农村公路的高度重视。2016年中央发布"十三五"规划，对加大对贫困地区的资金支持力度提出了明确要求：

——国家高速公路中央投资补助标准由"十二五"平均占项目总投资的15%提高到28%以上。

——普通国道补助标准由“十二五”平均占总投资的 30% 提高到 50% 左右。

——乡镇、建制村通硬化路补助标准提高到平均工程造价的 70% 以上。

与此同时，中央把交通扶贫支持地区从集中连片特困地区 680 个县，扩展到国家扶贫开发工作重点县、革命老区县、少数民族地区县和边境县总共 1177 个县。

习近平总书记亲自总结提出“四好农村路”建设，多次就交通扶贫和“四好农村路”作出重要指示批示。党的十八大以来，交通运输部投入车购税资金 5928 亿元，带动全社会完成农村公路投资超 2.6 万亿元。

这项超级工程承载的，是贫困户的增收致富。

在山东省莱州市 2019 年初完成大棚种植项目区道路硬化，直接为三山岛街道永盛埠村扶贫大棚承包户赵铭打通了致富通道。西红柿采摘了直接运到环村路上，再也不用担心颠簸损坏，卖菜、运农资再也不是难题。

陕西省宝鸡市岐山县的村民们正在排队乘通村公交车

在陕西省宝鸡市西部山区，扶贫旅游专线的兴建从根本上改善了贫困群众交通条件，激发了地域活力。陈仓区香泉镇南峪村贫困户陈海生一家三口都在景区上班，一个月下来工资收入就有 5000 多元。

这项超级工程承载的，是贫困村的脱贫出列。

重庆市万盛经济开发区黑山镇乡村旅游公路上，路面彩色防滑带与公路两侧的树林相映成景(曹永龙　摄)

重庆市万盛经济开发区，不断完善的交通运输条件带动了沿线乡村旅游经济发展，全区57个建制村发展农家乐、民宿等500余家，7个深度贫困村实现脱贫。

湖南省湘西土家族苗族自治州古丈县默戎镇翁草村，随着进寨公路进行提质改造完成，更多人来到了这个千年苗寨，在群山拥翠中体悟那份宁静。村民们在自家门口实现了小康梦。

这项超级工程承载的，是贫困县的脱贫摘帽。

在湖北省恩施土家族苗族自治州建始县，200多公里的产业路的修建，把具有300年历史的葡萄品种推向了广阔天地，参与种植人数达5000人，2019年葡萄产业产值达3亿元，人均毛收入6万元，人均收入4万~5万元。

在四川省乐山市金口河区，100公里"四好农村路"的建设，为永胜乡年种植面积3000余亩种薯基地和10000亩野生蔬菜基地畅通了销路，保证了拥有8个村、44个村民小组、1000余户、有彝汉两个民族的永胜乡如期脱贫。

这项超级工程承载的，是集中连片特困地区的后发反超。

路通了，车来了，带动六盘山片区县的农业产业、乡村旅游蓬勃发展，甘肃平凉、庆阳的苹果以及定西的洋芋等农副产品走出了大山，走向了全国，有效带动了群众脱贫致富。在甘肃省的六盘山片区，贫困人口由2013年年底的394万人减少到2019年年底的13.1万人，到2019年年底，40个贫困县已经脱贫摘帽35个，2020年将全部实现脱贫摘帽。

山西省原平市景观公路跨越沟壑，在山间蜿蜒盘旋。农村公路的整修，带来了游客，方便了沿途村庄群众出行（吉建平　摄）

千年梦，今朝圆。这项超级工程，承载着全国各族人民同步迈入小康社会的殷切期望，记录着中华民族千百年来第一次摆脱绝对贫困的幸福与喜悦，书写着每一个中国人昂扬走在康庄大道上的那份自信与从容。

村路弯弯，高速连绵，一头接着繁华的都市，一头连着日渐富饶的乡村。大国交通，串起6亿农民的民生福祉，链接近14亿中国人的美好生活，勾勒出了一个寄托着乡愁、承载着希冀的同心圆。

（《中国扶贫》，2020年5月16日第10期总第372期）

“组组通”开启农民幸福路

贵州素有“九山半水半分田”之说，山地和丘陵占总面积的92.5%，贫困人口多分布在地处偏远、交通落后、信息闭塞的自然村寨，交通基础设施一直是脱贫攻坚最难啃的“硬骨头”。

贵州赤水（新华社发　王长育　摄）

“‘要想富，先修路’不过时”；“贫困地区要脱贫致富，改善交通等基础设施条件很重要”……党的十八大以来，习近平总书记始终牵挂着老乡家门口的路好不好走，亲自谋划、亲自推动“四好农村路”建设，强调要逐步消除制约农村发展的交通瓶颈，为广大农民脱贫致富奔小康提供更好的保障。实现农村“组组通”，就是贵州贯彻落实总书记系列重要指示要求，通过农村交通基础设施建设破解深度贫困问题的重要抓手。

铺就一条致富路

“有了这条路，生活方便多了，少走了好多路，下雨天也不怕打滑了”，彝族姑娘杨小飞高兴地说，“现在国家的政策好，我对自己的生活特别满意”。杨小飞家住在贵州省毕节市威宁彝族回族苗族自治县新河社区花厂坝组，贵州是全国脱贫攻坚的主战场，新河社区位于贵州西北部山区，海拔2000多米，村民居住分散，交通极不便利。

要想早致富，还得先修路。这个道理新河的老百姓又何尝不知？但是没资金、没领头人、土地协调情况复杂等原因，导致修路这件事被搁浅多年，农户依然过着“外出走一走，脚上全是土；农户要种地，全靠使力气”的生活。为了打通出行“最后一公里”，贵州在全国率先启动农村“组组通”硬化路三年大决战，加快交通基础设施向下延伸。

这条“组组通”于2018年3月开始铺设，5月完工，从邹家院组顾家院子至丫口脚通组，总长2.7公里，路宽5.5米、混凝土硬化30厘米厚，项目总投资158.7万元。项目覆盖邹家院、花场坝、厂上三个村民组156户867人。

这条千呼万唤的“组组通”将散落在山间的村寨像金线穿就宝石一般连接在一起，蜿蜒盘旋在青山翠谷之中，犹如蛟龙出海，带着当地人民奔小康的希冀一飞冲天。

毕节市黔西县太来彝族苗族乡的“组组通”硬化路（新华社记者　陶亮　摄）

毛细血管“组组通”

因为有了这条“组组通”，打通了脱贫攻坚“最后一公里”，成为破解贫困地区经济社会发展瓶颈、加快脱贫攻坚的“先手棋”。因为有了这条“组组通”，连接了山内与山外，让资源流动更为便捷，把幸福源源不断地输送进来。一栋栋小洋楼如雨后春笋拔地而起，村容整洁、生态宜居，整个村庄显得朝气蓬勃；曾经的人背马驮的景象已不复存在，取而代之的是数不胜数的私家车，田间地头不见

"晨兴理荒秽,戴月荷锄归"的汗影,而是小铁牛发出的机器轰鸣声;一家家流动超市开在了家门口,农户购买生活用品不再跑远路。

毛细血管"组组通"公路的修建,加速了人流、物流在城乡的流动,也增强了城乡互动,缩小了城乡差距,加快了城乡一体化进程,改善了农村居住和出行环境,为加快推进农业农村现代化提供了更好保障。

贵州盘州市盘关镇贾西林场的"组组通"硬化路(中新社记者　贺俊怡　摄)

扩宽增收致富新路子

新河社区具备良好的旅游发展优势,如今加之便利的交通条件,引来多家企业及合作社入驻,曾经农产品自产自销,现在老乡家的农产品走向了市场。道路敞亮了,老乡的心里也敞亮了,思路变开阔了,外出务工、在家创办合作社,都成为脱贫致富的途径。

姚文广就借着东风,成为致富能手,道路一修通,有思路的他就筹钱购买货车跑起了运输,几年下来拥有了两台挖掘机,一辆轿车,腰包逐渐鼓了起来。杨小飞本是种田的农民,因为路修通了,家里养的牛和猪便有了好销路,每年能有 2 万的收入。

路修通了,农业产业结构随之优化升级。截至目前,新河社区通过"党支部 + 合作社 + 农户"的模式,采取流转土地、土地入股分红、带动就业等多种方式,发展了蜂糖李 300 亩、皂角 2000 亩、蓝宝石葡萄 130 亩、核桃 540 亩、花卉 150 亩,预计每户每年可创收 4500 元,扩宽农民增收致富路子,为水塘堡乡脱贫攻坚工作夯实了基础。

新河社区的乡村风貌(求是记者　李露倩　摄)

充满希望的幸福路

“组组通”不仅仅是通了一条路,更是打开思路、开阔视野、提速思想转变的新途径。

46 岁的彝族大姐陈英,年轻时候外出广东打工,每次离乡返乡时这条泥泞、艰辛、满是风雨的路,让她明白“治穷先治愚”,要想改变贫穷的生活面貌,必须蹚出一条通向大山那边的路。她介绍到自己有三个孩子,老大在毕节学院即将读大三,老二读高三,老三读初中,“我自己不吃不喝就培养孩子,我管他哩,尽我自己能力,他们能上大学,就是我最大的幸福”,说到这,陈英眼中流露出对无限幸福的憧憬。作为建档立卡贫困户,国家给予陈英读大学的孩子每年 4800 元的助学金,陈英每月保养、打扫公路,一个月有 600 元收入。

国家给铺设的幸福之路,国家给予的帮扶之路,一定会启迪更多的贫困户,带领他们向前去。

这条路虽然全长只有 2.7 公里,但它却是党委政府与人民群众的连心路;虽然只有 5.5 米宽,却是企业与新河社区农户脱贫致富的康庄大道;虽然只有 30 公分厚,却体现了党中央是人民群众坚实无比的后盾。

(求是记者　露倩　刘名美)

(求是网,2020 年 6 月 18 日)

决战最后的通村公路

2020年6月30日上午，一辆黄色的客运面包车沿着刚铺好不久的柏油路，穿过两座隧道、一座钢桥和又一座隧道，稳稳地开进四川省凉山彝族自治州布拖县乌依乡阿布洛哈村。根据交通运输部发布的信息，这个金沙江大峡谷深处的彝族聚居村，是全国最后一个不通公路的具备通路条件建制村，曾经因动用直升机修路而成为“网红村”，如今终于彻底打通了对外通道，首次在村口迎来客运班车。

为65户253个人在绝壁上修建一条3.8公里长、4.5米宽的通村公路，耗费多少成本才划算？在有的国家和地区，也许要算一笔详细的经济账，但在社会主义的中国，在大山深处的阿布洛哈村，这是一笔无法计算的民心账。不管是动用直升机，还是修建永临结合的峡谷摆渡车，抑或是投资数额倍增，都是为了一个庄严的承诺：脱贫攻坚，不落一村一户一人。

艰难的出行

在平直的公路上，步行1公里大约只需要10来分钟。但如果把它斜放60度，而且变成弯弯绕绕的小道，上坡走一趟则至少需要3个小时。这样的路，我们许多人可能一辈子也不会走一次，但对于阿布洛哈的村民来说，却是几十年来出行的常态。

他们出村还有另一条路可选，就是从村子沿着羊肠小道往下，直到峡谷底部，再攀岩上山或跨过奔流的金沙江支流西溪河，可以到达两个不同的邻村。不过这条路的坡度更加陡峭，几乎达到70度，而且仅是下坡这一段路程就有2.4公里，过河也没有桥，安全性和便捷性还不如第一条。

阿布洛哈村就像一颗穿了细绳的珠子，竖着悬挂在云端的绝壁之上，三面靠山、一面临崖，虽然云雾缥缈、险峰耸立、风景宜人，但对外道路要么向上攀山，要么向下入沟，行走起来需要四肢并用，十分艰险。如果没有身临其境、亲眼所见，很难体会那种被大山困住的感觉。

“我们现在上山出村走的路，实际上已经是2007年政府专门投资改建过的驿道，比原来加宽了，而且还有一些防滑的石梯步。更早的时候就是人畜踩出来的一条毛路，甚至根本没有路，只够下一只脚，雨天特别容易打滑摔跤，一不小心就可能掉下悬崖。”阿布洛哈村党支部书记吉列子日说。

受识字的父亲影响，现年25岁的吉列子日，小时候是村里同龄人中极少数上了学的孩子之一，也是村里第一个大学生。“那时候村里没有学校，我和哥哥就下山到河边，然后滑过50多米的溜索到河对面村子的小学去读书，每天有四五个小时在路上。”吉列子日调侃说，自己因此练就了飞檐走壁的功夫。

在这样的路况之下，阿布洛哈的村民长期过着自给自足的生活，不到万不得已不会出去。一些必须在外面采购的生活物资主要靠人背马驮，建筑材料和大型机械很难运进来，修建住房只有手工作业、就地取材，大部分人家住的都是土坯房。

外地人不禁要问，为何非要住在环境如此恶劣的地方，又为什么不能整体搬迁出来？实际上，这和当地的地理环境有关。大凉山位于横断山系东侧，金沙江、大渡河以及它们的支流在这一带切割出四川最密集的高山悬崖，一些地势较缓、适宜居住和耕作的平坝也多在高海拔山区，因此形成了很多这样的“悬崖村”。

同时，对于阿布洛哈村来说，还有另一层较少提及的背景。20世纪60年代，凉山州地区麻风病肆虐，限于当时的医疗水平，得了这种病如同被判了死刑，人们称之为“风吹来的魔鬼”。为了防止疾病传染扩散，麻风病人被转移到大山里几乎与世隔绝的“康复村”，阿布洛哈就是其中之一。

早些年，这里由民政部门直接管理，提供粮食衣物、治疗和药品。后来，随着医疗进步，村里的麻风病人全部治愈，后代也很健康。但是，外界对他们这样一个特殊人群的接纳还需要一个较长的过程，虽然村里已经有人外出谋生，但整体搬出来不一定是最好的选择。

改革开放尤其是2007年以来，政府及一些援建单位相继在这里投资建设了敬老院、小学、卫生站、引水工程等基础设施，阿布洛哈作为一个新的行政村逐渐步入正轨，村民出行和产业发展对道路的需求也因此变得更加迫切。

中国打响脱贫攻坚战，每一个贫困的角落都不会被遗忘，当然也包括阿布洛哈。根据四川省和交通运输部关于“脱贫攻坚、交通先行”的计划，四川要在2019年年底实现所有具备条件的建制村通硬化路。于是，在政府资金支持下，通往阿布洛哈村的硬化路建设工程在2019年6月正式动工。

直升机修路

由于项目施工位置处在深切峡谷的半山腰上，大家都明白建设这条路的难度不会太小，但当时也没有人知道，它竟会成为全国最后一条被打通的村道。

最早有这种预感的可能是凉山州交通运输局局长龚平，面对2019年年底通路的硬任务，她密切关注着全州每个通村公路项目的建设进展。“时间过了4个月，只修了3公里加一个隧道，最后一段的地质条件更加复杂，如果按照之前的方案和进度，施工安全和工期都难以保证。”龚平踏勘现场后有些着急。

很快，四川省交通运输厅也掌握到阿布洛哈村面临的具体困难，随即决定调集省内施工能力较强、经验丰富的四川路桥公司接手后续工程，并推动优化施工方案。“当时最大的问题是如何增加作业面。”负责该项目的四川路桥公司凉山片区负责人赵静说。

原来，由于阿布洛哈进村道路艰险，施工设备进不去，通村道路修建就只能从外到里这一个作业面单向掘进。最初，赵静团队想到的办法是组织工人徒步进村，人工向外开挖。“找了200多名工人下沟再爬到对面施工现场用了一上午时间，但他们看到村里条件实在是太艰苦，没吃没住，几乎跑了大半。”赵静说。

此法不通，赵静开始酝酿一个大胆的想法：可不可以用直升机吊运施工设备进村，从里向外增加一个作业面呢？其实，这种想法并不是空穴来风。2008年汶川地震，灾区道路严重损坏，在随后的唐家山堰塞湖排险工程中，四川路桥公司就曾借助重型运输直升机转运工程机械至现场，加快了施工进度。

为了一条通村公路调用直升机，值得吗？“脱贫攻坚不能落下一个村、一个人！有可能就要试一试！”面对这个破天荒的设想，龚平积极向上级和地方政府争取，经过多次协商，终于得到各方支持。

说干就干，11月底，在国家和四川省应急管理部门的支持下，一架租用的米-26重型运输直升机飞赴凉山。十分巧合的是，此次执飞的俄罗斯机长安东·列别杰夫，正是在汶川地震中驾驶同款直升机增援唐家山堰塞湖抢险救灾的英雄机长。“这次任务对当地脱贫来说意义重大，重返四川，我们也非常荣幸。”安东·列别杰夫感慨道。

调用直升机，看似容易，实则不简单。“直升机公司在青岛，飞机停在广西，飞行和技术团队是中外组合，专用的航油从昆明调运，负责加油的技术人员从成都赶来，航线需要申请，着陆地点需要临时开辟……”那段时间，龚平忙得晕头转向，很难睡个整觉。

飞行的过程也一波三折。从布拖县城到阿布洛哈村的航线距离约40公里，处于高海拔地区，沿着高山峡谷行进，执飞难度极大。“11月30日下午飞机进村查线，没想到后面两天连续雨雪，只能放弃执飞。”龚平说，机组的安全不容忽视，飞不飞要听专业意见，该停就停。

12月3日下午，天气终于放晴。米-26吊着一台挖掘机从布拖县城起飞，大约20分钟后顺利到达阿布洛哈村上空并成功投放，圆满完成第一次吊运。然而，4日全天和5日上午当地又是下雪天，机组再次停飞。就这样，在断断续续的天气变化中，机组只能抢抓稍纵即逝的窗口时机，终于在7日上午之前将3台挖掘机、1台装载机、2台空压机和2台潜孔机运送到村子里。

车未通，没想到先来了“巨无霸”直升机。那几天，阿布洛哈像过节似的，村民们每次听到峡谷中传来“轰隆隆”的声音，都争相跑出来看稀奇。“以前没有见过，以后也不一定看得到了。”45岁的吉尔牛日拿出手机，兴奋地和飞机拍了很多张合影，他说，“虽然自己没有机会坐上一回，但相信它会给村子带来希望！”

峡谷摆渡车

空中运输的施工设备进场后，从村里向外修路的作业面迅即打开，每天能前进10多米。“时间已经到了11月份，工期非常紧张，不敢掉以轻心！”在工地蹲点督导的四川省交通运输厅公路局副局长胡厚池说，项目每天的施工进度都会形成简报向上报告，“高峰期有300多人、40多台设备参加建设。”

但天有不测风云，从村外向村里开挖的作业面又遇到了问题。“进村最后一公里，原方案是沿着绝壁开挖‘C’形隧道修建路基。”胡厚池说，但前进过程中发现这一段山体内部岩石虽然很坚固，可表面的风化层却非常破碎，塌方已经砸坏了2台挖掘机，如果继续挖下去会非常危险，“我们紧急召集10多位专家再次踏勘现场，经过反复论证，决定放弃原办法，调整为‘2隧+1桥’的穿山方案。”

调方案就意味着延工期，年底通路的目标还能实现吗？“这个时候由于村内机械施工作业以及建设安全住房，材料运输的需求也很迫切，我们就想能不能建设一座永临结合的摆渡缆车跨过这段峡谷，既能运货也能坐人。”胡厚池说，修路必须讲究科学不能冒进，用缆车接驳也能实现人货安全便捷运输的目的，也是如期打通了对外通道。

实际上，为了给村里的施工队伍保障食物供应，峡谷之上此前拉起了一根简易的缆索，但如果要运人送货，它的承重远远不够。要建设一座安全可靠的摆渡车，关键是在村子那头修筑一个能够承受足够重量的锚碇。“最大的问题是村里没有材料！”赵静说，直升机运进来的挖掘机可以就地开采一些碎石，但是水泥只能用骡马驮运。

运送水泥那天，原计划天黑之前能完成，结果到了晚上十一点才全部搞定。“骡马走起来也很费劲，它也不知道怎么下脚。有一匹马在半路怎么也不动了，直到把它身上的4袋水泥卸下2袋才又往前走。”赵静回忆说，一袋水泥50公斤，本身的价格才30元，但是进村的运费就要100元。

2019年12月31日，一组约400米长的缆索搭载一个6平方米大小的摆渡车顺利建成并投入使用，单边运行只需20分钟。记者跟随村民体验了峡谷摆渡车的首次运行，站在车厢里非常平稳，晃动幅度很小。

这是阿布洛哈历史上值得铭记的一天。摆渡车正式运行那一刻，旁边山坡上围观看热闹的村民们早已欢呼起来，响亮的鞭炮声此起彼伏，庆祝的彝族歌声在峡谷中久久回荡。“有老人进村之后还没出去过就去世了，这成为他们毕生的遗憾，但以后再也不会了！”吉列子日感叹道，村子从此翻开了新的一页。

峡谷摆渡车运行没多久，就成为阿布洛哈的生命通道。前段时间一位村民在凌晨突发疾病，施工项目部紧急启动摆渡车运送出来，然后又安排车辆送往县城，在途中和救护车相遇，病人顺利脱险。“以前遇到这种情况，只能靠青壮年轮换着抬担架走山路出去，不仅费时费力，走夜路也很危险。”吉列子日说。

摆渡车开行之后，村里的安全住房建设也提上日程，一批批钢筋水泥、砖瓦木材转运进来，一幢幢钢结构的新房在当初临时开辟的直升机停机坪空地上拔地而起。“新建的住房每家每户都有份儿，目前正在进行收尾工作，贫困户已全部搬进去了。”乌依乡党委书记卯彪介绍，阿布洛哈村今年也将甩掉贫困的帽子，和全国人民一起奔向幸福生活。

小路和大路

来到阿布洛哈村之前，宋镜一直在高速公路项目工作，但现在他是这条通村公路的项目总工程师。“我从来没想过自己会来修一条村道！”坐在阿布洛哈通村公路项目部简陋的篷布下，宋镜笑眯眯地说，他背后不远处是刚铺好不久的硬化路,“但干到今天,我反而觉得这有可能成为我职业生涯中最难忘的项目。”

在阿布洛哈村峡谷摆渡车建成投运的同时,“2 隧 +1 桥”的新方案也在稳步推进。包括宋镜在内,四川省交通运输厅公路局、厅公路设计院和四川路桥公司再次抽调精兵强将参与到项目建设中。“两座隧道分别长 688 米和 363 米,一座钢桥长 30 米,从技术角度来说难度不大,难的是往村里运送机械设备。”宋镜说。

为此,项目部采用了分拆运输再组装的办法,就是先让厂家的技术人员在峡谷这头把拖拉机等设备分拆开,然后分批用摆渡车运输到村口,再重新组装起来。这样,从村里向村外修路的作业面依然在向前掘进。

78 岁的罗布只黑是 1960 年代来到阿布洛哈村的,目前住在村里的敬老院。自从村里开始修公路,他每天最大的乐趣就是找一个小山头,搬一块石头坐下,点燃随身多年的烟袋锅儿,远远地看工人们操作机器,把阻挡了村子几十年的大山一点一点“啃”下来。一会儿直升机,一会儿挖掘机,一会儿摆渡车……“比电视还好看咧!”老爷子用烟杆指着对面新修的公路说。

实际上,每一个阿布洛哈人都是如此满怀期待。“有村民不要青苗树木补偿,有村民给施工队送来猪肉、鸡肉,还有刚从河里捞起来的鱼……”宋镜掰着指头说,这些点滴令人动容,也让他们更加认识到自己修的真正是一条百姓路、民心路。也正是在这样的激励之下,项目部想尽一切办法加快建设速度,还尽量在施工中雇佣一些村里的劳力,增加他们的收入。

如今,建设者们完成了自己的任务,阿布洛哈最后一公里硬化路彻底打通,村民连摆渡车也不用就能直接坐车出门了。“我再也不是那个骑马去乡里开会的村干部了!”吉列子日大笑着说道。

随着道路贯通,对于村子未来的发展,这个年轻的村支部书记有着自己的谋划。“村里的 33 套安居新房建成了,目前已经修建黑山羊养殖基地 680 平方米,种植杧果 100 亩、无刺花椒苗 6300 株……”吉列子日盘算着,路通了物流就通了,下一步他计划依靠电商平台,把村里的蜂蜜、核桃等特色农产品卖到城里去。

目前,凉山州文旅部门正在谋划阿布洛哈的旅游开发。记者站在通村路的钢桥上,临峡谷云海、听流水潺潺、看缆车飞渡,恍若到了不知今夕何夕的世外桃源。这个因为“直升机修路”备受瞩目的“网红村”,有望成为金沙江旅游环线的重要目的地,接待来自全国乃至世界的游客。

“最高兴的是教育条件也将大幅改善!”吉列子日说,自己就是通过教育改变了命运,“村小的教室装上了先进的电教化设备,最新的教育资源一点就通。去年我送了10多个学生去城里读初中,成绩都不错。新修的道路,就像一根抻开的弹簧,会把大山里的孩子和外面的世界拉得更近!”

客运班车顺利开进阿布洛哈,标志着布拖县、凉山州、四川省乃至全国实现了100%具备条件的建制村通硬化路的交通脱贫攻坚兜底目标,也意味着四川省已经彻底消除具备条件的建制村通客运班车的空白点。至此,我国交通建设实现历史性跨越,农村公路总里程已达420万公里,占全国公路总里程的八成以上。这张巨大的“毛细血管”网将3万多个乡镇、60多万个建制村与国省干线紧密相连,托起了6亿多农民的小康梦。“回头看,所有的努力都是值得的。阿布洛哈的村民有权利享受现代交通的便利,我们各方面的建设者践行了习近平总书记脱贫路上不落下一个人的要求。这虽然是一条小路,但彰显的是人民至上的国家大路。”龚平说。

(本报记者　惠小勇　胡旭　董小红)

(《新华每日电讯》,2020年7月1日第8版)

美学引领　匠心打造
修武县“四好农村路”是这样创建的

环境优美的宁城大地，阡陌纵横，一条条或笔直平坦、或蜿蜒婀娜，四通八达的乡村公路成为人们奔向“诗和远方”的黄金通道。“车在云中行，人在画中游”，这就是修武县创建的“四好农村路”。

修武县地处河南省西北部太行山南麓，位于郑州、焦作、新乡、山西晋城四城市的中心地带，总面积611平方公里，全县27.4万人。境内有全球首批世界地质公园、国家5A级旅游景区——焦作云台山，联手恒大、碧桂园等行业龙头，打造了辐射中原的旅游集聚区和民宿产业带，已形成“南有莫干山，北有云台山”的发展格局。修武县是千年古县、旅游名县、中国县域美学策源地、中国长寿之乡、全国康养50强县，先后荣获国家卫生县城、国家园林县城、中国最美小城、全国平安建设先进县、国家首批全域旅游示范区和全国民宿产业发展示范单位等荣誉称号。

近年来，修武县认真贯彻落实习近平总书记提出的“建好、管好、护好、运营好”农村公路的重要指示精神，把“四好农村路”作为“绿水青山”变为“金山银山”的纽带，紧紧围绕产业强县建设，把“四好农村路”创建作为实现乡村振兴、助力脱贫攻坚、发展文化旅游、促进农民增收的关键一招，探索出一条“以美学经济为引领，以‘四好农村路’建设为抓手，全面带动产业大发展”的新路径。一条条农村公路翻越山岭穿过城乡，打破了制约农村发展的交通瓶颈，为打赢脱贫攻坚战和实现乡村振兴起到重要的支撑。截至2019年年底，全县农村公路总里程726.68公里，其中县道9条109.92公里、乡道11条131.78公里、村道337条484.98公里，基本形成了“外通内联、通村畅乡、安全便捷”的农村公路网络。

2018年“四好农村路”创建工作启动以来，修武县坚持以美学为引领，紧紧围绕全域旅游示范区总体布局，把优质、稀缺的乡村美学体验融入“四好农村路”的规划设计等各个方面，匠心打造出“一村一品一路一特色”的“修武模式”。

领导重视，高位推动，迅速形成创建合力

万事开头难。在创建初期，修武县委、县政府领导班子把创建工作和修武实际紧密结合，带着问题和思考赴省内外先进地市学习考察，成立高规格指挥部，出台方案和措施，将工作任务明确到各个乡镇和相关部门。建立周例会、月评比、定期调研督导等推进机制，县委书记、县长每周开展专题调研，县委副书记、分管副县长每天深入现场督导推进，建立微信工作群，全面掌握工作进展，通过点穴式督导+“制度推动”双轮驱动，激发了全县上下干事创业的热情。县交通运输局实行班子成员分包乡镇责任制，成立7个技术小组对创建工作进行业务指导；各乡镇党政负责人带队，班子成员包片包村，深入建设现场，督促指导施工进度；县财政、国土、林业、公路等部门提供高效优质的服务和保障。

突出设计，体现特色，打造乡村美学项目

“出门就是平展的柏油马路，路边还建起了小游园、公交站，村里的房子也都披上了彩妆，俺们农村的环境越来越美。”这是当地群众对“四好农村路”的称赞。

“为了开拓视野，引入新思维、新理念，修武县先后采取走出去、请进来等形式，聘请3家国内顶级设计团队和哈佛大学、清华大学世界知名设计师把脉会诊、规划设计，10余次赴省内外‘四好农村路’示范县考察学习，在此基础上，将党建美学、乡村美学与城乡布局规划有效衔接，把美学理念融入‘四好农村路’创建全过程。”焦作市委常委、修武县委书记郭鹏介绍说。

郁封镇、五里源乡沿线打造的“彩色村庄、彩色护栏、彩色路沿石、彩色护坡、彩色桥梁”五大彩色亮点，已成为焦作市匠心打造的典范；七贤镇、云台山镇、西村乡3个山区乡镇优化整合旅游资源，将创建工作与精准扶贫、民宿开发、乡村旅游、公路文化相结合，打造出金云路、东虎路、青云大道、云台大道首尾相连的民宿旅游环线；周庄镇、王屯乡重点打造了小部路彩色精品线路和美学经济带，同时结合沿线绞胎瓷特色小镇、修博武中心县委红色文化基地、云上的院子民宿旅游、矿产开采文化遗址、大枣采摘园、冰菊园基地、非遗工坊等美学经济点、美学项目点、历史文化点、网红景观点，绘制出美学二维码手绘地图，成为修武对外宣传的靓丽名片。

高品质“四好农村路”创建，成为助力县域经济高质量发展基石。修武把富有地域特色的公路文化和乡村美景融为一体，“宅路隔离墙”“景观文化石”“村镇文化墙”，文明新风与核心价值观融入其中，在沿线改造布局融入美学设计的餐吧、乡村集市、采摘园、民宿村落等多种经济业态，变公路通道为经济产业带，不仅扮靓了每个乡村，更展示出修武发展产业，促进乡村振兴的妙招。比如，修武今年刚刚打造的艾曲村至东郊口村，全长11.8公里“四好农村路”，是省内第一条全彩色沥青路。整条道路按照国际流行“莫兰迪色系”精心配色，搭配10个高标准设计的节点游园，不仅打通了一条山区群众便捷出行、联通外界、发展产业的“致富路”，而且吸引了成群结队的95后“Z世代”年轻人前来打卡、露营、徒步，沿途设计布局的水泥管餐吧、乡村集市等，被年轻人的消费实力“催”着开业。修武认为，把普通做到极致，造就极致的永恒经典，就能吸引青年一代极致的消费，带来极致的利润。

筹措资金，破解难题，创建工作保障有力

自2013年起，修武县不仅将每年县道及桥梁建设配套资金足额列入财政预算，并按照一般财政预算收入1.5%的比例，将农村公路日常养护资金也足额列入财政预算。此外，修武县委、县政府还集思广益，积极探索多元化投资模式，政府出台政策，鼓励乡镇征收已批已占未供土地收益和耕地占用税，全额用于创建，并采取县财政奖补资金、一般性政府债券以及EPC模式组织创建和鼓励沿线社会资本融资参与“四好农村路”创建，2018年至2019年完成投资3.1亿元，有效解决了资金难问题。

全面统筹，多层联动，提升综合服务功能

在创建过程中，修武县紧盯目标，打好“建、管、护、运”四张牌，做好“四好农村路+”的文章，打出了高质量创建的“组合拳”，高效有序推进创建工作提质扩面。

抓好道路建设，打造农村公路新格局。道路的修建为产业发展铺平了道路，为村民脱贫铺就了致富路。近年来，修武县以“四好农村公路”建设为契机，以“交通+产业发展”为抓手，大力建设产业发展的“特色致富路”，先后实施农村公路“三年行动计划”“百县通村入组工程”以及农村公路安防等工程，创建精品达标线路469.6公里，新改建217.7公里、农村道路“白改黑”52.7公里，贫困村道路49.2公里，标志防护452.7公里。

县长魏松深有感触：通过“四好农村路”建设，打通县境内农村公路网的“中梗阻”，形成了“一带连两环”的总体布局，一条条畅通全县各乡镇的美丽乡村路，为农民群众脱贫致富奔小康铺平了道路，也为加快农村发展注入了新的活力。

一条通向云台山镇兵盘村金云路，将散落的古村串珠成链，以河南唯一的五星级民宿“云上院子”为中心，辐射沿线多个传统村落，缩短了游客向往自然、追忆乡愁的空间距离，盘活了沿线村庄旅游资源，昔日的荒山成了城市人最“稀罕”的美学体验，每晚住宿费达2050元，仍一房难求；郇封镇后雁门村狭窄水泥

路变成宽阔的柏油马路，一朵冰菊“开”出一个冰菊小镇，特色产业带动旅游观光，最高日接待游客超过1万人次；五里源乡在全长10.5公里的精品线路两侧种植柿树，将1个生态绿化项目，2个美丽乡村，3个美学建筑、3个历史遗迹、4个扶贫产业串珠成线、连线成带，打造“云居水乡”田园综合体。王屯乡加快小部路林果经济带建设，让游客看得见自然景观、产品文化和乡愁情怀，提高乡村公路“颜值”，带动产业转型和乡村旅游。

从平原到山区，从县城到偏远乡村，一条条“畅、洁、舒、美”的“四好农村路”纵横交错，如一个个毛细血管把全县城乡连接起来，打通了人民群众出行的“最后一公里”。

抓好道路管理，打造农村公路新标杆。在加强道路管理方面，修武县首先解决“怎么管”的问题，健全完善了权责明晰、运作高效的农村公路管理体系，在焦作率先实现“县、乡、村”三级路长制体系，建立了县有路政员、乡有监管员、村有护路员的路产路权保护队伍，为每个乡村道路配上“管家”。与此同时，县交通运输部门主动加强与各有关部门之间的联系，建立健全了设星定级考评体系，加大对农村公路全方位管理，定期召开联席会议，及时协调解决公路管理难题；严把工程质量关，出台农村公路建设管理、质量监督相关制度，规范农村公路建设管理行为，广泛接受社会监督。

超限超载等各类违法违规行为是公路管理最大安全隐患。修武县适时开展联合执法，运用“科技治超”先进理念，以五里源超限运输检测站为依托，在全县主要路段沿线设立多个流动治超卡点，结合不停车检测系统等数据监控平台，查处违法超限超载运输及破坏、损坏农村公路设施的行为。

抓好道路养护，打造农村公路新颜值。近年来，修武县坚持农村公路“护得好才能发展好”的理念，紧紧围绕农村公路“谁来养”“怎么养”“如何养”的问题，不仅研究制定了相关制度规范，还按照“县道县养、乡道乡养、村道村养”和“专群结合”原则，推进农村公路养护市场化改革并建立起分级养护机制，在县乡两级管养机构、县乡村道经常性养护“全覆盖”基础上，推广乡村“五位一体”（管护、禁烧、安全、环保、巡逻）养护模式，让农村公路养护工作真正走向“市场化”“常态化”。

通过开展“四好农村路”示范乡镇评选，发挥先进乡镇的示范作用，农村公路技术状况、绿化率工程覆盖面大幅提高。截至目前，共创建“文明示范路”5条

55.3公里，过村路段美化提升7万余平方米，墙体美化14.25万平方米，申报河南省“美丽农村路”32.4公里，建设游园75个，实现了三季有花、四季常绿，实现了路宅分家、路田分家，独创的“两沟三线”建设模式在焦作推广。比如，七贤镇聘请有工程经验的离退休干部或专家为监督员，加强对辖区内公路施工质量、安全和进度的管控；周庄镇邀请县农业农村局和林业专家对“四好农村路”两边绿化进行指导设计。打造绿色银行，坚持一村一品种植，通过采取土地流转和大户种植的方式保证绿化的存活率和最终效果。云台山镇依托金云路，在兵盘规划了125亩大樱桃种植基地，与岸上村原有的60亩石榴采摘园一起吸引更多的游客前来观景采摘，实现了乡村旅游业、休闲体验农业、经济林果业等多个产业的融合发展。

抓好道路运营，打造农村公路新效益。修武县坚持“路、站、运”同步发展的原则，加快推进“万村通客车提质工程”，着力建设“城乡一体化”公交网。先后投资3000余万元，新建投运城乡公交首末场站1座，购置新能源纯电动汽车78辆，优化整合城乡客运公交线路27条，高标准公交港湾站123个，停靠站点190个，建成覆盖城区、连接城镇、辐射乡村的一体化公交网。同时因地制宜推行“公交化运营+班线运营”模式，以高铁站为枢纽，依托城乡公交首末场站、汽车站、云台山客运站等交通运输综合服务区，使城乡客运公交实现无缝对接“零换乘”。

通过“建、管、护、运”四个方面的全面提升，修武县初步形成了“七全、七加、二参与”的修武模式。“七全”即农村公路全通畅、交通脱贫全覆盖、沿线乡村全通车、管养责任全明晰、过街路段全美化、公路两侧全绿化、道路环境全域净；“七加”即打造了“四好农村路”+扶贫+产业+旅游+休闲+文化+景观+生态等七大工程；“二参与”即群众参与、社会资本参与。创建工作启动两年多来，在美学理念的引领下，农村公路由线成网，由窄变宽，由通变畅，成为风景路、旅游路、经济路。人气的提升带动了沿线34个贫困村、16个美丽乡村、15个党建示范村、8个旅游景点、8个美学经济项目以及3个产业园区和3个特色小镇联动发展，带动了后雁门千亩冰菊园、500亩富硒稻米金谷园、新庄千亩优质大枣园、因恋玫瑰系列衍生产品等一大批乡村产业发展，为脱贫攻坚和乡村振兴提供了坚实的运输保障。

千年古县修武，在“四好农村路”高速建设发展的进程中日新月异，伴随“乡村振兴"的铿锵鼓点，已经踏上"交通强县"建设新征程。在此基础上，2020年将再举全县之力、集全县之智，奋勇跨越，拉开创建省级和国家级示范县的序幕，书写美学引领的"四好农村路"建设新篇章！为焦作市争创国家级全域"四好农村路"示范市夯实基础保障。

（刘一鸣　史晓强）

（半月谈网，2020年7月3日）

交通扶贫，让鄂西穷山沟变成"桃花源"

立秋时节的武陵山区，艳阳高照，天蓝云白，路畅车欢。走进群山环绕的湖北省恩施州建始县龙坪乡店子坪村，车辆沿着沥青公路蜿蜒前行，钢护栏外绽放的美人蕉、黄金菊等鲜艳夺目，路旁的辣椒、茶叶、猕猴桃基地长势喜人，路边的旅游标牌、观景平台、扶贫车间、土家别墅、农家乐一闪而过，各地牌照的摩托车、私家车、村村通客车、物流货车有序通行……好一幅村路畅通、村容整洁、环境优美、产业兴旺、生活幸福的美丽乡村新画卷。

十九大党代表、店子坪村党支部书记、村委会主任王光国满脸洋溢着幸福的笑容："从出门无路到向悬崖要路、从修通水泥路到建成'四好农村路'，从出家门到上车门、进城门，去年全村人均收入超过万元，昔日的穷山村变成了桃花源。"

因凿路和修路而出名

武陵山深处的店子坪村，平均海拔1200多米，三面环水，一面靠山。"左边石柱河，前面梯子河，右边洋芋河，后面大山坡，我们祖祖辈辈，背磨得像骆驼"，这首民谣流传了多少年、多少辈。"打杵子、背篓子，迈出去还要坐轿子"，是店子坪人当年生活的真实写照。村民要到邻近的高坪镇赶集，要沿着绝壁小道翻山越岭，货物往来全靠肩挑背驮，来回要两三个小时，曾经有多名村民付出了生命的代价。

要想富，先修路。2002 年，王光国担任村支部书记，开始动员村民修路。2005 年，王光国带领村民们打响了在悬崖上开山凿路的第一炮，到 2010 年年底凿出了一条长 2.5 公里的毛公路，“愚公支书”绝壁凿路的故事，逐步传播开来。

2011 年，建始县交通部门实地踏勘，重新测设线路，专业施工队进入店子坪村，动工修建店子坪至青里坝公路。2014 年建始县交通部门投资 159 万元建成横跨峡谷 70 米的愚公大桥，天堑变通途。脱贫攻坚战的号角吹响后，湖北省交通运输厅持续加大对贫困地区基础设施建设的力度。2015 年，村民们像过年般迎接村村通客车开进店子坪。随后，弯道加宽、危岩排险、安全防护等工程相继完工。

“将村路建设与精准扶贫相结合，助力贫困地区脱贫攻坚。”建始县交通运输局局长马建宇说，2016 年，交通部门组织施工队“白加黑”“5 加 2”“抢晴天”“战雨天”“人休机不停”……日夜奋战，青里坝至店子坪村 1.75 公里四级绕村公路，从打路基到铺沥青，仅用 25 天时间就全面建成，成为建始交通有史以来建设速度最快的一条公路。

2019 年，建始县交通运输局按照“四好农村路”标准对村路进行升级改造、美化亮化，达到“乔灌结合，花草搭配，三季有花，四季常绿”，打造“畅安舒美”的道路风景线。

如今的店子坪村有 4 条出山硬化路，愚公一路、愚公二路成了通村主干道，通组路、入户路在大山深处定格了美丽画卷。一条条“四好农村路”，成为店子坪村的景观路、生态路、产业路、民心路、安全路。

因电影和产业而扬名

路通了，曾经交通闭塞、经济落后的店子坪村，“抬猪出山”成为历史，村民们现在进出大山不是开私家车，就是坐村村通客车，全村 176 户，购车超过 100 辆。

71 岁的刘太章，大半辈子都是沿着悬崖走路出山。55 岁时，他和大女儿刘修东一起加入了修路的队伍中，到了孙辈刘胜华这一代，买了小轿车，现在全家出门非常方便。

店子坪村从贫困村到脱贫出列再到全国文明村，从“修通一条公路、带动一片产业、致富一方百姓”到“走得通”向“走得快”“走得安”转变，传诵着“四好农村路”带来人气、财气、喜气和交通扶贫助推脱贫攻坚的感人故事。

2017 年 11 月 15 日，湖北省交通运输厅与省文联等单位拍摄“四好农村路”助力精准扶贫和脱贫攻坚的全国首部“四好农村路”题材电影《村路弯弯》，在店子坪村开机拍摄，2018 年电影在全国公映。

“幸福都是奋斗出来的”，店子坪村村民发自肺腑地说“要致富先修路是真道理，是交通部门从根本上让我们摘掉穷帽”。没有交通部门帮助修通道路，就没有店子坪的脱贫致富，就不能成为电影主要拍摄地，店子坪脱贫致富与各级交通部门的大力支持、交通干部职工的辛勤付出密不可分。

《村路弯弯》通过院线等渠道公映后，不少观众自驾游到店子坪村寻访《村路弯弯》拍摄地原汁原味的愚公路、愚公桥、古盐道、吊脚楼等美景。原中国文联副主席、原中央电视台台长、中国视协名誉主席赵化勇等给予了好评。

2020 年 6 月，店子坪村迎来了中宣部、中央广播电视总台组织的央视大型系列纪录片《一村一寨总关情》摄制组，纪录片即将在央视播出，将会吸引更多的人到店子坪“打卡”。

路通百业兴。昔日偏僻的穷山沟，成为游客心中的“桃花源”。原来破烂不堪的土坯房，变成了具有土家风情的休闲别墅。店子坪已由种植苞谷、洋芋、红苕这“老三样”，转变为发展辣椒、茶叶、猕猴桃“新三样”，并成为村民脱贫的“主打产业”。

带动和服务周边 11 个村的辣椒加工厂正在抓紧建设中，现场负责人黄河说：“公路四通八达和独特的气候、土壤条件，适合种植 3 号线椒，我们保底收购，又保证了村民收入。”

来拉辣椒的陕 E 565A3 货车司机黄海、方建华表示，‘这里道路畅、海拔高、空气好，来拉货相当于乡村半日游。”

正在辣椒地里忙碌的张九国告诉记者：“种了 14 亩多，估计毛收入 10 万元，以前想都不敢想。”

曾经的“险点”古盐道，变成了“景点”，只有小学文化的张九国是该村最早一批参与修路的建设者，如今他也是全村“头牌”景点讲解员，去年仅靠讲解挣了 2 万多元。原来修路的一个主力军和骨干杨万春，现在成了基地的讲解员和村里的交通劝导员。

作为湖北省当代红色教育基地、当代红色旅游基地和精准脱贫示范基地，店子坪村近三年承接培训学员约 3 万余人，吸引省内外 9000 多名党员前来调研或学习。截至目前，该村星级农家乐 31 家，直接带动 200 余人就业。

“与村民同吃同住同劳动，让我收获颇多，也激励我在工作中切实发挥党员的模范带头作用。”在店子坪参加培训的建始县特殊教育学校党员李莹说。

看到交通给家乡带来的巨变，27 岁的村民周琼返乡创业开办农家乐，年收入比原来增加 5 万多元。

脱贫不忘交通，幸福不忘党恩。王光国说，店子坪村成功申报了 AAA 级景区，10 月份宜万铁路高坪火车站建成，依托店子坪发展的青花田园综合体 · 花硒谷也将建成。有党和国家政策好，相信走进小康社会的店子坪，明天会更加美好。

一条条畅安舒美的“四好农村路”，在荆楚大地不断延伸；一个个“因路而变、因路而美、因路而富、因路而活”的故事，在荆楚大地持续上演，也为无数的贫困村民带来美好幸福的生活，带领村民们信步迈向小康社会。

（经济日报记者　柳洁　通讯员　潘庆芳　姚文）

（《经济日报》百家号，2020 年 8 月 18 日）

脱贫攻坚中的国家力量——天路篇

走在祖国高原大地上,那一幅幅脱贫致富的人间喜悦图景,令人惊叹不已。在人类发展历史上,如此大规模演绎脱贫故事,还是一件前所未有的事情。

2002 年 6 月中旬至 7 月中旬的一个月时间,记者穿行在四川阿坝和青海的海西州、海北州,这些地方大多数都处于"三区三州"的深度贫困地区,我们走乡村、进社区、爬高山、进沟谷,看到广大贫困地区,特别是深度贫困地区群众,大面积摆脱贫困,他们或被安置居有定所,或被帮扶形成特色产业,或得到培训掌握一技之长,或在大山深处与外面世界网络直播,敞开胸怀拥抱大千世界。我们看到的,是一个个乡村的改变,我们听到的,是这个乡村几十年中发生的一切。在每一个乡村的采访,都会让人对这种天地转换的变化,生出无限感慨,而当一路走下来,每一处发生的变化,连成线,汇成片,你会真切地感受到,这一切的改变,相较于年复一年的千年跨度,巨变只发生于短短几年、几十年间,这里的人们,从神情到精神面貌,就是在我们这一代人的几十年间的所见,也是大大的不一样了。如今,大山里的年轻人,其穿着打扮、生活方式与城市青年区别不大。回味几十天的采访,蓦然发现,这是一种多么了不起的现象,当贫穷的改变在一个辽阔的地域上发生时,其时光交错感,不亲历你很难有那样强烈的体会。这是发生在中华大地上的脱贫故事,它讲述的不是某乡某县某地的局部脱贫实践,从体量和规模来看,这种占国家地域面积达到相当规模的深度改变,是一种令人惊心动魄的社会大实践,这是中华民族在人类历史上,第一次如此大规模地对贫困的宣战。这一切的背后,是国家力量的支撑,体现着国家意志。今年是脱贫攻坚战的决胜之年,使占全球如此众多的贫困人口摆脱贫困,这一历史任务的完成,将以中华民族对人类的又一大贡献而载入人类发展的史册。

探究这一切变化的起始,第一条便是路的开拓。走在这片土地上,最震撼的便是这些年出现的一条条的路。高原上的路,不同之处在于云雾缭绕,天地相接,如同天路。展现在眼前的那一条条天路,有些笔直通天,有些盘旋缠绕,有些穿行于沟谷隧道,有些高耸于山脊,真是让人眼花缭乱。

"尔来四万八千岁,不与秦塞通人烟。"困在金山银山、因路贫困,是高原群众贫困的最根本原因。对他们来说，有路就有生存之道，修路就是解困之道，是获得幸福的根本之途。

“以前，我们将牦牛赶到集市上去卖，往返路途需要两天，人家给多少钱就卖多少钱，现在客商开着车上门来收购，价格可以商量，不合适就不卖，比起以前，现在一头牛可以多卖上千元。”牧民周扒家，因为一条十几公里的“云端天路”的开通，30 多头牦牛，给家里添了不少收入。此外，因为有了路，家里添置了摩托、汽车，每天把自家产的牦牛鲜奶送到山下镇里卖掉，每月又多出几千元，就这样，日子越过越红火。

这条海拔 4000 米的“云端公路”，彻底改变了四川省阿坝藏族羌族自治州壤塘县措卡草场牧民的生活。壤塘县是阿坝州海拔最高、气候最恶劣、条件最艰苦的县之一。周扒家的脱贫，只是高原群众脱贫的缩影。

在高原上，我们还听到许多关于路的故事。有着 100 多户人家的阿坝州理县桃坪镇佳山村，是典型的高半山村寨，这里有一个“后备厢工程”。原来，大家都羡慕住在山脚下的人家，不但出行方便，还能开个小饭馆，做点小买卖挣点钱。后来路修到了海拔 2000 米的山上，而这个高度上结出的樱桃、苹果、青脆李，不但“长相”漂亮，还都有着“冰糖心”，送到市场上大受欢迎，以致后来城里人自己开车来此购买，这里也就此发展出生态旅游，而大受喜爱的生态水果也成了游客旅游结束时的“后备厢”必备。现在倒是住在山下的人们羡慕起山上的人家了。

我们乘坐的车辆行驶在汶川到马尔康之间的高速公路上，这条全长 172 公里的公路，其中穿越隧道长度就达到 96 公里，隧道里长度比隧道外的长度还要长，车辆如“穿山甲”般在隧道中穿行，几乎“不见天日”。而这条路上架设桥梁达到 121 座，平均每一公里多一点就要架一座桥，桥隧比高达 86.5%，在这条路上行驶，如同一位技能高超的杂技表演者，在腾云驾雾般的桥梁间穿梭。这是一条总投资约 287 亿元的“高价路”，它的通行，结束了阿坝州州府马尔康不通高速公路的历史，实现了全省 21 个市(州)政府所在地全部通达高速公路的目标。

因为是行进式采访，我们手里缺乏综合统计数据，但在各处都能了解到，对于“三区三州”这样的贫困地区，国家在交通基础设施方面投入巨大。特别是在汶川、玉树地震后，针对救灾中的交通短板，这些地区近年来交通状况有了极大改观，有了路，山里的人可以往外走，山外的资源可以往山里转移，山里人了解了外面的世界，脱贫意愿更加强烈，而国家和全国人民的帮扶血液源源不断经天路注入，贫困地区的造血机制正在激活，在高原上采访，我们每天见证着绿水青山变成金山银山的事例，我们看到高原上的人民群众在脱贫中绽放出更加幸福的笑容。

（本报记者　金振蓉）

（《光明日报》，2020 年 8 月 7 日第 1 版）

“眼前这条路，让我们越来越有盼头”

在湖北省宜昌市远安县北万路，一条路面宽5.5米，沥青混凝土铺装的农村公路，将周边3个乡镇5个村落连接，畅通了农村公路内循环网络，有效带动了当地休闲运动的慢生活旅游和小龙虾产业发展。

2020年4月，湖北省37个贫困县全部脱贫摘帽。而远安县，作为湖北省交通运输厅的对口帮扶点，以路为媒，助力百姓实现脱贫梦想。

农村公路一直是乡村脱贫致富的先行官。从100%的建制村公路全覆盖、25989个建制村全部实现通客车，到“建好、管好、护好、运营好”的“四好农村路”，从开启全国示范县创建、“美丽农村路”建设、乡村公路提档升级，到提前一年实现农村公路建设“组组通”和“455”安防工程，湖北交通运输厅不断做好“交通+资源”“交通+旅游”“交通+产业”扶贫文章，农村公路为农民群众聚集了财气、攒足了人气。

“2020年，是全面建成小康社会的收官之年，更是脱贫攻坚的决胜之年，我们继续推进农村公路提档升级，重点实施乡镇双通道建设和乡村骨干网建设，加强资源、旅游、产业路等项目建设，谋划启动公路桥梁‘三年消危行动’，将农村公路桥梁全面纳入安全管理范畴，提升百姓的获得感和幸福感。”湖北省交通运输厅党组书记、厅长朱汉桥说。

通达 串联景观线

截至目前,湖北农村公路建设总里程达到 25.4 万公里,新改建农村公路里程全国第一、建设进度位列全国第一方阵,全面完成了通 20 户以上自然村公路建设任务,提前一年实现三年攻坚目标,农村公路提档升级近 3 万公里,“美丽农村路”创建近 2 万公里。

家住宜昌市长阳土家族自治县郑家榜村的刘秀语,回到了阔别一年的家乡,家门口的变化让她惊叹不已:“以前家门口是一条泥泞小路,现在变成了宽阔平坦的阳光大道”。2019 年 12 月,清江方山旅游公路,作为当地第一条深度融合交通、产业、旅游发展的“美丽宜道”,正式建成通车。

初夏时节,黄冈市英山县的白莲河波光潋滟,位于河畔的“四好农村路”九大线个个颜值满满,不少市民和游客纷纷前来一赏美景,这里成为名副其实的网红打卡地。

据了解,所谓“九大线”,是英山县为探索“交通 + 旅游扶贫”而实施的“四好农村路”项目,将当地温泉镇九龙口至方家咀乡伯仲桥沿线 6 个村与四季花海 4A 级旅游景区紧紧相连,串起了“山水林田湖,城镇乡村景”,打造出美丽风景线、城乡产业线和生态富民线。

一条条窄路变宽,通村达户,一条条旧貌变新颜,美不胜收。

安心 铺就平坦路

目前,湖北完成农村公路安防“455”工程 8.3 万公里,实现了“四年任务、三年完成”,道路交通事故同比下降 23.7%,农民出行、车辆运输不安全的局面得到彻底扭转。

武穴市龙门冲村四面环山,进出需翻山越岭,以前没有安全防护栏,交通事故不断。如今,沿途临水临崖路段安装了防护栏,三年来未发生交通事故。“有了路上那些安全防护栏、警示桩、标识标牌,全村人出行就有了保护神。”村党支部书记彭林德动情地说。

在远安县交通应急指挥中心,监控屏幕上不仅显示驾驶员开车的实时画面,而且通过人脸识别技术,对驾驶员脸部进行持续扫描,如果驾驶员开车时,闭眼时间超过 3 秒,人脸识别系统将会自动报警,并将信息反馈给指挥中心。

远安县打造了全国首个农村客运车辆 4G 动态监控系统,并在湖北推广安装应用，该系统运用人脸识别技术，智能分析判断驾驶员是否存在抽烟、疲劳驾驶等行为，自动识别、自动向司机提示、自动向监控中心报警、自动录像取证，监控中心实时指令停止违章行为，从而减少交通安全事故的发生。

2020年，湖北交通又谋划启动了公路桥梁“三年消危行动”，力争用三年时间完成全省公路现有6108座危桥加固改造任务，危桥改造由应急状态转入常态管理，农村公路桥梁安全有了保障。

同时，大力推动全省农村公路基础数据普查工作，不断夯实基础数据，牢牢掌握安全底数，助推农村公路安全管理信息化和智能化。

业兴　繁荣经济带

地处鄂西北山区的南漳县，近年来，以“修建一条公路，串联一路风景，带动一片产业，造福一方百姓”的理念，大力实施“公路＋扶贫”“公路＋产业”“公路＋旅游”等多赢发展模式，农村公路建设取得新成果。“四好农村路”修到板桥镇竹坪村，给村里原本无人问津的高山蔬菜带来了商机。“哪里有路，哪里就有商机；哪里通车，哪里就有繁荣。”村党支部书记王建泽深有感触。

黄冈市四棵枫村，坐拥独特的山水、人文资源，但交通瓶颈制约导致村民守着青山绿水过“穷日子”。随着村路不断提档升级，四棵枫村着力打造宜游宜业的“魅力水乡”，相继实现了道路硬化、路边绿化、庭院美化、水面净化、塆组亮化。

同时，四棵枫村大力发展大棚蔬菜、苗木种植、光伏发电产业，村集体年增收达20万元。6位村民还与村集体合作入股成立了林枫苗木合作社，助力乡村旅游发展。村党支部书记王保林对发展乡村旅游满怀信心，他激动地说：“修一条路，引领一方产业，带动一方经济，致富一方百姓”。

近年来，湖北积极实施“交通＋资源开发及旅游”扶贫、“交通＋产业”精准扶贫，全面建设“外通内联、通村畅乡、班车到村、安全便捷”的农村交通运输网络，公路沿线产业蓬勃发展，脱贫致富效果明显，美丽乡村不断涌现。

富民　阔步新生活

在荆州市白马寺镇，大部分农村公路已超期服役。白马寺镇党委副书记卢显军讲起发生在本镇的一段往事：“中江村中普路，宽不足2.5米，两边是鱼池，仅能通行一辆车，农资、农产品运输十分不便，逢年过节或农事繁忙，私家车、农用车常会因抢道发生冲突”。

如今,白马寺镇农村公路总里程已达298公里。近3年,当地投入资金5000余万元,提档升级道路80公里、改造危桥20余座,贫困村建起了“扶贫车间”,办家庭农场、搞合作社,发展稻虾、食用菌、潘枣等特色产业,全镇贫困人口减少2692人,贫困发生率下降至0.01%,农民人均可支配收入增长9.6%。

而位于汉江边的仙桃市郑场镇渔泛村拥有600多年历史,旧时因码头而兴,后来却逐渐没落。2018年,郑场镇打通连渔中心路,拓宽升级汉丰河路。如今,渔泛村深度开发农旅项目,建成房车营地、古街十二坊等旅游景观。古屋老树下聊往事,房车营地里听蛙鸣,越来越多的游客来渔泛寻找记忆中的乡愁。

改造升级后的公路,把好资源引进来,让优质农产品走出去。郑场镇其他村子也纷纷行动起来:马王村发展特色种养,卢庙村引进蔬菜、半夏种植经营主体,络绎村建起扶贫服装厂……富硒豆、富硒桃、半夏、芋环等富民产业沿路发展。路畅地活,郑场镇还培育发展新型农业经营主体250余家,土地流转均价从每亩200元增加到500元,村集体经济收入增加479.5万元,平均每村每年16万余元。

“眼前这条路,让我们觉得农村越来越有盼头!”住在郑潜路边的村民老陈乐呵呵地说。

(石斌　赵超)

(交通运输部微信公众号,2020年8月13日)

这条路，越走越宽广

——交通扶贫铺就小康生活幸福路

“要想富，先修路”“要快富，修大路”……曾几何时，这样的标语布满乡村家家户户的院墙上，村民口口相传，饱含着对修路致富的美好向往。

如今，全国具备条件的乡镇和建制村100%通硬化路、通邮，沿着一条条连接十里八乡的农村公路，老百姓走在脱贫致富大道上。

路通了，她高兴地第一次穿上高跟鞋

对金沙江大峡谷深处的四川凉山彝族自治州布拖县阿布洛哈村村民来说，今年6月30日是一个特殊的日子：这一天，村子第一次迎来开往镇上的客运班车，阿布洛哈通公路、通车了！

这里曾是一个不通公路的具备通硬化路条件的建制村，沿着羊肠小道出村要走3个多小时。

2019年6月，通村公路开工。因地形复杂，前面3公里加1个隧道竟耗时4个月。当地多方协调，用直升机空投大型施工设备进村。一年后，通村公路修通了，村民坐车10多分钟可出村，2小时就到县城。

24岁的阿达么友杂人生第一次穿上高跟鞋，踩在平展的柏油路上兴奋得想哭，“比生完孩子还激动”。

车路双通，村里产品的销路广了！花椒、蜂蜜等特色农产品可快递出村，村党支部书记吉列子日的微信又增加了几个客户……

阿布洛哈车路双通是我国交通扶贫持续推进的一个缩影。

在世界屋脊西藏，截至2020年8月，西藏所有的县城通沥青路，86.4%的乡（镇）和61.4%的建制村通硬化路。全区公路建设累计吸纳54.7万名群众转移就业，帮助农牧民群众增收137.2亿元。

交通运输部新闻发言人吴春耕表示，交通运输部始终把打赢脱贫攻坚战作为第一民生工程，因地制宜、精准施策，对贫困地区优先安排项目、优先保障资金，全力推进“四好农村路”高质量发展。截至目前，全国农村公路总里程超400万公里，绝大部分乡镇和建制村通客车。

路好了，他回村卖自酿高粱酒

最近，山西大同市阳高县镇边堡村游人络绎不绝。过去，这个偏僻的村庄，守着明古堡、烽火台等独特旅游资源，却忍受贫穷。

“路修好后，村民能‘走出去’，游客也能‘走进来’。村里适时搞起了乡村旅游，随之兴起的餐饮住宿、土特产销售加上种养等收入，村民年人均纯收入超6000元。”镇边堡村村支书渠启说。

渠启提到的这条路是山西省近来重点建设的黄河、长城、太行三大板块旅游公路之一的“长城一号”旅游公路。截至目前，山西三大板块旅游公路累计开工3040公里，建成2254公里，有效带动了乡村旅游产业发展。

镇边堡村村民张月文原先在大同市一家汽车装潢店打工，两年前回村开始卖自酿高粱酒。

“主要是附近农家乐采购，游客喜欢喝，还有人当纪念品带回去。”张月文说，去年他家的酒坊卖了5万多元钱，“比打工强多了”。

老乡富不富，基础在公路。吴春耕介绍，近年来，交通扶贫大力支持“交通+特色产业”扶贫模式，公路围绕产业建，产业围绕公路转，老乡们进城就业、返乡创业更便捷，在家门口就能找到致富门路。

河北涉县大力挖掘红色文化、女娲文化等，全县千里乡村路上镶嵌了300余处文化景点，旅游公路变身公路旅游；陕西千阳县宝丰村盛产矮砧苹果，当地修通通村路、通组路、园区路，“红苹果”变身增收致富的“金果子”……党的十八大以来，交通扶贫支持贫困地区新改建了5.9万公里资源路、旅游路、产业路，一条条路，就像一把把打开山门的“金钥匙”，带动一片产业，带富一方百姓。

路美了，他自发清除路两旁杂草

“党和政府花了那么多钱为我们修好这条路，我们也要像爱护自己的眼睛一样，把这条路养护好。”烈日当头，湖南宁乡市道林镇石金村村民刘湘正拿着柴刀，细心清除村道两旁的杂草。

2019 年 4 月石金村通村公路拓宽硬化以后,刘湘买了一台农用车在当地跑运输,日子越过越红火。他说:“这条路载着我们的‘活计’,养护好这条路,是我们的责任。”

道林镇镇长姜晓告诉记者,当地已建立起路长制工作责任机制,积极引导村组、当地企业等共同参与公路建设和管理,努力把农村公路管好、护好、运营好,为乡亲们致富奔小康、为加快推进乡村振兴提供保障。

路好了,人心齐了,脱贫致富奔小康的干劲更足了。

贵州印发方案,鼓励公路沿线群众通过家庭承包方式参与农村公路日常养护;甘肃将农村公路管养资金纳入政府一般公共预算,健全完善农村公路专业养护、承包养护、群众养护等多元化养护运行机制……各地正在积极行动,守卫好家门口的这条致富路。

乡村因路而兴,也因路更美。

近年来,各地贯彻绿色发展理念,农村公路尤其是“四好农村路”建设与自然生态、田园风光和谐共生,与乡风文明、乡村治理协同发展,成为乡村振兴的重要窗口。

吴春耕表示,交通运输部将以“四好农村路”高质量发展为抓手,因地制宜推动交通项目更多向进村入户倾斜,促进交通运输、邮政快递、商贸供销等农村物流资源整合,为决战决胜脱贫攻坚、全面建成小康社会当好先行。

(魏玉坤　许雄　胡旭)

(新华社,2020 年 9 月 22 日)

湖南:家门口有条幸福路

2019 年 4 月通车的湖南省宁乡市道林镇龙泉湖村自然村公路(本报记者　崔国强　摄)

9 月中旬的三湘大地,秋高气爽。记者来到湖南省宁乡市道林镇龙泉湖村,这里一片湖光山色。

对于龙泉湖村村民朱战武来说,家门前曾经的那条土路让他记忆犹新。"那条路真的是'晴天一身土,雨天一身泥'。2019 年 4 月村里修好路,我的幸福感一下子就提高了。"如今,朱战武家种的 50 多亩黄桃不用运出去,每天来采摘的就有 100 人至 200 人,加上原来种植的 50 亩水稻,一年能收入 30 万元左右。

像朱战武这样致富的贫困户,在宁乡市还有很多。宁乡市道林镇石金村建档立卡贫困户张建秋身有残疾,家庭主要收入依靠生猪养殖,在村道路未拓宽硬化前,生猪出售需用拖拉机转运到主公路边才能装车运输,不但费时费力,也卖不了好价格。自从村公路拓宽硬化后,生猪收购车能直接开到养殖场,降低了运输成本,提高了销售价格,他家年收入直接增加 5 万元以上。张建秋常说:"如果没有修好这条路,我的养猪事业就快半途而废了,公路修好以后,我养猪的劲头越来越足,幸福感和获得感也不断提升。"

公路拓宽硬化后,石金村村民刘湘购买了一台农用车跑运输,年收入 7 万至

8 万元，儿子还购买了一台挖掘机，年收入 15 万元，整个家庭一年总收入 22 万元。“感恩党和政府的好政策，让我们的生活越来越好。”刘湘说。

吉首市矮寨镇幸福村紧邻湘川公路边的矮寨德夯景区服务中心，高速公路通车 7 年来，幸福村发生了翻天覆地的变化。

村民刘山在景区服务中心对面开了一家特色小吃店。“高速路通到家门口，乡亲们都开始做些小生意，农家乐和旅馆随处可见。越来越多的村民返乡挣钱，也方便照顾家人。”刘山说。

据了解，湖南省实施 25 户/100 人以上自然村通水泥（沥青）路建设工程，共完成道路建设 4.37 万公里，直接惠及 3.6 万个自然村。

湖南省交通运输厅农村公路建设处处长喻波介绍，近 3 年的建设充分表明，通组道路建设切实提高了脱贫攻坚的成效，极大提升了群众获得感和满意度，为打赢脱贫攻坚战、全面建成小康社会提供了有力支撑。目前，湖南省参与农村公路养护工作的农民群众超过 2.3 万人，其中建档立卡贫困群众超过 1 万人，每月增收 800 元至 1500 元，既帮助贫困户稳定脱贫，又建立起稳定的养护队伍。“预计到 2022 年，湖南省将基本形成权责清晰、齐抓共管的农村公路管理养护体制机制，形成财政投入职责明确、社会力量积极参与的管养新格局。”喻波说。

（本报记者　崔国强）

（《经济日报》，2020 年 10 月 2 日第 6 版）

咱们的村组路畅通了

一路通百业兴。“十三五”期间，我国农村公路建设快速推进，农村地区“进得来、出得去、行得通、走得畅”，城货下乡、山货进城、电商进村、快递入户成为现实，截至去年底，全国农村公路里程已达420万公里，农村公路为脱贫攻坚和乡村振兴提供了有力支撑。

打通交通瓶颈，产业发展旺起来

胡芹村坐落在河南柘城县胡襄镇，这个以蔬菜为名的村庄，产的胡芹远近闻名。沿着村道，800余座蔬菜大棚一字排开。

“多亏路修好了，胡芹越长越壮实！”种植大户孙正义打开话匣子：“我们村里个个都是种菜能手，可想鼓腰包，光会种菜还不成。”

“前些年，田间全是泥巴路，运送肥料靠人背。到了采收时节，田间道路窄，大车下不去，一筐一筐菜，靠扁担挑出来装运，一家老小齐上阵得忙上10来天。”孙正义说，道路坑洼不平，运输蔬菜时就算垫上棉被，也少不了磕碰，卖相不好卖不上价。有一次，外地客商要进村考察，还没进棚看到菜，就因为颠簸不平的路，掉头走了。

新鲜蔬菜运送难，外地客商不愿来，胡芹产业被卡着脖子，规模一直是小打小闹。“要想壮大特色农业，必须打通交通瓶颈。”柘城县委书记梁辉说，在政策扶持下，县里加快推进基础设施建设，形成以高速、国省干线为主，县乡道和村村通为辅的综合交通网络，为辣椒、胡芹、花生等特色产业发展提供保障。

几年间，胡芹村修建了3046米的环村公路，对村内800米主街和400米巷道进行硬化，泥泞的乡间小路变成宽阔公路，产业路延伸到乡间地头。村党支部书记刘全庆高兴地说，如今升级改造的外环路穿村而过，商柘快速通道年底就能通车，“到那时，俺们村的芹菜20分钟就能运到商丘市农产品批发市场，你说中不中！”

变化不仅发生胡芹村。全国农村交通设施建设不断推进，交通运输部数据显示，具备条件的乡镇和建制村通硬化路、通客车的“两通”任务提前完成。从

2016 年至 2019 年,贫困地区较大人口规模自然村建设了约 9.6 万公里硬化路,打通了一条条“瓶颈”路段。

“修好一条路,带活一大片,乡村路成了致富路。”中国农业大学人文与发展学院教授陆继霞说,交通设施建设为乡村发展带去了人气、财气,一批特色产业乘势而起,为农民持续增收、稳定脱贫打牢基础。

路通了,乡村产业提档升级。如今,胡芹村发展成了蔬菜专业村,胡芹摘得了国家地理标志产品、无公害农产品等金字招牌。瞅着条件越来越好,孙正义今年把胡芹种植面积扩大到了 50 亩。“除了种胡芹,大家伙还在地里套种黄瓜、叶菜、番茄等,一年能收获六七茬蔬菜,一亩地每年能收入一两万元。”刘全庆说,最近来村里采摘蔬菜的游客多起来了,村里正在规划建设以蔬菜种植、观光、康养为一体的田园综合体,“咱农民钱袋子肯定越来越鼓喽!”

河南省杞县沙沃乡尚庄村的乡村公路穿过美丽村庄(司利强　李明星　摄影报道)

夯实基础设施,新业态发展快起来

“叮咚、叮咚”……订单声此起彼伏,快递车辆往来穿梭,从国庆假期到现在,甘肃省陇南市武都区外纳镇的高志东忙得不亦乐乎,“花椒收成好,网上订单数量上来了,真是忙不过来啰!”

40 多岁的高志东已经卖了 20 多年花椒。“刚开始那会,天蒙蒙亮就得背上干粮出门,走几个小时的山路,进村入户收花椒。”高志东说,“现在开车收货,快递发货,效率高了好多倍。”

陇南市地处甘肃东南,花椒口感纯正,品质上佳。但碍于深沟大山,交通不便,花椒销路不畅。陇南市提出"让空间上的万水千山,变成网络里的近在咫尺",依托电商把优势资源与全国大市场对接。

"制约农产品电商发展的主要瓶颈在于物流效率低、成本偏高。"中国社会科学院农村发展研究所所长魏后凯认为,加快补齐交通设施短板,率先畅通物流"微循环",解决"最后一公里"问题,让农产品运得出、供得上,才能卖上好价钱。

陇南加快推进县乡村三级农村物流体系建设,快递车进村方便了,名优特产飞出大山。

"'最后一公里'通畅,开网店准错不了!"靠着双腿跑遍附近沟沟壑壑的高志东,看到硬化路串起了大村小寨,外纳镇并入了高速公路,快递车直接开进村,不用再为收货难、发货难头疼。高志东做了个大胆决定:贷款开公司、做电商。"大件货走高速,货运成本降一半;网上下单,电子支付,最快两个多小时就送达。"通过电商,高志东的花椒已在 20 多个省市打开市场,甚至销往国外,最大一单足足有 7 吨。

路通了,更促进人流、物流、资金流在城乡间流动,农村电商、乡村旅游等新兴产业蓬勃兴起。

乡村的美景被越来越多人看到。一条 800 米的道路,让藏在深山的广东开平市大沙镇大塘面村成了"打卡地"。凭借着油菜花海、水库风光,小山村上半年就吸引游客 10 万人次以上。

新业态对农村交通基础设施提出新要求。政策加力,各地不断夯实基础。今年前三季度我国第一产业固定资产投资达到 11653 亿元,同比增长 14.5%。加大地方政府债券用于"三农"领域的支持力度,重点支持农产品仓储保鲜冷链物流设施建设等。

一条条通达的农村公路,串起一条条"致富线""风景线"。截至去年底,我国农产品网络零售额 3975 亿元,带动 300 多万贫困农民增收;乡村休闲旅游接待游客约 32 亿人次,营业收入达 8500 亿元。

建好更要护好,"路长"上岗让乡村路百姓管

在四川一些偏远山村,过去由于交通不便,乡亲们面临不少生活难题。"以前公路不通,看病要在羊肠小道上走几个小时才能赶到医院。"说起路的变化,四川省通江县至诚镇永丰村村民梁万华很是感慨,"如今路拓宽了,看病、上学

不再是难事，山路弯道加装了护栏，平时有专人管护，有问题及时维修，村里不少人买了小汽车。”

通江县交通运输局有关负责人介绍，告别行路难，不仅要打通农村路，更要管护好、运营好，实现“一时通”到“久久通”。“十三五”以来，通江县累计新改(扩)建农村公路4021.5公里，设置专人分村、分段负责道路养护。

魏后凯分析，以前，我国农村公路少、行路难，实现从无到有，重点放在“建”和“通”上。近年来，“四好农村路”示范创建提质扩面，各地要转向“管”和“护”上。

“过去出去打工，从村里到县城这段路，走路加上搭车，再快也得两三个小时，现在家门口坐上公交，30分钟就到了，太方便了！”河南杞县阳堌镇小岗村贫困户李二冰拎着行李，正在村里的公交站牌前等车。

“长期以来，农村乡亲们盼望像城里一样有便捷、安全的公共客运服务，随着农村公路建设不断推进，村村通上公交车，这既是乡亲们赶集买菜的便利车，也是接送小朋友上学的学生车，还是送医救治的健康车，带来了看得见的实惠。”杞县县委书记韩治群说。

杞县交通局局长胡兴涛介绍，近年来，杞县新建道路总投资1.14亿多元，500多个村庄道路互通，实现了乡乡柏油路，村村水泥路。26条农村客运线路优化调整，83个贫困村设置候车亭，与县城内城市公交无缝对接，贫困村通车率达100%。

“农村路要建好，更要管好、护好、运营好。”魏后凯说，现在不少地方推广建立了路长制，使农村公路管护养护更加制度化、规范化。2020年1月份《农村公路养护预算编制办法》制定出台，为吸纳群众参与农村公路养护提供政策保障。

路修好了，路灯也安上了，如何对新建基础设施管养护？胡兴涛介绍，去年底，杞县探索实施农村公路长效保护机制“路长制”，建立县乡村三级路长分级负责，与道路专管员联动维护新修的道路。

现在，小岗村村民李肖记成了大忙人。作为村里的路管员，他负责着村里的三条街道，巡查路面、平整路肩、排除积水……每天8小时，他都在路上忙活不停。

在小岗村村口，记者看到一块金属路牌，上面写着各级路长及路管员的基本信息、工作职责、联系方式。胡兴涛说，“亮名字、亮牌子、亮责任，方便监督和管理，有啥问题可以直接找到负责人。现在修好的乡村道路上干干净净，以前随意丢垃圾、占道晒粮食的现象基本看不见了。”

（本报记者　常钦　王锦涛　毕京津）

（《人民日报》，2020 年 11 月 6 日第 18 版）

溜索为证

“以前，过溜的人一天要打来几十个电话。现在，除了家人偶尔会打一两个电话外，电话铃声不再响个不停了。”74 岁的云南省巧家县茂租镇鹦哥村村民蒋世学说，大桥通了，路也修到了家门口，坐汽车、开摩托方便得很，谁还坐晃晃悠悠的溜索过江呢？

近 20 年间，身形瘦小、面色黝黑的蒋世学干着一份独特的“工作”——开溜索。数不清的川滇两省群众坐着他操纵的溜箱，沿着钢缆，溜过金沙江。

游客在体验云南省巧家县茂租镇鹦哥村村民蒋世学操作的溜索过江（2020 年 8 月 14 日摄，无人机照片，新华社记者　江文耀　摄）

蒋世学习惯了这份活计，也享受着被大家不断打电话请求过溜的忙碌感觉。甚至，感觉这一辈子就要和横跨金沙江的几根钢缆系在一起，不会有太大的改变。

但自从大桥竣工，公路通村后，蒋世学“失业了”，溜索大部分时间也处于闲置状态。蒋世学有时会来到江边的操作房里，看着停靠在岸边空空的溜箱以及远处的大桥，思绪会不自主地回到“溜索”岁月。

云南省巧家县茂租镇鹦哥村的蒋世学在修整溜箱(2020 年 8 月 14 日摄,新华社记者江文耀　摄)

川滇交界,金沙江深藏在高山峡谷之底。鹦哥村村民房屋散落在江边悬崖上,有的距离江面数百米,江对面是四川省布拖县冯家坪村。没溜索前,村民过江,要走山路到江边坐船,一个来回数小时。

1999 年,蒋世学和村里一些人家合伙修建鹦哥溜索。两根钢缆绳固定在岸边水泥桩上,用铁条与钢筋焊接而成的溜箱内铺了木板,由四个滑轮挂在钢缆绳上。刚开通时,过溜要靠人力,后来换成柴油发动机做动力,近几年用上了电动机,过一次价格也涨至每人 5 元左右。

崖壁高耸,激流汹涌。“咣当”一声后,溜箱启动。江风呼啸,钢缆抖动,溜箱缓缓移向对岸。溜箱投下一小团黑影先打在崖壁上,接着又缓缓移到江面,随后爬上对岸悬崖。

蒋世学站在鹦哥村的操作房里,凝视着慢慢滑动的溜箱。历经多年的风风雨雨,开溜的各项动作蒋世学早已烂熟于心,还练就了好眼力:望着几百米外的江对岸,可以看清溜箱停靠地点。约 5 分钟后,溜箱正好进入停靠平台时,他按停止档,几乎没误差。

距江面逾 260 米,长约 470 米,因为高度和长度,鹦哥溜索的名声传出大山,吸引了一些游客专程来体验。当地的安检人员也定期来给溜索体检,保障运行安全。

云南省巧家县茂租镇鹦哥村的蒋世学在操作溜索前仔细检查(2020 年 8 月 14 日摄,新华社记者　江文耀　摄)

初秋时节,记者和村民一同过溜。滑出几米后,脚下就是峡谷和江面,望着深深的峡谷,记者心跳加速。大家一言不发,紧紧抓着黑乎乎的溜框,有人甚至闭上了双眼。直到又一声“咣当”后,溜箱停稳,悬着的心才落了下来。

多年来,村民过江及运送物资要靠这个溜索。记者在溜索上的“紧张”对村民来说,已是生活的一部分。“坐的次数数不清,有时一天好几次。刚开始害怕,现在已习惯了。”村民们到四川打工、走亲戚、买东西要坐溜索。

一些建房所需的水泥等建材,通过溜索运过江,运费很高,增加很多成本。因此,那几年鹦哥村许多村民一直没有建新房。因为不通公路,村里的发展缓慢。

在岸边的溜索停靠点显眼处,写着蒋世学的电话号码。“当年,我的电话很多人都记得,电话一响,十有八九是要过溜的。现在,估计很多人都忘了我的电话号码。”站在横跨金沙江的大桥上,望着不远处挂在钢缆上的溜箱,蒋世学喃喃自语:无论怎么说,溜索都不是便捷安全的交通工具,通桥通路那最好了。

为改善峡谷里群众交通条件,几年前,国家启动了“索改桥”工程,鹦哥溜索就被列入该项目。随后,四川省布拖县冯家坪村溜索改桥工程启动,这座金沙江特大桥宽 9 米,长 380 多米,还在川滇两省境内建设连接大桥的引道。

2018 年 7 月,此处“溜索改桥”工程正式竣工;2019 年 6 月底,大桥到村庄的引道全面竣工,两岸百姓出行不再依靠溜索。作为配套工程,云南境内修建 8 公里多的引道，将鹦哥村到县城的公路连接。茂租镇党委书记张发金说，桥和路通了，交通便利，依托干热河谷气候，许多产业都能得到发展。

云南省巧家县茂租镇鹦哥村的蒋世学在操作溜索（2020年8月14日摄，新华社记者江文耀 摄）

通路通桥后，一下子打开江两岸群众奔向新生活的大门。鹦哥村许多人家开始建设二层楼房，村民也纷纷买摩托车、买汽车。村内建房施工声、汽车马达声响个不停，十分热闹。“桥通了，我们骑着摩托车，几分钟就过江，赶集、走亲戚、买东西都太方便了。”四川的彝族村民勒古尔聪说，想去哪里，一脚油门的事。

以前一天溜箱往来几十趟，夜里也有人过溜，现在，有时一天开动不了一次，操作房前的空地长满了杂草；以前用溜索运十吨水泥，要好几天，现在货车直接开到家门口……蒋世学感受到变化明显，自己家也买了辆摩托车。但一下子闲了下来让他有些不适应。他走出家门，沿着水泥路，走到大桥上，吹着一样的江风，只是看着溜索的表情有些复杂。

村里商量后，鹦哥溜索作为一个旅游体验项目继续保留，游客溜一次单边每人10元钱。“近期最多一次也就10多个外地游客来体验，比前几年少多了，收益少，抵不上成本。”蒋世学说。

鹦哥村委会副主任胡世芳依然记得，以前，到镇上赶集要步行好几个小时，运东西靠人背马驮，村里的农特产品也卖不出去。

胡世芳说，如今，全村1864人有570多人外出务工，在家的搞种植养殖业，村民年人均纯收入从几年前的不足2000元提高到4600多元。

虽然还对以前繁忙的溜索岁月有些不舍,但通桥通路后的变化,蒋世学看在眼里喜在心里。

他说,时代发展,大家过上幸福的日子,溜索已成为“老古董”,它是交通不便的代表物件。留下它,让子孙后代感受一下交通不便的情形,也是一个见证,我们发展的见证!

(记者　王长山　王安浩维　林碧锋　彭韵佳　姜子炜　江文耀)

(新华社,2020年9月18日)

第三部分

综合交通齐心攻坚

高铁助力中国乡村跑出小康路上“加速度”

家住湖北省丹江口市金山村的王万丽，在村口经营一家副食店已经16年。起初只能做街坊邻居生意的她，万万没想到小店会迎来那么多陌生面孔。

雪中汉十高铁丹江口站(中新社记者　张芹　摄)

2019年11月29日，武汉至十堰高速铁路(以下简称“汉十高铁”)通车运营，结束了鄂西北地区多个县无高铁历史。随着高铁开通，距沿线丹江口站不足500米的金山村热闹起来，王万丽经营的副食店也跟着“火”了起来。

中新社记者近日来到金山村看到，一排排灰瓦白墙的两层小楼房规划整齐，房前屋后菜园、车库井井有条。村前广场上，不时有放寒假的孩童在公共健身器材上玩耍嬉戏。

距离丹江口市城区20公里左右的金山村，过去鲜有外地人来，村里青壮年也大多选择在外地打工。前几年，得知家门口要建高铁站，王万丽在外打工多年的丈夫回到家乡买了台小车跑运输，去年底刚刚退伍的儿子黄康也应聘到高铁站当站区巡防员。

随着汉十高铁的开通运营,越来越多在外打工的村民逐渐返回家乡谋发展。图为在金山村经营副食店的王万丽(中新社记者　张芹　摄)

“儿子、老公都在身边,日子才过得踏实。”王万丽道出村里大多数留守妇女的心声。

金山村村支书张登峰接受中新社记者采访时介绍,自高铁开工以来,村里越来越多劳动力返乡发展,有的参与高铁建设,有的则在高铁站内外担任保洁员、安检员等工作,一些村民还在家门口办起了农家乐。

一排排灰瓦白墙的两层小楼房规划整齐(中新社记者　郑子颜　摄)

丹江口市地处秦巴山区腹地，鄂西北鄂豫皖交界处，是南水北调中线工程调水源头，集山区、老区、库区于一体。这里三面环山一面临水，交通一直是制约当地经济发展的瓶颈。

2019 年 4 月，丹江口市摘掉国家级贫困县的帽子，并于当年底位列“中国县域旅游竞争力百强县市”榜单。

在丹江口市扶贫办主任陈少斌看来，汉十高铁开通不仅改善了当地交通出行条件，更将加快当地村民致富步伐。陈少斌介绍，随着高铁开通，人流、物流、资金流将进一步加快，必将促进丹江口市经济全方位发展。

受益于高铁建设的金山村只是近年来中国高速铁路快速发展的一个缩影。截至目前，中国高铁以 3.5 万公里的运营里程居世界第一。“八纵八横”的高铁网络不仅缩短了时空距离，同时逐渐惠及一个个贫困地区。

一列高铁经过汉十高铁丹江口站（中新社记者　张芹　摄）

2017 年底，起于西安终至成都的西成高铁开通运行，将沿线诸多贫困地区串联起来，一步跃入高铁时代；2019 年 11 月，日兰高铁日照至曲阜段开通运营，沂蒙老区首次接入全国高铁网；2019 年 12 月，银中高铁开通运营，结束了宁夏没有高铁历史……

“高铁对于平衡区域发展具有重要作用。”湖北省社科院研究员秦尊文说，随着高铁开通，城乡经济要素高速流动起来，推动了沿线城市旅游业、商贸物流业快速发展。

以中国脱贫攻坚主战场之一贵州为例，2014 年贵广高铁开通后，当地正式进入高铁时代。此后，沪昆高铁、渝贵铁路、成贵高铁相继开通，让贵州迅速崛起为西南城市群的一个重要交通枢纽。

高铁的开通让贵州旅游业迎来了新机遇。据公开报道显示，近年来，贵州旅游接待人数年均增长 37.15%，旅游总收入年均增长 37.68%。2019 年前三季度，该省接待入黔游客 2.53 亿人次，实现旅游总收入近万亿元人民币，同比分别增长 26.1%、28.3%。

秦尊文认为，近年来，中国高速网络不断延伸，对区域经济溢出效应愈加明显。

（张芹　宋英辉）

（中新社，2020 年 1 月 16 日）

扶贫“慢火车” 开通致富路

扶贫列车大事记

2019年

三趟“慢火车”2019年全年运送贫困地区旅客125.4万余人次。

2007年

怀化至梅江7272/1次列车，单程运行178千米。2007年4月渝怀线客运通车，至今已开行近13年。自2007年以来共运送旅客560余万人次。

2003年

怀化至塘豹7269/70次列车，单程运行174千米，开行于上世纪80年代。2003年起，缩短运距为怀化至塘豹。从2003年以来共运送旅客430余万人次。

1997年

怀化至澧县7266/5/3次列车，单程运行381千米。最初是开行怀化至吉首，后延长至张家界、澧县。自1997年以来，共运送旅客1200余万人次。

湖南怀化火车站旅客在车内整理行李。7269 次列车每天往返于怀化和塘豹之间，列车沿线穿行的区域大多是苗族和侗族聚集地，沿线群众亲切地称这列火车为“流动致富银行”

停靠在湖南省麻阳郭公坪站的 7272 次列车，当地果农菜农挑着担子准备上车。这趟“慢火车”所经过的地区多为“老少边穷”，经济欠发达。为盘活沿途百姓致富渠道，铁路部门开“绿灯”允许乘客携带大量鲜活货物乘车

湖南省麻阳苗族自治县郭公坪镇双竹坡村 74 岁的黄前代，在乘坐的 7271 次列车上算账。他每 3 天至 4 天乘坐火车去铜仁销售一次农副产品，每个月可收入 2000 多元

7269 次列车车厢里，湖南省靖州苗族侗族自治县太阳坪乡八龙村一组的 71 岁苗族妇女杨炳英（右）正在为旅客称菜。杨炳英是该村建档立卡贫困户，已经乘坐“慢火车”卖菜 10 多年，每月能有 2000 多元的收入。她开心地说：“扶贫列车真好，既能挣钱，又可观光。”

在 7270 次列车上，湖南省靖州苗族侗族自治县的汪家(右)与杨永灿，在行驶的列车车厢里开心地观看“小电视”

江市站开往相见站的 7269 次列车上，一名旅客展示自己的车票，票价只有 1 元。列车最高票价 11 元

怀化至梅江的7272次列车车厢里，80岁的符长理老人带着刚刚捕捞的鱼虾，乘车前往贵州省铜仁市菜市场销售

7269 次列车上，几位小学生在车厢里做作业。绿皮“慢火车”穿行在武陵山深处，为沿线百姓提供出行服务的同时，也承担着学生上下学“校车”的责任

扶贫“慢火车”穿行在湘渝黔武陵山区，成为帮助当地脱贫致富的主要交通工具

在我们快步迈进高铁时代的今天，在湖南西部山区，仍有 4 趟没有空调、没有餐车、没有卧铺的绿皮“慢火车”，每天载着沿线群众穿行在脱贫攻坚武陵山片区。“慢火车”停靠途经的每个县乡小站，为沿线的菜农、果农、居民、铁路职

工和学生提供交通服务，又因票价便宜，被誉为“扶贫公益慢火车”。

2020年春运期间，为方便沿线村镇群众出行，在焦柳线、渝怀线和沪昆线铁路上，广铁集团开行的怀化至重庆梅江7272/7271次、怀化至澧县7266/7267次、怀化至塘豹7269/7270次列车均不停运，每站必停。寒来暑往，几趟“扶贫公益慢火车”已经相继运行了几十年，票价最低1元，一直没有涨过价。

“慢火车”几十年如一日运行在湘渝黔武陵山区，这里沿线聚居着苗、侗、土家族等少数民族，经济欠发达，贫困程度深，是国家脱贫攻坚的重点区域。为方便沿线百姓人、货往来方便，列车允许乘客肩挑背扛大量山货乘车，更有不少学子靠乘坐慢火车，走完求学之路。扶贫“慢火车”已成为山区困难群众致富奔小康的希望之路。

多年来，列车值乘单位广铁集团长沙客运段将“慢火车”作为“精准扶贫、铁路先行”的主阵地，引导职工内鼓干劲，提高服务质量，确保安全正点；外树形象，加大宣传，传递公益正能量。

扶贫列车上的列车员常年与沿线各族群众打交道，与他们建立了深厚的感情。针对沿线老百姓实际需求，在保证列车安全的情况下，列车适度开放交易“微市场”，允许在公平原则下进行农副产品市场化交易，车班自购电子弹簧秤、一次性塑料袋等，必要时帮助旅客解决买卖双方的不时之需，为列车商品交易提供便利。针对沿线百姓挑担、背筐乘车等情况，列车加强与车站联系，对一些客流量较大、货物集中的车站，由列车长提前与车站进行联系，车班乘务组提前做好准备，开双边门，加强列车疏通，协助旅客安全乘降，确保安全正点。

（湖南日报记者　郭立亮　摄影报道）

（《经济日报》，2020年1月19日第4版）

小康路上，与“小慢车”同行

——长白山区绿皮火车二三事

全面建成小康社会的决胜时刻，必须啃掉“硬骨头”。吉林省蛟河市小姑家村就是一块“硬骨头”，地处长白山下，虽然公路入村，但冬日常常大雪封路。出行不便，何来小康？为此，铁路部门常年“赔钱”开行一趟只有6个车厢的绿皮火车，成了沿线群众进城售卖农产品、山野菜的致富车。小康路上，“小慢车”与村民同行，载着大家奔向幸福。

“小慢车”啃下小康路上“硬骨头”

小姑家村村民马光敏家的炕头上，几个农民围坐在一起，合计着一年的生计。炕头烧得火热，屋外，大雪刚停，远远望去，一片洁白。

400多户人家，青壮年不多，村子离城远，种地收入不高，村里把特产售卖当作增收渠道，鼓励家家户户搞副业。“靠山吃山，大家各自弄些农家特产进城卖，一年能多挣个两三万元。”村党支部书记王文友说。

副业能致富，可进村的路却时常不好走，遇到大雪天，路上积雪十几厘米。“人一听是去小姑家村，价格就得四五十元。”马光敏说，“还有许多司机直接拒绝，路滑、危险、费车。”

路不好，出村难，成了村子奔小康的“拦路虎”。但大家不发愁，一趟每天都会停在村口的4343/4344次“小慢车”，解决了出行难题，带村民踏上小康路。

“小慢车”是一趟绿皮火车，开行速度每小时80公里，逢站必停。村民们进城卖货，乘火车最方便、最稳妥，到蛟河城区的票只要3元，去吉林市也只有7元，早晚各一趟。

村民们算了一笔账，一斤豆包4元，坐火车出一次能带150斤，去掉车票还能剩下580多元，春节前后，一户人家能赚4000多元。60岁的田申昌去年收入了 4 万多元,种地和售卖山货、黏豆包各一半。58 岁的赵艳荣每年 5 到 7 月都会坐火车进城卖蔬菜,能赚 1 万多元。

“不用看天气,想走就走,不用心疼钱,省的就是赚的。”马光敏说。村里的副业随季节变化,春天摘野菜,夏天卖蔬菜,不变的是,一趟趟“小慢车”准点抵达,拉着村民早上进城、下午归家。

奔小康路上 “小慢车”永不停

曾有一年,列车南下支援南方春运,火车停了两个月。“以后还停不?”——车上,许多人都问着同一个问题,大家对小康的期盼,都聚焦在这趟“小慢车”上。“不停,您放心。”列车员金英子每次都会耐心回答。

列车 1963 年开行,从 1995 年到现在,票价没涨过一分钱,成人最低票价只需 2 元,全程 401 公里,也不过 30.5 元,每天上午和下午都停在村口,陪伴着村民们。

52 岁的李常莉年轻时穿着嫁衣乘火车,“小慢车”是她的婚车;46 岁的王海滨前几天不慎摔伤锁骨,乘着火车就医,“小慢车”是他的救护车;30 岁的田利君乘车去城里上学,如今已经大学毕业,成了一名环保工程师,“小慢车”承载着走出大山的希望……

“小慢车”是“小康列车”,也是趟“赔钱车”。中国铁路沈阳局集团有限公司吉林客运段算了笔账,旅客每人每公里的票价只有 7 分钱,2019 年,票款收了不到 30 万元,开支却超过 60 万元,还不算养护铁道等成本。

“虽然赔钱,但也要坚持开。”吉林客运段客运 8 车队副队长王海波说,“全面建成小康社会的决胜时刻,怎么能少得了铁路人的身影?”

为给沿途旅客吃下定心丸,中国铁路沈阳局集团有限公司把这趟列车编入全国路网,挺进了吉林、延吉、图们高铁站,村民们能迅速转乘现代交通方式,偏远的村落不再“偏远”。

“补齐奔小康的交通短板,是铁路人的担当和使命。”中国铁路沈阳局集团有限公司副总经理李玉旦说。

票价 25 年不涨 服务却不停升级

虽然列车设施稍显简陋,但服务却不“简陋”。车外,冰天雪地,最低温度接近 -30℃,车厢里,温度宜人,只需穿一件外套,和动车组不相上下。

车上取暖靠锅炉，一趟下来，列车员们挥锹几百次。水温高了管道受不了，水温低了车里冷，添煤太少不够烧，太多又容易闷住火。“累是累，但这是大事，不能把旅客冻着。”跑了30年“小慢车”的列车员孙明金言语坚定。

既要加热，更要保温。每到入冬时，全车组都会动员起来，花费近4个小时，为车厢每一扇窗户贴上保温塑料膜，平平整整，干干净净。“温度能上升五六摄氏度。”金英子说。

许多列车员都有过高铁、特快车次的从业经历，和它们相比，“小慢车”的服务更加个性化。车组人员有着惊人的记忆力，哪位旅客在哪上车、在哪下车、票价多少，他们心里“门儿清”。

“也是被逼出来的。”朝鲜族列车员崔贤淑笑着说。许多站点只是一个乘降所，村民们需要上车补票，大多是中老年人。为了贴心服务，列车员们练出“最强大脑”，快进站时，能精准地提醒到每一位村民。

接地气儿的“小康列车”走走停停。车厢里的小黑板上，定时更新供求、用工信息，车队还打算开辟一个自习区，方便上学的孩子温书。

咣当咣当，汽笛声声，“小慢车”来了又回，从不间断。在全国铁路网，这样的列车有81对，中国铁路沈阳局集团开行了12.5对。一趟趟“小慢车”穿行在祖国的山山水水中，与沿线群众一路同行，载着老乡们奔向幸福。

（新华社记者　陈俊　段续　孟含琪）

（新华社，2020年1月22日）

特写:驶向小康的复工专列

“走,坐火车去新疆喽!”2020 年 3 月 19 日晚的西安火车站,贫困户曾祥有时隔多年再次踏上打工路,他戴着口罩,手拉新买的行李箱,和 686 名工友一同坐上了开往乌鲁木齐的专列。

这趟火车是中建三局西北公司联系陕西省人社厅和乌鲁木齐建设局,组织运送农民工赴新疆返岗复工的专列,当火车行驶至兰州时,还会有 385 名农民工搭乘该趟专列去往新疆复工。

48 岁的曾祥有满脸喜悦,对他而言,这是开往希望的专列。“今年我一定能靠打工致富奔小康!”曾祥有是陕西汉中五堵镇孙坪村人,幼时因事故失去了右手,他凭借吃苦耐劳的韧劲,在村里开过小商店,走南闯北在各地务工,山西的煤矿、甘肃的戈壁滩、山东的建筑工地都有曾祥有流汗打工的身影。

2014 年,为照顾患病的母亲,曾祥有返乡务农,收入远不够负担儿子上大学的开销。那时,愁肠的日子好像望不到头。脱贫攻坚开始后,曾祥有在易地扶贫搬迁中住上了楼房,村里还给他安排了河道管理员的公益性岗位,每月工资 500 元,三级残疾补助每月还发 60 元,眼看日子一天比一天好。

随着母亲身体日渐恢复,曾祥有决定再次“复出”打工。“儿子已经有女朋友了,我要努力脱贫致富,希望再多赚些钱给儿子娶媳妇!”曾祥有两只胳膊抱在胸前,铿锵有力地说。没想到,一场突如其来的疫情让他的计划险些落空,“在家里干着急,打不了工贫困户的帽子就摘不掉了。”

几天前,曾祥有突然接到让他喜出望外的通知:可以乘坐火车专列去乌鲁木齐打工。中建三局西北公司面对用工荒、返岗人员交通困难和疫情防控等难题,主动与工友联系,根据集中程度,通过专车直达服务,开通复工直通车,爱心专列、爱心专机等,护送工友安全返岗。

连日来,全国多地开启“点对点、门对门、一站式”专车、专列、专机服务,为疫情防控下的复工复产按下加速键,一趟趟专车、专列、专机满载着农民工奔向小康的期盼。

出发前,曾祥有写下一份辞职信,辞去了每月 500 元工资的公益性岗位工作。“虽然政府很照顾我，但我有信心、有能力通过自己的努力勤劳致富。”曾祥有告诉村干部，自己去打工每月可以赚5000元左右，村干部听了向他竖起大拇指，连声说“要得！要得！”

到达西安火车站后，曾祥有领取了口罩，在工作人员的指引下完成了身份认证、测量体温等程序，顺利登车。“能组织我们农民工安全顺利地复工，心里特别踏实。”列车上，有说有笑的工友们难掩对复工的期待，对未来的憧憬。

曾祥有是复工专列上1072名农民工的缩影，疫情阻碍不了他们奔向小康的步伐。陕西省人社厅农民工工作处处长刘渤海说，陕西多部门联合实施农民工返岗复工帮扶计划，全力推进农民工返岗复工“点对点”服务保障，截至2020年3月19日，陕西“点对点”运送91263名农民工返岗复工，其中专机10架次、专列25列、专车3227辆。

（新华社记者　李浩）

（新华社，2020年3月20日）

“特别列车”见证全面小康路上“不落一人”

2020年5月31日16时41分,从重庆开来的5629次列车,到达遵义市桐梓县境内的蒙渡火车站。早已等候在此的余庭华和妻子罗成群,背着自家种的桃子和李子,和10多位村民一起走出候车室,搭乘这趟列车前往遵义城区。

这趟绿皮慢火车全程票价23.5元,最低票价仅2元,“从经济效益出发,一直处于亏本状态。”遵义车务段桐梓车间党支部书记张建平说。

目前,全国共有81对这样的绿皮慢火车,在追求速度和效益的今天,它们为什么仍在服役?

村民的重要依靠

余庭华身材清瘦,背着100余斤桃子,腰有些微曲。登车时,他先转身将背篓稳放在列车过道上,又转身用力将其往里推,随后又接过了妻子身上的背篓。

50岁的余庭华家住桐梓县新站镇九龙村,年轻时在广州务工为生。2016年回到家乡,和妻子做起蔬菜水果生意。

“种了3亩桃子,2亩多李子,还有一些蔬菜。”余庭华说,“什么成熟了就卖什么,都是自家种的。”

余庭华和妻子搭乘的5630(5629)次列车,开行于20世纪60年代,已有50多年历史。

“刚开通时,沿线村民坐这趟车外出卖菜,旅客也特别多。”曾担任5630次列车列车长、现退休在家的曲斌说,最初还有重庆的菜贩乘坐火车到遵义卖菜,遵义到重庆的高速公路通车后,这部分菜贩就改走高速。

5630次列车列车长杨丽介绍,这趟列车没有空调、餐车和卧铺,途经站点大都在深山区,是沿线村民出行、求学和做生意的重要依靠。

“她身体不好,我也不能出远门,只能靠卖菜维持生计。”余庭华说,妻子罗成群三年前查出患有尿毒症,每周至少需要到医院透析两次。

为了方便妻子看病,余庭华在遵义城区租了一个单间,房租每月200元,这间屋子如今也是夫妇俩到遵义卖菜时的歇脚点。头天傍晚,坐5629次列车到遵义，在出租屋住一晚，第二天一早卖完菜后再坐 5630 次列车回家。

票价便宜是余庭华夫妇选择这趟列车的主要原因。“坐这个车很省钱，也很方便，就当是公交车了。”罗成群告诉记者，如果从新站镇坐汽车到遵义，需要到桐梓县城转车，连人带行李，加起来要近百元，远不如坐火车划算。

余庭华说，平时也有商贩到村里收购蔬菜和水果，但价格较低。为了卖出好价钱，他更愿意坐火车到遵义卖菜。“以桃子为例，卖给商贩，每斤桃子卖两三元。在菜市场零售，就可以卖到 5 元钱，甚至更高。”

今年受疫情影响，余庭华夫妇直到 3 月份才外出卖菜，而在往年，春节期间也不停歇。“正常情况下，每年卖菜能挣 1 万多元，加上打零工的收入，一家人的生活费没有问题。”

“是为老百姓开的”

2020 年 5 月 31 日傍晚 18 时 18 分，列车驶达桐梓火车站。遵义市永坪中学初二年级学生令狐荣琴，在姑姑的陪同下登上列车。当天是周日，她准备坐火车回学校上课。

令狐荣琴家住桐梓县茅石镇团结村，小学毕业后考入永坪中学。“我平时住在姑姑家，大概每个月回家一次。”和余庭华夫妇一样，令狐荣琴坐这趟车也是因为票价便宜。

“这趟车比较实惠，是为老百姓开的。”坐在一旁的姑姑令狐世芬说。

曲斌介绍，周五和周日，列车上就能见到百余名初高中学生。周五坐车回家，周日再坐车回校。

回忆起乘坐 5630(5629)次列车上学的经历，目前就读于贵州财经大学的周敏感触颇多。“我家住新站镇四新村，初中毕业考到桐梓县第一中学。高中三年，这趟列车成了我的校车。”

在列车上，周敏和同学会聊些学校里的趣事儿，或者讨论过去一周所学的新知识。“以前周五放学后，我们会结伴去车站坐车，一路上有说有笑，感觉很开心。”周敏说，新站镇到桐梓县城也有客车，单边票价为 16 元，和慢火车相比还是要贵很多。

2020 年 3 月 16 日，贵州省 99 万初、高三年级学生率先开学。5 月 6 日，遵义市初高中非毕业年级也开学了，5630(5629)次列车上又活跃起了“青春”的身影。

“这趟车不能停”

10 多年前，关停 5630（5629）次列车的议题曾被提上案桌。因为上级部门不同意，这趟车得以继续穿行在革命老区，造福沿线村民。

因为票价低，沿线站点多，配备的工作人员也较多，这趟车目前仍在亏本运营。“社会效益是这趟车继续开行的主要原因。”张建平告诉记者。

他说，以前农村的村村通不像现在这么发达，交通条件不好，一些沿线乡镇的工作人员也会乘坐这趟车上班。“现在的客流量大概是以前的 50% 多一点。”

2018 年，易地扶贫搬迁群众张承凤和家人从新站镇搬迁到了位于桐梓县城的易地扶贫搬迁安置点，并在遵义城区找到了工作。张承凤每个月会回家一次，由于不赶时间，加之票价低，5630（5629）次列车便成了她的首选。“这趟车真的方便了沿线的农民，也方便了我们这些打工者。”张承凤说。

对很多人而言，“慢火车”已经成为一种记忆。但带有公益性质的深山“慢火车”，仍在改善山区村民的出行环境，降低他们的出行成本。它们不仅是一趟列车，也是山里人的“赶集车”和求医上学的“公交车”。

目前，全国 81 对绿皮慢火车主要运行于集中连片贫困地区和交通不便山区。单论经济效益，它们在做赔本买卖。在高铁网络贯穿全国的今天，它们的“简陋”与“慢速”也显得有些不合时宜。但它们满足了偏远山区的民生需求，承载着浓厚的民生情怀，是全面小康路上“不落一人”的时代表达。

“这趟车很多乘客都是‘老面孔’，沿线的菜农得到了实惠，感到开心，我们就跟着开心。”杨丽说，“虽然一直亏本运营，但这趟车不能停”。

（记者　郑明鸿　刘智强）

（《新华每日电讯》，2020 年 6 月 15 日第 6 版）

有个好工作　过上好日子

作为大型央企，中国铁路工程集团有限公司在定点帮扶湖南桂东县、汝城县和山西保德县过程中，通过加大培训力度、扶持优势产业发展、打通基础设施障碍等手段，努力帮助贫困群众就业创收，找到了一条适合贫困地区群众就业脱贫的新路径。

湘赣边界的桂东县，四面环山，风光秀美。然而，这些在外人看来意趣盎然的山山水水，在很长时间里，并没有给当地群众带来财富。

好在近年来旅游的人多了，山里的优质黄桃、药材、蜂蜜等也成了山外的抢手货。沤江镇上东村水源洞组的贫困户李文章，就是这一变化的亲历者。近几年，他靠养蜜蜂摆脱了贫困。作为定点帮扶单位，中国铁路工程集团有限公司一直在探索如何让李文章这样的困难群众勤劳致富，不断发掘因地制宜的脱贫新路径。

2020 年 6 月 16 日，在中国中铁援建的保德幸福大道上，运煤车有序行驶（中经视觉　王利　摄）

有一技傍身，就能找工作

新一轮脱贫攻坚工作开始之后，绝大部分贫困地区群众已经意识到，应该通过自身努力来斩断“穷根”。但是,受自然条件、学历见识等因素限制,不少人没有工作技能,不能实现稳定就业。

“要以促进贫困群众就业为抓手,加强技能培训,拓宽就业渠道,彻底消除就业致富的后顾之忧,确保‘一人就业全家脱贫’。”中国铁路工程集团有限公司党委书记、董事长张宗言说。

“中国中铁不但为我解决了学费问题,还资助了生活费、交通费。有了技术,现在我一年能挣五六万元,全家已经脱贫了。”桂东县贫困户胡微敏说,参加中国中铁举办的技能培训班后,他成功成为一名挖掘机手。

作为用工大户,中国中铁利用自身优势,不仅提供培训机会,还提供就业岗位。在桂东县,中国中铁开展建档立卡贫困户“双百工程”,每年举办约 100 人次的职业技能培训班,每年输送建档立卡贫困户 100 人左右到中国中铁系统就业。

除了对口提供就业机会,中国中铁还结合三县资源禀赋特点,有针对性地开展职业技能培训。

山西保德县地处晋陕内蒙古接合部,运输业发达,货车司机比较抢手。中国中铁挂职保德县副县长张忠文到任后,提出打造“保德好司机”劳务品牌,成立了“保德好司机”运输协会和“保德好司机”职业介绍所,对建档立卡贫困户中有考取驾驶证意愿并取得 B 照和 C 照的分别一次性给予 4000 元和 2400 元补贴,取得驾照后推荐就业。

截至 2019 年底,保德县共有 3981 人报名学习驾驶,有 950 名建档立卡贫困人员借此实现就业,年平均工资超过 1 万元,所在家庭彻底脱贫。该模式也得到了国务院脱贫摘帽第三方验收评估组的充分肯定。

在扶贫资金使用上,中国中铁也向职业教育培训倾斜。2017 年 11 月,中国中铁与湖南省汝城县政府签订对口援建项目实施框架协议,启动了“中国中铁精准扶贫技能教育培训基地”项目建设。几年来,中国中铁先后捐赠 6000 多万元,建设了 6 个专业实训室,一个室外操作场地,以及宿舍楼、教学楼等设施,极大弥补了当地职业教育的不足。

有稳定销路,就能稳就业

外出务工只是就业的一种形式。要想真正实现致富,还需要充分利用好农村的自身优势,增强脱贫的内生动力。

在桂东县上东村中草药粗加工车间记者看到，十几名中老年妇女正在工作。上东村村委会主任何湘勇告诉经济日报记者，在这里工作，一般每天能挣三五十元钱，而且离家近，不耽误照顾家。

“桂东县环境优美，资源丰富，发展旅游、种植、养殖业都很有前途。”中国中铁挂职桂东县副县长刘国卿说。如果这些资源能够顺利“变现”，当地就不愁产业，群众就业也就有了保障。

一方面，资源要成为产业，需要有规模。以上东村为例，当地有种植厚朴、黄柏、黄精等中药材的传统。但由于缺乏规模优势，销路不畅。中国中铁出资在村里建起了扶贫车间，引进相关企业收购并对中药材进行粗加工。“现在，村民的种植意愿明显增强。年均收入从 2017 年的 3200 元，增长到现在的 4200 元。”何湘勇说。

在桂东县，中国中铁共扶持发展茶叶、特色水果、中药材等种植面积 65.4 万亩，带动近 4 万名群众增收。发展生猪、蜜蜂等养殖业，帮扶 2.2 万多人增收。精品民宿超过 400 家，床位近万张，每户平均收益 3 万元，有效促进了群众增收。

另一方面，资源要产生效益，需要有销路。首先要解决交通问题。在桂东县，中国中铁投入 3000 万元，捐建了 X006 线跳鱼栏坳至增口公路项目，有效解决了桂东农产品外运问题，惠及 5.2 万名群众。在汝城县，中国中铁投入 40 万元援建大坪镇坪湾村和文明瑶族乡姜阳瑶族村生产机耕道项目，受益群众超过 3000 人。在保德县，中国中铁援建的“中铁幸福大道”公路，直接解决了孙家沟、南河沟乡 2 个乡镇 9 个村 1348 名贫困人口出行难、农产品外运难等问题，2.5 万人直接或间接受益。

有恒心毅力，就能谋振兴

抓住就业这个“牛鼻子”后，中国中铁的定点帮扶工作推进顺利：2018 年 8 月，桂东县成为湖南省第一个脱贫摘帽的国家级重点贫困县，全县累计脱贫 41885 人。2019 年 3 月，汝城县脱贫摘帽，全县累计脱贫 61574 人。2019 年 4 月，保德县脱贫摘帽，累计脱贫 34042 人。

“3 个县脱贫后，还要进一步完善长效扶贫工作机制，巩固既有的扶贫成果，在实现脱贫的基础上实施乡村振兴战略。”张宗言说，推进桂东县金洞村乡村振兴项目，就是中国中铁从脱贫攻坚逐步向乡村振兴战略转移的试点工程。该项目总投资 1 亿元，规划区域 1983 亩，修建了游步道、人行拱桥、七人制足球场、文化广场等设施，还规划了接待中心、餐饮中心、民宿设施。此举既改善了村民居住环境，也为开展乡村旅游奠定了基础，进一步推动了乡村经济发展。

随着老龄化进程的加快，做好养老服务也成为乡村振兴的关键一环。中国中铁派驻汝城县外沙村第一书记何志平发现，外沙村现有 60 岁以上老人 706 人，其中 70 岁以上老人 297 人，老龄化现象突出。老龄人口关爱保障是否到位，关系到脱贫成果能否稳固。为此，中国中铁投入 20 万元常规项目帮扶资金，用于马桥镇外沙村"友邻互助"居家养老服务中心项目建设，让村里的老年人享受到城里人的养老待遇，减轻农村家庭养老负担，一心一意奔小康。

张宗言表示，在完成 3 个定点扶贫县脱贫摘帽的基础上，中国中铁主动担责，积极帮助目前仍未摘帽的 52 个国家级贫困县之一的云南省会泽县，投入资金 8600 多万元，以"交钥匙"方式捐建 3 所幼儿园，解决易地搬迁后贫困群众子女上学难的问题。下一步，中国中铁还将再投入 2000 万元重点帮扶新疆南疆地区部分贫困村精准脱贫。

（经济日报·中国经济网记者　齐慧　通讯员　刘青山）

（《经济日报》，2020 年 7 月 8 日第 9 版）

铁路扶贫打出“组合拳”
助力贫困地区走上小康路

“人民铁路为人民”，是国铁集团始终不变的责任担当，尤其是在打赢脱贫攻坚战的过程中，国铁集团充分发挥行业企业优势，不断新扶贫方式，为贫困地区顺利实现脱贫目标增添了强大助力。经济日报-中国经济网记者在国铁集团定点扶贫的陕西勉县采访时了解到，铁路部门通过与地方政府积极沟通，密切配合，打出建设扶贫、运输扶贫、消费扶贫、产业扶贫的“组合拳”，经过多年努力，勉县的贫困人口已经从5.45万人减少到2779人，贫困发生率由16.9%降至0.78%，并于2020年2月实现“脱贫摘帽”。

立足“本职”　铁路建设打通脱贫路

“要想富，先修路。”便利的交通运输条件对一个地方的经济发展至关重要。西起宝成线阳平关车站，东止襄渝线安康车站的阳安二线工程（阳平关至安康铁路增建第二线工程），全长329.1km，在勉县境内有61.95km，并设有一个火车站，于2019年12月27日正式开通运营。这条铁路线对打破区域经济发展瓶颈，促进陕南地区经济发展，带动沿线贫困地区脱贫致富具有十分重要的意义。据勉县人社局局长陈国英介绍，疫情期间，勉县火车站分别在2020年3月4日、5日和7日发出了三趟“务工专列”，共发送3600多名务工人员到达上海、深圳等地实现复工，帮助群众增收。

即使在建设期间，铁路部门也没有忘记解决勉县劳务输出困难，贫困人口就业难等问题，铁路部门主动将用工需求向当地劳动力倾斜，据不完全统计，仅中铁二十局、一局两个施工单位就使用当地劳务约2700人次，让当地群众实现了在家门口务工挣钱的愿望。

为了更好地促进当地经济发展，铁路部门在阳安二线建设期间还考虑到了提高勉县城市公路交通的运输能力的问题，在原设计的基础上，为勉县增建立体交通涵18座，增建通村道路44条。特别是在勉县城区实施武侯北路、定军山大道两处大的立交工程，为打通勉县城区主干道的断点起到了积极作用。

勉县火车站(杨宝森　摄)

同时,在铁路建设弃渣场选址上尽量选在深山荒沟为,这样不仅大大节约了土地成本,而且为当地群众造了大量的土地,实现了荒沟变旱坡地的目标。据统计,按照《土地复垦方案》,阳安二线建设在勉县境内使用弃渣场为当地造地约310亩,为增加当地群众收入、实现脱贫目标奠定了基础。

创新方法　铁路消费扶贫扩宽致富路

从打造"消费扶贫直通车"品牌,到组织贫困地区特色农产品"进车站""上火车",在到激活电商消费市场,铁路部门在消费扶贫上一直不断创新,经初步统计,铁路消费扶贫销售各类优质农产品2800余万元,带动勉县近万户贫困群众实现增收。

据介绍,针对贫困山区农产品"好货难销",群众发展种养殖意愿不高的难题,中国铁路西安局集团公司自2016年起开始组织贫困村农产品直销活动,来自勉县唐家坝的茶叶、土蜂蜜、木耳、橡子粉等绿色环保农产品受到铁路职工家属青睐,销售现场抢购一空,单次收入12万元,迈出了消费扶贫第一步。

随着直销活动带贫效果的不断显现,铁路部门逐渐将其打造成了"消费扶贫直通车"品牌,实现了常态化组织售卖活动,受到各方认可,截至目前,已累计举办了53场次。在2019年,国家第6个扶贫日期间,"消费扶贫直通车"活动现场参与近万人次，销售额达70万，优质农产品供不应求。

西安西站驻杨庄村第一书记王江琦和杨庄村村民杨凤平在为玉木耳装袋（经济日报-中国经济网记者　佟明彪　摄）

除了线下的售卖活动，铁路部门还在线上发力，拓展消费扶贫电商渠道，在日活动用户超千万的12306、中铁快运、国铁吉讯掌上高铁App等平台上，动态推介宣传当地风景人文和特色物产，将勉县所产茶叶、金丝皇菊等6类21种农产品上线销售，帮销农产品700余万元。据国铁集团派驻陕西勉县县委挂职副书记雷强介绍，在促进消费扶贫方面，目前还正在考虑让勉县的特色农产品进驻刚刚推出的“铁路扶贫消费柜”，拓宽销售渠道。

放眼长远　产业扶贫为贫困地区“造血”

“授人以鱼，不如授人以渔。”随着铁路部门扶贫工作的不断深入，各种消费扶贫的方式逐渐让贫困地区的特色农产品变得供不应求，并倒逼贫困地区优质、特色农产品提质、上量，由小作坊经营向规模化、科学化发展，从而实现长期稳定发展。在勉县，依托中国国家铁路集团有限公司定点帮扶和社会扶贫帮扶体系，逐渐探索出一条产业发展与消费扶贫共赢的新路子。

经济日报-中国经济网记者在勉县漆树坝镇的万亩茶园了解到，铁路援建的茗茶标准化清洁加工厂及产品研发中心，解决了当地茶园夏秋茶无法充分利用的难题，通过提升茶叶加工能力和产品品质，当地茶叶在市场上的影响力得到提升，销售渠道不断扩大，每亩茶园的年均效益可以提升1000元。

中国国家铁路集团公司援建唐家坝肉牛养殖基地里饲养的肉牛（经济日报-中国经济网记者　佟明彪　摄）

在援建扶贫项目过程中，能否找准合适的产业并带动相关链条发展十分关键。在勉县的唐家坝村，铁路援建的肉牛养殖基地不仅有存栏规模100头的牛舍，还配套了铡草机、草料搅拌机、液压打包机、混合饲料机等设备。据介绍，这个基地的建成不仅促进了当地肉牛养殖的水产品，还带动了当地的牧草种植，村里的100多户贫困户通过基地提供的领养肉牛、种植饲料、进场务工等方式实现了脱贫，2019年，户均增收2332.2元。

截至目前，铁路共向勉县投入产业项目资金4111.5万元，实施产业扶贫项目40个，形成了以茶叶、肉牛、蚕桑、食用菌等为主导，中药、花椒、皇菊等为特色的产业体系，2.06万户、5.45万人因此受益。

据悉，国铁集团一直把产业扶贫作为促进贫困人口稳定脱贫的长久之策，运用行业企业先进管理理念帮助贫困地区打造特色产业、提升品牌价值、推动集约化发展。通过与县乡村户、龙头企业和致富带头人精准对接产业项目、市场需求、带贫机制等，确保产品适销对路、产业持续发展、群众稳定增收。目前已在定点扶贫的 4 县区精准实施 684 个项目，惠及贫困人口 20 余万。截至 2020 年 3 月，定点扶贫 4 县区和 52 个贫困村如期实现了脱贫摘帽。

（经济日报・中国经济网记者　佟明彪）

（经济日报・中国经济网，2020 年 9 月 9 日）

站在消费扶贫柜前轻轻扫码，就能在火车站候车时采购扶贫产品

小小扶贫柜　暖暖铁路情

站在红色柜体前轻轻扫码，就能在火车站候车时采购扶贫产品，助力脱贫攻坚！日前，国铁集团铁路消费扶贫柜首批投放暨合作签约活动在北京南站举行。

有了铁路消费扶贫柜，旅客通过扫码开柜、挑选商品、关门结算等简单3个步骤即可购买产品，同时还可通过扫描柜体侧面展示的“铁路12306”“中铁快运商城”“掌上高铁”二维码，登录铁路电商扶贫平台进行线上订购。这种“三网一柜”线上线下互动、产运销一体化的消费扶贫新模式，打通了扶贫产品从田间地头到铁路车站的“最后一公里”。

“尽管投放不久，但销售不错、广受欢迎。”据北京南站党委副书记梁兆钰介绍，消费扶贫柜具有点多面广、使用便捷、智能化等特点，是拓展扶贫产品销售渠道、线上线下一体互动、动员社会力量广泛参与的一项创新扶贫方式。

此次亮相投放的首批铁路消费扶贫柜由中铁快运股份有限公司与中科锐星科技发展有限公司合作经营，国铁北京局集团公司免费提供场地支持运营。结合国家扶贫产品目录和旅客消费需求，投放商品均来自包括国铁集团在内的中央单位定点扶贫地区等贫困地区。

国铁集团扶贫办负责人介绍，铁路消费扶贫柜是国铁集团深入贯彻落实中央单位定点扶贫工作部署，创新开展定点扶贫工作的一次积极探索实践。后续将有1000台铁路消费扶贫柜陆续投放全国省会城市主要车站以及客流较大的车站，形成全国车站网络化布局。此外，国铁集团还将持续优化丰富扶贫商品，不断提升产品品牌影响力和市场竞争力，将铁路消费扶贫柜打造成为促进贫困地区脱贫攻坚与乡村振兴有效衔接、带动贫困群众持续就业增收的“致富柜”和

为广大旅客出行消费提供更多选择的“服务柜”。

（本报记者　陆娅楠）

（《人民日报》,2020 年 9 月 16 日第 18 版）

悠悠慢火车　暖暖幸福路

——铁路讲好81对公益性“慢火车”故事助力脱贫攻坚侧记

跨越深沟险壑，满载幸福希望，81对公益性“慢火车”犹如一条条舞动的纽带，将老少边穷地区编织进一起奋斗、共同富裕的美好画卷。

叶茂根深，民生为本。持续开行的81对公益性“慢火车”，传递的是“全面建成小康社会，一个也不能少；共同富裕路上，一个也不能掉队”的坚定信念。

2020年是决胜全面建成小康社会、决战脱贫攻坚收官之年。铁路部门认真贯彻落实习近平总书记关于脱贫攻坚的一系列重要指示批示精神，聚焦决战决胜脱贫攻坚目标任务，扛起政治责任和社会责任，在全路范围内持续开好81对公益性“慢火车”，同时运用多种方式加强公益性“慢火车”品牌宣传，生动讲好“慢火车”开行故事和铁路扶贫故事，不断提升公益性“慢火车”品牌的社会影响力和群众认可度。

满载脱贫致富梦想，加速奔向幸福美好的小康生活

金秋时节，5633次公益性“慢火车”穿行在崇山峻岭中。车窗外，天高云淡，金色的荞麦花开满大凉山；车厢内，笑语盈盈，彝族老乡背着装满山货的大包小包赶往集市。

覆盖21个省区市、经停530座车站、途经35个少数民族地区、104个国家级贫困县市，81对公益性“慢火车”载着沿线群众在脱贫致富的康庄大道上加速奔跑，为铁路助力贫困地区打赢精准脱贫攻坚战、服务沿线经济社会发展和人民群众出行注入强劲动能。

近年来，铁路部门进一步巩固公益性“慢火车”开行成果，推进服务脱贫攻坚与乡村振兴有效衔接，找准“慢火车”服务乡村振兴的切入点，积极拓展服务

内容和服务方式。针对不同地区脱贫后的发展特点和地域特色，铁路部门将公益性“慢火车”开行与当地产业发展、惠农助学、旅游开发等有机结合，研究制定契合乡村地区脱贫致富的帮扶措施，既帮助人民群众“走出去”，又协助致富资源“引进来”。各铁路局集团公司不断优化开行组织，完善开行动态调整机制，持续提升服务质量，扩大服务辐射范围，强化路地联动，研究建立路地共建共赢新模式；客运、车辆、运输、扶贫等部门加强配合，强化基础建设，为持续提升公益性“慢火车”开行质量提供有力保障。

一线一策略、一车一品牌。如今，公益性“慢火车”已成为铁路扶贫工作的一张亮丽名片。铁路部门强化品牌效应，根据不同区域、不同线路特点，完善开行方案和服务举措，打造通学助学、惠农助农、红色教育、历史文化等主题车厢，形成具有地方特色的公益性“慢火车”服务品牌。

全媒体全景式聚焦，记录铁路脱贫攻坚的扎实脚步

首次全媒体全景式聚焦，让人民群众实实在在感受到公益性“慢火车”跑出的脱贫攻坚加速度，“慢火车”这一铁路扶贫工作的名片愈加闪亮。

铁路宣传系统加大宣传力度，着力发挥行业媒体优势，加强源头策划，持续讲好铁路助力脱贫攻坚的动人故事，展现人民群众走向小康生活的生动实践。

报纸、新媒体、影视、网站充分发挥各平台优势，“慢火车”报道全面开花。从2020年8月5日开始，《人民铁道》报推出《“慢火车”向着小康开》栏目，以“文字+二维码视频链接+线路图+小档案”的形式进行报道，同时刊发系列评论、推出专版，全面讲述“慢火车”开行故事和铁路扶贫故事。报纸产品同步在“人民铁道”“中国铁路”微信公众号上推送。

新媒体平台推送相关海报、动漫图等产品，策划在宣传铁路扶贫成果的同时进行直播带货，并开展“‘慢火车’上的笑脸”征集活动，集纳作品在报纸和新媒体平台推出。“人民铁道”微信公众号开设《“慢火车”向着小康开》专题，“中国铁路”微信公众号同步推送相关内容，并设置专题推广二维码。

影视以“时光·温情”为主题，通过实拍内容讲述沿线村民、学生、铁路职工等群体和“慢火车”的故事，展现时代发展变迁；制作“慢火车”小视频，同步在“人民铁道”“中国铁路”微信公众号、“中国铁路”抖音号和央视频客户端推送；《铁路新闻联播》开设《“慢火车”向着小康开》专栏。

人民铁道网加强策划设计，推出“‘慢火车’向着小康开”专题，精心打造视

频、图片、文字相结合的《重磅》《聚焦》《网评》《文学》《访谈》《趣答》《花絮》《地方特色》8 个特色栏目，集中刊发“慢火车”相关文章和文学作品，组织趣味知识问答，并介绍“慢火车”开行地区的土特产和旅游资源。

同时，铁路积极推动宣传报道成果落地，集纳 81 对公益性“慢火车”全媒体报道产品，将出版一本书、一本画册和一张光盘。

小切口折射时代变迁，“慢火车”真正开进人民群众心坎里

每一趟“慢火车”，都承载着几多温暖的故事。每一件带着泥土芬芳的新闻宣传作品，都呈现着最温情的幸福，流露着铁路浓浓的为民情怀。

“从集安到通化，坐火车票价只要 8.5 元。我经常采些山菜、菌类去卖，特别畅销！”“这趟车陪伴了我 6 年，现在我走出大山考上了大学，更多的是不舍和留恋。”“我很珍惜列车乘务员这份工作，上班第一个月就拿了 6000 多元工资，超过全家的年收入。”……这是呈现在媒体上的“慢火车”故事。方便群众出行的“便民车”、助推经济发展的“致富车”、服务民族团结的“连心车”，镌刻时代烙印的“慢火车”被赋予新的历史使命，真正开进了人民群众的心坎里。他们的故事，也通过媒体的广泛宣传走进了全国人民的视野。

各路记者进车厢、到村庄，和老乡拉家常，和列车工作人员谈变化，和沿线群众聊发展，“慢火车”折射时代变迁，铁路扶贫故事顺着绵延铁道线飞入更多寻常百姓家。透过记者的文字、镜头，人们了解了创下 4 个“中国铁路之最”的齐齐哈尔至古莲 6245/6246 次“慢火车”，认识了守护 5633/5634 次“慢火车”25 年的列车长阿西阿呷，看到了不断提质升级的“慢火车”服务。从一段段朴实动人的故事中，人们真切感受到沿线群众对“慢火车”的依赖，对铁路人的感激，对脱贫致富奔小康的信心。

人民日报、新华社、中央广播电视总台等多家中央主流媒体和“学习强国”学习平台纷纷转发铁路助力脱贫攻坚的故事。“慢火车”多次“开进”央视《新闻联播》《焦点访谈》等栏目，社会影响力进一步提升。

“虽然生活在繁华都市，但好想到惠农助农的列车集市上看看。”“‘慢火车’途经地区风光旖旎，有很多不为人知的美景，有机会一定要坐一坐网红扶贫旅游专列。”透过新闻媒体这扇窗口，不少人对“慢火车”之旅充满期待。

广大网友纷纷留言，为“慢火车”点赞，为铁路扶贫点赞。“此车虽慢，但由初心驱动，‘驰’而不息，‘驰’之以恒，给沿线群众带来满满的幸福感！”网友“宅

山老泉”的留言道出了大多数人的心声。网友“蓝莲花”留言道:“高铁日新月异,‘慢火车’留住情怀和乡愁。金杯银杯不如老百姓的口碑,相信这也是铁路人坚持开好公益性‘慢火车’和优质服务的动力!”

(本报记者　郑晨)

(《人民铁道报》,2020 年 10 月 23 日第 1、4 版)

扶贫列车奔向致富路

——中国铁路哈尔滨局集团有限公司扶贫工作记事

全力保障煤炭等重点物资运输安全畅通

10月的黑龙江，一场秋雨让空气中多了些许寒意，但这片黑土地上却洋溢着丰收的喜悦。

在绥棱县泥尔河乡卫星村的1.8万亩稻田里，收割机在翻滚的稻浪中齐头并进；在牡佳高铁、佳鹤铁路建设现场，3000余名村民依托“铁饭碗”增收致富；在黑河、伊春等林区、垦区，23对公益性“慢火车”往复穿行，背着农副产品和山货的跑山客在车上分享着他们的致富喜悦。

2017年以来，中国铁路哈尔滨局集团有限公司深入贯彻落实党中央关于扶贫工作的重要讲话精神，按照黑龙江省委和中国国家铁路集团有限公司扶贫攻坚工作部署要求，充分发挥铁路运输企业优势，扎实推进铁路建设扶贫、运输扶贫、定点扶贫、消费扶贫、党建促脱贫等重点工作，在广袤的黑土地上奏响了铁路扶贫的动人乐章。

牡佳高铁佳木斯段架梁施工完成

连续开行 18 年的高考专列上正在开展文艺活动

全力保障贫困地区的化肥、粮食等农资运输

牡佳高铁七星峰隧道施工现场

铁路建设送来“脱贫经”

2020年9月27日，佳鹤铁路中铁二十局集团有限公司兴安制梁场内，24岁的季全有带着8个工友，在梁上熟练地绑扎铁线。半年前，他还是在家务农的农民，如今，他已经是这个工队中的班组长，月收入超6000元。

2019年6月，黑龙江省百大项目之一的佳鹤铁路全面开工建设，这条设计速度每小时200公里的快速铁路，建成后将通过哈佳铁路和在建的牡佳高铁，连入全国高铁网。届时，鹤岗至佳木斯动车组列车运行时间仅需36分钟，鹤岗至哈尔滨列车运行时间也将由现在的8小时缩短至3小时以内。

佳木斯至鹤岗铁路建设改造指挥部在沿途各地招收了近3000名务工人员，并进行了为期3个月的专业技能和安全培训，评定合格后上岗作业。季全有说，有了这门手艺，国内只要有铁路建设项目，他都能够去工作，这就相当于端上了“铁饭碗”。

与季全有相比，39岁的赵春玲却是捧上了一只“金饭碗”。

赵春玲是富锦市长安镇聚贤村人，全家5口人，此前家庭收入主要靠她和爱人种地和务工为主，生活比较困难。因会做面食，2019年7月，赵春玲来到佳鹤铁路施工单位中国中铁电气化局集团有限公司佳鹤铁路项目部当上了厨师，每月工资4500元，而且包吃包住。一年下来，她挣了5万多元，再加上爱人当保安挣的工资，她家成为村里的富裕户。

为了提高厨艺，项目部特意从西安聘请了一位专业厨师对赵春玲进行培训。如今，赵春玲做出的油泼面、臊子面和焖面等西北风味面食已经颇为正宗，深受施工人员喜爱。

“工程结束后，我就回老家富锦开一个西北风味面馆，相信凭借我的手艺，我家日子会越来越红火。”揉着雪白的面团，赵春玲自信满满地说。

4年来，哈尔滨局集团公司建设开通了哈牡高铁、哈佳铁路，在建的牡佳高铁、佳鹤铁路在物资采购和雇佣建设用工等方面，全面向贫困地区倾斜，有力带动了当地经济的发展，仅2019年累计在各铁路工程建设地区使用劳务人员就达3万余人次，支付劳务工资14亿元，促进了当地劳务人员增收致富。其中，仅佳鹤铁路建设就为当地提供了近500个就业岗位，不仅为就业人员提供了工资收入，而且提供了技术培训，为未来就业致富拓宽了渠道。

客货运输铺就“致富路”

2020年5月6日，肇东市农民王财从绥化登上K5131次列车，奔赴三江平原参加插秧。这是哈尔滨局集团公司连续21年开行插秧专列。本以为受疫情影响赶不上春耕，但这趟如期开行的插秧专列让王财长舒一口气。

黑龙江三江平原地区水稻种植面积大、品质优良，是我国重要的粮食主产区和商品粮生产基地。由于当地劳动力不足，每年春耕季节都需要大量劳动力进行水稻备耕、插秧。2000年，哈尔滨局集团公司开行插秧专列，为赶赴三江平原垦区插秧“淘金”的“插秧客”提供便利出行条件。21年来，他们运送“插秧客”约170万人次，每人每年插秧收入7000元以上。

扶贫攻坚,交通先行。哈尔滨局集团公司始终坚持以人民为中心的发展理念,坚持公益性运输优先原则,牢牢把握贫困地区发展实际和贫困群众需求,除每年开行插秧专列、高考专列、春耕物资运输专列外,还坚持开行23对公益性“慢火车”,覆盖大、小兴安岭林区和蒙古族、鄂伦春族、鄂温克族等少数民族聚居地区,年运送旅客700万人次,有时仅为一位旅客停车。这些最少只有三五节的“慢火车”,多年来始终坚守着这份公益责任。

哈尔滨局集团公司以满足群众出行为目标,采取“铁路+公路”的公铁联运新模式,与黑龙江省交通运输厅、黑龙江省扶贫办、黑龙江省旅游委等部门协调,自2017年9月16日,在齐齐哈尔市甘南县等地试点建设公铁联运无轨站。目前,56个公铁联运无轨站已全部建设完成,覆盖黑龙江省内绥化、黑河、鸡西、安达、讷河等25个市县、23个乡镇等地,日均运送旅客1.3万人次。今年以来,仅甘南县通过公铁联运,运送外出务工人员就达5000余人次。

中国粮食,中国饭碗,黑龙江作为我国第一农业大省,电煤、粮食、农资、防疫等重点物资运输始终是铁路企业承担的责任。哈尔滨局集团公司全力保障贫困地区重点物资运输,提供运价优惠政策,降低物流成本,为农用物资运输提供运力保障。4年来,哈尔滨局集团公司共研发、优化贫困地区货运产品8项,在省内贫困县境内铁路货物运量达6200余万吨,有效降低了当地企业物流成本。

“绿水青山是金山银山,冰天雪地也是金山银山。”哈尔滨局集团公司发挥铁路运输优势,积极组织开行同江、建三江等方向以及援疆扶贫旅游专列37列,运送游客近2万人次,其中援疆专列23列,向抚远开行旅游专列11列。地处中国北端的漠河站成为全国旅友的热门打卡地,去年以来,有超过200列旅游专列抵达中国北极火车站,极大地推动了黑龙江省偏远市县旅游业的发展。

从“输血”到“造血”实现真脱贫

2020年10月15日,绥化市绥棱县泥尔河乡卫星村的1.8万亩水稻开始收割。稻田边,卫星村党总支书记、哈尔滨局集团公司驻村扶贫工作队队长王玉国正在组织村民将打好的水稻进行晾晒。

这是驻村扶贫工作队在村里的第四个年头。2017年5月,哈尔滨局集团公司积极落实党中央、国务院“打赢脱贫攻坚战”的战略决策,承担国有企业参与扶贫攻坚的社会责任,积极对接包保卫星村的扶贫工作。他们投资修建村综合服务中心、乡村公路、养鹅基地,开展乡村亮化工程;与贫困户签订蔬菜、家禽保价收购合同，使村集体年均创收17万余元。

为避免贫困户脱贫又返贫，哈尔滨局集团公司提出构建养鹅产业、种植有机蔬菜发展庭院经济、壮大卫星村富硒鸭稻米种植产业、发展电商平台拓宽产品销售渠道等措施，建设316千瓦的光伏发电站，使每个贫困户年均增收千余元，引导扶持村民"造血"；聘请农牧专家系统开展肉鹅养殖、绿豆种植、大豆种植、木耳栽培等技术培训，共培训村民2000余人次。

扶贫先扶志。哈尔滨局集团公司充分发挥铁路企业党建优势，由绥化工务段绥棱线路车间党总支与卫星村党总支开展联学联建，强化党建引领，建强党组织，不断提升组织力、战斗力，在脱贫攻坚中展现党组织的战斗堡垒作用和村民党员的先锋模范作用；在全村60名党员中选树了水稻种植能手万凤群、养猪能手王永安、养鹅能手许耀东等一批典型人物，作为引领村民实现致富目标的标兵。

4年来，哈尔滨局集团公司为卫星村直接投入扶贫资金600余万元，组织硬化村屯道路8.55公里，安装太阳能自控路灯376盏，清理村屯道路边沟垃圾2.8万延长米700余车，铺设排水U形槽、排水涵管、步道板、道路防护栏和绿化树木10余公里，打造了1200平方米的文化活动广场，建设了575平方米集党员活动、卫生服务、文体活动、便民服务于一体的村民社区服务中心，村基础设施水平实现了跨越式提升，村民经济收入稳步增长，贫困人口的人均年收入由扶贫工作队驻村前的不足2700元提高到现在的8700元。

2019年，卫星村通过了国家第三方脱贫评估，实现整村脱贫摘帽，实现了黑龙江省委制定的阶段性帮扶目标。哈尔滨局集团公司被黑龙江省评为"全省优秀包扶单位"，驻村工作队被国铁集团评为"铁路扶贫工作先进集体"。

在推进建设扶贫、运输扶贫、定点扶贫等举措外，哈尔滨局集团公司还大力实施消费扶贫，先后与国家贫困县黑龙江省海伦市人民政府签订《路地扶贫合作框架协议》，购买并协助销售海伦市大米、豆油等农副产品共计520余万元，采购卫星村农副产品310余万元，解决对口乡村贫困群体农副产品销售难的实际问题，增加贫困村民收入。

2019年11月，哈尔滨局集团公司将海伦市生产的粮、油、玉米等农副产品引入哈尔滨局集团公司"火车头商城"电商平台，在管内各单位开办展销会。此外，哈尔滨站、哈尔滨西站、哈尔滨东站等主要车站设置10组中国铁路消费扶贫展销柜，展示销售贫困地区扶贫产品，扩大农产品销量。

雨初晴，风正劲。广袤的黑土地上，和百姓几十年心心相系的扶贫攻坚“火车头”，将继续载着龙江人民的新希望，继往开来，奔驰在前往小康生活的幸福大路上。

数　说

插秧专列开行21年运送“插秧客”约170万人次。

高考专列开行18年运送考生3.4万人次。

开行省内公益性“慢火车”23对。

建设“铁路无轨站”56个。

建成“公铁联运站”21个。

开行“龙泰号”援疆旅游专列23列，发送游客1.6万人次。

帮扶定点扶贫村，贫困户年均增收3500元至6000元。

向定点扶贫村投入扶贫资金600余万元。

采购扶贫村农副产品310余万元。

（胡艳波　张学鹏）

（《人民铁道报》，2020年10月29日第4版）

“列车带货”成为新风尚

“精准扶贫，铁路情怀。各位旅客，本次列车供应当地贫困地区农副土特产，欢迎选购。”近日，兰州至重庆北 D754 次列车驶离兰州站后不久，动车餐服人员推着琳琅满目的售货推车在车厢中向旅客推荐扶贫产品，吸引着过往旅客的目光。

2020 年是脱贫攻坚收官之年，中国铁路兰州局集团有限公司进一步扩大与巩固脱贫成果，持续加大贫困地区农特产品进站上车力度，在各次动车“上线”扶贫产品，在售货推车、餐车吧台打造“兰铁扶贫产品专卖区”，餐服人员统一佩戴扶贫爱心标识，“列车带货”成为新风尚。

据介绍，扶贫产品在兰州局集团公司所属 65 组动车上销售，有 15 个品种近万件商品。这些商品均来自甘肃、宁夏等省份的贫困地区，惠及 15 家扶贫龙头企业和近 3 万贫困户。兰州局集团公司对扶贫产品实行线上线下两种销售模式，旅客除了在动车售货推车、餐车吧台等指定售货专区购买外，还可以通过手机扫描动车座椅扶手、小桌板上的二维码，进入线上扶贫产品专区，查看扶贫产品介绍，购买扶贫产品。同时，兰州局集团公司加强与扶贫企业对接，根据销售情况动态调整进货方案，增加扶贫产品类别，积极推动消费扶贫。

“当前，兰州局集团公司平均每趟动车的扶贫产品有 5 种至 7 种，其中酱香牛肉、鸡胗、枸杞膏、蜂蜜和果脯等多种特色扶贫产品深受旅客欢迎，2019 年扶贫产品销售额近 40 万元。”甘肃兰铁国际旅行社有限公司旅行服务分公司副经理吴新民说。许多旅客纷纷表示，既能在旅途中购买到物美价廉的特色产品，还能为脱贫攻坚尽一份绵薄之力，非常有意义。

2020 年 10 月 28 日，来自甘肃庆阳的网络主播正在“环西部火车游”列车上直播推介庆阳苹果等特色农产品。（中经视觉　曹文福　摄）

（《经济日报》，2020 年 11 月 2 日第 10 版）

走进“铁路小镇”

烈日下的伊河，清丽而静谧，用碧绿色的凉意滋养着近旁的新南村。这里是河南省栾川县境内的“新南水岸·铁路小镇”。在靠近岸边的村庄广场上，一列绿皮火车仿佛即将鸣响汽笛、启程而去，与周边古朴、整齐的民房组合在一起，构成了一幅令人陶醉的“铁路小镇”图画。

新南村是栾川县的一个普通小山村。这里并不通火车，却在2019年冬天建起了这座“铁路小镇”。“铁路小镇”有许多铁路元素：车站站牌、停靠的列车、闪烁的红绿灯、枕木和石砟铺就的山间小路……这些与列车运行无关，却关系着新南村千余村民脱贫致富的大事。

新南村是中国铁路郑州局集团有限公司的定点帮扶村，“铁路小镇”是为新南村量身打造的扶贫项目。围绕这个项目，除了打造铁路景观以外，还改造了农家宾馆，村里建起“列车车厢咖啡厅”、农副产品展销厅和游客接待中心，吸引人们到这里休闲度假。特色乡村旅游让新南村的面貌大为改观。

我在新南村认识了村民贺双丽。2014年贺双丽从外乡嫁到新南村，丈夫聂世浩自幼失去双亲，家境贫寒。两口子都是有上进心的人，决心靠自己的双手改变现状。然而，从开办养鸡场到外出打工，几年下来，家里的窘困不但没有改变，还背上了不少外债。贺双丽这个原本爱说爱笑的人，因此变得沉默寡言。

贺双丽的困境，正是全县很多贫困家庭境况的缩影。栾川县位于伏牛山腹地，山高沟深，交通不畅，发展滞后，农业基础薄弱，是国家扶贫开发工作重点县。要想让村民脱贫致富，还需因地制宜发展产业项目，解决村民的就业问题。新南村环境幽静，这几年很多知名景区游客拥挤，城里人转而喜欢到僻静的乡村来。一番调研商议之后，在山沟里建“铁路小镇”这个大胆的构想破土而出。

用来装点“铁路小镇”的火车运到山里那天，整个新南村都沸腾了，十里八村的乡亲们也都兴奋不已。聂世浩七十多岁的爷爷一辈子没有见过火车，自打火车运来，每天都要高兴地围着火车车厢转上一圈。

在县城打工的贺双丽回到村里，看到村里修好了公路，建好了拦水坝，改善了居住环境，很多邻居都纷纷把房子改造成了气派的农家宾馆，她马上也决定改造自家的房屋。“人家铁路上给咱解决了后顾之忧，咱也不能落后！”贺双丽说。

2019年初，贺双丽拿出夫妻俩打工挣的钱，加上铁路的帮扶资金，按照村里的统一规划，在自家的宅基地上翻盖了一栋两层小楼，装修了三间客房，当年7月到9月就赚了两万多元。丈夫聂世浩去年年底也辞掉了外面的工作，回来专心与她一起经营农家宾馆。一家人团聚在一起，年迈的爷爷也得到了照顾。

如今，新南村已建起了八十九户农家宾馆。又整合水上乐园、火车咖啡厅、风味餐厅等村集体产业，成立了旅游开发公司，将所有农家宾馆进行统一管理经营。仅今年一个暑假，新南村旅游综合收入就超过了一百万元。

听着村民们的欢声笑语，看着众多游人在“铁路小镇”上尽情享受惬意时光，我知道，群山之中，一支支优秀的扶贫队伍正默默挥洒着汗水，为这片土地创造更多的希望。

（赵克红）

（《人民日报》，2020年11月9日第20版）

“黑凤凰”搭高铁飞出山窝窝

2020年11月6日上午，来自百色市凌云县的1000多只冰鲜乌鸡在中铁快运股份有限公司南宁东站营业部集结。铁路“双11”电商黄金周运输期间，它们将搭乘动车组远销全国各地。从线上直播平台“吃播带货”，到线下高铁冷链物流联程联运，新营销模式和铁路渠道让深山“黑凤凰”远走高飞，带动村民脱贫致富。

凌云乌鸡是原国家级深度贫困县凌云县的优良地方品种。凌云县为巩固脱贫成果，已开启“公司+村集体+基地+农户”产业扶贫发展模式，组织10384户已脱贫贫困户发展乌鸡养殖业，总养殖量超过50万只。

铁路部门与凌云县政府将凌云乌鸡生态优势与高铁快运冷链物流的“鲜”“快”优势结合起来，为养殖户打开销路。他们以凌云乌鸡产业为试点，通过广西高铁无轨站的供应链管理优化，将凌云县冷链配套中心与中铁快运南宁分公司的冷链体系进行融合对接，联合构建起“地头冷链+高铁快运+城市配送”的生鲜快递模式。2020年9月以来，凌云乌鸡通过12306扶贫商城、中铁快运商城累计销售超过3000单，销售额接近50万元。

广西高铁无轨站通过供应链管理组织优化，将地方既有的冷链物流体系与铁路渠道进行有效链接，帮助贫困县产品登录12306扶贫商城等平台。该模式利用地方冷链配套中心的冷链车，将凌云冰鲜乌鸡整批次入库中铁快运公司南宁东站冷链仓，经南宁站冷链仓中转，再由中铁快运公司相关人员按照线上线下实时销售的订单情况与产品发运要求进行二次装箱打包，通过高铁发往全国各地。

据悉，这是铁路部门为凌云乌鸡扶贫项目打造的生鲜快递服务新模式，将服务端口前移。采用该模式后，凌云乌鸡从宰杀到包装，再到深圳市民的餐桌，仅需要9个小时左右；去往北京、上海、长沙等方向，也从原来的“三日达”变为“次日达”。经测算，该模式促使综合物流成本较之前平均降低47%。

“之前还愁乌鸡不好卖，现在看来完全不用担心。今年，我还打算多养100只鸡，预计能多赚四五千元。”凌云县泗城镇后龙村乌鸡养殖户谢茂东说。今年

“双 11”电商黄金周运输期间，铁路部门每天组织 4 趟次高铁列车发运生鲜乌鸡，将有 2000 多单凌云乌鸡通过高铁快运销往全国各地。

（本报记者　李芹　本报通讯员　陆君旖　杨桂莲）

（《人民铁道报》，2020 年 11 月 16 日第 1 版）

党的十八大以来　百余个国家级贫困县开通铁路

本报北京 2020 年 11 月 18 日电　记者从 18 日国新办举行的中外记者见面会上获悉:党的十八大以来,铁路部门努力推动建设扶贫、运输扶贫和定点扶贫,14 个集中连片特困等老少边穷地区累计完成铁路基建投资 3.3 万亿元,占铁路基建投资总额的 78%;投产新线 3.6 万公里,占全国投产新线的 83%。这些新投产的铁路覆盖了 274 个国家级贫困县,其中 100 多个国家级贫困县结束了不通铁路的历史。目前,铁路网与全国铁路 154 个无轨站覆盖约 600 个国家级贫困县,占全国 832 个贫困县的 73%。

此外,创新运输扶贫模式。充分挖掘贫困地区旅游资源,2019 年组织开行旅游扶贫专列 594 列,运送旅客 37.6 万人次,有效带动沿线旅游、商贸、餐饮等产业发展。

截至目前,国铁集团定点扶贫的 4 个县区和省级党委政府部署的 51 个铁路定点贫困村如期脱贫摘帽。5 位来自国铁集团的铁路扶贫一线干部和典型代表围绕"铁路扶贫"做了分享。

河南省洛阳市栾川县副县长周胜展介绍,国铁集团在该县新南村投资改建了 89 户农家宾馆,建起列车主题餐吧,打造了河南省首个铁路小镇。"如今老百姓的腰包鼓起来了,笑脸也多起来了。"

宁夏回族自治区固原市原州区姚磨村工作队员晁宁感到近年来村里有两个特别明显的变化。"一是老百姓的收入显著增加,二是农村居住环境得到显著改善。"

"今年 10 月 12 日,职工捐款修建的公路开通了。"湖北省宜昌市长阳土家族自治县贺家坪镇青岗坪村第一书记郭兵说,如今青岗坪村脱贫攻坚已取得阶段性的胜利。

连接贵阳至南宁的贵南高铁,承载着带领沿线地区群众脱贫攻坚的特殊使命。"贵南高铁开工以来,已累计安排当地劳务人员就业 7000 余人次,采购当地生产生活物资累计 9.1 亿元。"云桂铁路广西公司贵南高铁建设指挥部指挥长周军伟介绍。

20多年坚守在成昆铁路5633次“慢火车”上的中国铁路成都局集团有限公司成都客运段列车长阿西阿呷表示，“慢火车”20多年来票价不变，被彝族老乡亲切地称作“赶集车”“致富车”“求学车”。“我会和乡亲们一起把家乡建设得更加美好！”

（记者　韩鑫）

（《人民日报》，2020年11月19日第3版）

“万里长江第一港”的新蓝图

因水而富，衔接川滇两省，长江、金沙江、横江三江在此交汇，这里是有“万里长江第一港”之称的云南水富港。眼下，随着港口扩能改造、棚户改造等项目稳步推进，水富港“扬帆起航”，描绘新蓝图。

这是有“万里长江第一港”之称的云南水富港(8 月 10 日摄，新华社记者　林碧锋　摄)

水富港，位于云南省昭通市，处于长江经济带、成渝经济圈和滇中城市经济圈三大经济区域交汇处，是金沙江上唯一能够实现 3000 吨级以上船舶江海直达运输的港口。

走进水富港扩能工程中嘴作业区，记者在平台上看到，门座起重机、装船机、大型运输车和传送带正在作业。中嘴作业区包括前沿码头、后方堆场、码头装卸设备及其他附属设施，目前已开港试运行。

在 2010 年完成水富港一期改扩建工程的基础上，昭通于 2016 年再次启动水富港二期扩能改造工程，拟建 7 个泊位，进港道路约 2.5 公里，占地约 400 余亩，设计年货物吞吐量 540 万吨，计划投资 24.6 亿元。

昭通高投水运投资开发有限公司董事长刘东晓说，当前，我们正在开展水富港总体规划申报工作，根据规划，水富港主要包括中心、中嘴、向家坝3个作业区，年货物吞吐量9700万吨，其中集装箱吞吐量70万标准箱。

这是云南省昭通市水富港扩能工程中嘴作业区（8月10日摄，新华社记者　林碧锋　摄）

依托港口，建设新城。

正在实施的棚改项目，将彻底改善水富市约1.6万人的居住环境。项目计划征拆4000余户，选址规划建设安置房4000余套，总建筑面积80余万平方米。

同时，为了满足群众的生产生活需求，医院（卫生所）、学校、幼儿园、农贸市场及社区综合用房等将同步建设，形成以棚改项目为中心的功能齐全、配套科学的生产生活环境，增强居住群众的获得感、幸福感。

“棚改项目是水富‘扩港’‘建园’的先决条件。”水富市委书记李松涛说，棚改以“腾笼换鸟”的方式，为“扩港、建园”腾退近3600亩土地。这对打破水富“港小城窄、城围厂建、港厂城相互制约”的困局具有不可替代的支撑作用。

在水富市金沙湖公园项目建设工地，挖掘机、工程车、振动打桩机等大型机械正抓紧施工。金沙湖公园规划建设环湖步行道、梯田花海、喷泉、彩虹桥、广场、水生植物和绿地景观等，打造开放式现代城市公园，推动“港园城”三位一体融合发展。

昭通高投水运投资开发有限公司董事长刘东晓在介绍水富港建设情况（8 月 10 日摄，新华社记者　林碧锋　摄）

中铁建工集团水富地区项目经理王建新说，金沙湖公园项目于今年 4 月开工，目前处于基础施工阶段，正在加快推进管桩、承台、入口广场等工程建设，预计今年年底前竣工。

作为棚改项目的配套基础设施项目，2020 年 3 月开工以来，全长 6.58 公里的高坝快捷通道工程按下“快进键”，将成为水富城区主干路网的重要组成部分。

昭通市交通运输局局长刘和开说，水富港发展重点是依托长江黄金水道资源，拓展港口岸线和纵深，配套多种有效集疏运系统和“一关两检”等设施，建设功能完备、“水、铁、公”联运、对外开放的长江上游重要绿色智慧枢纽港口。

发展港口，加快脱贫。

数据显示，2014 年至 2019 年，水富市累计减贫 3382 户 13142 人，贫困发生率从 21.36% 降至 0.0074%；2019 年城镇和农村居民年人均可支配收入分别达 3.5 万元和 1.2 万元。

云南省水富市棚改项目在有序施工(8 月 10 日摄,新华社记者　林碧锋　摄)

随着水富港的建设发展及其配套项目实施,水富港将被建设成为以集装箱、大宗散杂货为主的装卸储存、中转换装、多式联运、临港开发、现代物流、综合服务的综合型港口,打造成云南融入长江经济带和“一带一路”的核心交汇点。

“‘万里长江第一港’的新蓝图正徐徐展开。”李松涛说。

(新华社记者　王长山　林碧锋　彭韵佳)

(新华社,2020 年 9 月 20 日)

船上人家的“幸福密码”

“船越换越大，航道越来越宽，钱包越来越鼓。”“政府的服务越来越好，老百姓得到了大实惠，日子越来越有奔头。”2020 年是全面建成小康社会的决胜之年，连日来，记者赴杭州、嘉兴、湖州等地采访当地船民，对于多年来生活和事业发生的变化，船民们纷纷感慨、各抒胸怀，但在诸多不同感受中，“幸福”却是共同心声。

生活设施完备　船上更像家了

“天气这么热，你们还天天跑出去检查，来进来坐一会喝杯茶。”2020 年 8 月 28 日，记者和海事人员一起来到乍嘉苏线大桥南方码头，“浙嘉兴货 03285”船老大陈德祥乐呵呵地喊道。因为经常跑附近的航线，他和附近海事工作人员已经成了老朋友。

听说记者要采访他跑船的生活，陈德祥来了精神。他告诉记者，他长期在嘉兴附近跑船，高中没毕业就进了工厂工作，结婚后感觉工厂赚得太少，夫妻二人开始一起跑船，到现在为止已经 30 多年，从最开始的挂桨机水泥船、铁皮船，到现在的钢制船，前前后后已经换了五次船了。

“基本上是以船为家，以水为生。”陈德祥说，“现在自己开的船 45 米长，419 总吨，每次大概能装七八百吨，不像以前夏天蒸桑拿，冬天吹冷空调，洗澡还要到岸上洗。现在船上可比以前舒服多了，冰箱有了，空调有了，家用电器一应不缺，还能用手机电脑打发时间。”

与陈德祥有同样感受的还有“浙嘉兴货 02179”轮年近六旬的船老大吴长辉。他也是一位有着 30 多年跑船经历的老船长，记者见到他时，他正在船尾纳凉，身边围着他的爱人还有两个孙子。

“现在觉得最大的变化就是航道变大变深了，服务区和锚地多了。这样船大起来，我们船上的生活设备自然也就有地方了，家人也可以上船一起生活，船上更像家了。”说起船上生活的变化，吴长辉感触颇多，他告诉记者，多年来他一直都是在江浙一带跑船，以前的航道窄，船也小，年轻的时候只能带着老婆上船，要是带着孩子上船就拥挤不堪,船上环境也不好,孩子们上船就是吃苦。

“有时候孩子真要上来住几天,都是要到码头装卸货时才可以登船,因为航道上一路航行都没有可以靠的地方,不是航道边上水深太浅,就是护岸附近没有缆桩,都靠不上,想让家属上下船很困难。”吴长辉说,“现在就方便多了,每次从浙江嘉兴到江苏去,想在哪靠都特别方便,有锚地和综合服务区,下船买个菜也方便,生活质量改善了不少,航道建设真的是贴近我们船员民心的好工程。”

手机办理业务　不用来回跑了

年近 58 岁的何广科和老婆王桂花都是山东微山人。他们是一对常年相伴于水上的夫妻,作为船员,他们在工作中携手走过了 30 个年头。如今,他们带着 34 岁的儿子何召青一同在“萧航集 002”上跑船。

一家三口以船为家,实现了幸福的小康梦,作为内河航运事业变化的亲历者、见证者,他们更是感慨万千。

信息化时代的到来,何广科最直观的感受就是要跟上时代的步伐。尤其是近几年,智能手机的兴起,让“撑船”这个老行当也焕发了新活力。以前船舶报港、签证、过闸登记等一系列业务都需要到现场纸质记录办理,而现在杭州有了“港易通”“船闸通”“自助报告系统”等手机 App,安装后只要动动手指就能完成全部业务。

“老革命碰到新问题了。”何广科有点不好意思,“刚开始不会用智能手机,也担心年纪大了这些时髦东西学不来,后来看大家都用起来了,就跟着儿子慢慢学,学会了以后是真的觉得方便很多!”

信息化带来的不仅仅是便捷的服务,更是实实在在的费用节省。何广科给记者算了一笔账:以前进港出港的时候船都要停靠 2 次,现在直接可以在手机上办好,每一个航次能省 200 ~ 300 元油钱。“以前过船闸要按船舶吨位收费,现在过闸费又给我们减免了,一次能省 600 多元。其他费用不算,去钱塘江一来一回光闸费就能省下 1300 多元。而且我听说杭州这里的鸦雀漾锚地正在搞提升,以后能就近给我们船员提供很多生活服务,又能方便不少!”说到这里,何广科脸上乐开了花。

在“皖铜陵货 5968”轮上,牟修德正拿着手机和家人视频聊天,对于这个三十出头的年轻人来说,与家人微信视频聊天是他每天最开心的事。

他告诉记者,自己初中毕业就出来打工,后来跟着家里亲戚出来跑船,到现在也将近10年了。“现在的科技发展太快了,以前有什么事情,自己在船上干了一段时间回家,像是睁眼瞎一样,与周围的人交流会有点障碍。”牟修德笑着说,“现在有手机,政府部门的政务信息公开和政策的推送,还有各种消息都能够很方便地看到,如果有什么船上业务不知道的,打海事部门电话咨询下基本上都能得到答案,航道封航等信息只要关注一下公众号基本上也就清楚了,很少再有‘睁眼瞎’这种尴尬的事情发生了。”

政策优惠多了　事业更有奔头

今年40岁的杨华海,已经是拥有8条船的“船老板”了,回想起20年前刚开始做学徒学开船时的场景,再对比现如今有滋有味的小康生活,杨华海感叹:“党的政策好、政府服务好、真是赶上了好时代。”

杨华海告诉记者,2000年他中学毕业后,选择了船员这一职业。当时,杭州富阳的挖沙船很多,杨华海通过学习考取了船员证后,开始给别人做船员,在富春江上来回跑航次。“给别人跑了3年船后,我看国家形势越来越好,水运经济也越来越繁荣,就通过贷款,自己打了一艘300吨左右的货船,自己给自己做起了船员。”给自己跑船,杨华海的干劲更大了,“水上生活虽然辛苦,但是一年下来,能挣个20万呢!为自己打工再辛苦也不嫌累!”

杨华海介绍,随着水运发展,近年来,国家各种优惠政策也稳步跟进,水上许多收费都被减免了,航养费、货港费、船港费、浙北干线费等费用开始逐步取消,一艘船一年的收费减免就能省下5万左右。

趁着国家政策好,水运环境好,杨华海“乘胜追击”,船打了一条又一条。现如今有8条船的杨华海已经不再自己开船了,而是做起了“船老板”,主要做船舶的管理工作。

说起这20年来的变化,杨华海心中只有感叹,从开船打工仔到拥有人生第一条自己的船,再到现在成为“船老板”,杨华海的小康路,正是乘着国家发展的东风,一步一个脚印干出来的。

在湖州,“安吉川达21号”内河集装箱船上,船老大刘殿魁也直言:“日子一天比一天红火。”刘殿魁长期跑长湖申航道安吉至上海,运送当地竹制品绿色家居外贸产品。270公里的航程,往返一趟需四五天。在他眼里,这条江南运河,现在的航道越来越宽,运输船也越换越大。

"航道拓宽了,沿岸整治了,水乡村庄也越来越美了。"刘殿魁的妻子刘阿娣说,近些年湖州在搞改革,以前运沙子石子,现在运集装箱,好政策一波接一波,老百姓的生活越来越有奔头。

(全媒记者　陈俊杰)

(《中国水运报》,2020 年 9 月 9 日第 1 版)

“连家船民”的新生之路

“听阿公讲过去苦，没有文化真痛苦，全村渔民上千个，没有识字一个人……”2020 年 10 月 9 日，记者见到福建省福安市溪邳村党支部书记江宽全时，他用方言哼唱起过去的故事。歌词讲述着一个特殊的群体——闽东海上“连家船民”。

江宽全告诉记者，千百年来，他们的祖辈以船为家，捕鱼为业，一直渴望改变“漂泊江海、居无定所”的悲苦生活。20 世纪 80 年代末，“连家船民”大规模搬迁上岸，溪邳村便是在这个大背景下迎来了新生。到今天，“连家船民”已彻底成为历史。千年浮萍终于有了扎根的土地，海上漂泊者的后代，迎来富庶小康的新生活。

从“海上漂”到“搬上岸”

“我上岸了，我的孩子们命运也改变了，他们读了书，再也不用像我们以前那么苦。”53 岁的福建省福安市下白石镇下岐村村民江成财提起这些年生活的变化，仍旧十分感慨。20 多年前，江成财一家人搬迁上岸，如今住在一百多平方米的小套房里。

记者在下岐村走访时看到，一排排整齐的楼房依山面水，一条条笔直的巷道从村头通到村尾，家家门前贴着寓意平安喜乐的对联。年过八旬的老船民连红成高兴地说：“被叫了大半辈子‘曲蹄’，没想到还能过上现在的好日子，党的政策真好。”

下岐村是闽东最大的“连家船民”集中安置点。村里老一辈船民，双腿弯曲，走路“罗圈腿”，这是常年在窄小船上屈膝劳作导致的身体变形。船民十之七八都有风湿病、关节炎，在旧社会被蔑称为“曲蹄”，受尽歧视和欺凌。

在过去，“一条破船挂破网，祖宗三代共一船，捕来鱼虾换糠菜，上漏下漏度时光”，这是“连家船民”贫困生活的真实写照。“我和爸爸、妻子、儿子祖孙三代都住在十几平方米的船上，特别艰苦，碰到台风季节，也依然船上，海上风大浪大，我们感到极度不安全。平时就去海上讨点小鱼小虾，到街上换一点地瓜、米之类的粮食。”江成财提及以前“海上漂”的辛苦生活，仍旧十分感慨。

历史上的下岐村，渔民民长期在船上生产生活。20 世纪 90 年代，下岐村新建渔民新村和渔民安置点，解决了 511 户、2310 名渔民搬迁上岸问题，渔民生产生活面貌得到根本性改变。

“现在有了房子，孩子都在上学，年轻一点的还会出海捕鱼，老人则在家里。”下岐村村民江五全正在自己的渔船上忙碌着。他告诉记者，现在，他还是坚持老本行——捕鱼。捕鱼的季节过了，他就会到岸上去找一些自己能做的工作。

一轮连一轮，一棒接一棒，船民们陆续搬迁上岸。截至目前，宁德市 2.5 万“连家船民”全部上岸定居，走上了幸福之路。

从“住下来”到“富起来”

2020 年 9 月 3 日，在下岐村，工人们顶着烈日在白马下岐军民融合公园工地施工，争取早日投用。曾经“上无片瓦、下无寸土”，一直过着海上漂泊生活的“连家船民”，如今建起了公园。年近半百的江五全告诉记者，“没想到，如今我能住进这么好的房子里。”说起如今的生活，他始终脸上洋溢着满足的笑。

由于从小在渔船上住着，没有受过教育，江白弟只会讲方言和一些简单的普通话。他告诉记者，他家搬到岸上已有十余年时间，生活越过越红火。55 岁的江白弟现在还会出海捕鱼，没有出海的时候，他会帮着妻子一起织渔网、织蟹笼。

采访过程中，江白弟多次仰起黝黑的脸，羞涩地表示自己听不懂、不会说。然而此时，巷子里的小朋友骑着小小的自行车路过，嘴里用普通话喊着“往边上骑，就不会堵车了”，老少两代人的差异十分明显。

“当前村民的安居乐业是 20 多年来一点一滴累积起来的。从无到有，脚踏实地，奋勇拼搏，共同致富。”下岐村党支部书记郑月娥说，下岐村一直在积极摸索船民上岸后的稳定生计问题，帮助他们平稳度过“搬迁—上岸—定居—生活”四个阶段。自搬迁上岸后，“连家船民”有了更多的生计来源，村里的渔民从单一的捕捞业，扩展到水产养殖业、海上捕捞业、商贸服务业和工程建筑业。

靠山吃山唱山歌，靠海吃海念海经。“连家船民”上岸定居后，面对的不再是漂泊无依的悲苦之海，而是耕耘牧渔的致富之海。

溪邳村村民刘明福探索出“瓶养章鱼”技术，开了人工养殖章鱼先河，获利颇丰。如今，全村有 20 多户村民在人工养殖章鱼。村支部委员翁友铃 1998 年上岸后借了2000元,开始网箱养鱼,第二年就还了钱。村里现在和他一样养鱼的有20多户,多的一年赚二三十万元,少的也有十来万元。

一点一滴走向振兴

2019年8月,习近平总书记给寿宁县下党乡乡亲们的回信中指出:“努力走出一条具有闽东特色的乡村振兴之路。”下岐村村民们备受鼓舞,信心满满实施“二次创业”。

2019年,下岐村被列为省级乡村振兴示范村,迎来新的发展机遇。下岐村紧紧围绕产业发展这一主轴,为实施乡村振兴战略提供动力和后劲。村里以海上养殖综合整治为契机,着力于养殖业的生态转型,发展塑胶和抗风浪新型渔排养殖、池塘仿生态养殖以及池塘立体化混合养殖,组建海鲜深加工联合体,开办海产品加工厂,逐步形成规模。

同时,发展养殖塘创收基地、海鲜一条街、升级渔排改造3个村财项目,巩固下岐村湾坞农场养殖塘创收基地,建设海鲜集散中转站冷冻仓库。“我们将旧渔民棚户区改建成‘海鲜一条街’,通过将养殖塘、冷冻仓库、海鲜一条街店面出租的方式增加村财收入,目前项目已进入拆迁阶段。”郑月娥告诉记者。

“正因为有了稳定的产业和一技之长,疫情对村民收入影响不大。随着复工复产的稳步推进,村民们的生活恢复正轨。现在酒庄生意非常好,货运站也不错,我打算明年进一步扩大产业。”儿时三兄弟穿四条裤子,如今经营海鲜批发、货运中转站和一家酒庄的江成坤说。

从海上到陆上,“连家船民”对幸福生活的向往和追求永不止步。下岐村以省级美丽乡村建设为契机,着力改善人居环境。目前,已完成200幢房屋立面和坡屋顶改造。

“再没人嘲讽我们是‘曲蹄’了,‘连家船民’已挺直了腰杆。”郑月娥说,“上岸又脱贫,我们终于实现了祖祖辈辈船民‘住有所居、病有所医、老有所养、幼有所学’的家园梦。”

(全媒记者　王有哲)

(《中国水运报》,2020年10月12日第2版)

民航扶贫:攻坚克难取得最终决胜

从2012年到2018年,我国贫困人口由9899万人减少到1660万人。2019年,全国又有1000多万人实现脱贫。2019年全国两会期间,习近平总书记在参加甘肃代表团审议时指出,脱贫攻坚越到紧要关头,越要坚定必胜的信心,越要有一鼓作气的决心,尽锐出战、迎难而上,真抓实干、精准施策,确保脱贫攻坚任务如期完成。

作为国民经济和社会发展的重要行业,民航业在扶贫攻坚中发挥了重要的作用。民航局始终把定点扶贫工作当作重要的政治任务,坚决贯彻党中央关于脱贫攻坚的各项决策部署。民航系统通过推动实施机场建设、产业扶贫、消费扶贫、医疗扶贫、教育扶贫、扶智扶志定点扶贫"六大工程"推进扶贫工作,脱贫效果显著。

2020年是全面建成小康社会目标实现之年,是全面打赢脱贫攻坚战收官之年。又到一年两会时,来自民航业的两会代表委员十分关注扶贫工作长效机制、巩固脱贫成果、防止返贫等问题。同时,他们还表示,将全力克服新冠肺炎疫情带来的困难,坚定必胜信心,确保脱贫攻坚任务如期完成,取得最终胜利。

举全行业之力　推进扶贫工作

党的十八大以来,民航局党组深入贯彻落实党中央决策部署,认真抓好各项脱贫攻坚任务落实,特别是2019年进一步调整和加强了民航局脱贫攻坚领导小组,行业扶贫打开新局面、定点扶贫成效更明显、对口支援获得新突破,脱贫攻坚工作取得了新的阶段性成效。

全国政协委员,民航局党组成员、副局长李健表示,按照中央统一部署,民航局自1998年开始定点帮扶新疆和田地区于田、策勒两个国家级深度贫困县。多年来,民航局秉承"发挥行业优势精准扶贫、集中行业资源合力扶贫"原则,依托行业各单位和部门,积极推进机场建设、产业扶贫、消费扶贫、医疗扶贫、教育扶贫、扶智扶志定点扶贫"六大工程",推动两县基础设施和产业发展取得较大进步,两县农牧民生产生活水平得到较大提升。

为如期打赢打好脱贫攻坚战,中央企业统筹推进脱贫攻坚,对定点扶贫县继续加大投入力度。全国政协常委,中国南方航空集团有限公司董事长、党组书记王昌顺表示,在脱贫攻坚决胜之年,南航将坚决贯彻落实党中央决策部署,持续深化“航空引领、产业带动、教育固本、关爱救助、阳光扶贫”的扶贫模式,全力推动公司定点扶贫各项工作落实。

近年来,东航累计投入扶贫资金3.8亿元。全国政协委员,中国东方航空集团有限公司董事长、党组书记刘绍勇说,作为中央企业,东航在贫困地区的危旧房改造、教育帮扶、医疗救助、产业扶贫、消费扶贫和就业扶贫等方面积极作为,为当地拔穷根、脱穷境、润穷壤、强产业,已在定点帮扶的云南省临沧市双江县和沧源县建成13个东航示范村、4个残疾人扶贫基地,实施了美丽乡村建设等援建项目40多个,帮助扶贫点引进其他社会资金近2亿元,完成危旧房改造754户、惠及3384人。

西部地区农村的贫困问题相对越来越突出,四川航空在脱贫攻坚中同样展现出“川航力量”。解决民生问题是川航帮扶的工作重心。川航对标“住房安全有保障”,推进贫困户住房建设,在对口扶贫点投入239万元帮助四川省凉山彝族自治州越西县76户新建住房;投入21.8万元完成146户宽带、电视入户;提升村级公共设施条件。全国人大代表,四川航空集团有限责任公司董事长、党委书记李海鹰说,自开展帮扶以来,川航制订了《2016—2020年精准扶贫工作实施方案》。实施“三挂钩”管理机制为脱贫攻坚工作提供了可靠制度保障,扶贫工作考核管理办法甄选出履职尽责、攻坚克难的乡村官。

全国人大代表,东部机场集团董事长、党委书记钱凯法告诉记者,他们已向民航局定点帮扶新疆和田地区于田县和策勒县捐赠40万元,用于当地学校购买课桌椅,并积极参与江苏省帮扶共建,落实“五方挂钩”帮扶责任,连续多年出资1000余万元精准扶贫苏北老区的经济建设,派员常年蹲点贫困村参与发展建设,已帮助江苏省徐州市睢宁县、丰县5个村实现脱贫。

脱贫工作　既看数量更重质量

习近平总书记在解决“两不愁三保障”突出问题座谈会上强调,脱贫既要看数量,更要看质量,不能到时候都说完成了脱贫任务,过一两年又大规模返贫。

民航业作为助力扶贫的重要力量,一方面深度参与,不断发挥自身优势;另一方面积极创新,深化长效扶贫机制。

武陵山区是国家集中连片特困地区之一，这里的秀美景色、风土人情、质优价廉的农产品长期以来“锁在深山人未识”，并未给当地带来多少效益。全国人大代表，重庆机场集团董事长、党委书记谭平川说，重庆机场集团充分发挥行业扶贫优势，加快支线机场建设、驻村帮扶、消费扶贫等措施落地落实，让“航空+扶贫”助力脱贫。2010 年，武陵山区腹地的黔江机场开通运行，为当地的美景和农产品打开了一扇窗。如今，在黔江机场开通的 14 条航线的带动下，“航空拉动、全域发展”的效果初显，随着全国各地游客纷至沓来，青山绿水逐步释放出经济效益。“与黔江机场一样，巫山机场 2019 年 8 月通航。机场正积极拓展农产品项目扶贫合作，有效开展消费扶贫工作，以巫山脆李、纽荷尔、高山土豆等为代表的优质农产品有望乘机飞出大山”。

在精准扶贫过程中，“输血式”扶贫可以帮助实现脱贫，但难以持续，需要向“造血式”扶贫模式转变。2016 年均瑶集团专门成立了精准扶贫行动领导小组，设立扶贫济困专项基金，在贵州、云南、广西、甘肃、湖北、新疆 6 省区 13 地，通过产业帮扶、就业帮扶、销售帮扶、教育帮扶等多种方式，因地制宜、精准施策，以全景式的创新模式践行精准扶贫。全国政协委员、均瑶集团董事长、吉祥航空董事长王均金告诉记者，他们在贵州望谟建设的望谟县万亩板栗高产示范园，成为村民脱贫致富主渠道的一个新开始。同时，采取“航机食品”品牌辐射的方式，由吉祥航空助力板栗走向国内外消费大市场。

就业是阻断贫困代际传递的造血之策。据全国政协委员、春秋航空董事长王煜介绍，春秋航空拿出了招聘市场上竞争异常激烈的空乘岗位，根据对口扶贫地区实际情况，在符合民航规章的前提下，适度降低身高、学历要求，开展“少数民族优先、建档立卡优先”的空乘招聘行动。“第一批云南红河的 32 位乘务员已经飞行大半年，其中少数民族占 71%。他们月均收入 8500 元，真正实现了一人就业，全家脱贫”。

近年来，随着脱贫攻坚的不断深入，全国贫困格局已发生结构性变化，脱贫工作正从全面推进帮扶向更加注重深度贫困地区攻坚转变，从以开发式扶贫为主向开发性和保障性扶贫并重转变，从注重减贫进度向更加注重脱贫质量转变，从注重完成脱贫目标向更加注重增强贫困群众获得感转变。刘绍勇表示，基于对变化的认识，东航不断探索高质量、高水平、可持续的精准扶贫长效机制，打出扶贫“组合拳”，聚焦“两不愁三保障”，让扶贫航班、志智双扶、产业造血、就业帮扶多点开花、做深做细,出实招、见实效、真扶贫、扶真贫。

迎难而上　脱贫攻坚不松劲儿

2020年,新冠肺炎疫情对社会经济发展产生不利影响,民航业首当其冲。作为国家重要战略产业,在疫情暴发后,中国民航举全行业之力,有效防控、精准施策,“一手抓防疫,一手促发展”,在抗击疫情的同时采取了一系列有效措施,统筹推进疫情防控、复工复产和脱贫攻坚工作,最大限度降低疫情对脱贫攻坚工作的影响,从而实现扶贫工作和主营业务共同发展。

王昌顺表示,南航在疫情期间发挥航空优势,当好“先行官”,打通“大动脉”,做好返工返程运输保障。同时,继续优化扶贫航线,帮助贫困劳动力特别是对口扶贫县劳动力尽快返工。截至目前,南航已累计执飞扶贫复工包机100余班,先后运送超过1.5万名建档立卡的贫困家庭劳动力。“此外,南航着力解决扶贫产品销售和产业扶贫困难的问题。利用南航电商平台积极帮销,线上线下相结合,大力解决贫困地区农产品滞销难题”。王昌顺说,集团主动配合地方党委政府落实分区分级精准防控要求,推动南航相关扶贫项目全面复工、帮扶举措全面落实。

“疫情暴发后,川航在自身防疫物资十分紧缺的情况下,积极协调调拨相关物资,优先满足4个帮扶乡村日常防疫所需,进一步加大在医疗方面的投入力度,购买并捐赠了越西县乡卫生院第一台救护车,购买彩超仪、显微镜等医疗设备,提高帮扶乡村医疗保障水平,为当地群众百姓办实事、办好事。”李海鹰说。

受疫情影响,一些贫困地区的特色农产品出现了滞销问题,务工人员就业压力陡增。为了巩固脱贫成果,避免出现脱贫地区因疫情返贫的情况发生,中国航油构建扶贫“投入—生产—销售—再投入、再生产”的市场化扶贫模式,解决了产品销售难、脱贫投入无效的问题。全国政协委员、中国航空油料集团有限公司董事长周强介绍,2020年5月12日,中国航油央企馆正式入驻国资委央企消费扶贫电商平台,定点扶贫的宁夏盐池县羊肉、黄花菜等10余种特色农产品已上线供中央企业和社会各界采购。此前,中国航油已帮助盐池县特色农产品入驻京东网、中粮我买网、中国农业银行网上商城等电商平台,2019年销售额突破了6000万元。

疫情期间,中国航信积极向山西省神池县寄送防疫物资,并在转入常态化防控后第一时间到当地与县政府共商乡村振兴新战略。全国政协委员、中国民航信息集团有限公司董事长崔志雄说，过去6年，航信在就业扶贫、教育扶贫等12个领域开展帮扶，发挥技术优势，打造本土电商平台，采用“电商+第一书记+农户”模式，帮助小农户对接大市场，使农户从平台直接受益。神池县已于去年4月实现脱贫摘帽，贫困发生率由2014年的38.3%降至2019年的0.18%。

行百里者半九十。习近平总书记指出，2020年是脱贫攻坚决战决胜之年。“我们要万众一心加油干，越是艰险越向前”。面对突如其来的疫情，全体民航人将一手抓疫情防控，一手抓复工复产，并始终将打赢脱贫攻坚战作为最大的政治责任落实好，体现政治担当，贡献更多智慧和更大力量，交出满意答卷。

（本报记者　张嘉宁）

（《中国民航报》，2020年5月27日第3版）

民航扶贫:万众一心加油干　越是艰险越向前

2020 年是全面建成小康社会目标实现之年,也是全面打赢脱贫攻坚战收官之年。

作为国民经济和社会发展的重要行业,民航业在扶贫攻坚中发挥了重要的作用。刚刚结束的中国民用航空局 8 月例行新闻发布会上,民航局相关负责人介绍了行业扶贫工作进展,并表示民航接下来还将加大工作力度,加快工作节奏,举全行业之力确保如期打赢脱贫攻坚战。

“建机场、通航线”　民航扶贫特实在

多年来,民航局秉承“发挥行业优势精准扶贫、集中行业资源合力扶贫”原则打好脱贫攻坚战。人民网在 2020 年 8 月 13 日的报道《民航局:扩大贫困地区航空运输服务　协调力量助力脱贫攻坚》中写道:今年初以来,民航局按照中央要求,聚焦“两不愁三保障”,持续推进机场建设、产业扶贫、消费扶贫、教育扶贫、医疗扶贫、扶志扶贫等“六大工程”,不断提升定点扶贫系统性、精准性和可持续性。

过去,老百姓常说“要想富、先修路”,如今早已是“要想强,上民航”,航路也是致富路。截至 2020 年 7 月底,国家“十三五”脱贫攻坚规划的机场建设项目,新建莎车机场等 12 个机场已竣工投产,迁建安康机场拟于 10 月投产,新建武隆、瑞金机场 2 个项目已开工建设,改扩建西宁机场、新建朔州机场计划年内开工,新建乐山、共和、黔北机场和迁建昭通机场等 4 个项目正在加快推进可研报告审批;同时,加强重大项目调度,推动定点扶贫新建于田机场加快建设,力争年底前投产运行。继续扩大贫困地区航空运输服务。在青海省继续实施基本航空服务试点,在 16 个省份开通 40 条短途运输航线,强化通用航空的交通功能。

网易新闻在报道南航打通空中扶贫通道——“航线援疆”时提到,自 2010 年中央为加快新疆跨越式发展,确定北京、天津、上海、广东、辽宁、深圳等 19 个省市承担对口支援新疆任务以来,南航新疆分公司作为长期扎根新疆的中央企业和新疆最大的基地航空公司,为全面落实中央治疆方略,实现新疆社会稳定、

长治久安的总目标，履行南航在疆的政治责任和社会责任，巩固南航与新疆的情感纽带，在援疆、“访惠聚”、扶贫等重点项目上，打通空中扶贫通道，助力“航线援疆”，南航疆内直达东部航线达23条，基本覆盖所有援疆省市。

参与扶贫的不只是三大航这样的中央企业，还有刚刚成为浙江首家中型航企的长龙航空这样的新生力量。中国新闻网2020年8月15日的最新报道称，长龙航空坚守社会责任使这家年轻航企变得“有血有肉”。2014年以来，长龙航空开通多条“特殊”航线，助推浙江对口帮扶工作。凯里、恩施、万州……一个个扶贫点与浙江之间被扶贫航线系上纽带，大山深处的民众走出了家门，无限商机也乘风而来。截至目前，长龙航空累计开通扶贫航点49个、帮扶航线138条，累计运输旅客近1000万人次、货邮4.4万吨。其相继开通恩施、凯里、阿克苏、西宁等对口帮扶、支援与合作航线35条，开通延安、上饶、固原、中卫等老少边穷和红色旅游航线100余条，实现了浙江省和杭州市对口支援地区航线的全覆盖。

媒体也关注到了支线机场在地方脱贫攻坚中发挥的作用。人民网在《重庆机场集团：“航空＋扶贫”助力脱贫攻坚》一文中指出，加快支线机场建设，能为脱贫攻坚添“翼”。武陵山区是国家集中连片特困地区，长期以来，这里的秀美景色、风土人情、质优价廉的农产品“锁在深山人未识”，并未给当地带来多少效益。2010年，武陵山区腹地的黔江机场开通运行，为当地的美景和农产品打开了“一扇窗”。如今，在黔江机场开通的14条航线的带动下，“航空拉动、全域发展”的效果初显，随着全国各地游客纷至沓来，青山绿水逐步释放出经济效益。据统计，2019年，黔江机场共接待航线旅游组团495个，团队旅客1.3万人次。

“招飞招乘、扶志扶智”　民航扶贫绘梦想

2020年8月17日，东航派驻云南双江拉祜族佤族布朗族傣族自治县勐勐镇驻村扶贫工作队队长、勐勐镇党委副书记、南宋村驻村第一书记张地布发了一条微信朋友圈报喜：“双江自治县一中第二个飞行员诞生了。李廷书同学被中国民航大学飞行技术专业录取。”去年夏天，双江一中的张舜玺被中国民航大学录取，成为东航云南公司一名飞行学员，也是未来双江第一个飞行员，引发媒体竞相报道。

央广网在《东航云南助力精准扶贫，托举贫困儿女蓝天梦》中写道：成为飞行员，对于这个边陲小镇的人来说，是想都不敢想的一件事情。近年来，东航云

南公司在产业扶贫、教育扶贫、航空行业扶贫、就业扶贫等方面有所作为，努力为贫困地区的脱贫致富和经济社会发展作贡献。此次东航云南公司在双江县招收飞行员，也是积极响应国家“扶志又扶智”的扶贫战略，通过“人才扶贫”的方式，助力全面打赢脱贫攻坚战。

2019 年暑期，中航集团与霍尼韦尔在广西昭平建立了第一家青少年航空馆，为偏远山区的孩子们编织一个飞行的梦想，打开一扇通往大千世界的心窗。新华网在报道中写道：“航空业是工业领域的明珠，是培养科学、技术、工程和数学思维的启蒙金钥匙。然而，受制于空间距离阻隔和有限教育资源，通往外界的大门始终对昭平等偏远地区的青少年紧闭。希望通过航空馆的建立，让他们有机会了解航空及其背后的知识，激发学习兴趣和探索欲望，为他们推开探索世界的门。”

我国第一家民营低成本航空公司——春秋航空在扶贫方式上也积极探索，《证券日报》前不久在报道《开大航院联手春秋航空推出教育扶贫新模式》中提到，春秋航空与上海开放大学航空运输学院联合开办了云南红河空乘定制班。春秋航空董事长王煜表示，就业是帮助贫困群众脱贫最直接、最有效的途径，让脱贫人口“站起来”，更能“走得远”，改变“底层上升通道受阻，一代穷世代穷”局面。春秋航空第一批红河乘务员已经飞行了大半年，疫情期间，虽然航班量有所减少，但是公司还是全力确保每一位建档立卡户客舱乘务员的飞行小时，疫情期间他们月均收入 8500 元，真正实现一人就业，全家脱贫。

在精准扶贫的道路上，吉祥航空、九元航空所属的均瑶集团以“真情真意、真抓实干、真金白银”先后在贵州、湖北、云南、甘肃、广西、新疆等 6 省区 13 地，通过“产业帮扶、就业帮扶、销售帮扶、教育帮扶、科技帮扶、健康帮扶”等方式，因地制宜、精准施策，以全景式的创新模式践行精准扶贫。在云南、贵州、广西、新疆等地的贫困地区设立“均瑶育人奖”，用于奖励那些奋斗在一线、取得卓越成绩的乡村教师，以及资助贫困三校生（大学生、高中生、职校生）；目前已有 7000 多名教师获得表彰奖励，几百名学生获得资助。

“直播赴现场、特产上飞机”　民航扶贫搞创新

新冠肺炎疫情暴发后，民航系统积极创新，打开思路，拓展扶贫新举措，机长、空姐们也走进了直播间，当起带货主播。中国民航网新闻《东航视频“带货”助力香格里拉消费扶贫》报道了东航在云南省迪庆藏族自治州香格里拉市小中

甸镇团结村，以“抖音短视频 + 抖音直播 + 抖音大 V 连麦”的方式，推介当地的旅游资源和特产。在香格里拉的月亮湖畔，东航“女飞天团”、少数民族空乘和网红乘务员当起了视频中的“带货主播”，邀网友们云赏美景美食，鲜香的松茸酱、手撕牦牛肉、醇香流芳的酥油茶等轮番登场……“美如仙境”“隔着屏幕流口水”在弹幕区刷屏。

而中航集团的空姐们则为广西昭平的茶叶“代言”。小姐姐们在直播中不仅边展示茶艺，边介绍茶文化，还直播现场连线万亩茶园，介绍当地茶叶的悠久历史和制作工艺，以及当地人长寿的渊源。整场直播点赞量达 5.4 万。

澎湃新闻 2020 年 6 月 25 日发布新闻《线上线下齐发力，东航消费扶贫周——“爱心扶贫大集市”鸣锣开市》，介绍了东航集团首个消费扶贫周——“爱心扶贫大集市”活动。该活动“线下”云集了临沧地区的品牌茶叶、各类坚果，沧源的纯天然土蜂蜜、佤鸡、酱牛肉和佤族民族服饰，还有双江的佬佤咖啡、火腿、香肠、腐乳等，品种丰富，品质上乘。长久以来，受交通条件限制，这些优质农产品远在深山无人知，当地老百姓难以通过发展产业实现增收。“线上”不仅有飞行员、乘务员、“燕计划”管培生做主播，东航集团领导和云南省临沧市副市长也走进直播间，同主播们一起面向全国各地的东航员工讲述东航扶贫故事，现场品尝、推介临沧的坚果产品，号召直播间的观众们“买它买它买它”。

更多的航空公司则是将扶贫产品送上飞机。《黔西南日报》的通讯文章《洛郎村：一棵树的蝶变》中写道，望谟县洛郎村的小板栗搭上了吉祥航空的大飞机。厦门航空公司则将以公益、扶贫的形式，把更多的古田农产品送上蓝天。西部航空将为贫困地区扶贫产品搭建上机销售渠道，同时提供千万级旅客流量的航机媒体资源，对贫困地区的扶贫产业和旅游风貌进行全面深入地推广，助推重庆扶贫产品提档升级，为重庆扶贫产品打通“空中扶贫”新路线。

在扶贫创新工作上，民航从来不缺乏想象力。四川航空集团直接投资约 20 亿元，在西昌市青山机场地区建设“航空小镇”，打造集航空生产运行、休闲度假、旅游教育于一体的航空总部基地和旅游高地。东航与沧源县引入“保险 + 期货”模式，针对橡胶开展价格指数保险，进一步缓解橡胶价格剧烈波动给当地胶农带来的不利影响，2019 年对应现货规模 1000 吨，实现赔付金额 779090 元，惠及班老乡全部 276 户建档立卡贫困胶农。

距离年末还有 4 个多月，脱贫攻坚战就要交出总成绩单。尽管民航系统不少单位早已提前完成党和人民交付的任务，但依然“摘帽不摘责任”，万众一心加油干，坚决打赢脱贫攻坚战。

“中航蓝天课堂”在广西昭平志愿支教

南航驻村干部在和村民一起剥核桃

东航扶贫青年与孩子们在一起

春秋航空在云南红河开展招乘

首都机场餐饮公司把扶贫产品搬入航站楼

（本报记者　柏蓓）

（《中国民航报》,2020 年 8 月 20 日）

脱贫攻坚战　华北空管在行动

民航空管系统自2016年起开展了大规模援疆工作，华北空管局认真落实民航局空管局的工作安排，支援新疆空管建设，开展爱心义购、爱心支教等活动，累计消费扶贫629020元用于支援新疆和田地区，解决策勒县、于田县当地农户收入问题，援助当地中小学改善办学条件。同时，华北空管局坚持办好希望小学，为支持当地扶贫事业贡献力量。

分解任务　将脱贫攻坚责任落实到位

在华北空管局决战决胜脱贫攻坚工作推进会议上，在全面部署脱贫攻坚任务的同时，华北空管局党委、工会、团委向全体职工发出倡议：弘扬中华民族扶贫济困的传统美德，践行社会主义核心价值观，力所能及奉献爱心，同心协力打赢脱贫攻坚战。

为把打赢脱贫攻坚战的各项决策部署落实到位，华北空管局成立了脱贫攻坚工作领导小组，制定了脱贫攻坚工作任务分解表，将任务分解成6个类型、9项任务。从宣传动员、行业脱贫、消费扶贫、教育扶贫、产业扶贫、制度和纪律保障等方面全面落实脱贫攻坚工作，明确目标成效、完成时限、责任领导和主办单位。

有的放矢　将授之以鱼与授之以渔相结合

民航局定点帮扶的于田、策勒两县受历史、地理等因素影响，自然环境恶劣，基础设施薄弱，产业发展滞后，教育和医疗等社会保障能力亟待提升，属于国家级深度贫困县。自2015年以来，民航局空管局工会、团委等部门先后多次发起爱心义购、爱心支教、助学捐款等活动，帮助当地农户打开农产品销路，改善办学条件。

华北空管局积极响应，41名华北空管共青团干部参与“百团行动”募捐和义购共计4595元；动员全局职工参与“爱心义购”农产品，累计消费扶贫629020元，用于改善农户收入，支援当地教育事业；全局11个团委组织开展“爱心认购”活动，为援助学校捐赠书桌11套，储物柜9套，共计11175元；先后派出7名团干部走进策勒县达玛沟乡开展爱心支教，将“空管知识进校园”活动传递到边疆，为援助学校捐赠图书、相机、学习用品等，累计金额上万元；一辆拖拉机、四套农机具、两辆电动服务车，不久的将来将在策勒县硝尔哈纳村、古勒铁日干村的春耕中派上用场。

按照培训资源共享、设备维护资源共享、信息共享、文化共享原则，华北空管局将继续积极支持中小机场空管培训工作。并进一步加大支持新疆支线机场空管人员培训力度，对于参加培训人员一律免除培训费用，免除华北空管自有住宿和餐饮费用，参培单位仅需支付城市间交通费用。培训将采用参加华北空管局各单位现有培训方式，对于人员相对较多、需求较为迫切的培训需求还将组织专题培训班。

爱心助学　给梦想插上翅膀

河北省保定市满城县北 15 公里，白龙乡南水峪村，西临雷溪河，北靠龙潭风景区，山清水秀的小村子里有所希望小学。1997 年，华北空管局在这里捐资兴建了民航华北空管局希望小学，每年“六一”儿童节看望孩子们已成为传统，22 年来从未缺席。

希望小学初建，从工程施工，到桌椅购置，曾经屋顶透天、围墙破败的“危房”学校，被建成了窗明几净的二层小楼，一砖一瓦，汗水裹着泥巴，付出的艰辛可想而知。

除了每年到学校慰问，华北空管局想办法把孩子们接到北京，感受首都的魅力，了解这些在背后默默支持他们的叔叔阿姨所从事的行业。2015 年 7 月 3 日，希望小学的 15 名师生来到北京，登上高高的塔台，第一次近距离见到飞机。看着管制员们的工作，小朋友们的眼里充满了好奇和崇拜，为理想而奋斗的种子在孩子们的心里生根发芽。

如今，学校从最初的 3 名正式老师、5 名代课老师发展到 13 名正式老师，生源从只有南水峪村发展到附近 3 个村。经过 19 年的发展，在全校师生共同努力下，该校逐步成为乡里 6 所小学中的佼佼者。最早从这所学校走出的学生中，有的已经考取了上海复旦大学、天津南开大学、武汉大学等名校。

（本报通讯员　吕思敏　李敏　周思源）

（《中国民航报》，2020 年 9 月 4 日第 1 版）

脱贫路上 足音铿锵

——民航新疆空管局脱贫攻坚工作侧记

曾经,这里是一片穷困、偏远而寂寥的土地。南枕昆仑山、北临塔克拉玛干沙漠,资源贫瘠,环境恶劣,交通不便,是“三区三州”深度贫困区。

如今,这里是一片梦想和希望升腾的热土。宽敞的柏油马路通向远方,核桃树、红枣树迎风摇曳,商户的吆喝声此起彼伏,机器的轰鸣声响彻荒原,孩子的读书声穿越广袤田野。决战脱贫攻坚,冲锋号角已经响起。在这里,民航新疆空管局的干部职工正在向最后的贫困“堡垒”发起总攻。

产业扶贫播下致富之种

仲夏6月,和田地区策勒县硝尔哈纳村民航新疆空管局工作队驻地院中的刺玫、月季开得正艳,小白菜、水萝卜、西红柿长势喜人。正值晌午,院中升起袅袅炊烟,驻村工作队队员和村民们围在一起,焖了一大锅香喷喷的肉抓饭。每到周日,工作队都会为村民改善伙食,邀请大伙儿来院里吃“团结饭”。

“下次都来我们家吃‘团结饭’,以前肚子空、钱包瘪,现在大棚收成好,肚子和钱袋子都鼓起来了!”做饭间隙,村民买买依明拉着驻村工作队员的手热情邀约。2018年,民航新疆空管局投资40万元,帮助古勒铁日干村和硝尔哈纳村2个深度贫困村各新建了2座温室大棚,引导农户种植反季节蔬菜增产增收,4个贫困户实现了稳定脱贫。

“等蓝天创业市场建好,一定去你家吃饭。”焖饭的工夫,驻村工作队员们洗了把手,来不及休息,拿出蓝天创业市场扶贫计划,继续与硝尔哈纳村村委会干部们逐项进行讨论,研究招商出租、公益岗位设置等具体内容。

授人以鱼,不如授人以渔。贫困地区发展要靠内生动力,新疆空管局将产业扶贫作为稳定脱贫的根本之策和确保脱贫人员不返贫的关键措施,抓住提升造血功能这个根本，把产业扶贫摆在更加突出的位置进行谋划、部署。

硝尔哈纳村蓝天创业市场项目，是民航空管系统创新开展的策勒县产业扶贫重点项目。该项目主要建设700平方米创业市场，包括商铺、餐馆、加工作坊及330平方米的文体小广场。项目建成后，可有效支持当地贫困户创业，大幅提高村民收入，加快集体经济发展，意义深远。

除此之外，于田县加依乡阔什塔勒村商贸市场建设项目、吉日木村集贸市场建设项目、尤喀克加依村蓝天物资储备库建设项目以及达玛沟乡硝尔哈纳村、古勒铁日干村购置拖拉机、电动服务车、吸污车、挖掘机项目也在全速推进中。作为产业扶贫项目前方工作组，新疆空管局在项目建设和实施过程中，立足当好“先锋官”、做好“润滑剂”，按照民航局空管局统一部署，积极加强与各主办单位及受援地方政府的联络，主动、精准、高效对接，争分夺秒抢时间、抢进度，全力助推项目尽早发挥精准扶贫效益。

教育扶贫点燃希望之光

“谢谢叔叔阿姨、哥哥姐姐送来的爱心校服和帽子，我们一定好好学习，长大了也要上大学，学空管！”2020年的六一儿童节，策勒县的孩子们收到了一份特殊的节日礼物。6月1日当天，民航新疆空管局将局团员青年们捐赠的483顶遮阳帽送到了策勒县达玛沟乡英吾斯塘小学孩子们的手中，同时也把民航局空管局团委“空管支疆，爱心传递”公益项目购买的3442件新校服、空管系统其他团员青年们捐赠的2959顶帽子送到了达玛沟乡的8所小学和固拉哈玛镇的2所小学。

在古勒铁日干村小学双语语音教室里，身着崭新校服的孩子们已经能够独立操作电脑，并使用汉语熟练打出自己的理想和目标。

扶贫先扶志，扶贫必扶智。和田地区基础教育薄弱，硬件设施落后，新疆空管局既立足当前，更着眼长远，将教育作为精准扶贫的突破口、关键点。

为改善古勒铁日干村小学教学环境，提高学生的学习兴趣，同时为当地教师开展教学提供多元化的帮助，2015年，新疆空管局出资63.7万元建设了集多媒体教室、网络教室等多功能于一体的古勒铁日干村小学双语语音实验室，该教室也成为策勒县首个多功能型语音实验室。送温暖，更要送志气、送思想，2014年以来，新疆空管局共选派青年志愿者25人次赴策勒县达玛沟乡中学、古勒铁日干村小学、硝尔哈纳村小学开展“空管知识进校园”活动。志愿者们带领学生们用汉语朗读课文，传播科学知识，讲述祖国故事，为孩子们打开了一扇窗，在他们与沙漠之外的广大世界间架起了一座桥梁。2019 年，新疆空管局组织和田地区策勒县达玛沟乡 15 名村干部到乌鲁木齐学习锻炼，学习涵盖政策理论解读、党性党纪教育、管理技能培训等内容，有效提高了村干部的知识层次和综合素质。此外，新疆空管局积极配合民航局空管局工会开展“空管援疆，爱心助学”捐款活动，发动干部职工为新疆贫困地区学生献爱心，2017 年—2020 年，共收到捐款 11 万元，所有捐款将全部用于硝尔哈纳村和古勒铁日干村小学贫困生、品学兼优生和考入大学的学生的助学金和奖学金。

消费扶贫巩固脱贫之果

“去年你家土豆卖了多少钱?”“卖了 8000 多元，往年根本卖不动，多亏了城里亲戚帮忙!”策勒县田间地头，种植户们聊起去年的收入，笑得合不拢嘴，而他们口中的亲戚，正是新疆空管局的干部职工。

如何充分发挥全局乃至社会力量广泛参与扶贫，是当前扶贫工作中的一大难题，新疆空管局把消费扶贫作为破解这一难题的切入点，大力挖掘干部职工消费潜力，不断调整采购结构，组织开展形式多样、群众喜闻乐见的线上线下消费扶贫活动，发动广大职工及社会群众积极参与消费扶贫。同时，充分发挥工会组织优势，利用工会福利政策支撑，在为工会职工发放节日福利时，优先采购扶贫特色农产品，拓宽扶贫农产品销售渠道。

翻开扶贫工作台账，一串串数字记录着这些年来新疆空管局消费扶贫为贫困户们带来的实实在在的收益:2014 年，采购扶贫红枣共计 17 万余元。2019 年 7 月，针对策勒县土豆销路不畅难题，对接农产品批发商，购买达玛沟乡硝尔哈纳村土豆 40 吨、固拉哈玛镇阿克依来克村土豆 60 吨，为种植户创收 10 万元，其中局干部职工个人购买土豆 10 吨，超额完成助销特色农产品任务。2019 年 8 月，得知策勒县飞鹅销售困难，新疆空管局与达玛沟乡联系，广大干部职工积极响应，共计购买 2271 只，为当地农民创收 38.2 万元。2019 年 11 月，通过元旦福利费与职工认购相结合方式购买乌鲁克萨依乡蔬菜共计 17.7 吨。2020 年 5 月，继续通过劳动节福利和职工认购方式，采购扶贫红枣和干果共计 29.06 万元……

“贫困户通过销售自己的农产品获得收入，能真真切切感受到一分耕耘一分收获，从而投入更多的时间和精力到生产中，脱贫致富内生动力自然增强，脱贫成果也随之巩固。”新疆空管局工会主席包斌说。从单向受益扶贫到双向受益扶贫、从不可持续扶贫到可持续扶贫，新疆空管局已形成了“人人参与消费扶贫，人人支持消费扶贫，人人宣传消费扶贫”的良好氛围。

在这片正发生着翻天覆地变化的大地上，在这场波澜壮阔的脱贫攻坚战中，新疆空管局干部职工坚持定力、开足马力，以决战必胜的信心在脱贫攻坚“最后一公里”的征途上按下加速键，迈着铿锵有力的步伐征战前行。

（本报通讯员　赵春红）

（《中国民航报》，2020 年 10 月 5 日第 1 版）

为脱贫插上金翅膀

——浙江长龙航空“扶贫航线”记事

2020年9月22日，浙江省代表团搭乘长龙航空航班赴杭州市对口扶贫协作地区湖北恩施学习考察并开展扶贫协作工作。作为代表团成员，长龙航空董事长刘启宏一下飞机就马不停蹄地与恩施机场公司对接，了解杭州—恩施“扶贫航线”开通3年多来的运营情况，表示明年计划开辟恩施至珠海、沈阳两条航线，以支持贫困地区机场发展。

2013年12月，浙江长龙航空开通客运航班，截至2020年9月，累计开通国内外客货运航线420余条。其中，230余条是贫困地区对口帮扶、支援与合作航线。

被誉为浙商“不倒翁”的鲁冠球说，办企业就是要赚钱，不赚钱办什么企业？“的确，企业是要赚钱，但更要承担社会责任。虽然这些航线目前运营大都亏损，但长龙航空仍然坚持飞下去，只要有益于贫困地区脱贫攻坚，长龙航空就尽其所能全力去做。”刘启宏是这样说的，也是这样做的。

2020年5月19日，在杭州市代表团赴贵州省黔东南苗族侗族自治州召开的落实扶贫协作工作会上，长龙航空被评为黔东南州东西部扶贫协作示范企业，并结对资助黔东南州榕江县、从江县百名贫困学生。作为该州凯里机场的唯一在飞航企，长龙航空自2017年3月26日开通杭州—凯里独飞航线以来，已累计运输旅客近25万人次，成为两地人员往来的唯一空中桥梁，为黔东南州脱贫攻坚作出了重要贡献。

2019年8月20日，记者搭乘长龙航空GJ8781航班前往新疆阿克苏，174座的空客A320飞机客座率达到95%。“这么早，浙江就有这么多人去阿克苏吗？”记者问道。“有部分旅客是前往郑州的，一半是到阿克苏的旅游客或商务客，等下到郑州后还有很多旅客上飞机，客座率还保持在目前水平。”乘务长崔媛媛回答道。一个多小时后，航班安全降落到郑州，在候机楼短暂休息时，记者与来自温州的林先生攀谈起来。他说，温州没有飞阿克苏的航班，自己是做瓜果批发生意的，经常到杭州坐长龙的航班。“今年内地水果价格比往年高近40%。阿克苏当地优质西瓜批发价每斤只有1.85元左右，到了温州后价格立马涨到6元多。由于新疆日照时间长，水果特别甜，不少温州人就专挑新疆西瓜买。长龙航空开通这个航线后，每天一班，虽然从温州坐高铁到杭州要3个多小时，但比过去到外省去坐飞机还是方便了很多。特别是在水果旺季，一天一个价，不到市场一线就难以把握商机。”他解释道。

据浙江省援疆办综合信息组的负责人韩昱介绍，2019年是浙江开展新一轮援疆的第10年，目前从杭州到阿克苏航线有南航和长龙航空开通的两条，这降低了浙江到阿克苏间人员往来和货运的成本，对浙江援疆工作的顺利进行发挥了重要作用。一方面，在旅游援疆中，2018年有186.98万人次旅客从浙江到新疆，其中很大比例是坐这两条航线进疆的。航线对拉动贫困地区第三产业发展作出了积极贡献。另一方面，在产业扶贫上，2018年阿克苏有16.74万吨农产品销往浙江，销售额达22.86亿元，并在浙江10个城市开了100家阿克苏农产品专卖店。特别是一些高档农产品，就是民航航班来保障运输的。“早晨在田头，晚上在餐桌”，疆品东送、浙产西进双向通道网络体系基本建立。其中，长龙航空开辟的阿克苏扶贫航线发挥了独特作用。

同样，扶贫航线为恩施2020年4月整体实现脱贫也发挥了独特作用，特别是为当地旅游扶贫插上了金翅膀。杭州市帮扶恩施工作队的胡建亮告诉记者，杭州和恩施同属北纬30度，境内旅游资源都十分丰富。恩施现有2个5A、18个4A级旅游景点集群，但由于过去两地间不通航班，只能“养在深闺人未识”。2016年10月31日，杭州—恩施航线开通半年后，长龙航空一下亏损6000多万元，航线难以为继。当时，为保住两地间唯一的空中走廊，恩施州政府领导带队赴长龙航空总部协商，使这一航线继续运营下来。长龙航空还精心打造“杭情施意、恩施等你”主题航班，让旅客全程享受恩施空中画廊之旅。浙江省总工会及时调整政策，将恩施列为杭州市职工疗休养目的地，截至2020年8月底，共有4万人次杭州企业职工赴恩施疗养，145万人次杭州旅客赴恩施旅游。

“如今杭州—恩施航线机票已一票难求，客座率达到95%以上。”恩施机场公司市场部经理廖惠娟介绍，长龙航空目前在机场共开通4条航线8个航点，

2020 年前 8 个月机场旅客吞吐量达 46 万人次。其中,长龙航空贡献 12.2 万人次,占比 26.5%,在机场 8 家执飞航企中比例最高。

“该扶贫航线现在每天一班。恩施正在打造以生态文化旅游为首的四大千亿产业,有 40 万名恩施贫困人员在家门口吃上了旅游饭,一方绿水青山转化成了金山银山,已探索出旅游牵手扶贫的新路子。可以说,航空为旅游插上了金翅膀,旅游为扶贫找到了金钥匙。其中,长龙航空扶贫航线的开通至关重要。”胡建亮说。

(本报记者　徐业刚)

(《中国民航报》,2020 年 10 月 21 日第 1 版)

佤山走出的“东航路径”

——东航集团定点帮扶助力云南贫困县全面脱贫侧记

2020年10月17日，在第7个国家扶贫日到来之际，东航执飞的扶贫主题航班自上海飞往云南昆明，跨越2000多公里，传递战胜贫困的东航声音。

云南省临沧市沧源佤族自治县和双江拉祜族佤族布朗族傣族自治县都曾经是国家级贫困县。从2003年开始，东航集团与沧源、双江两县开展结对定点帮扶。17年间，东航人在这片土地上坚持扶贫事业。尤其是自党的十八大以来，东航集团不断加大扶贫投入力度，累计投入帮扶资金3.85亿元，其中近9000万元用于定点帮扶沧源、双江两县，在当地援建项目54个，6万贫困群众受益。自2018年中央正式实施定点扶贫工作考核以来，东航集团已连续两年获得最高考核评价等级。至2019年底，两县贫困村和贫困人口全部清零。

2020年9月30日，东航集团党组下发《关于深入贯彻落实习近平总书记重要指示精神，在开启全面建设社会主义现代化国家新征程中，扎实推进乡村振兴战略的决定》，将全面脱贫的终点作为乡村振兴的起点，探索走出一条全面脱贫与乡村振兴有效衔接的“东航路径”。

既要“绿水青山”　又要“金山银山”

“授人以鱼，更要授人以渔”。东航在精准扶贫中始终高度关注脱贫造血功能的打造，旅游正是其中的一大突破口。佤山有丰富的原生态旅游资源，但交通不便、路途遥远阻挡了游客的脚步。

民航央企的行业优势成为东航产业扶贫的重要发力点。2016年，沧源机场在东航的全力支持下建成通航。2017年，东航开通昆明—沧源扶贫航线，以优惠价格销售机票，打通了沧源旅游的空中通道。仅2019年，东航就通过扶贫航线为当地贡献地区生产总值8亿元,为超过1.2万人解决就业问题。

东航既铺设天路通衢,又没有忘记村民们家门口的乡村道路。“以前老寨没有石板路,更别提电灯、安全饮用水了。”翁丁村旅游合作社的工作人员杨生说。当年他为了谋生外出打工,要走两三公里的泥巴路才能坐上前往县城的车。现在,在东航的资助下,宽敞平坦的硬质道路通向翁丁村。而在距离翁丁老寨1.5公里处,东航集团又投资510万元,为村民援建“新家”——翁丁新村。这样的“双村模式”,既保护了老寨传统风情,吸引来游客,又能让乡亲们过上现代化的生活。杨生因此选择回家投身乡村旅游发展,很多跟他一样外出务工的年轻人也回来了。

临沧市委书记杨浩东说:“翁丁翻天覆地的变化,是东航多年脱贫攻坚开花结果,让我们在具体工作中感受到了党的光辉照边疆。”

帮扶特色农业　普惠群众“富口袋”

这个金秋,佤山大地的一片片茶园郁郁葱葱,一块块梯田泛着金波,一幢幢新房拔地而起,一条条乡间小路绿树成荫……尽显脱贫摘帽奔小康的蓬勃生机。摘掉了贫困帽子后,下一步该怎么走?“脱贫攻坚的终点,就是我们肩负新使命、为当地老百姓过上更加幸福美好新生活而奋斗的起点。”——东航集团管理层为今后扶贫工作确立了这一总基调,并制订了“富口袋”“富脑袋”“富代代”三大行动方案。

云南省双江县勐勐镇被网友誉为“中国最美茶乡”,这里的同化村有得天独厚的茶树资源。东航以“党组织+企业+合作社+基地+农户”的合作模式,在此开启茶叶产业扶贫。“没有东航,就没有我们茶叶品质的跨越式提升。”聊起茶叶的变化,双江县茶叶企业存木香创始人罗成英的感激之情溢于言表。

通过东航扶贫干部牵线搭桥,2019年,存木香公司与东航、同化村开展三方合作。村里农户全面种植茶叶,东航则提供产业升级和拓展销路的支持。今年,东航又提供100万元帮扶资金,对双江县原先的茶叶初制厂进行提质。茶叶还以出色的品质登上了东航航班。

与同化村的茶叶一样,安也村的蜂蜜、南协村的核桃、刀懂村的生态佤鸡……这些都成为东航引领群众打开致富大门的关键。

为不断巩固脱贫攻坚的成效,东航还把最先进的产业模式、管理模式引入当地。东航集团下属东航金控的全资子公司——东航期货有限责任公司——分别在上海期货交易所和郑州商品交易所获批准开展了沧源天然橡胶和沧源白糖"保险+期货"项目；东航指导组建的双江县南宋村云岭铁军农耕机队项目，农机队今年已收入11万元；东航举办的"爱心扶贫大集市"消费扶贫周，通过直播带货赢得可喜的销售业绩……截至目前，东航在当地的消费扶贫已超过3000万元。

扶贫干部接力 "富脑袋"又"富代代"

"今年6月，东航集团把援助双江33个村卫生室提质改造工程的专项资金100万元捐赠给双江县人民政府，7529户、28691名群众的防病治病需求得到了保障。"在日前的一次扶贫干部座谈会上，东航扶贫干部、双江县挂职副县长张地布欣喜地说。

同张地布一样，背井离乡又拥抱第二家乡扶贫事业的东航派驻干部共有11人。他们与两县广大干部群众同吃、同住、同劳动，开展帮扶工作。

他们中，有2018年至今在沧源县扶贫挂职的王国斌，他已让3万多只佤鸡从大山深处飞往全国各地；有安也村驻村第一书记梅艺宝，在他的努力下，安也村的村集体经营性收入从2019年的不到3万元，到今年已突破170万元；还有历任东航扶贫干部刘文豪、丰一鸣、孙晓、孙国平等，他们都曾与两县群众同呼吸、共命运。

东航人在一棒棒接力，当地群众则在这样的接力中，在东航开展的乡村基建、助医助学中，阻断了代际贫困，走向"富脑袋""富代代"。

2020年6月，东航出资1078万元援建的沧源县班洪乡安全饮水工程正式通水，援建的沧源县龙乃村、永和社区供水工程也已开建。自党的十八大以来，东航集团已累计在当地投入近1000万元用于医疗救助，邀请高水平医疗团队走村入户开展义诊、培训带教当地医疗人员。

从2018年开始，东航与北京宏志中学、双江县政府、双江第一完全中学联合共建"大山梦想·东航双江宏志班"，项目首期资助50多名贫困学生。今年，东航还与双江县人民政府签署了劳务协作协议，资助前期受疫情阻碍的建档立卡贫困群众外出务工。同时，东航派出多名专职教员与专业讲师前往临沧，开展各类培训。东航还积极在沧源、双江两县开展就业扶贫。目前，已有100多人通过当地统一选拔，走上东航提供的就业岗位。

如今,东航正从“脱贫攻坚战”向“帮扶持久战”转变,东航将按照脱贫“四不摘”要求,做好全面脱贫与乡村振兴的有效衔接,谋划乡村振兴“东航路径”,更好实现乡村振兴的“高质量、高水平、可持续”。

(本报记者　钱擘　通讯员　宋梦菲　陈伶俐)

(《中国民航报》,2020 年 10 月 29 日第 1 版)

以“决胜之势”答好“收官之卷”

——记民航空管系统全力打好脱贫攻坚战

脱贫攻坚决战之年又遭遇疫情影响,各项工作任务更重、要求更高。如何答好这张脱贫攻坚的“收官之卷”?

自2020年初以来,民航局空管局党委切实发挥民航局直属单位主力军作用,举全系统之力交出了亮眼的成绩单。“从今年初至今已投入2394.3万元,这些资金绝大部分投向民航定点帮扶的新疆策勒、于田两县,也是民航空管系统历年来扶贫项目最多、投入资金最多、参与单位和人员最多的一年,凝结着全系统3万多名干部职工的责任担当和对贫困群众脱贫致富的美好祝愿。”民航局空管局党委书记高毅这样说。

行业扶贫“当好先行”

要想富,先修路。受地理位置所限,南疆地区是我国集中连片特困地区之一,是新疆乃至全国脱贫攻坚的主战场。在2016年实现乌鲁木齐以东与内地往返单向“空中高速路”运行的基础上,为了更好发挥民航空管的独特优势,加快突破空域资源使用的瓶颈,民航空管系统自10月8日零时起,再次优化调整新疆地区空域结构,乌鲁木齐通往南疆地区单向平行的“空中高速路”主干道正式启用,往返航班分离运行,包括飞越天山,环飞、串飞南北疆航班的运行效率得到了大幅提升,打通了我国西北方向航线网络的“最后一公里”。

此次优化新辟航线3条,调整航线7条,新增航路里程700余公里,新增及调整170余条城市往返航线,优化了乌鲁木齐、喀什、和田等8个机场的飞行程序,还对部分航段“截弯取直”,将部分临时航线固化,缩短了飞行距离和时间,为航空公司节约了成本。“按正常流量,每天平均有300余架次航班直接受益,大幅提高了安全水平和运行效率。”新疆空管局空管部部长杨毅说。

于田机场建设是民航局脱贫攻坚工作中的一项重点任务。为了如期完成机场年内通航任务,民航空管系统在做好空域规划的同时,积极对接新疆机场集团,多次组织技术骨干赴于田机场提供支持,确保航行情报在机场开放前按期发布实施。按照民航行业扶贫一盘棋的思路和培训资源共享、设备维护资源共享、信息共享、文化共享原则,民航空管系统免费为102名新疆支线机场空管专业人员提供培训,累计为中小机场节约培训费用38.38万元。这些学员中的一部分人员将直接参与到于田机场的筹备和运行中。

消费扶贫"解决买卖"

"农产品大量积压滞销,如何扩大民航定点扶贫县农产品的销售量,解决'买'的问题?"民航空管系统"空管支疆　爱心传递"活动回答了这个问题,成为干部职工参与最为广泛的品牌消费扶贫活动。在今年的职工义购中,各单位共购买两县精加工农产品26161份,消费扶贫资金261.61万元。

这项活动还通过直播带货的方式,在快手平台销售扶贫农产品,四月"春天的故事说给你听"1小时的主题直播中,观看人数达到了77.3万,收获5.7万点赞;在下半年连续14天的直播中,又帮助策勒县龙头企业销售精加工农产品1534份,合计金额近10万元。通过鼓励加大食堂采购力度、发放福利等方式,全系统采购扶贫产品50679份,消费扶贫资金506.79万元。民航空管系统还加大了在财政部"贫困地区农副产品网络销售平台"的采购力度,明确各单位采购预算的预留比例提升至8%以上。截至目前,全系统共计采购1326.15万元,较承诺采购额1119.18万元,超额采购206.97万元。

在解决"买"的问题的同时,还要探索"卖"的途径。"扶贫义购不仅帮我们打开了销路,解决了产品滞销的问题,同时也给我们打开了思路。民航局空管局建议把不同产品包装成礼盒,这是我们之前没想到的。现在我们的产品组合方式更多了,也更好卖了。"新疆策勒县沙漠枣业有限公司法人刘延平欣喜地说。

教育扶贫"志智双扶"

扶贫必扶智,治贫先治愚,教育是当前实现全面脱贫的关键抓手。民航空管系统通过开展"空管援疆　爱心助学"活动,将筹集到的资金专款用于扶贫县乡贫困学生的奖学金、助学金发放。截至2020年上半年,全系统有24776人捐款111.06万元用于爱心助学,职工参与率高达98.72%。今年,空管系统还拿出

60 万元捐给策勒县教育局，用于解决贫困生就学问题。

“谢谢你们，我们的孩子因为你们的资助去上了好的大学，我们全家都对党和政府、对国家充满了感激和热爱。等我身体好了，我想去北京，我想感谢中国共产党给我们派来了这么好的干部。你们是我们的恩人和救星，这份恩情我们会永远记在心里。”受空管资助的学生家长阿卜杜拉·艾萨眼含热泪，激动不已。

脱贫攻坚进入决胜阶段，更加需要扶贫与扶志、扶智相结合，在教育扶贫方面持续发力。在组织“空管支疆　爱心传递”品牌志愿服务活动中，全系统累计组织了 168 名空管系统青年志愿者赴策勒县达玛沟乡中学、古勒铁日干村小学、硝尔哈纳村小学等学校开展教育扶贫工作，为孩子们送去希望、种下梦想；为策勒县教育事业捐赠了自行车 110 辆、计算机 16 台；捐赠语音教室、美术室、手工室、航模室、图书室、书法室及其用品；捐赠文具、校服、讲桌、宿舍储物柜等用品，为教育扶贫贡献了空管力量。

产业扶贫“授人以渔”

产业扶贫是决战脱贫攻坚、实现乡村振兴的重要途径，也是巩固长期脱贫成果的根本举措。总投资 300 万元的策勒县硝尔哈纳村蓝天创业市场是民航局空管局今年最大的产业扶贫项目。“这个项目占地面积 2335.33 平方米，总建筑面积 702.1 平方米，有 11 间商业用房及相关配套设施。为了方便乡亲们活动，在创业市场南侧还建设了 316 平方米的健身广场。”硝尔哈纳村第一书记、新疆空管局驻村干部汪森平告诉记者。

听说村里要建创业市场后，村民们喜出望外，还没等建设完工，11 间商铺已全部签订了出租协议，用于经营餐馆、菜店、超市等。付给村里的 8 万元租金，在壮大村集体经济的同时，也为村民创造了保洁、营业员等就业岗位。“市场旁边还给我们建了干净的公共卫生间，把大事儿小事儿都给我们想好了。”市场外的村民高兴地议论着。

在于田县 3 个贫困村，民航空管系统投资 125 万元援建了天路集贸市场、蓝天物资储备库和白云物资储备库，提供了 30 万元扶贫款用于农户庭院改造和村级防风险资金。“天路集贸市场的 20 间门面房以每年每间 3000 元进行出租，商铺年租费共计 6 万元，可以同时解决 20 至 30 人就近就地就业问题，两个储备库的项目也有年租费 10 万元。”挂职于田县副县长的空管系统援疆干部戴雪松介绍。这些务实的举措都将带动地方经济发展、促进集体增收创收、确保贫困户稳定脱贫。

策勒县古勒铁日干村农机具匮乏,硝尔哈纳村没有拖拉机。针对这一情况,有关单位出资66.15万元购置了拖拉机、电动服务车、吸污车、挖掘机及配套农机具,在一定程度上改变了传统农业生产方式,提高了农业生产机械化水平和生产能力。这些农机具都由村民承包使用,贫困户使用租金减免,其他村民优惠租用,每年为村集体增收的10万元租金将用于精准扶贫项目。

不久前,经国务院扶贫办同意委托的第三方评估机构认为,包含新疆策勒县和于田在内的10个拟摘帽县,综合贫困发生率均为零,群众认可度均超过90%,符合贫困县退出标准和条件,并进行了公示。对于村民来说,对于民航空管系统冲锋在前的挂职干部、第一书记、驻村干部来说,一切的努力在丰收的季节都成了幸福的喜悦。

(本报记者　韩磊　通讯员　许晓宁)

(《中国民航报》,2020年11月4日第1版)

崇山秀水间的扶贫礼赞

——记中航集团助力广西昭平县脱贫摘帽

“今年5月11日,经广西壮族自治区人民政府批准,昭平退出贫困县序列。截至目前,剩余的15个贫困村和1713户、5398名贫困人口已全部达到脱贫标准!”

当昭平县委书记刘飞国兴奋地宣布这一消息时,在现场的中航集团派驻昭平县的扶贫干部——昭平县委常委、副县长钱江,以及前后3任江口村驻村“第一书记”许克涛、樊志源、宣岩感到振奋而欣慰。

自党的十八大以来,中航集团以习近平总书记扶贫重要论述精神为根本遵循,深入贯彻落实党中央、国务院关于精准扶贫的各项部署要求,在定点帮扶广西昭平县过程中,创新建立“8+2”扶贫模式。7年来,中航集团共选派6名优秀干部挂职扶贫,招聘43人入职国航;累计投入无偿帮扶资金6044万元,动员集团员工采购当地特色农牧产品价值7449万元;引进帮扶资金1172万元,帮助销售特色农牧产品价值1061万元。7年的携手与共,7年的爬坡过坎,而今脱贫奔小康的欢歌响彻昭平的崇山秀水。

着眼长远强造血　“昭平优品”走出去

山光水色,交相辉映。古朴典雅的黄姚古镇,一场热闹的扶贫特色农产品特集正在举办。将军峰、象棋山、鹊鸣春……昭平县叫得上号的农产品企业纷纷摆起摊位,吸引了不少远道而来的旅客驻足。

“我们的有机绿茶是上了国航飞机的,口感甜,有回甘,还有提神醒脑、消食解腻的功效。”在将军峰茶叶集团有限公司的摊位前,一名茶艺师正热情洋溢地邀请旅客提杯品茗。

“九山半水半分田”的昭平,全年310天以上的无霜期适合茶叶生长,自宋朝起就广种茶树，浸润了无数好茶之人的苛刻味蕾。2013 年，“昭平茶”被国家质检总局认证为“地理标志保护产品”，但各种原因在营销上一直未见起色。

为了让昭平的特色农产业打响品牌、打开销路，中航集团结合昭平当地资源优势，援建了油茶种植示范基地、生态茶示范基地、茶叶生产加工基地等，并由集团各级工会牵头，组织员工采购农产品，建立了消费扶贫采购款项计提机制，为当地发展生产沉淀了资本、提供了本金，茶叶加工、生态扶贫、村集体经济壮大等项目得以落地实施。

在中航集团的大力扶持下，短短两年时间，将军峰茶叶集团有限公司由负债 400 万元发展到总资产 2500 余万元、年营业额 4000 余万元，成为昭平县涉农发展、国资运营、扶贫领域的龙头企业。“帮扶单位 + 龙头企业 + 合作社 + 农户”的合作模式也让当地农户充分享受到了龙头企业的发展红利。昭平县农业农村局党组成员邱祖凤告诉记者：“今年昭平茶叶收购价格比往年每斤增加了 2 元，茶农平均每户能增收 1000 元左右。”

2020 年，中航集团援建的茶叶加工生产基地也将投入使用。“通过实现自动化、智能化、清洁化生产，我们的劳动效率、产品质量和卫生水平都得到了显著提高。”说起生产基地，将军峰茶叶集团有限公司副总经理朱营佳难掩激动之情。

“绿水青山就是金山银山”。除了茶产业外，昭平丰富的生态资源还蕴藏着强大的产业潜能。2017 年，“十三五”建档立卡贫困户左培阳开始在桂江边的竹林试种食用菌，并成立了合作社。“因为没有找对品种，也没有种植技术，前两年亏了 20 多万元”。就在他山穷水尽的时候，2019 年，中航集团主动协调中国林科院技术员前来考察。在专家的建议下，左培阳改种大球盖菇。当年种下的 3 亩食用菌产量达到 15000 斤，每斤能卖 15 元。扭亏为盈后，左培阳今年带领合作社扩大了种植规模，预计年总产量将达到 13 万斤，年产值将超过 100 万元。合作社还带动附近贫困户家庭务工 200 多人次。

产业扶贫是增强贫困地区造血功能、帮助群众就地就业的长远之计。在中航集团的帮助下，昭平县的特色产业渐成规模。2019 年全县实现生产总值 88.57亿元，比 2015 年增加了 28.77 亿元，年均增速达到 7%。

到中航集团当空乘　小花家脱贫了

听说女儿这次回家要带着中航集团的同事还有记者来看看，黄佩花一家在小院里摆满了精心准备的南瓜饼、藠头、芭蕉。一行人刚进村，黄佩花的奶奶就迎了上来，紧紧攥着黄佩花的手，把大家领进了门。

客厅里摆着崭新的液晶电视和烤箱，奶奶告诉大家，这些都是黄佩花给家里添置的。黄佩花的父亲黄家意告诉记者，家里的三个小孩都上了大学，自己家因学致贫，曾经是建档立卡贫困户。但 2019 年，他们顺利脱贫，苦日子熬到头，好日子开始了。“你看我这部新手机，就是小花今年春节给我买的。”黄家意一边展示着手机，一边笑着对记者说。

家里脱贫的步伐之所以能迈得这么快，要从黄佩花的一次选择说起。2018 年 7 月，中航集团在昭平县开展扶贫专项招聘，准备在当地招收第一批乘务员。当时在贺州文博双语实验学校担任英语老师的黄佩花得知消息，鼓起勇气报名参加了招聘面试，并顺利通过了体检和政审。同年 10 月，她来到北京参加为期 3 个月的乘务员初始培训和考核，最终顺利通过。2019 年 1 月 13 日，她迎来了首次飞行，从北京飞往温州。集团为黄佩花安排了国航客舱服务部金凤组的主任乘务长担任师傅。

“小时候看见飞机从屋顶飞过，幻想着能坐飞机去北京。没想到我不仅去了北京，还当上了国航的乘务员。”走上乘务员岗位后，黄佩花的月工资从 2000 多元提高到了 7000 多元。为了减轻父母的负担，她每个月拿出 1000 多元给正在念大学的弟弟。今年，弟弟也顺利从大学毕业，走上了工作岗位。

“父母为了供我们读书，背井离乡到广东打工，一个在工地上开车，一个在工厂里做工，辛辛苦苦几十年，还落下了病根。家里脱贫了，他们终于可以回家过轻松日子了。”黄佩花告诉记者。

2019 年 3 月，黄佩花以国航志愿者的身份回到江口村小学，参与了“中航蓝天课堂”授课，为孩子们讲述自己的成长经历，鼓励家乡的孩子们自强自立。昭平县就业服务中心主任谢江感叹道，黄佩花以及其他走上中航集团工作岗位的昭平儿女已经成了当地志智双扶的典型，让大家看到贫困户的子女也有出彩的机会，激励他们志存高远、认真学习，用自己的努力改变人生和家庭的现状。

三代“第一书记”接力　江口村旧貌换新颜

不久前，由中航集团援助 312 万元建设的昭平县江口村新村部投入使用了，村干部以及各单位派出的驻村“第一书记”都搬进新村部办公。在崭新的村部门口，重返江口村的许克涛、樊志源和现任的驻村“第一书记”宣岩留下了一张合影。走的时候，樊志源从宣岩的房间里拿走了一条电热毯。他说：“这条电热毯许书记留给了我，我又留给了宣书记，传了'三代'，这次我要带回北京留作纪念。”

在这个有4000多名村民的“十三五”贫困村，历经了三代“第一书记”的事物又岂止一条电热毯。

因为没有离得近的幼儿园，江口村的学龄前儿童往往得不到系统的学前教育，这对于孩子的成长很不利。在担任驻村“第一书记”期间，许克涛认为建一所家门口的幼儿园是江口村的当务之急，于是向集团写了申请报告。经过审议，集团决定拿出60万元帮助江口村建设幼儿园。一年的任期结束后，许克涛将项目建设的“接力棒”和60万元资金递到了樊志源的手中。

选址、征地、建设、优选教育机构……项目进程中的每一个环节、每一个细节，樊志源都盯得紧紧的，生怕出一丝纰漏。项目于2017年11月1日开工建设，2018年3月1日竣工。建成后的幼儿园按标准设置2个保教班，入园幼儿120名，教职工3名，服务人口涉及3000多人，有效解决了江口村学龄前儿童“入园难”的问题。

2020年3月，江口村幼儿园启动了扩建工程，中航集团再次拿出扶贫资金40万元。给孩子们“开疆拓土”的任务现在又交到了宣岩的手里。

与江口村幼儿园有着相似诞生过程的，还有被誉为“连心桥”的江口村大坡桥。在三代“第一书记”的共同努力下，4.5米宽的新桥飞架两岸，取代了年久失修、狭窄且没有栏杆、桥头弯急坡陡的旧桥。江口村古站片区1000多名村民的出行难题、农产品“望桥兴叹”的困局都得到了有效化解。“桥建起来后，旺季几乎每天都有商贩前来收茶，茶叶价格也与对岸拉平了。仅此一项，村民们每家增收可达20%~30%。”宣岩对记者说道。

生态茶示范基地、江口小学、村屯道路、排污水沟、路灯照明、人饮工程……漫步江口村，旧貌换新颜的感受尤其强烈。在这些巨大变化的背后，浸润着三代中航集团驻村“第一书记”的心血。

在结束采访、大家准备驱车离开时候，记者想起抵达昭平的第一天，钱江告诉我们：“以前的昭平县城很空，全县只有眼前这一个红绿灯。现在，县城里车多了，楼高了，夜景也更加灿烂了。”

（本报记者　刘韶滨）

（《中国民航报》，2020年11月11日第1版）

“靶向”精准扶贫结硕果

——记中国航油助力盐池脱贫攻坚

2020 年 10 月 26 日,中国航空油料集团有限公司党委书记、董事长周强前往定点帮扶的宁夏回族自治区盐池县,调研脱贫攻坚完成情况。

2013 年,中国航油开始定点帮扶素有“苦脊甲天下”之称的宁夏回族自治区盐池县。如今,盐池县贫困发生率由 2014 年的 24.5% 降为 2017 年的 0.66%,农村、城镇居民人均可支配收入分别由 2013 年的 5521 元、17854 元增至 2019 年的 12127 元、28464 元。2018 年,盐池县在全国 125 个国家级贫困县中以综合评价第一名的成绩实现高质量脱贫;2019 年更是历史性地一举实现了贫困人口“清零”。这是中国航油准确把握精准扶贫要义,助力盐池县脱贫攻坚结出的胜利果实。

“中国航油坚决贯彻落实习近平总书记重要指示精神,全力推进脱贫攻坚,充分发挥优势,有效对接融入扶贫地区经济社会发展,在产业扶贫、消费扶贫、就业扶贫、教育扶贫等方面取得显著成效,助力盐池县高质量打赢脱贫攻坚收官之战。”周强表示。

“中国航油定点扶贫工作扶到了点子上。”宁夏回族自治区扶贫办给予了中国航油这样的高度评价。

精准发力优势产业　小资金撬动大项目

在中国航油看来,精准扶贫就是要把有限的扶贫资金投入到能发挥撬动作用的关键产业、关键环节,让扶贫资金在脱贫产业中发挥“四两拨千斤”的撬动作用。

“坚决杜绝‘撒胡椒面’式的做法,一定要把扶贫资金集中用在刀刃上!”这是中国航油上下达成的共识。中国航油在盐池滩羊等优势产业上集中发力、持续投入，打造上下游贯通的脱贫产业链，用2200万元扶贫资金撬动了11.28亿元的“中国滩羊之乡”大产业，滩羊产值在全县农业总产值中的贡献率达到58.33%，以滩羊为主的特色产业对贫困群众增收的贡献率更是达到80%以上。

没有扶贫产品的成功销售，扶贫投入“造血功能”就是一句空话。中国航油引入电商、强化营销，以消费扶贫促进脱贫产业的良性循环。中国航油借助京东、中粮“我买网”、国资委央企消费扶贫、建设银行善融商务App、农业银行网上商城等电商平台，借助中国航油遍布全国的加油站非油业务，增加农副产品销售渠道，形成了“投入—生产—销售—再投入—再生产”的良性循环。2019年以来，帮助盐池销售农副产品1.2亿多元，名列央企前茅；公司内部购买盐池县农产品1000余万元。今年，面对突如其来的新冠肺炎疫情，中国航油帮助盐池销售了6000余万元的农副产品，公司内部采购600余万元。

靶向移植先进理念　增强特色产业优势

中国航油高度重视“观念扶贫”，把中国航油先进的供应链管理理念、安全管理体系、品牌管理经验等融入盐池县的脱贫产业中，激活了盐池脱贫产业持续发展的内生动力，大大增强了特色产业优势。

中国航油把供应链管理理念移植到盐池特色优势产业上，做强盐池特色脱贫产业链。如今，以市场为导向，以盐池县滩羊龙头企业的养殖环节为重点，向上下游延伸拓展，饲草料种植、饲草料加工、滩羊养殖、滩羊产品深加工、滩羊销售和滩羊特色餐饮“一条龙”产业链形成，更多的贫困户加入滩羊产业链，实现了产业链各环节脱贫产业致富的全覆盖。2019年，盐池县的滩羊饲养量达300多万头、产值8.46亿元，全产业链的产值超过11.28亿元。

中国航油还把安全管理体系成功移植到特色优势产业中，将“安全、健康、人文、环保”的安全理念和先进的SMS（安全生产管理体系）引入滩羊养殖业的全过程。从强化饲草料的重金属检测、滩羊肉品质的化学分析及绿色认证，到申请盐池产品地理标志，“让圈养的羊，长出放养的肉质”，助力滩羊端上了G20峰会和上合组织峰会餐桌，“盐池滩羊”赢得“中国最好的羊肉”的赞誉。中国航油还帮助盐池制定了宁夏唯一的《露地黄花菜生产技术规程》，指导农户实行全程绿色标准化种植，全县累计种植黄花菜达8.1万亩，实现产值2.5亿元，种植户户均纯收入2万余元。

为促进扶贫产品生产的提质增效，中国航油把品牌管理经验成功移植到产品生产销售全流程。中国航油指导盐池县丰泽种养殖专业合作社确定“创品牌、精加工、走高端”的发展理念，帮助其建立食品质量安全管理体系，申请注册商标，进行包装设计，展示产品富硒特色，严格品质等级分类，获得相关绿色食品认证。最终，好枸杞卖出了好价钱，带动2066名贫困群众就业，人均月工资从1500元增加到2000余元，以高于市场价30%的酬劳雇用残障人士，带动学生就业和勤工俭学。

精确制导扶智赋能　以补短板培育创新力

中国航油把扶志扶智作为重点，持续加大就业扶贫、教育扶贫和医疗卫生扶贫力度，为盐池县脱贫攻坚提供坚实的人才基础、教育支撑和医疗保障。

为了“一人就业，全家稳定脱贫”，中国航油在所属石油北京空港公司培训和招收了30名盐池籍加油员。为了帮助盐池县培养高水平的脱贫干部，中国航油在中央党校中青班、清华大学技术培训班中，专门为盐池县脱贫干部提供名额。对全县各部门及乡镇主要负责人、102个行政村党支部书记、驻村工作队、致富带头人和各级扶贫干部开展脱贫攻坚、乡村振兴等工作专题培训、农村实用技术培训等，培训扶贫干部、贫困群众3000余人。

中国航油十分注重教育设施建设，资助贫困生500余人，联系共青团中央发起“云支教”项目，实现名师与全县800余名乡村教师“一对一”培训。通过设立30万元的“中国航油奖学金”、连续举办7期“情系老区，爱心助学”志愿服务活动、加大学习设备设施建设等途径，教育扶贫力度加大。

2020年疫情防控期间，中国航油捐助的负压救护车，作为盐池周边地区唯一的负压救护车发挥了重要作用。这只是中国航油注重加强医疗卫生扶贫的一个缩影。近年来，中国航油向盐池县捐助8辆救护车以及大量医疗器械；开展“同舟共济”救急难工程，对困难农户给予1000元~15000元的大病救助。2016年以来，共投入项目资金200万元，救助258户(人)，有效解决当地群众“因病致贫、因病返贫，看病难、看病贵”的问题。

脱贫摘帽不是终点，而是新生活新奋斗的起点。中国航油将坚持帮扶不“打烊”，支持不“断电”，继续帮助盐池县推进乡村振兴战略，增强盐池可持续发展能力，坚定不移地引导盐池发展特色富民产业，支持盐池补齐民生领域短板弱项，坚定不移地把握好中国航油“特色产业的助力者、乡村振兴的参与者、文明理念的传播者、人民幸福的缔造者”的扶贫工作定位，为富民兴县作出新贡献。

（本报记者　肖敏）

（《中国民航报》，2020 年 11 月 13 日第 1 版）

更美是商洛

——写在中国邮政定点扶贫县(区)脱贫摘帽时

2020 年 2 月 27 日,中国邮政被载入了新中国扶贫工作的史册。

这一天,陕西省人民政府发布公告,包括中国邮政集团有限公司定点扶贫县(区)——商洛市商州区、洛南县在内的 29 个贫困县(区)正式退出贫困县(区)序列,实现脱贫摘帽。

中国特色扶贫道路,不仅以实际行动加速了中国减贫进程,也为全球贫困治理贡献了中国智慧、中国方案。而这其中,少不了中国邮政贡献的一分力量。

20 年前,中国邮政开始定点扶贫商洛市商州区(原商州市)、洛南县,庄严承诺:"一定要让乡亲们过上好日子!"

20 年间,从早期的教育资助、修路修桥等基建扶贫,到"十三五"以来的电商扶贫、金融扶贫、保险扶贫、产业扶贫、教育扶贫、科技扶贫等 6 类项目全面推进,中国邮政努力改变着商山洛水的贫困模样。

20 年后,中国邮政累计选派扶贫干部 39 人(次)到商洛市洛南县、商州区挂职,投入扶贫专项资金 5900 余万元。从"输血"扶贫向"造血"扶贫转型升级,中国邮政改变了贫困户"坐等靠"的落后思想,带动 3.8 万余贫困人口脱贫,受益群众 40 余万人。

2020 年 3 月 6 日,习近平总书记在决战决胜脱贫攻坚座谈会上强调,脱贫摘帽不是终点,而是新生活、新奋斗的起点。

从脱贫攻坚到乡村振兴,站在新的历史起点,中国邮政将按照总书记的要求,继续奋斗,成为商洛老百姓新时代幸福生活的创造者、守护者。

离百姓近一点　让心与心相连

当看到商州区和洛南县实现脱贫摘帽的新闻时,黄国平停顿了几秒钟,然后湿润了眼眶。“这一天终于来了！”黄国平抑制不住内心的激动。擦了擦眼泪，再次翻出那个他尝试了很多次都没办法修复的老式电脑硬盘。他想再试试，因为那里面储存着20年前自己在商洛扶贫时的资料。

1999年2月，作为中国邮政选派的第一任定点扶贫干部，38岁的黄国平从北京来到商洛，挂职商州市（现商州区）副市长。一个大雪过后的夜晚，连续调研7天的黄国平回到住处。他顾不上点煤炉子，一把拽过棉被披在身上，蜷缩在椅子上，借着微弱的灯光奋笔疾书。那一夜，他撰写了中国邮政定点扶贫史上第一份调研报告。

就在黄国平想着如何找回当年扶贫时的资料时，马丕中正注视着自己当年在商州建桥修路时的图纸、文件，陷入回忆。

2001年，马丕中被选派到商洛担任扶贫干部。马丕中的身份是商州市副市长，但他却成了名副其实的驻村干部。一周5个工作日，他有4天都在山里。一年时间，他跑遍了商州所有的村子。老百姓甚至编了一句顺口溜：“想找马市长，就往山里跑。”把扶贫工程项目化，从工程立项到施工再到验收进行全程监督是马丕中的建议。从马丕中开始，历届邮政扶贫干部都坚持项目化运作扶贫工程，力求扶贫资金的每一分钱都用到刀刃上。

“我们赢了！”当收到昔日在商洛的同事转来的商州区和洛南县实现脱贫摘帽的新闻时，正在工作的耿奎随手写下了这4个字。

作为“十三五”后第一任邮政扶贫干部，拥有统计学博士学位的耿奎引入了产业扶贫的概念，让商州区有了第一家农产品深加工厂，开启了中国邮政定点扶贫的新时代。

“我不赞成大规模进行产业扶贫，搞砸了怎么办？宝贵的扶贫资金不能砸在咱们手里啊。”“话不能这么说，改革开放刚开始的时候，不也是摸着石头过河吗？”2016年10月，耿奎到任后，这样的争论，在陕西省邮政分公司和商洛市邮政分公司的扶贫干部间持续了7次之多。

无论身处哪个年代、担任何种职务，历任邮政扶贫干部都像黄国平、马丕中和耿奎一样，从来不去想扶贫工作的捷径，只做一件事情：离乡亲们再近一点儿，让心与心相连。

为商洛的明天积蓄青春力量

尽管还有一年半才毕业，但赵李阳已经开始为在邮政上班做准备，憧憬自己的新生活了。

受疫情影响,她不知道自己什么时候能回石家庄邮电职业技术学院上课,但只要没有雨雪,给弟弟妹妹弄完早饭,做完家务的赵李阳都会支起父亲为她“定制”的课桌,坐在院子里复习备考银行、保险、证券从业资格考试。

赵李阳并不是在作秀。她的家是一个100多岁“高龄”的土房子,唯一的光源是一个15瓦的灯泡。坐在院子里看书是她不得已的选择。

“十三五”期间,中国邮政计划面向洛南县、商州区资助200名高中应届建档立卡贫困生到石家庄邮电职业技术学院和陕西通信技师学院学习,3年学习期间给予每人两万元的生活补助。这些学生毕业考核合格后,将被安排在邮政企业工作。至目前,已有139名贫困学生通过中国邮政“教育+就业”政策圆了大学梦。首批10名受助贫困学生入职商洛市分公司。

相比较赵李阳的未来可期,张宝峰已经用实际行动回报了中国邮政的帮助。

19年前,张宝峰在黑山镇樊川村小学工作。当年7月,一座崭新的邮政希望小学落成了。学生们搬进了宽敞明亮的教室,张宝峰也有了自己的宿舍。就是在这间宿舍里,张宝峰从一名村办学校老师慢慢成长为商州区最好学校的校长。每年高考前夕,中国邮政是唯一被允许进入这所商州最好学校进行招生宣讲的单位。

从扶贫初期捐献桌椅板凳、修建希望小学,到现在的“教育+就业”政策,中国邮政的教育扶贫改变了一代又一代商洛孩子的命运。从精准扶贫到乡村振兴,中国邮政在为商洛的腾飞积蓄着青春力量。

品牌引领　奔向小康生活

中国邮政定点扶贫县(区)全部脱贫摘帽的消息让洛南县“辣上天”种植专业合作社负责人马会锋兴奋得睡不着觉。他说:“更加美好的新生活就要来了。”因为他知道,中国邮政不会仅满足于让乡亲们脱贫。依托产业扶贫和电商扶贫,中国邮政会让乡亲们的钱包越来越鼓。从贫困到脱贫再到小康生活,中国邮政帮扶商洛百姓的脚步远未停止。

2016年,马会锋带领家乡的60户村民试种朝天椒,但受困于资金,当年的产值不到90万元。马会锋一时不知道如何是好,邮储银行洛南县支行发放的15万元小额贷款让他看到了希望。如今,3年时间过去了,邮储银行让朝天椒产业成为洛南县扶贫重点产业,为洛南县辣椒产业链发放贷款近1000万元。

“辣上天”一飞冲天，销往全国各地。刚刚过去的2019年，“辣上天”合作社总共收购辣椒1600万公斤，产值6000万元，产业链上带动就业2840人，人均增收3300元。

马会锋高兴地说：“在中国邮政的支持下，终有一天，‘辣上天’会走出国门，火到外国去。”

在让“辣上天”一飞冲天的同时，中国邮政又让“邮老哥”走向全国。2014年，程东来带领村民种香菇，但一直处于产业链的低端，盈利空间有限。2017年，中国邮政先后投入200万元扶贫专项资金，帮助程东来成立了五峰食用菌公司，打造“邮老哥”品牌。2019年初，中国邮政开展线上线下消费扶贫活动，在一个月的时间内帮助销售12万瓶。一年来，在中国邮政扶贫干部、商州区副区长刘继臣的努力下，中国邮政共助力销售“邮老哥”香菇酱近50万瓶。2019年9月，“邮老哥”又推出核桃仁系列，6个月时间里，就完成销售额193万元，给核桃种植贫困户分红30余万元。

从“辣上天”到“邮老哥”，中国邮政带火了一个又一个扶贫品牌，让老百姓的钱包变得越来越鼓。中国邮政正带领商山洛水间的乡亲们过上幸福的生活。

见证一个时代　创造美好未来

因为疫情，申请返岗被打回，再申请再被打回。经过漫长的等待，2020年2月28日晚上，邮政扶贫干部、商州区上河村“第一书记”王海珍终于接到了返岗通知。他没有丝毫犹豫，买好了第二天第一班从北京到西安的高铁。历时12小时，乘坐高铁、地铁、大巴和出租车，穿过层层防疫关卡后，王海珍终于回到上河村。他泡了一桶方便面，那是他的第一顿饭。

商州区已经脱贫摘帽了，疫情这么严重，为什么王海珍还要急着赶回去？

脱贫摘帽不代表一户贫困户都没有了。10户23人仍未脱贫、9户21人有返贫的危险。就是这两组数字让王海珍离不开上河村。

2020年3月13日，王海珍悬着的心终于落了下来。他利用集团公司划拨的20万元扶贫产业发展资金购买的魔芋种子终于到货了。种核桃一亩收入2100元、种魔芋一亩收入近1万元。王海珍希望上河村的老百姓家家户户都能地上种核桃、地下种魔芋。“愿望达成的时候，就是上河村贫困户清空的时候。”王海珍说。

就在王海珍忙着播撒魔芋种子的时候，商州区副区长刘继臣正在想方设法把因新冠肺炎疫情滞销的36吨真姬菇销售出去；洛南县副县长杨明正在做着今年招商引资的计划；而陶岭社区"第一书记"郝军正在辣椒地里忙碌着。

他们都是目前在任的中国邮政定点扶贫干部。此时此刻，身在商山洛水间的他们既是中国邮政定点扶贫取得胜利的见证者，又是商州区和洛南县从精准扶贫到乡村振兴的推动者，更是中国邮政"人民邮政为人民"初心的缩影。

他们将代表中国邮政继续扎根在商洛，为了乡亲们的富裕生活更加努力奋斗。正如习近平总书记在决战决胜脱贫攻坚座谈会上所强调的，要坚决夺取脱贫攻坚战全面胜利，坚决完成这项对中华民族、对人类都具有重大意义的伟业。

（本报记者　吕磊）

（《中国邮政报》，2020年3月18日第1版）

邮政快递如何助力脱贫攻坚？国家邮政局局长这样回应

2020年是脱贫攻坚的决战决胜之年，邮政快递积极发挥行业优势，为全面打赢脱贫攻坚战贡献重要力量。在9月21日国新办举办的新闻发布会上，国家邮政局局长马军胜介绍，邮政快递业坚持以发展农村邮政、快递服务为主攻方向，不断推动农村邮政快递网络下沉，通过开展空白乡镇局所补建、快递下乡、建制村通邮三大工程，构建起覆盖城乡、惠及全民的网络体系。目前，农村100%乡镇已建有邮政局所，100%建制村实现直接通邮，97%乡镇有了快递网点。

"快递下乡"工程实施效果如何？全国邮政快递业务量发生哪些变化？邮政快递如何助力就业扶贫？围绕这些热点话题，国家邮政局局长马军胜给予了一一回应。

焦点一："快递下乡"覆盖率达97.7%

"快递下乡"是解决行业不平衡的关键举措，也是带动农村电商发展和推动农村消费增长的基础性工程。今年"快递下乡"工程已进入第7年。实施效果如何？发挥了哪些作用？

马军胜介绍，2014年国家邮政局启动"快递下乡"工程，弥补了城乡寄递鸿沟，推出当年"快递下乡"覆盖率达50%，第二年增长到70%，第三年增长到80%，到今年8月底达到97.7%。

"'快递下乡'模式与传统模式不同，完全按照市场经济盘活社会资源的模式进行推动。"针对"快递下乡"在脱贫攻坚中发挥的作用，马军胜认为，一是构建了贫困地区"工业品下乡"和"农产品进城"的双向流通渠道，将农村地区特别是贫困地区的商品纳入全国统一市场；二是接入网以后，网购千里，货比万家，直送到户，给民众带来了方便；三是通过"快递下乡"做大行业蛋糕，2019年150亿件的包裹量占全行业的四分之一，2020年前9个月已经上升到30%，如果没有"快递下乡"，邮政快递业这几年发展达不到这个速度。

焦点二:去年邮政网络收投农村包裹超 20 亿件

2015 年前,全国有 3.6 万个建制村不是直接通邮;截至 2019 年 8 月,全国已实现所有建制村直接通邮。“现有农村邮政支局 4 万个,村级服务站点超过 50 万个,在服务点里开通‘邮乐购’电商服务站点的有 31 万个,连接他们之间的邮路共 505 万公里……”马军胜认为,今后要注重发挥邮政县乡村三级网络优势,在做好法定邮政普遍服务基础上,通过网点、网络和服务点对接叠加政务、警务、税务等便民代办业务,提升服务功能。

邮政网络作为全国唯一一张能通达所有行政村的寄递网络,线下资源十分丰富。“去年邮政网络收投农村包裹超过 20 亿件,助力农产品销售 165 亿元。以后可以进一步发挥邮政网络的优势。”马军胜说。

在邮政金融服务方面,他还提到,截至 2020 年 6 月底,全国邮政储蓄银行发放涉农贷款余额达 13500 亿元,邮政金融精准扶贫贷款余额达 902 亿元,累计投放扶贫小额贷款 143 亿元。

焦点三:邮政快递业每年新增就业超 20 万人

邮政快递行业作为劳动密集型行业,是吸纳就业能力较强的领域。马军胜介绍,每年快递增量在 100 亿件以上,每年直接吸纳就业都在 20 万人以上,占到全国新增就业的两个百分点以上。

“今年前 8 个月,邮政快递业就为农村地区新增就业岗位 15 万人,帮助 504 个国家级贫困县的 10 万户贫困户增收 1 亿多元。”马军胜说。

他还提到,今后将号召城里有技能的快递“小哥”“大姐”回乡创业,现在农村快递网点基本都是在外打工回乡创业者做起来的;同时,抓好快递员职业技能培训,这些年不断利用政府优惠政策,邮政快递企业提供各类职业技能培训已有 100 万人次。

(记者　李政葳)

(光明网,2020 年 9 月 21 日)

“造血式”扶贫　奔向新生活

——河南省邮政分公司定点扶贫工作侧记

“通过邮乐网，东岳村四方景家庭农场每天都能销售自产的稻虾大米100多袋。邮政电商渠道销售农产品，大有可为！”2020年7月1日，河南省邮政分公司组织定点扶贫村——鲁山县尧山镇下沟村的党员代表，来到光山县文殊乡东岳村开展主题党日活动。

在四方景家庭农场邮乐购服务站，下沟村党员代表纷纷向农场负责人杨长太请教致富经验。2019年9月，习近平总书记在东岳村考察期间曾与杨长太亲切交流，勉励他发挥脱贫致富带头人作用，带动更多村民致富。

“邮政在我们下沟村开通了邮乐购站点，还成立了鲁山县尚农种植农民专业合作社，为下沟村村民致富夯实了基础。我们一定牢记总书记嘱托，带领村民走向更加富裕的美好生活。”活动结束后，下沟村党员代表进一步增强了先锋模范带头意识，对于未来他们信心满满。

2015年8月，按照河南省委组织部、省扶贫办的安排，河南省分公司开始定点扶贫鲁山县尧山镇下沟村。5年来，该分公司认真开展抓党建、促扶贫工作，发挥邮政优势，推进电商扶贫，为下沟村的特色农产品提供销售平台，通过增强扶贫“造血”能力，促进扶贫与扶智深度融合，为下沟村脱贫奔小康奠定了基础。

电商扶贫　邮乐网让山货进城

“我们通过邮政电商渠道把下沟村的野生椴木木耳、茶树菇、灰灰菜等特色干菜推送给了全省、全国的消费者。”在2019年10月召开的河南省扶贫产销对接会上，下沟村驻村第一书记崔永剑面对媒体镜头，介绍了该村通过邮政电商渠道助力脱贫攻坚的经历。

多年来,河南省分公司党委高度重视定点扶贫工作,省分公司党委书记、总经理杜福多次强调,切实发挥邮政行业优势,密切配合政府部门,建立完善常态化、长效化的产业扶贫项目和扶贫机制,通过线上线下有机结合,拓宽当地农产品进城渠道,真正使村民长久受益。

为确保邮政在下沟村定点扶贫工作取得实实在在的效果,河南省分公司驻村工作队与村两委结合,注册成立了鲁山县尚农种植农民专业合作社,在邮乐网上开通了"鲁山邮政地方扶贫馆",利用邮政线上和线下销售渠道优势,为合作社提供营销、包装、寄递、培训等全流程配套服务。此举不仅为当地农产品的销售提供了渠道,增加了下沟村民的收入,而且增强了村民们的经营意识,助力贫困百姓增产增收,摆脱贫困面貌。

2020 年上半年,合作社农产品完成销售额 87 万元,实现利润 4 万余元,为下沟村带来了直接经济效益。

产业扶贫　助推集体经济发展

"这些车厘子树是 2019 年 3 月邮政帮我们栽种的,等到明年结果时,城里人来我们这儿摘鲜果、览山景,村里的收入会增加不少。"在下沟村采摘园,看着车厘子树长势旺盛,正在果园里忙农活的村民王金福的眼神中满是希望。

下沟村四面环山,环境优美,位于尧山镇西南 4 公里处,全村共有 119 户、486 人,现有耕地面积 235 亩,多以梯田为主。当地景区众多,却没有成规模的特色水果采摘园。邮政驻村工作队与村两委决定,依托附近旅游资源丰富、游客众多的优势,把下沟村建设成特色采摘园,推动村集体经济发展,助力贫困百姓增产增收。

2019 年 3 月,河南省分公司捐助 25.55 万元,在下沟村规划了 220 亩的采摘园,栽下了车厘子、蟠桃、香酥梨、丰园红杏、巧克力柿子、西梅等 2.3 万棵果树苗。该分公司还协调资金为下沟村建设了采摘园配套小型水利工程,解决了采摘园灌溉难题,让该村贫困户都有了"摇钱树"。崔永剑还邀请农技专家为下沟村贫困户及村民进行果树种植农业科技培训,提高了贫困户脱贫致富的技能。

"河南农科院来村里考察时,专家说按照现在的市场行情,车厘子一亩地能收入 7000 元,40 亩车厘子一年能收入 28 万元,加上其他果树的收入,俺村贫困户就有了稳定的增收渠道。”下沟村村委会副主任王发青说，崔永剑还利用省派第一书记专项资金50万元为村里建设了农家宾馆，发展农家乐，为游客采摘观光提供住宿服务；规划种植的2.9亩赤松茸田，2020年收获了3000余斤，又增加了集体收入，邮政让每一分钱都用在脱贫工作的“刀刃”上。

基建扶贫　打造和谐宜居美丽乡村

“先前，邮政帮我修缮了院子，最近下雨，我的院子再也没积水了。”下沟村五保户牛青会在自家干净整洁的小院儿里一边忙着手里的活计，一边说。

让贫困户和村民在物质生活日渐富裕的同时，共同建设环境更加美好、生态更加宜居的美丽乡村是河南省分公司定点扶贫的一项重点工作。

2015年开始定点扶贫下沟村以来，河南省分公司积极采取措施，帮助下沟村解决了很多实际问题。该分公司捐赠25万元为下沟村修缮了村小学和卫生室，投入“六改一增”资金，为全村居民改水、改电、改厨、改厕、改圈、改院墙、增加必要生活设施，同时，改善了村委的办公环境和条件。目前，下沟村公路已实现硬化，村民们坐上了客运班车，喝上了安全饮用水，用上了宽带，村里还有了体育健身器材和综合性文化服务中心。

“下沟村自然风光优美，可村里的基础设施差，制约了整体发展。邮政驻村工作队和村两委一起把路、水、电、房等制约发展的问题作为脱贫攻坚的关键抓手，加大基础设施建设力度，让全村在净化、绿化、亮化、美化方面有明显提高。”下沟村党支部书记、村委会主任王金民介绍说，村容村貌发生了变化，让乡亲们增加了获得感和幸福感的同时，也增加了游客对下沟村的美誉度，带动了村经济发展。

为确保定点扶贫工作长期有效进行，河南省分公司先后投入资金100余万元，确立了机关13个党支部与13户贫困户建立“一对一”对口包联帮扶机制，因户施策、一户多策。同时，为全体村民投保了人身意外保险，让乡亲们努力脱贫致富无后顾之忧。目前，下沟村贫困户人口由171人下降至4人，实现了脱贫摘帽目标。

不久前，在做好疫情防控的前提下，村两委和邮政驻村工作队研究后，决定购置并种植了1500棵樱花树，美化村容村貌，与特色采摘园互补，高质量发展农家乐，打造下沟村旅游新亮点。经过几天的忙碌，一棵棵樱花树整齐地排列在环村公路两边。

"'东风随春归，发我枝上花。'等到天暖花开的时候就是咱们村大放光彩的时候了。"望着樱花树，王金民动情地说。

（本报通讯员　李平）

（《中国邮政报》，2020年7月10日第1版）

为全球减贫提供最佳案例

——江西邮政助力“廖奶奶”合作社发展纪实

廖奶奶是谁？很多人都不知道。但如果提起江西瑞金凤岗村邮政电商扶贫站的廖奶奶，人们就会竖起大拇指，打心眼儿里佩服。

2015年，年过八旬的廖秀英向无数响应国家号召返乡创业、以电商帮助乡亲们脱贫的年轻人学习，在江西邮政的帮助下，创办了“廖奶奶”咸鸭蛋专业合作社，先后带领92户贫困户走上致富道路。2019年10月，“廖奶奶”入选了由世界银行、联合国粮农组织等国际组织评选的“全球减贫最佳案例”。如今，在全国脱贫攻坚战决战决胜关键期，这一最佳案例继续在丰富新内涵、孕育新希望。

2020年8月1日，江西瑞金“廖奶奶”咸鸭蛋专业合作社（以下简称“廖奶奶”合作社）负责人张杨在与南昌大学食品学院的合作协议上签上了自己的名字。他回过头看了看一直在注视着自己的奶奶，喜极而泣。随着双方合作的开展，制约“廖奶奶”咸鸭蛋产量的腌制破损率降不下去、营养价值有限的问题将有望解决。“我不能辜负奶奶的信任，一定要让咸鸭蛋卖更多钱，让乡亲们过上更好的日子。”张杨说。

“廖奶奶”合作社给记者提供了一份资料：2019年，92户贫困户户均食品支出由2015年的约60%降至约40%，这是一个令人惊叹的数字。参照国际上常用的测定贫困线的“恩格尔系数”，这意味着乡亲们的生活水平由贫困进入了小康，并迈向了富裕阶段。“手里有钱了，乡亲们都在盘算着，等疫情结束后出去走走，看看外面的世界。”廖秀英说。从贫困到脱贫，再到迈向小康，“廖奶奶”让乡亲们实现了消费升级。

按照联合国秘书长古特雷斯的话说：“中国已实现数亿人脱贫，中国的经验可以为其他发展中国家提供有益借鉴。”2019年10月，“廖奶奶”走出国门，从全球 820 份减贫案例中脱颖而出，入选了由世界银行、联合国粮农组织等国际组织评选的“全球减贫最佳案例”（共 110 例）。

帮助别人与红色传承

2020 年 8 月初，在全国脱贫攻坚战决战决胜关键期，带着对廖奶奶的敬意，记者第三次来到凤岗村，见到了廖秀英，她依然是那么气定神闲。坐在自家的邮乐购店里，廖秀英手持一把蒲扇，一边扇风一边注视着门前往来的人流。头顶上方，“全国脱贫攻坚奋进奖”“国家地理标志保护产品”的牌匾在阳光的照射下显得格外耀眼。老朋友的到访让廖秀英格外高兴，她起身招呼记者进屋休息，并让家人准备了她亲手腌制的咸鸭蛋。“嗯，还是那个味道。”一块儿鸭蛋黄下肚，记者香在嘴里，甜在心里……

廖秀英是革命后代，读懂她，一定要了解她坎坷的身世。

1942 年，12 岁的廖秀英被要北上抗日的父母从广东老家送到了瑞金山区。“国难当头……”离别时，父母对廖秀英说了很多话，但她只记住了开头的这四个字。父母的无私无畏和家国情怀让“帮助别人”成为廖秀英一生的追求。

“让人民过上好日子。”中国共产党人的这句誓言就诞生于瑞金这片红色的沃土。虽不是土生土长的瑞金人，但廖秀英早已融入了这片土地，无私奉献的“苏区精神”在让本就甘于“帮助别人”的她萌生了如何让乡亲们过上好日子的念头。廖秀英曾对子女说：“咱们家的日子越来越好了，但还有那么多吃了上顿没下顿的乡亲们呢，我看着难受啊。”

20 世纪 70 年代，廖秀英在村里开了一家小卖铺。自打小卖铺开张，乡亲们来买东西，如果钱不够，廖秀英就少收一点儿，有时甚至是白送。几十年来，这家小卖铺并没有给廖秀英带来多少收入。“我们虽然也不富裕，但比大多数乡亲们要好过一点儿，所以我们开店不能只想着赚钱。”这句家训，由廖秀英传给了儿女，现在又被传到了孙辈身上。

扶智与扶志

“一斤粮食送军粮，一块盐巴送伤员，一个娃儿上战场。”在革命战争年代，瑞金人民作出了巨大的牺牲和奉献，为夺取中国革命胜利建立了不朽的功勋。由于地处欠发达地区，改革开放多年后，瑞金的发展仍然严重滞后。截至 2014 年底，瑞金还有省定贫困村 49 个。

2015年,习近平总书记在中央扶贫开发工作会议上明确指出,要坚持精准扶贫、精准脱贫,重在提高脱贫攻坚成效。就是这一年,江西邮政联合江西省扶贫办和省商务厅,共同打造了江西电商扶贫工程,吹响了邮政精准扶贫的集结号,首战就是瑞金!“作为在党的领导下从瑞金一路走来的中国邮政,‘人民邮政为人民’的初心使命不曾改变。我们要将邮政最大的优势与江西最基本的省情相结合,致力闯出一条有江西特色的农村电商发展之路。”江西省邮政分公司总经理李金良斩钉截铁地说。

如何让电商扶贫工程真正惠及老区百姓?因地制宜是先决条件。自2015年以来,数千名江西邮政电商业务人员深入贫困山区,来到乡亲们身边。他们要精准地找到适合老百姓种植养殖、便于电商销售、城市居民普遍接受的农副产品。

瑞金农村水源丰富,老百姓喜好养鸭,腌制咸鸭蛋是很多村民的拿手好戏,而且咸鸭蛋保质期长,便于长途运输,又深受城市居民喜爱。小小咸鸭蛋能否成为让老区百姓过上好日子的“金蛋蛋”?“凤岗村有个廖奶奶腌的鸭蛋特别好吃。”瑞金邮政电商业务负责人杨雄慕名来到廖秀英家。“蛋白细嫩、蛋黄油亮,太好吃了!”杨雄品尝后兴奋地说,“就是它!”

扶贫必扶智

在江西邮政的指导下,廖秀英把自家的咸鸭蛋放到了邮乐网上卖,成为凤岗村电商销售的先行者。两个月后,月销量就从几百个增至几千个。

江西省邮政分公司渠道平台部副总经理甘兆勇说:“在农村电商发展中,我们从人物选择到品牌选定都力争精益求精。‘廖奶奶’咸鸭蛋项目就是江西电商扶贫工程以赣南革命老区为突破口,以一个饱经沧桑的老人的经历,让精准扶贫工作更具以点带面典型性的生动实践。每一个站点都由邮政统一装修改造、添置设备,每一个农产品都是邮政电商团队精心挑选,利用邮乐网及‘老俵情’等平台,为当地特色农产品插上电商的翅膀。”

“你只要保证乡亲们都能赚到钱,我就答应你。”不屈不挠、坚持不懈的“红井精神”让已经赚到钱的廖奶奶选择迎难而上,帮助乡亲们脱贫。

2015年12月,江西邮政金融放贷30万元,帮助廖秀英成立了“廖奶奶”合作社,采取“电商+合作社+贫困户”的发展模式,让贫困户通过向合作社出售鲜蛋、到合作社务工、入股分红等形式,实现增收脱贫。廖秀英和江西邮政分工明确:廖秀英带着贫困户在凤岗村腌制咸鸭蛋;江西邮政打造“廖奶奶”咸鸭蛋品牌,利用自有渠道平台优势在全国各地不断拓展市场。一年后,首批加入合作社的28户贫困户户均增收2万余元,成功脱贫!

作为廖秀英扶贫路上的亲密战友,江西邮政在“廖奶奶”合作社发展的每一个时间节点都起到了重要作用。2017年,在瑞金邮政的积极努力下,壬田镇政府在镇农民电商运营中心辟出2000平方米给“廖奶奶”建设新厂房,让“廖奶奶”咸鸭蛋的产量和品质得到了进一步的提升。2017年底,“廖奶奶”合作社年产值超过300万元,2018、2019年的产值都逐年翻番。今年上半年,面对新冠肺炎疫情的不利影响,江西邮政又一次挺身而出,助力“廖奶奶”咸鸭蛋销量同比增长150%。

扶贫先扶志

55岁的杨人芙、56岁的杨秀英、57岁的王科福……从最初的28户贫困户到第二年的56户贫困户,再到最后的92户贫困户,越来越多的凤岗人加入了合作社,有些上了年纪的贫困户不想再坐等国家兜底,而是主动到合作社务工,想依靠自己的双手过上富裕的生活。正如江西省扶贫办社会扶贫与对外联络处处长吴路宁所说:“‘廖奶奶’改变的不只是贫困户的生活,而是教会他们本领和技能,让大家主动依靠双手去脱贫致富。”

从“邮乐购”电商扶贫站的设置,到“廖奶奶”专业合作社的成立,再到农民电商服务中心的入驻,廖奶奶的小卖铺门脸变了,但不变的是廖奶奶“帮助别人”的理想信念,不变的是邮政人“人民邮政为人民”的服务宗旨。

消费升级与思想转变

加入合作社之前,身患重病的贫困户王科福为了治病负债累累,意志十分消沉。但现在的王科福,头发乌黑,微微有些发胖,还一直以微笑示人,完全看不出生过大病的样子。加入合作社5年来,从年收入3万元增长到10万元以上,王科福脱了贫还治好了病。手里有钱了,王科福不仅买了空调,还挨个儿把电视、洗衣机等家用电器都升级换代了。

在凤岗村和曾经的贫困户聊天,大家异口同声地说等疫情过去,想组个团儿去北京旅游,一定要亲眼看看天安门城楼。记得在2016年记者第一次到“廖奶奶”合作社采访时,这些刚入社的贫困户谈论的是如何拼命干活赚钱,吃好点儿、穿好点儿。不到4年的时间,消费升级带来了乡亲们的思想转变。

在“廖奶奶”合作社的示范带动下,附近的大柏地、叶坪、丁陂、黄柏等乡镇,也相继建立了蛋鸭养殖基地,共同投身到咸鸭蛋产业中。

2018年7月,瑞金正式脱贫摘帽,但“廖奶奶”合作社并没有停下前行的脚步。廖秀英在思考如何借着国家乡村振兴战略的东风,继续带领乡亲们过上更富裕的生活。从500万元到800万元,再到现在的近1000万元,投资市场对“廖奶奶”咸鸭蛋的品牌估值越来越高。为了合作社的长远发展,年事已高的廖秀英选择急流勇退。

如今,懂管理、脑子活、有拼劲儿的张杨成为合作社的接班人。“我信他是真心实意帮乡亲们过好日子。”廖秀英对孙儿寄予厚望。

面对以“廖奶奶”为代表的江西电商扶贫工程,江西省商务厅电商处副处长潘茂栋饱含深情地说:“每当我们驱车七八个小时,在大山深处的小村庄见到由中国邮政打造的电商扶贫站点,就非常激动。每一个站点都像是一面红旗,承载着乡亲们脱贫的希望,宣告着党和国家打赢脱贫攻坚战的决心。”截至2020年7月底,江西邮政累计建成电商扶贫站点761个,对接产业合作社573个,对接培育农产品产业基地19个,累计上线农产品3800余款,实现农产品线上线下销售额4.6亿元。

站在新的历史起点,江西邮政已在思考如何实现脱贫攻坚与乡村振兴的有效转换。对此,李金良说:“我国农村正从以个体经济为主的联产承包责任制,向以生产组织为主的新型农业经营主体转变。农村是邮政生存之根本,也是邮政当下优势之所在。未来我们要与更多的‘廖奶奶’合作,协同邮政金融、电商、寄递业务,提高‘廖奶奶’们的规模经营水平,有效推动合作社社员从贫困到脱贫再到致富的可持续发展。”

(本报记者　吕磊　蔡兆清　李萍)

(《中国邮政报》,2020年8月21日第1版)

扶贫路上，中邮保险用爱为贫困群众撑起“保护伞”

金融扶贫，保险先行。扶贫攻坚关系国计民生。保险业在自然灾害、市场风险、身体疾病、意外事故等重大损失提供保障的同时，与扶贫理念天然契合，与脱贫目标也完全一致。作为央企保险公司，中邮保险坚持以“服务基层、服务三农”为己任，始终把学习好、贯彻好、落实好习近平总书记扶贫开发战略思想作为一项重要政治任务，努力发挥保险主业经济补偿和风险保障的功能优势，精准对接脱贫攻坚多元化保险需求，在21个开业省(区、市)的重点贫困地区全面开展保险精准扶贫、公益扶贫等活动，不断扩展保险扶贫的深度和广度，以实际行动践行保险扶贫、保险惠农的央企担当。

从2017年到2020年8月，三年多的时间，中邮保险已累计为71.5万名贫困人口赠送了344亿元风险保额的保险保障，累计赔付金额达681万元，惠及567个贫困家庭；累计开展了215场党建扶贫、健康扶贫和送温暖下乡等公益扶贫活动。

这一串沉甸甸的数据，都源自中邮保险对“人民邮政为人民”的坚守，源自对基层贫困群众的深厚感情。

积极谋划部署　决战决胜脱贫攻坚

自党中央提出实施脱贫攻坚工程、坚决打赢脱贫攻坚战号召以来，中邮保险始终按照精准扶贫的基本方略，将扶贫工作重心聚焦在贫困地区和建档立卡贫困人口的精准帮扶上。

2018 年，中邮保险在对贫困地区保险保障需求充分调研的基础上，广泛征求意见、深入研究论证，结合扶贫形势和公司发展实际，专门制定了《2018—2020 年中邮保险扶贫工作规划》《中邮保险扶贫保障计划指导方案（扶贫安心保）》专属保险保障方案，以不断提高国家重点贫困县的保险保障额度、深入推进保险精准扶贫为总体目标，从实际出发，在不断总结扶贫工作的基础上，建立完善扶贫工作机制，发挥保险专业优势，拓宽服务网络与覆盖范围，创新扶贫举措，开展保险扶贫、公益扶贫、定点扶贫等系列扶贫工作，满足贫困地区建档立卡贫困人口对保险保障的实际需求，助力 2020 年如期脱贫。

聚焦特困地区　大力发展保险扶贫

中邮保险围绕国家脱贫攻坚任务，精准聚焦河南光山、四川凉山、陕西商洛等连片特困地区、革命老区，发挥保险专业优势，多层次开展保险扶贫工作。

在河南省光山县，自 2017 年 4 月以来，中邮保险瞄准建档立卡贫困人口致贫、返贫原因精准发力，连续三年向光山县贫困人口赠送保险，截至今年 8 月，累计赠送扶贫保险 33.3 万人次，提供 198.2 亿元的风险保额，累计赔付 124 笔，赔付金额达 501.2 万元，惠及 124 个贫困家庭。2019 年 5 月光山县整体脱贫以后，县委、县政府向中邮保险发来感谢信，感谢中邮保险为光山脱贫攻坚作出的贡献。

在四川省凉山彝族自治州，中邮保险积极响应党中央“集中兵力打好深度贫困歼灭战，政策、资金重点向‘三区三州’深度贫困地区倾斜”的号召，共帮扶昭觉县、金阳县、喜德县等 3 个国家贫困县的 6 个重点贫困村，连年向帮扶村所有村民赠送保险。至今，累计向 1.8 万名贫困人口提供 2.1 亿元风险保额，在一定程度上减轻了贫困户因意外、疾病死亡产生的家庭经济负担，防止贫困程度加深。

在陕西省商洛市，中邮保险针对邮储银行扶贫贷款发放对象，开展信贷保险扶贫，解除扶贫贷款申请人因意外造成无法还款的后顾之忧；向定点扶贫村赠送

"三农"小额保险,为贫困村民提供人身意外伤害、意外医疗和重大疾病保障。截至今年 8 月底,中邮保险扶贫陕西商洛项目累计为 4.5 万名贫困人口提供 18.7 亿元的风险保额,有效防止了因意外、因病致贫、返贫现象的发生。

在湖南省永顺县,为建档立卡贫困人口提供"扶贫特惠保"服务;在江苏省扬州市,与扶贫办合作开发"中邮安心小额扶贫保险";在山东省菏泽市,为邮政帮扶村开展免费赠险活动……一个个熟悉的地名,一组组暖心的数据,在保险脱贫攻坚道路上,中邮保险留下了铿锵足迹。

植根基层大众　创新保险服务"三农"

中邮保险自筹建之初就确立了"服务基层、服务三农"的责任定位,开业 10 余年,坚持专业化与特色化并举,以小额保险为切入点,以促进城乡保险业均衡发展为着力点,全力打造一个体系现代化、服务大众化、管理规范化,政府满意、监管放心、百姓欢迎的新型高效商业保险公司。

面对城乡保险发展不均衡的状况,始终将"三农"普惠保险服务作为整体发展战略的核心布局。从首批筹建省份的选择开始,就没有按照同业惯常思维优先选择一、二线城市,而是首先将目光投向广大中西部地区和农业大省,面向基层特别是农村敞开了保险的大门。针对农村保险市场特点,依托整合邮政资源,创新打造"四级架构、五级运作"的发展模式和"三线并举"的营销体系,快速将中邮保险服务渗透县域及广大农村地区。创新构建了"经营重心下沉,服务端口前移"的运营体系,最大限度方便于民,将保险服务送到村民家门口。

按照"看得懂、买得起、用得着"的研发思路,构建服务"三农"产品体系,满足农村居民日益升级的保险保障需求,中邮保险目前已自主研发"富富余""绵绵寿""贷贷喜""禄禄通""年年好"五大特色产品系列,形成了集理财、养老、教育、意外等多种保障于一体的差异化产品体系。积极推进"三农"与小额保险服务,在保险业内率先研发上市农民务工人员意外保障产品,实行"一人参保、多人受益",对农村商业保险保障体系形成有益补充。

更难得的是,贫困户保险意识较弱,很多人接触的第一份保险很可能就是由中邮保险赠给他们的,发生意外后可能不知道可以找保险公司理赔。中邮保险从客户角度出发,优化理赔条件和理赔程序,全面做好新老承保贫困人口的服务和理赔工作。在优化保险增值服务方面,中邮保险为保证被保险人的知情权,给承保家庭定制权益告知书,2019 年仅在河南省光山县就印制了 10 万份告知书,确保扶贫人口了解保障范围，知晓保险权益，出险后能够及时报案，享受保险保障服务。在提升理赔服务品质方面，中邮保险结合扶贫工作实际情况，持续优化扶贫项目流程，针对贫困地区客户开通了绿色便捷理赔通道。赔付过程中，理赔人员通过深入现场调研查勘，积极与扶贫办、村委会以及扶贫干部沟通协调，及时有效地解决出险贫困家庭的实际困难。

致力社会公益　勇担企业社会责任

保险扶贫只是中邮保险社会责任担当的一部分。

成立10余年，每年9月的"生日"，中邮保险坚持不办庆典，而是组织开展"送知识、送温暖、做调研"三下乡活动，目前已连续开展11年；精心举办"五年，五天，五座城市，五种团聚""守护明日之星 关爱留守儿童""重走长征路 播撒中邮情"、走访大学生村委会干部等活动；深入田间地头，面对面了解广大农民的生产生活保障需求，选派业务精湛人员对重点帮扶村进行结对帮扶，并结合实际情况制定专属帮扶方案。

近三年来，中邮保险在全国多地累计开展215场形式多样的党建扶贫、健康扶贫、文化扶贫、爱心助学等系列公益活动，以实际行动服务百姓、回馈社会。在党建扶贫方面，为贫困村村委会援建党建活动室和文化广场，提升贫困村硬件设施，开展党建活动、农业讲座等为提高党建工作水平、发挥党建堡垒作用助力。在健康扶贫方面，组织医疗专家到贫困地区共开展了55场健康专项扶贫活动，包括健康义诊、疾病筛查、医疗体检等活动，累计覆盖约2.4万人。在文化扶贫方面，完善文化设施，建设集健身健康和文化活动于一体"中邮保险文化健康服务站"，2017年、2018年连续两年向河南省光山县所有乡镇、村及当地"三农"机构每年赠送《农民日报》500份。在爱心助学方面，为贫困学生捐赠学习用具和体育用品，为学校捐赠电脑、投影仪等教学器材，向贫困孤儿捐赠一次性助学资金等。

《证券时报》“2018 年中国保险业精准扶贫方舟奖”、中保协“保险脱贫攻坚奖”、和讯网“年度保险扶贫先锋”…… 一面面锦旗、一块块奖牌挂满了中邮保险的荣誉墙。不过，中邮保险人没有躺在功劳簿上沾沾自喜，而是以更加自觉的使命担当，清醒审视着自身的成长。他们坚信，扶贫攻坚，是一场考验战略定力和战略自信的持久战。

（文/图　由保昌）

（《中国邮政报》，2020 年 11 月 15 日第 4 版）

第四部分

交通人的扶贫故事

交通运输脱贫攻坚，一刻不放松！

2020年是脱贫攻坚决战决胜之年，突如其来的疫情给贫困地区农业生产、农产品销售及群众外出务工带来不利影响，也给脱贫攻坚工作带来巨大挑战。全国各地交通运输部门打出“组合拳”助力脱贫攻坚，重点交通建设项目优先吸纳贫困户就业，“点对点”接送贫困地区务工人员返岗，驻村工作队想方设法支持扶贫产业恢复生产……脱贫攻坚越是到最后，交通人越是绷紧弦、不放松，确保如期完成目标任务。

贵州　贫困户组成公路工程施工队

日前，一辆载着37名贵州省黔东南苗族侗族自治州从江县加勉乡务工人员的包车，顺利抵达贵州路桥集团承建的兰海高速公路重庆至遵义段扩容工程12标项目部。在进行消毒、测温、信息登记等疫情防控措施后，务工人员全部顺利入住项目部宿舍。

“这是我第一次来外地务工，没想到有专车坐，项目部还给我们准备了‘复工包’，有日用品和口罩、消毒液，太周到了。”加勉乡白棒村村民王老二高兴地说。

为帮助务工人员有序返岗，贵州路桥集团公司积极响应贵州省交通运输厅《关于全省交通建设项目全力吸纳省内劳动力务工助推脱贫攻坚的通知》要求，成立服务地方劳动力就业专班，优先安排项目沿线劳动力，选聘存在返贫风险的已摘帽贫困户、边缘户和脱贫困难的群众；按照“分批有序错峰”的要求，优先组织贫困地区劳动力就近务工，对成规模、集中性返岗的，会同相关部门通过包车形式提供“点对点”一站式运输服务。

兰海高速公路重庆至遵义段扩容工程一开始准备复工，项目部就立马和加勉乡污弄工程建设专业合作社法定代表人韦金水沟通，组织加勉乡务工人员前来复工。“我们早就做好准备了，就怕来的路途中遇到困难，现在有包车，真是太好了。”韦金水说。

2019年，在贵州路桥集团等相关部门的帮助下，韦金水和乡亲们成立了专

施工人员在贵州湄潭至余庆高速公路乌江大桥进行拉索作业(特约记者　刘叶琳　供图)

业合作社,他所在的劳务班组年收入达100万余元,人均月工资4000元以上。“跟着韦金水去贵州路桥集团的项目上务工,收入稳定有保障,还能学技术。”这一消息在加勉乡传开了,不断有贫困群众向韦金水咨询。

“想要外出务工的群众到我这里登记,随后会有包车来接,项目部会专门派技术员手把手教大家技术,保证大家都能学会。”复工准备期间,韦金水耐心解答贫困户的问题,并对有务工意愿的村民进行登记。

此次跟着韦金水外出务工的贫困村民共37人,比去年增加了8人。这一支劳务队伍中,大多数人员已经熟练掌握了相关技能,他们在完成核酸检测和CT筛查后,按照项目部工作安排,已全部正式上岗。(特约记者　刘叶琳　通讯员　王毅)

浙江　美丽风光变为美丽经济

伴着春日暖风,浙江淳常公路常山段建设项目复工,施工现场机械轰鸣,佩戴着口罩的施工人员默契配合、有序作业。衢州市常山县是浙江省26个加快发展县之一,也是全省脱贫攻坚战的重点阵地。淳常公路常山段建设项目全长6.3公里,总投资3.42亿元,是衢州市首个复工的省重点交通项目,计划今年完成主体工程。

淳常公路常山段项目部提前周密部署，紧盯施工人员到位、复工物资保障、防疫用品筹备等环节，提前与属地乡镇政府沟通，全力做好复工各项准备工作；按照项目节点工程建设需要，科学制定复工时间表及参建人员返场计划，备齐备足项目建设所需建筑材料和防疫物资。

当地交通运输部门联合属地乡镇、参建施工单位成立项目复工疫情防控临时领导小组，明确复工复产要求，快速形成复工方案，并从安全性、保障性、应急性等多方组织论证。交通运输部门牵头组织开展复工方案联审，审核复工各项制度的可行性，确保万无一失。从准备材料、属地乡镇汇报对接，到盖章备案，该项目只用了2天时间完成复工审批。

为充分发挥交通基础设施对城市及乡村发展的先行、支撑和保障作用，助力乡村振兴、脱贫攻坚，衢州市交通运输部门坚持服务和监督两手抓，一方面充分发挥“三服务”载体优势，市级交通运输部门成立服务组，深入项目梳理物资保障、防疫盲点、复工报备、外地返岗人员较多等困难，分类进行现场处理和交办解决；另一方面，加大检查管控力度，密切关注人员管理、消毒、检查等制度执行情况，协同属地乡镇、建设单位开展复工人员进出施工场所健康监测及集中隔离事项检查。

青山秀水，是发展生态经济的最大资本。淳常通道打通后，有助于构建衢州（常山）至杭州（淳安）地区的生态旅游发展通道，优化区域路网结构，把美丽风光变成美丽经济。（特约记者　杨天骏　通讯员　吴敏　梅新然　徐莹）

重庆　通组公路全部复工

日前，在重庆市武隆区平桥镇中村村，10余名工人在村道建设现场浇筑混凝土。“我们一手抓疫情防控，一手抓项目复工复产，全区‘四好农村路’建设项目已复工23个98公里。”武隆区交通局相关负责人表示，今年武隆区将建设“四好农村路”210公里，其余项目将在近期陆续开工、复工，助力乡村振兴。

中村村公路项目属于重庆今年实施的“畅返不畅”公路改造项目，全长6.7公里，建成通车后可有效改善沿线村镇居民出行环境，带动周边经济发展。疫情期间，项目部在中村村招募施工人员，体温监测合格后安排上岗，在保证施工人员安全的同时，帮助村民增收。

武隆区交通局相关负责人告诉记者，交通建设项目复工后严格落实项目法人主体责任、行业主管部门牵头责任和乡镇（街道）属地责任，确保疫情防控和项目建设取得双胜利，圆满完成交通建设“三年行动计划”收官任务。

“路基一定要铲平,该清除的部分清除干净……”在大足区高坪镇,岩香路水泥路面铺筑施工有序进行。

新冠肺炎疫情发生以来,大足区交通局创新性开展工作,确保群众办事不见面、各项业务不断线、服务群众不掉链,27 个镇(街)300 公里农村公路复工率达 100%。

记者从重庆市公路事务中心了解到,目前重庆 326 个普通干线公路建设项目累计复工 322 个,其中垫江、南川、潼南、酉阳等 34 个区县已全面复工;2313 个通组公路在建项目全部复工,涉及南川、大足、开州、武隆等 34 个区县。(本报记者　朝霞　特约记者　赵小雪)

江西　小香薯变愁为宝

“1 月下旬以来,受新冠肺炎疫情影响,合作社长期供货的宾馆和酒店几乎全部取消订货,1 万余斤小香薯滞销。”江西省交通运输厅驻上饶市湖村乡西龙岗村第一书记廖晓锋介绍,雪上加霜的是,合作社红薯苗供应商由于招工数量不足,只能提供原计划薯苗数量的三分之一,导致已经完成冬耕的 80 亩土地无苗可种,直接影响 15 户贫困群众的收入。

江西省交通运输厅驻村工作队带领西龙岗村合作社社员培育薯苗(特约记者　徐迎　摄)

西龙岗村是江西省交通运输厅定点帮扶村。2018 年,驻村工作队带领村两委和贫困群众共同成立了上苏扶贫种植专业合作社,依托该村的土壤和气候优势,发展"灵山小香薯"扶贫产业。2019 年,小香薯总销售收入 61 万元,带动 80 名困难群众增收 26 万元,实现村集体收入 13 万元。

"今年,我们准备跟着驻村工作队大干一番,田地都已经耕整好了,没想到遇上疫情,一下子不知道该怎么办?"贫困户李金杨说。

为有效应对疫情对扶贫产业的不利影响,驻村工作队和村两委决定利用滞销的小香薯作为薯种,变愁为宝,自己培育薯苗。

驻村工作队带领合作社社员搭建起蔬菜大棚,并从外地聘请了小香薯种植专家全程指导大棚育苗。"目前已搭建大棚 600 平方米,种下薯种 6000 斤,基本解决了 80 亩土地薯苗数量不足问题,也为产业发展积累了技术经验。"廖晓锋说。

"疫情期间,小香薯的滞销让我们意识到了单纯销售初级扶贫农产品存在的抗风险差、市场竞争力不足等问题。"合作社负责人徐书龙介绍,为拓宽产业链,合作社购买了红薯粉和粉丝加工机器,在继承传统工艺的基础上,对小香薯进行深加工。目前,西龙岗村已生产红薯粉 500 斤,在解决小香薯滞销的同时,也让产品更加多元化。

驻村工作队充分利用青壮年在家空闲时间,组织群众修建和完善产业发展基础设施,扩建了 80 立方米、可容纳 2 万斤小香薯的红薯窖,整修田埂 800 米、灌溉水渠 1200 米,做到疫情防控与春耕备种两手抓。

"我们在抓好疫情防控工作的同时,积极谋划今年扶贫产业发展,预计能种植小香薯 200 亩,帮助贫困群众实现增收 40 万元。"廖晓锋说。(驻江西首席记者　练崇田　特约记者　徐迎　通讯员　温静)

甘肃　家门口就业　带薪培训上岗

"因为疫情没办法出去务工,一直担心没有收入,现在能在家门口就业,别提多高兴了。"甘肃省甘南藏族自治州临潭县王旗镇龙元山村村民林果红说。

为解决疫情期间贫困户务工问题,定点帮扶临潭县的甘肃省交通运输厅、省公交建集团按照就近就业原则,开展"订单式"劳务输出。甘肃路桥建设集团承建的新城至大岭山公路项目设有"扶贫车间",可吸收王旗镇、新城镇 12 个贫困村建档立卡贫困户、边缘户、监测户、低保户以及有一定技术基础的当地村民约

200余人,帮助贫困户在家门口就业。

目前,甘肃省交通运输厅各帮扶村已完成拟就业务工人员摸底报名工作,首批50人于3月10日通过“点对点”统一包车,赴新城至大岭山项目部,进行集中封闭式岗前理论培训和实操培训,培训结束后可正式上岗。

“由于务工人员80%是贫困户,项目部提供每人每天100元的带薪培训,上岗后按照工种支付工资,并在项目工地安排食宿。”龙元山村帮扶工作队队长陈勇说。

“我们严格按照疫情防控要求,给务工人员发放了口罩等防疫物资,安排包车将其直接送达项目所在地,乘车前后都进行严格的体温监测,并在项目工地实行封闭式管理,切实保障务工人员安全上岗。”甘肃路桥建设集团安全生产管理部部长、王旗镇草场门村帮扶工作队队长兼第一书记刘宝说。(特约记者 马琼晖)

山西　驻村工作队谋产业促就业

发布就业信息,购买种子,保养农机具,宣传政策……在山西省大同市天镇县玉泉镇李家庄村,驻村工作队第一书记高平忙个不停。

为帮助贫困群众恢复正常生产,山西省交通运输厅20余名驻村干部提前谋划,千方百计打通农资供应、农机作业、农民下田等堵点,帮助村民有序开展春耕备耕,确保疫情防控和农业生产“两不误”。

驻村干部逐户上门,对贫困户农资需求和种植计划进行调查摸底、登记造册,并与农业农村、供销、农资公司等有关部门、企业积极沟通协调,构建安全有序的农资供应网络。目前,驻村工作队已帮助贫困户购买谷子种子1000余袋、玉米种子1500余袋、复合肥2000余袋。

玉泉镇唐八里村驻村工作队积极联系果树种植专家,为唐八里村果树种植户传授种植管理经验;石家庄村驻村工作队积极联系农资供应企业,为红芸豆、葡萄园等产业项目发展做准备。各驻村工作队还积极联系省内农业技术推广中心开展农技科技培训活动,及早谋划种植布局,逐户落实生产计划,合理优化农业生产结构。

此外,驻村工作队逐户掌握劳动力情况,全面开展贫困群众外出务工意愿和产业发展需求摸排工作,积极联系有人员需求的企业,全力帮助贫困群众快速返岗、就业,多措并举保障贫困户创收。

为解决疫情期间农产品滞销问题,各驻村工作队加强贫困村、贫困户农产品产销对接协调工作,开展绿色消费扶贫专项行动,通过“以购代捐、以买代帮”和网上销售等方式,切实解决扶贫产品“卖不出”的难题。

(《中国交通报》,2020 年 3 月 24 日)

扶贫路上幸福同行

冬日的四川省阿坝州黑水县羊茸哈德藏寨，一场大雪把整个寨子装扮得银装素裹，仿佛童话世界，吸引众多游人前来打卡。这里三面环山，四季美景如画。游人不仅能住进藏式民居，品尝藏餐，还可以与藏民一起跳锅庄、唱藏歌，感受民俗文化。

羊茸哈德村口（李宁　摄）

羊茸哈德曾经是典型的贫困村。村民恩灯扬初告诉记者，以前村子坐落在高山上，生活必需品都是靠人背马驮运进来。村民生活不便，还面临着山体滑坡等自然灾害的威胁。2012 年，村子整体搬迁到山下河边的平地上，河的另一边就是 347 国道。为了方便村民进出，在交通运输部扶贫联络组的帮扶支持下，县交通运输局为村里修了两座桥。依托便利的交通条件，村民们组织起来发展民宿生意。

“最近，很多游客来到我们这里，除了吃美食，还去达古冰川体验冰雪项目，很热闹！”恩灯扬初说，桥通路畅，游人络绎不绝，民宿常常爆满，大家的日子越过越红火。

羊茸哈德藏寨的发展，是四川藏区脱贫攻坚的缩影。

四川藏区深度贫困地区自然条件恶劣、基础设施薄弱，“通路”是当地群众长久以来的期盼。自2009年起，交通运输部定点帮扶阿坝州小金、黑水、壤塘三县，2016年起增加甘孜州色达县。10年来，交通运输部累计投入65亿元，四川省累计投入15.4亿元。目前，小金、黑水、壤塘、色达四县的乡镇和建制村全部通硬化路，县城均有2条以上三级公路通道对外连接。小金县已于2018年脱贫摘帽，其余三县已达到了摘帽标准。

色达县霍西乡五色海旅游路项目建设现场(李宇　摄)

“交通难县”变成“交通畅县”

要想富，先修路，脱贫攻坚第一步。

路修到哪儿，脱贫攻坚就实现到哪儿，老百姓的观念就转变到哪儿。在川西藏区，总能看到正在升级改造的国道和建设中的桥梁、隧道，交通设施不断提质升级。

2019年6月，小金县一次性打捆招标3年交通定点扶贫项目18个。交通运输部挂职干部、小金县委副书记郑宇负责这些项目的推进工作，他经常跑到各个工地现场去察看进展情况。自2009年以来，交通运输部累计支持小金县实施交通定点扶贫项目49个，累计投资3.22亿元，改造危桥21座，新建农村公路

110 公里。郑宇告诉记者，随着交通基础设施不断完善，小金苹果、高山玫瑰、葡萄酿酒、生态蔬菜、高原牦牛五大主导产业已初具规模。

正在建设的扎窝至红岩段隧道位于 446 省道。工程负责人、成都华川公路建设集团有限公司黑水项目部项目经理朱啸宇告诉记者，以前从扎窝乡到黑水县需要 1 个多小时，隧道修好后，20 分钟即可。更加便利的交通将有效带动黑水县农特产品销售及加工产业，串联起该县及其周边红色文化遗址，形成一条红色文化走廊。

在 227 国道壤塘友谊桥（川青界）至黑桥段公路改建工程现场，施工正在有序进行。该项目全长约 105 公里，预计 2020 年完工。交通运输部挂职干部、壤塘县交通运输局副局长赵煜民告诉记者，2009 年以来，交通运输部累计投入资金约 9.5 亿元，实施项目 58 个，交通条件的改善有效助力当地群众脱贫致富。

压路机、胶轮机有序施工，5.5 米宽的沥青路面正在铺设，这是甘孜藏族自治州色达县霍西乡五色海旅游路建设项目。项目负责人、色达县交通运输局总工程师胡建英告诉记者，近几年，色达大力推进“交通 + 旅游”项目建设，将打造一条大环线，连接起东嘎寺等旅游景点。

小金苹果（李宁　摄）

据交通运输部挂职干部、色达县委副书记桂志敬介绍，自 2016 年交通运输部定点扶贫色达县以来，已投入资金 1.8 亿元，实施帮扶项目 26 个，当地道路通畅率养护率均提升至100%。通过定点帮扶，色达建成通村公路约132.7公里、桥梁2座，实现134个建制村全部通硬化路。

随着路网逐步完善，道路通行能力不断提升，曾经的“交通难县”已经或正在变成“交通畅县”。

从种口粮到发展经济产业

与黑水县的羊茸哈德藏寨一样，随着交通条件不断改善，四川藏区村民们已经不满足于吃饱，而是要发展产业，致富奔小康。

小金县沃日镇木兰村有一条“二环路”，这条长约2公里的村路于2017年9月建成，连着350国道，在木兰村形成环线，路边是2000多亩苹果产业园。著名的小金苹果就是通过这条产业路，销往全国各地。

“以前路不够好时，我们主要种小麦、玉米等农作物，苹果不能当饭吃，销售也不方便，不敢多种。”木兰村党支部书记龙华贵告诉记者，现在交通方便、销路不愁，村里的苹果种植面积越来越大。2019年“十一”村里的苹果共享农庄开业，慕名而来的游客不仅能够在这里采摘苹果，还可以体验果林木屋、乡村民宿等特色服务。

在壤巴拉觉囊唐卡传习所，学员们专心创作(记者　李宁　摄)

在壤塘县中壤塘乡壤巴拉觉囊唐卡传习所，上百名藏族青年在这里学习觉囊唐卡、唐卡堆秀、雕塑和藏香制作等技艺。借助“藏羌彝文化产业走廊”政策红利，当地政府将觉囊唐卡、梵音古乐、南木达藏戏等打包成“觉囊文化”大品牌整体发展。

赵煜民介绍，在交通运输部的大力帮扶下，壤塘县持续推动“交通 + 旅游”深度融合，让文化走出去、游客走进来。2019 年年底，壤塘县完成了 227 国道壤塘友谊桥至黑桥公路主体工程，打通了旅游黄金通道。近两年来累计投资 4600 万余元，完成了中壤塘景区过境公路和画家村公路，助力壤巴拉文化旅游景区成功创建国家 AAA 级景区。目前，围绕藏香、藏茶、藏药、石刻等非物质文化遗产，壤塘县建成了 27 个非遗传习所，2000 余名青年在那里从事非遗的生产性保护、活态化传承工作，其中来自贫困家庭的有 600 多名。

沿着 548 国道行驶，记者来到色达县金实生态农业扶贫开发有限公司。这家公司位于旭日乡江达村，海拔 3600 米，主要经营马铃薯、西红柿、冬瓜、萝卜、白菜、绿心蚕豆等高原生态蔬菜，以及草莓、西瓜、哈密瓜等高原水果。“自 2016 年公司成立以来，我们一步步走上正轨。如果没有现在的交通条件，我们的产品很难卖出去。”该公司负责人杨蕗涓说。

桂志敬告诉记者，2016 年，交通运输部将色达纳入定点扶贫县，每年投入 6000 万元定点扶贫资金，支持色达县新建农村公路 382.3 公里、桥梁 3 座，全县通车总里程达到 2260 公里。

从种口粮到种苹果、高山玫瑰，到酿造葡萄酒、发展旅游，从自给自足到发展商品经济、形成规模产业，四川藏区脱贫攻坚的脚步走得越来越稳。

（记者　彭燕　连萌　李宁）

（中国交通新闻网，2020 年 1 月 10 日）

立足交通产业扶贫
粤交通运输厅对口扶贫带动千人就业

粤交通运输厅对口扶贫带动千人就业(央广网发　通讯员供图)

在河源市紫金县九和镇金光村的南药种植基地,几十名村民爬上山坡,抡起锄头,将有机肥翻耕到泥土里化作养料,开始孕育出新的生机。

“我们要赶在雨季前后全部种完,雨水多一点,农作物成活率就高一点。”南药种植基地负责人骆玉辉表示,目前,基地规划范围共有1300亩,已种下岗梅根、三叉苦、南板蓝根、连翘等药材树苗,未来可直接或间接带动当地1000余人就业。

金光村是广东省交通运输厅对口帮扶村,自2016年扶贫工作队进驻以来,制定并落实了“强一个支部、修一条道路、建一个基地、推一个品牌、富一方群众、树一个示范”的扶贫攻坚实施方案,稳步推进各项工作,扶贫和新农村建设工作硕果累累。截至目前,金光村33户贫困户“八有”全部达标,全部达到贫困户退出标准,农民年人均可支配收入超过2万元。

产业扶贫　实现村民“家门口就业”

金光村地处粤北山区，土地狭小、交通闭塞造成了金光村的天然贫困，2015年，村民年人均收入仅6515元。

粤交通运输厅对口扶贫带动千人就业（央广网发　通讯员供图）

如今5年时间过去，金光村村民年人均可支配收入已经突破了2万元，村里的产业也愈发兴旺。漫山遍野的柚子林里，时常看到村民在忙碌着修剪枝头；有农户收拾起荒废的池塘，养起了甲鱼，种起了荷花；村里的民宿也如雨后春笋般出现，不少远道而来的游客驱车驶来，在这里钓鱼、休憩……

这得益于扶贫工作队定下了“产业扶贫”的思路。“扶贫脱贫，根本上要靠‘造血’，必须要引进规模化的产业。”时任金光村驻村第一书记郑晓峰介绍，扶贫工作队在前期缜密的调研后，发现金光村气候温和，雨水充沛，是种植红肉蜜柚的理想场所。为此，扶贫工作队引进了种植红肉蜜柚的龙头企业——御园果业，合作建设了200亩的红肉蜜柚产业扶贫基地，打造“十里柚廊”产业带。该项目采取“公司+基地+农民专业合作社+村委会+扶贫户”的“五合一”经营模式，成为一个集扶贫、观光、休闲多功能为一体的农业产业发展基地。

为了进一步丰富产业扶贫链，建立长效脱贫机制，扶贫工作队还通过“政企合作、龙头带动”的规模化发展模式，打造南药种植基地，为村民提供了“家门口就业”的机会。

立足交通　建设脱贫致富的“金光大道”

草药、果树成熟了，怎样才能卖出去？扶贫工作队充分发挥交通扶贫的优势，利用河惠莞高速南段即将穿过金光村并有一个出口的便利条件，谋划和争取了县道 X157 线九和墟镇至御临门温泉度假村公路改建工程。

这个项目是完善金光村和九和镇交通运输大环境的最重要交通基础设施，顺畅连接河惠莞高速，将 X157 九和圩镇到御临门温泉度假区约 8.49 公里的道路升级改造为二级省道，使得出入村庄变得更加快捷，成为金光村“人便于行、货畅其流”的“金光大道”。2019 年年末，该项目正式建成通车。

粤交通运输厅对口扶贫带动千人就业（央广网发　通讯员供图）

“以前从村里到深圳、惠州少说也要两三个小时，如今我们也可以融入大湾区的‘一小时经济生活圈’里了。”金光村党委书记李碧瑶说，这条公路两旁种植红肉蜜柚，坐车驶过这条“金光大道”时，还能看到“十里柚廊”。

“多亏村里修好了路，才让养殖场的销路越来越广，生活更有盼头。”2019 年在扶贫队的帮助下，因病致贫的刘伟坤一家发展养家禽产业，成功迈过了小康的门槛。

村民的收入稳步提升，物质文明的发展使得村内精神文明风貌焕然一新。如今，村内 20 户以上自然村村道路面完成硬底化，全村实现户户通水泥路面；8 个自然村按照“一村一景”进行公共设施改造，村民日常休憩有了去处；家家户户的立面墙绘，写满了对美好生活的向往……

创新理念　借助“互联网 +”摘掉贫困帽

在金光生态园的商店里，以“村长伯伯”为商标的蜜柚、鸡蛋、土猪肉等商品琳琅满目，这些农户自家生产的特色农产品不仅销量火爆，销路也因电商平台的兴起而遍及全国。

粤交通运输厅对口扶贫带动千人就业(央广网发　通讯员供图)

扶贫工作队以“互联网 +”等先进理念和生产力统筹各种扶贫相关资源，提出“创业扶贫”的理念，和广东村长伯伯电子商务公司合作努力打造“村长伯伯”品牌，建立村长伯伯互联网 + 农村旅游综合资源服务平台，实现农村行玩吃住购一站式服务。

投资 1000 万元，占地 220 亩的金光生态园是“村长伯伯”品牌运营在金光村的线下示范点，主要是建设以民宿、采摘园、水上乐园、QQ 农场、露营、户外拓展为辅的旅游项目，为游客提供农村行玩吃住购一站式服务。“线上开花，线下支撑”的模式不仅带动了村集体收入的增长，也解决了 50 多名贫困村民的就业难题，为贫困户的持续稳定增收提供坚强的保障。

“接下来，我们进一步发挥南药种植基地、红肉蜜柚基地等带动作用，力争将南药种植基地规模扩大至3000 亩以上,红肉蜜柚种植规模扩大至500 亩以上,同时将金光村农产品纳入村长伯伯电商平台线上线下进行销售,打造金光村特色品牌,带动村民奔康脱贫。”金光村驻村第一书记王韶松说。

(记者　郭翔宇　通讯员　粤交综)

(央广网,2020 年4 月23 日)

扶贫　扶志　扶智

——交通运输院校教育脱贫攻坚扫描

近年来,交通运输院校结合自身资源和定点扶贫地区实际,积极践行"扶贫先扶志、扶贫必扶智",充分发挥学科、人才优势精准扶贫,开展多种形式的培训,坚持送教上门,开展教育帮扶;组织动员专家教授、科技服务团等专业力量,深入定点扶贫地区一线,促进科技成果转化落地并产业化,帮助定点扶贫地区实现经济增长,努力阻断贫困代际传递。本文综合报道5所交通运输院校带领定点帮扶地区群众脱贫致富的典型案例,敬请关注。

在科尔沁播撒梦想的种子

"王老师,大学图书馆长什么样?"一名女孩好奇地问王鑫。

王鑫是北京交通大学(简称北交大)第19届研究生支教团内蒙古服务队队长,女孩是她支教班的学生。王鑫找出在母校图书馆的照片,当女孩看到那美观的建筑、现代化的借阅装置、一排排的书架,眼中迸发出憧憬的光芒。

"只有脚踏实地,认真学习,才能考上理想的大学,到图书馆的书海畅游!"王鑫鼓励女孩发奋学习,并约定在北交大校园看到她的身影。激励的话语,让女孩心中萌发出梦想的种子。

内蒙古通辽市科尔沁左翼后旗(简称科左后旗)有不少类似的学生,他们普遍基础知识薄弱、缺乏学习热情。2015年,北交大积极响应党和国家精准扶贫的号召,在科左后旗实施定点支教扶贫工作,为贫困地区学生带去希望。

"教学的关键在于培养学生的积极性、主动性,激发他们对梦想的思考。"第21届支教团内蒙古服务队队长秦雨薇经常给学生们讲述自己的大学生活,组织开展"介绍理想大学"、班级主题辩论赛等活动,引导学生们树立正确的理想目标。

支教团成员为学生上课

“扶志就是扶思想、扶观念、扶精神、扶信心、扶决心，帮助学生树立摆脱困境、自立自助、勤勉努力、积极进取的斗志和勇气。”北交大支教团带队老师说，只有激发学生改变命运的干劲和决心，引导他们主动探索学习途径，才能实现根本性的教育脱贫。

扶贫先扶志。为贫困地区学生播撒梦想的种子，帮助他们点燃梦想、放飞希望，是北交大支教团锲而不舍的追求。截至目前，已有 20 名成员承担过数学、语文、生物等课程的教学任务，累计教学课时 9000 余节，覆盖学生 4000 余名。

2017 年，支教团启动“思源学堂”项目，取饮水思源、振兴家乡之意。与科左后旗新营子村、新胜屯以及周边村落的留守儿童结成互助，每周日上午为留守儿童义务辅导功课，讲授前沿知识，广受村民好评。教学采取课上讲解互动、课下与学生结对帮扶的模式，并根据学生情况不断创新课程内容，提供更优质的教育服务，为学生们送去了知识与温暖。（徐钦）

从万水千山到近在咫尺

一年内，甘肃省陇南市文县累计开设网店 484 家，线上销售额达 1020.5 万元，带动劳动就业 883 人，发展网货供应商 23 家，快递代办点增加到 52 个……

这些数字的背后，是大连海事大学副教授韩震到文县挂职副县长后付出的心血与努力。

文县山大沟深，交通不便，是典型的山区农业县。2013 年，初来乍到的韩震深入全县 20 个乡镇调研，对发展电子商务的问题和瓶颈、农特产品的相关特征和企业情况进行系统摸底调研，并将信息加工处理，建立农特产品数据库，为文县电子商务发展提供相关理论依据。在此基础上起草了《文县推进农特产品电子商务工作方案》《对文县推进农特产品电子商务的思考》《文县电子商务培训的总体规划》，并在文县展开电子商务专题培训。

韩震(右)在文县茶园调研(韩震　供图)

如今，文县已经搭建了电子商务中心和农产品网上交易平台，全面推介全县 21 类共 137 种农特产品、民俗文化和旅游资源等，电子商务工作从无到有，呈现出蓬勃发展的势头。

“大连—文县直通车”是韩震发起的另一个电商计划，借助“菜易家”电子商务平台，在大连推介文县特色产品，并将大连的海产品推介到文县。此举实现了电子商务的跨区域合作，拉近了文县与大连的距离，空间上的万水千山变成网络里的近在咫尺。

韩震还邀请大连的专家和企业家到文县考察，签订了《县域电子商务合作备忘录》,成立了“大连海事大学交通运输管理学院县域电子商务发展文县研究基地”,学校将在农产品设计和品牌建设、区域物流规划和设计等方面为文县提供技术指导。“文椒·香瓶”项目就是依托这个基地,将文县高海拔地区生长的特色花椒与当地变质岩矿配制的陶土相结合,解决了文县地区农特产品产量规模小、附加值低、缺少深加工环节、没有文化创意支撑、缺乏品牌建设等诸多问题。

如今,韩震已回到大连海大的工作岗位。回首在文县挂职扶贫工作的经历,他颇为感慨:“我们在生活上并不缺什么,愿望其实非常简单,就是实现自我价值,为社会、为群众做些什么,留下些什么。”(特约记者　吴江涛)

“蚌壳变身”　增产增收增希望

生蚝作为餐桌上的一道常见菜,广受食客欢迎。令人想象不到的是,蚝壳经过保护性煅烧加工,能成为土壤改良剂,可用于改良酸性土壤和重金属污染土壤,使其焕发新生。

集美大学“蚌壳惠民”研究团队成员在秀山村百香果种植园收集土壤样本(集美大学　供图)

7 年来,集美大学副校长曹敏杰带领“蚌壳惠民”研究团队成员,经过不断探索和实践,将福建沿海每年超过 100 万吨的废弃生蚝壳进行处理,把生蚝壳变成了富含钙、镁、锌、铁等多种金属元素及氨基酸的土壤改良剂原料。

“无论严寒酷暑,研究团队成员都会下乡取土、测值、标记,与农民交流使用土壤改良剂的种植效果,并将第一手资料带回实验室做进一步研究。”曹敏杰说，团队不断尝试，将这项土壤改良研究成果普惠于民，帮助广大农村地区在不间断农业生产的情况下恢复地力。此举是集美大学发挥脱贫攻坚“高校力量”，寻求扶贫工作与实践教学、科学研究、社会服务等各项工作连接点、共振区的具体体现。

近几年，研究团队师生多次为农户进行种植技术讲解及土壤相关知识普及，并将土壤改良剂免费提供给多个县的贫困户和种植户，用于“治土扶农”公益事业。为更好地帮助农民科学改善土壤，研究团队还针对适合不同作物生长的土壤酸碱度，制定出科学合理的施用量和施用方法。

“望着硕果累累的果园，想到能为农村发展贡献力量，心里很高兴。”研究团队成员许玲玲说，在扶贫工作过程中，他们把贫困种植户当成自己的亲友，倾听他们的诉求和想法，设身处地、实事求是地规划，让贫困户对生活充满希望。

“谢谢你们的研究，现在村里的香蕉、百香果、蜜柚长得可好啦！”福建省龙岩市永定区金砂乡秀山村的几个农户在感谢信中提到，使用土壤改良剂后，土壤的酸化程度不断改善，农作物呈现日益旺盛的长势。

目前，研究团队的土壤改良技术已申请 3 项国家发明专利，合作企业生产的产品已推广至全国 21 个省份。集美大学通过土壤改良为农户增产增收带来希望，也为保住绿水青山提供了技术支持，实现了变废为宝、保护土壤、扶贫助农的目标。下一步，研究团队将持续创新，把研究和论文写在祖国大地上。(罗旻敏)

“党建 + 扶贫” 帮到心坎上

“我闺女在外地打工，以前她打电话，我耳背听不清，现在通过屏幕就能看到。”近日，在陕西省商洛市商南县赵川镇文化坪村的“爱心小屋”里，77 岁的留守老人朱桂兰看到屏幕中的女儿哽咽道。

“村民们通过视频会议系统、微信视频等方式视频对话，缓解了外出务工人员的牵挂，也缓解了留守老人对子女的思念，真是帮到了心坎上！”文化坪村村支书黄开峰说。

“爱心小屋”由长安大学公路学院援建，于 2020 年 5 月建成并投入使用。小屋虽小，却蕴藏亲情大爱。这是长安大学党委坚持党建引领，推动“党建 + 扶贫”深度融合，开展党建结对帮扶工作的具体体现。

“爱心小屋”发起人黄飞 2018 年 12 月被长安大学选派到商南县，任县委常委、副县长，分管交通脱贫、高校扶贫等工作。商南县是国家级贫困县，也是陕西11个深度贫困县之一。挂职一年半以来，黄飞发挥公路交通专业优势，积极争取交通建设项目支持，奔波于道路施工现场和偏远山沟。

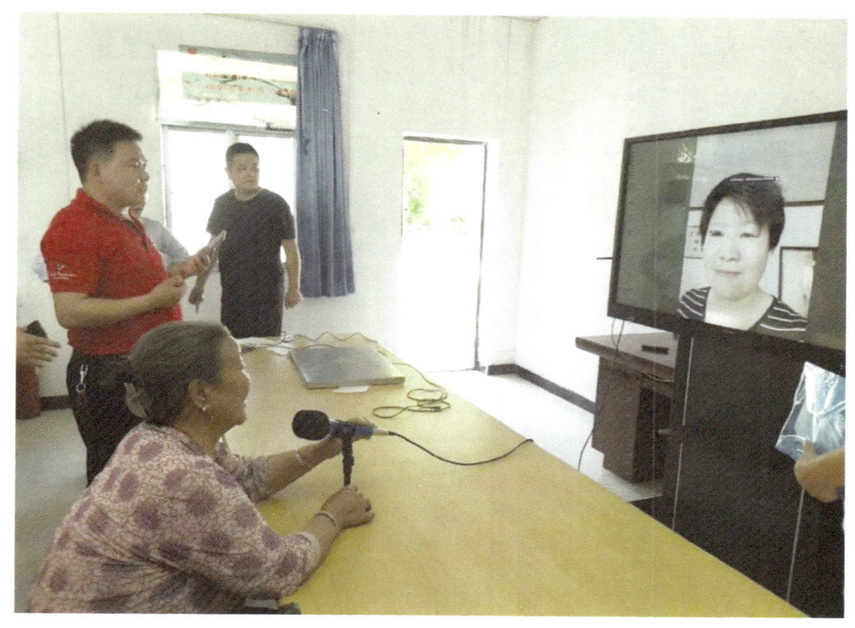

文化坪村留守老人与子女在“爱心小屋”视频通话（长安大学　供图）

在黄飞的推动下，2019年商南县把22个深度贫困村通路放在交通扶贫第一位，共修路33条，总长126.8公里，基本形成以县城为中心的“四横两纵、两大迂回、内联外畅”公路网络。全县126个行政村（社区）道路通畅率达100%，镇办、建制村通客车率均达100%，率先达到贫困县退出认定标准。

公路通到了产业基地、田间地头、百姓家门口，保证了商南县茶、菌、果、药、畜等大宗农副产品快速外销，带动了约3.7万名贫困群众通过产业增收致富。同时，以商南县金丝峡5A级景区、阳城驿等4家3A级景区为核心，改造了金丝峡专环线、富生路、清腰路等一批精品旅游线路，带动直接就业约2万人、间接就业约4.2万人，通过旅游产业增收致富约13万人。

截至目前，长安大学已在商南县建成10个共建联系点、22个共建活动室、15个培训基地和20个产业示范基地，将党的组织优势转化为助推脱贫攻坚的强劲动力，为当地脱贫攻坚提供了有力的人、财、物、技术支撑。（特约记者　冯秋香）

从六盘山走向蔚蓝大海

王晓斌初中毕业后，一直在老家甘肃天水秦安做门店生意。随着电商的兴起，门店生意日渐萧条，一家5口生活十分困难，他琢磨着转行。2019年9月，他有幸参加了江苏海事职业技术学院（简称江苏海院）组织的海员培养扶智班。经过3个月培训已持证上岗，每月薪资将近1万元，生活大有改观。

海员培养扶智班学员队列训练（赵越　供图）

2019年，交通运输部海事局在甘肃省六盘山片区40个国家级贫困县开展海员培养精准扶贫工作，选定江苏海院作为培养示范基地，承办海员培养扶智班，招商局南京长江油运有限公司（简称南京油运）作为就业示范基地，负责接收并继续培养每期培训班学员。

3个月，让“门外汉”通过培训和考试成为一名船员，这对学校和学员都是极大挑战。一方面，学员普遍较为贫困，经济压力大；另一方面，大部分学员只有初中学历，仪表盘上简单的英文单词就能把他们难倒。

为此，江苏海院“不计成本”培养：报销学员交通费、培训费、住宿费、伙食费，减轻学员经济压力，安心培训；结合学员经历和英语应用水平，安排优质的教师资源和实训条件，为学员进行个性化、专门化教学。

“有一次课堂练习游泳，有一名学员不敢跳。老师为了帮他克服心理障碍，自己先跳水，还跟那个学员说‘跳下来，我会保护你’。简单一句话，暖了所有学员的心。”提及课堂学习，王晓斌记忆犹新，老师既严肃又温和，手把手教他们打绳结、使用钢丝绳，课后还经常聊船上的趣事。

如今，江苏海院已举办两期海员培养扶智班。除1人因身体原因退出，其余42名学员全部顺利结业，通过了甲类值班水手/值班机工考试和评估，并与南京油运签订了正式劳动合同。今年1月，南京油运已完成对这些学员的油化船特殊培训，并安排多人上船见习工作。

2020年7月28日，第三期海员培养扶智班开班，11名学员将在江苏海院练就过硬本领。江苏海院将发挥在海员教育培养领域的领先优势，培养更多学员从事海员职业，帮助他们用努力和奋斗脱贫致富，实现人生理想。（邵凯　赵越）

（《中国交通报》，2020年7月30日）

用心用力用情　扶贫扶智扶志

——交通运输部科学研究院科技助力脱贫攻坚纪实

在藏北高原乡村经济合作社里，藏族妇女端坐在织布机前，认真制作各式手工艺品。沿着运用常温改性沥青技术修建的农村公路，这些手工艺品出高原，遍全国。

在贵州赤水河谷旅游公路上，路景相融，美不胜收，人们享受难得的惬意与舒适。随着这条应用交旅融合设计理念修建的公路开通，沿线贫困地区汇人气，聚财气。

我国特色减贫之路书写了人类历史上"最成功的脱贫故事"。故事中，广大科研人员在扶贫脱贫一线挥洒智慧汗水，为精准扶贫、精准脱贫注入科技动力。交通运输部科学研究院（简称部交科院）扶贫、扶智，又扶志：一个个新技术加速贫困地区交通建设，一批批科研人员援藏援疆将"输血"转化为"造血"，一次次爱心助学托起改变命运的希望……创新的动能在贫困地区涌动澎湃。

技术支撑　高品质公路"进村入户"

70 年前，昌都战役取得胜利，西藏百万农奴看到了自由的曙光；70 年后，另一场战役也将告捷：脱贫攻坚。

农村公路建设是西藏打赢脱贫攻坚战的重要抓手，也是难啃的硬骨头。

每年 5 月至 8 月是西藏筑路黄金时期，进入 9 月气温逐渐变冷，不再满足热拌沥青路面的施工要求，施工只能按下"暂停"键。

在藏区的农村公路上，部交科院藏区农村公路技术咨询团队已行走了 6 年多时间，为几千公里的农村公路量身定制最佳方案，找到最适合藏区高原的筑路方式。

高寒缺氧，年平均气温零下 1 摄氏度左右，绝大部分地方绿色植物生长期只有 3 个月……团队选择将环境最艰苦的那曲作为科学研究的最前线。

藏区农村公路技术咨询团队扎根高原一线，推进道路材料科研创新

开展路段实验时，在极端寒冷的环境下，就算穿着军大衣，人们也常常瑟瑟发抖。然而，检测中经常需要蹲下，穿得太厚非常不方便。在检测时，团队成员只能脱掉军大衣，10 分钟后再穿上，热乎一点又脱了再来，反反复复，直到检测完成。

在西藏，环境的艰苦只是他们遇到困难的冰山一角。历时 1 年时间，先后采用 8 种不同配方的改性剂，在上千组实验结果中反复调试，团队研发出的第一代常温改性剂以失败告终。

经过攻关克难，第二代常温改性剂最终达成预期效果，在藏区农村公路修建中大面积推广，高品质公路"进村入户"。

技术不仅减轻了恶劣自然条件对藏区高原修建农村公路的影响，也支撑行业主管部门摸清了全国农村公路基础设施"家底"，为规划、建设、养护等工作提供了数据支撑。

依托农村公路成套技术与信息系统，部交科院支撑部开展全国农村公路基础数据和电子地图采集、年度更新等工作，已掌握了全国 400 万公里农村公路的技术等级、路面类型、路基路面宽度等技术状况和线形线位。

研发"四好农村路"综合管理系统，实现农村公路规划、计划、建设、进度、质量、验收等业务一体化管理。目前，在贵州、重庆等地，该系统已成为当地提升农村公路管理精细化、科学化水平的“利器”。

智力支持 “量身定制”特色致富路

一条路，从茅台至赤水，串联着黔北层峦叠嶂的秀丽山川，凝结着赤水河源远流长的文脉历史。

暑去秋来，凉意渐浓，全国首条服务完善的旅游公路——赤水河谷旅游公路热度不减。2016 年赤水河谷旅游公路通车以来，有效带动了沿线近 1000 亿元产业发展，沿线旅游收入增长 2.5 倍，4.5 万百姓就近就业。

贵州省遵义市赤水河谷旅游公路

这条产业路、旅游路、小康路的成绩单，令部交科院的科研人员自豪。由部交科院牵头组成的联合体，循着“以路为媒、以路促建、以路富民”的目标，历时一年半的时间圆满完成了赤水河谷旅游公路勘察设计任务。

如今，遵义市正以这条旅游公路带动的交旅融合为突破口，推动乡村全面振兴和地区脱贫致富。

修好一条路，带动一片富。对于旅游资源丰富的区域来说，更是如此。部交科院凭借在节能减排、环境保护、绿色出行等领域积累的深厚科研基础，在祖国大地上规划建设了条条旅游路、风景道。

向南，行驶在海南旅游公路上，不仅能体验“一脚油门踩到底”的畅快，还能欣赏“车窗外向后的风景”。部交科院先后主持完成了《海南省旅游公路发展规划》等三个重大项目，为海南省国际旅游岛建设提供了坚实的交通支撑，也为海南中部欠发达山区群众脱贫致富打开了一扇门。

向北，山西黄河、长城、太行三大板块旅游公路，串联起多个古长城景点和城堡以及上百个产业基地，是名副其实的观光路、产业路。部交科院牵头编制的《山西省三大板块旅游公路规划》，覆盖山西39个贫困县，惠及贫困人口19.6万，目前已经建成2430公里，为三晋大地脱贫攻坚工作提供了强有力支撑。

交科人犹如魔法师，将交通和旅游完美融合。贫困地区生态游等特色旅游火了起来，贫困群众的钱包鼓了起来。

脱贫的路径虽各不相同，但科技却是必不可少的动力。近年来，部交科院选派了多名专家深入宁夏、四川、西藏等地的贫困地区，讲解城乡交通运输一体化发展、公路工程施工质量控制技术、道路抗凝冰技术等方面内容，推动技术成果在各地应用，激活贫困地区走出贫穷、走向富裕的内生动力。

扎根一线　不是他乡是吾乡

在最偏远、最艰苦、最需要的地方，部交科院扶贫干部杨天军、李志强、王东、杨建国、汪健、李霖、孙志超、王枫、王哲握紧扶贫“接力棒”，以脚步丈量民情，以科技创造价值，以奉献诠释初心。

“优秀援藏干部”“优秀援疆干部”“西藏自治区优秀援藏干部人才”“优秀援疆干部人才”“湘西土家族苗族自治州人民政府嘉奖”……一项项荣誉背后，是他们讲不完的故事、道不完的情怀。

西藏是全国唯一的省级集中连片特殊贫困地区，脱贫难度巨大。在这里，杨天军、王东接力工作6年，参与并见证雪域高原交通基础设施短板渐渐补齐。

作为交通运输部第六批援藏干部，2010年7月杨天军赴任西藏自治区交通科学研究所(西藏自治区交通厅公路工程质量监督站)副所长后，立即投身到“区门第一路”拉萨至贡嘎机场高速公路的建设中。

为了保障“区门第一路”的质量和安全施工，从石料的筛分到混合料的配合比，再到道路结构，参数一个个确定，工艺一个个验证，杨天军带领团队一丝不苟。

2011年7月17日，拉萨至贡嘎机场高速公路通车剪彩。那一刻，杨天军紧锁的眉头终于舒展:初到西藏时,严重的高原反应、每天至少跑 6 个小时山路的车轮生活,值得!

拉萨至贡嘎机场高速公路

人才和技术对于西藏交通的重要性不言而喻。通过杨天军的沟通协调,西藏每年派出交通业务骨干到内地学习交流,各类培训班取得良好效果。他组织申报了川藏南线整治改建工程关键技术研究交通运输部西部课题,负责西藏公路补充定额项目和西藏公路工程造价管理数据库项目的科研工作,对指导今后西藏公路建设造价管理工作具有很强的实用价值。

2013 年,王东义无反顾接过扶贫“接力棒”。在澜沧江边的高山峡谷间,在巍巍高山的冰天雪地里,王东的足迹遍布西藏全区。

“通乡油路”“边境小康村道路”“易地扶贫搬迁路”“抵边公路”等一系列交通扶贫攻坚行动中,王东全身心投入。

看着西藏农村公路建设越来越好,王东心心念念的是为群众规划出更美好的出行图景。他积极参与编制西藏国道网线位规划、农村公路网规划等一系列规划。与同事们一起研究制定西藏加快农村客运发展指导意见及相关配套政策,积极争取农村客运补贴政策,让农牧民群众的出行更方便、更舒畅。

同样是辽阔的土地,同样是勤劳的人民。2011 年至 2020 年间,李志强、杨建国、汪健、李霖、孙志超扎根新疆,以“路桥塔碑”精神,为新疆交通发展解题破题。

2011年8月,李志强把幼小的孩子交给妻子后,作为交通运输部派出的第七批援疆干部来到乌鲁木齐。

李志强正好赶上乌鲁木齐市BRT1号线和3号线开通前的紧张准备工作。他和同事每天早晚高峰期到1号线的站台上征求乘客意见,并调查研究。在此基础上,他还查阅了大量城市公共交通方面的资料和发达省市先进经验,为当地交通发展提出合理化建议。

2014年,杨建国来到新疆。

一份抉择注定一种遇见。杨建国到新疆的第25天,便参加了全疆国省干线公路养护管理的年终检查,并主动请缨去自然条件严酷的南疆戈壁滩。

杨建国先后30余次到项目一线、生产一线、养护一线调研,先后到访20多个公路养护道班,向有关部门提交合理化建议30余份。

满怀深情、扛起责任。2017年7月,汪健和李霖来到大美新疆,开启了自己3年的挂职生涯。出发前,他们在心底暗自给自己打气:用成绩见证决心,用行动践行承诺。

在自治区交通运输厅挂职期间,汪健常常深入一线,针对“乡镇客运站闲置率较高”“开得通、留不住”等突出问题,发挥专业技术优势,帮助当地化解各个难题。

他参与的《“交通+”模式对精准扶贫的作用和发展重点研究》等专题研究,为交通运输主管部门决策提供了重要参考。

在新疆生产建设兵团期间,为解决兵团交通运输专业技术人员不足的问题,李霖主动为兵团交通运输事业与交通运输部及各科研院所搭建合作平台。在此过程中,李霖牵头完成的《沥青路面绿色节能型常温施工关键技术研究及工程应用》,获评2018年度新疆生产建设兵团科技进步一等奖,实现兵团交通科技领域一等奖“零”的突破。

扶贫路上,接力前行。目前,孙志超已经抵达新疆,继续书写交科人的科技扶贫篇章。

如今,在祖国边疆、在雪域高原,道路逐渐成网,幸福生活来敲门。这样欣欣向荣的发展图景在脱贫攻坚“首倡地”、湖南脱贫攻坚“三战场”——湘西土家族苗族自治州,全国典型深度贫困地区、甘肃集中攻克深度贫困堡垒——定西市,徐徐铺开。

王枫和王哲既是这幅图景的见证者,也是参与绘制者。2016 年 10 月至 2018 年,王枫到湘西州交通运输局挂职担任副局长,分管智慧交通、科技和物流。在湖南省率先建成地市级综合交通监测与指挥中心,为全州综合交通运输发展夯实基础;湘西州全国交通一卡通互联互通工作、12328 平台建设加速推进……不断完善的交通条件,让湘西州百姓与全国人民同步感受科技魅力。

2019 年 11 月,来到定西,王哲有两个身份:定西市交通运输局党组成员、副局长,部六盘山片区联络组联络员。

定西市交通运输局有两个驻村帮扶工作队,一个在岷县梅川镇康家村,一个在镇上的支支路村。在今年进村入户帮扶时,王哲向两位驻村帮扶工作队队长仔细询问了解帮扶需求。一位队长讲,需要购置一些水泥、红砖、涂料等物料,用于村貌改善和基础设施维修;另一位队长说,老乡们反映没有路灯出行不方便。因为没有钱,这两件事都办不成。

王哲把这两件事记在了心里,每天盘算着如何"化缘"。他首先想到的是自己的"老家"——部交科院。院领导对此事高度重视并大力支持,全院向定西市岷县康家村捐款,用于开展院落、门滩、残垣断壁整修等住房安全保障工程。如今,这两件事正逐步得到解决。

对于这些扎根一线的交科人来说,几年时光,回忆深藏。初至,未知且遥远;别时,情在心亦在。

尽己之能　小善举传大爱

小桥,河流,群山,在很多人眼中,这些是心驰神往的乡村美景。在很多农村贫困地区,却成了出行路上的重重阻碍。

2017 年元旦,宁夏回族自治区固原市西吉县吉强镇泉儿湾村收到了一份特殊的新年礼物——一座长 22 米、宽 2.5 米的小桥,泉儿湾村及邻村 120 余名小学生和 680 余名村民过河难成为历史。

作为"交通发展连着你我他'茅以升公益桥——小桥工程'爱心助力扶贫主题实践活动"的发起单位,近年来,部交科院联合多家单位全力推进"小桥工程",体现桥梁建设领域新科技、新材料、新工艺的座座"小桥"在湖南、宁夏等地落成,孩子们上学的脚步更轻快,老百姓出行的心情更惬意。

出资出力,扶智扶志。交科人尽己所能,传递大爱。

"读书改变命运",让贫困地区儿童"有的学""学得好"。

在宁夏西吉,2016 年,部交科院投入资金支持马莲乡后庄村小学改善基础设施。2017 年,部交科院再次联合爱心企业捐资,继续支持后庄村小学改造,解决了缺少水源、操场场地硬化等实际问题。在部交科院的资助下,马莲乡巴都沟村小学、吉强镇大营小学办学条件大大改善。

部交科院向宁夏固原市西吉县吉强镇大营小学捐款

在湖南，2016 年，部交科院捐资，帮助凤凰县两林乡中心幼儿园活动室、校舍、休息室、教师办公室等建设驶向快车道。2018 年，部交科院又向永州市冷水滩区仁湾镇学校捐资，用于学校道路改造。

在四川小金，2019 年，部交科院资助宅垄乡中心小学贫困学生，不让一个孩子掉队；并联合爱心企业捐资，改善校舍。

几年来，部交科院累计捐资近 200 万元用于贫困地区教育，在一定程度上，改善了贫困地区学校的基础设施条件，让老师们能够安心教书育人，孩子们能够在舒适的环境中专注学习，成长成才，回报家乡和社会。

“输血”变“造血”，让贫困地区交通有人才有设备。

2015 年，为支持贫困地区交通人才培养，部交科院捐款作为西吉县“交通人才培养基金”。针对贫困地区公路养护设备欠缺问题，2019 年，部交科院向宁夏固原市彭堡公路站、瓦岔公路站捐资，用于购买公路养护设备；今年，又向固原市原州区公路管理段捐资，用于补助当地购置扫路车。

点亮幸福生活，让贫困地区群众增销路多富路。

部交科院职工福利发放的商品，基本全部来自贫困地区。2019 年，部交科院采购农特产品用于职工福利发放，并协调合作配餐公司与西吉县签订了农产品采购合同。

战胜贫困是中华民族的千年夙愿。百尺竿头更进步，奋楫争先奔小康。站上奔向更加美好新生活的新起点，部交科院的科技工作者们将面向更加迫切、更加广泛、更加长远的需求，在广阔天地间传承科学家精神，贡献智慧力量。

（记者　杨雷　梁微　特约记者　尚赞娣　通讯员　魏树晗）

（《中国交通报》，2020 年 10 月 30 日第 4 版）

长航局扶贫工作出新招
助力雪岩顶变身“美丽乡村”

“雪岩顶村已实现脱贫出列，要在巩固前期成果的基础上迈向更高水平的乡村振兴。”2020 年 6 月 11 日，在交通运输部长江航务管理局（简称“长航局”）2020 年扶贫工作现场推进会上，长航局副局长闻新祥提出要推进全面脱贫与乡村振兴有效衔接。

找准路子　有花有果有产业

乡村振兴的二十字方针中，产业兴旺是重点。

长航局扶贫工作队针对雪岩顶“九分石头一分田”的喀斯特地貌，科研院校找专家，先进地区学经验，最终确定了产业发展的脱贫之策——栽种银杏、落叶松着眼长期打造生态林绿化、乡村生态旅游区建设；集中连片种植青脆李，致力中期高山蔬果种植基地打造；科学养牛、贝母套种、烤烟等则是短期发展项目。

经过 5 年多来的发展，在扶贫工作现场推进会的前一天，与会人员到雪岩顶村现场查看时，看到的是这样一幅场景——全村 700 亩青脆李中，2017 年发展的 150 亩将在 2020 年 9 月进入丰产期，有望挂果 1 万多斤；140 亩高山富硒蔬菜（青椒、甜玉米）和 220 亩烟叶漫山遍野，长势喜人；全村 500 亩贝母已销售 5 万斤，并且将扩种 100 余亩，冻库、烤房建设到位可以随时投用。

从扶贫到致富，从输血到造血，产业发展让雪岩顶村的老百姓尝到了甜头，年人均可支配收入从 2014 年的 2560 元增长到 2019 年的 10800 元，翻了近两番。

绿林雾绕的美丽自然风光、整齐划一的新建安置房、绕山而行的扶贫道路网线、花海香远的观景平台和观景线路……现场查看时，与会人员根本感受不到这里曾经是一个穷得叮当响的贫困村，映入眼帘的是一个令人流连忘返的现代化“世外桃源”——“一舍一院一屋房，一院一园一灯光，一桶一厕一花坛，一水一路一故乡”。为此，长航局投入 50 万元，配套使用省直工作队资金 10 万元，实施

“五个一”工程（建设一个达标的厕所、一条硬化入户路、一条美化的花坛、一管清水进农家，配置一个三分类垃圾箱），全村建设花坛72个，摆放垃圾箱100个，新建公厕1座，新（改）建土厕70座。房前屋后、屋内屋外环境卫生大为改观，雪岩顶村民的居住品质大为提升。

疫情期间 迎难施策补短板

2020年是脱贫攻坚决胜收官之年，但突如其来的新冠肺炎疫情，为长航局扶贫工作队高质量打赢雪岩顶村脱贫攻坚战增添了难度，成了巩固脱贫成果、实现全面小康的一道必做的“加试题”。

“加试题”要做好，首先要做好疫情防控这道“基础题”。半年来，长航局扶贫工作队没有因为疫情而产生松口气、歇歇脚的想法，他们在长航局和当地党委政府的领导下，统筹做好疫情防控与脱贫攻坚工作，及时开展入户大走访，全面摸排疫情对全村群众生产生活的影响，按上级要求强化疫情防控举措，全村无一例疑似病例、确诊病例、死亡病例以及无症状感染者。

做完“基础题”，“加试题”里还有难度更大的“思考题”。在长航局2020年扶贫工作现场推进会上，长航局扶贫工作队队长彭铮这样汇报了“思考题”的难度——“新冠肺炎疫情对雪岩顶村的经济发展与民生造成的影响主要表现为两方面：一是务工就业，由于孩子不能正常入学在家上网课，需要父母陪护，导致父母不能外出打工；部分企业受全球疫情影响，生产订单急剧下降，甚至倒闭、关停、转产，导致部分原来外出打工的村民有3个月左右待业在家，已外出打工的月工资也有所下降。二是家庭养殖，因交通物流阻滞，猪仔、鸡苗购进困难，且单价较高，使原来每年正常饲养生猪和土鸡的家庭少养或未养。”

疫情防控和当地村民复工复产共赢的破解之道在哪里？新冠肺炎疫情会不会对雪岩顶村的脱贫状况造成根本性的逆转，会不会出现脱贫人口返贫、边缘人口致贫的现象？

这道看起来挺有难度的“思考题”并没有难倒长航局扶贫工作队的队员们。他们迎难而上，坚持精准施策、聚焦补齐短板，重点在以下几个方面发力：宣传周知政府推出的企业招工信息，提示村民不要“执着”坐等以前的单位通知，引导村民“不挑不拣”，尽快实现上岗就业；鼓励村民克服困难，发展喂猪、喂鸡、种贝母等“短、平、快”的种养产业；加大个体种植商（天麻、大黄、广椒）引进力度，扩大了130亩在村种植面积，流转承租土地，引导村民在专业合作社、个体种植商以及能人大户打工;多方式多渠道帮助农户销售牛肉、土鸡,将腊肉、土豆等存货“变现”增收。

经过几个月的不懈努力,到目前为止,雪岩顶村群众在种养产业和务工就业方面已基本恢复到去年同期水平。

大爱无疆　暖人暖情暖童心

安民之道,在于察其疾苦。

在雪岩顶村现场查看时,长航局扶贫工作队队长彭铮介绍雪岩顶村村民情况时如数家珍。每一家的户主叫什么名字,家里有几口人,发展什么产业,生活有什么困难,他全都了如指掌。

“长航局扶贫工作队就是我们自己家里人!”这是当地老百姓对他们发自内心的认可。而这种认可是扶贫工作队的队员们一步一个脚印丈量出来的。几年来,他们变驻村为住村,走农户、访民意、听民声,与村民同吃同住、同进同出,暖了人心,得了民心。

长航局扶贫工作现场推进会上,还来了一群特殊的人——长航局“爱心妈妈”和“爱心爸爸”。他们专程从武汉赶到雪岩顶村看望留守儿童,送温暖送关爱。在晚上与孩子们的见面会上,“爱心妈妈”和“爱心爸爸”与孩子们开展了面对面交流,听孩子们讲述自己在学校的学习情况和疫情期间在家的学习安排,并给孩子们送去了新书包、新衣服、新鞋子以及学习和体育用品等。

据了解,自从2016年长航局“爱心妈妈”与雪岩顶村留守儿童结对认亲活动开展以来,这项工作已成为长航局扶贫工作中的常态。“爱心妈妈”们不仅经常与孩子们谈心交流,赠送学习用品、助学金,而且利用暑假期间组织他们到武汉来游学,让孩子们在“爱心妈妈”家留宿做客,真正让孩子们感受到她们无微不至的关爱。后来,长航局不仅有“爱心妈妈”,不少“爱心爸爸”也逐渐加入爱心队伍中,一起参与结对帮扶活动。

健康扶贫是精准扶贫内容的重要“篇章”。2019年,长航总医院联合建始县人民医院、茅田卫生院的医生,在雪岩顶村举行了大型联合义诊,为近200名村名进行了免费诊疗和体检,提供了健康咨询,发放了护理药品。

扶贫更要扶智。针对雪岩顶村村民受教育程度普遍较低、子女上学就业难的情况,长航局不仅赠送了价值2万元的教学用具,而且推出免费教育扶贫计划,下属武汉海事职业学院向建始县贫困学子敞开大门,在航海技术、轮机工程技术和船舶电子电气技术 3 个特色专业中,“实行三免一包”帮扶措施,帮助优秀贫困生“零成本”完成学业。

在长航局扶贫工作现场推进会上,建始县副县长赖栋才用了 7 个“度”来评价和肯定了长航局在雪岩顶村的扶贫工作:扶贫站位有高度,扶贫谋划有深度,扶贫保障有力度,扶贫成效有亮度,扶贫创意有风度,扶贫服务有温度,扶贫管理有尺度。

乡村振兴　富口袋富脑袋更要富万代

美丽乡村建设激活了内生动力,雪岩顶村作为“湖北省级生态村”和“湖北省绿色乡村”,在长航局扶贫工作队的规划下,乡村旅游正悄然兴起。

如今,雪岩顶村已经建成 1 个旅游接待中心、5 个别墅式农家乐、20 公里自行车骑行环道、花香树绿的特色景观路,昔日穷山村变得不仅有了“颜值”更有了“气质”。

2020 年 9 月,是雪岩顶村第一批青脆李的成熟季节,“首届雪岩顶青脆李采摘节”正在策划筹备中,这将进一步推动农旅融合发展,为雪岩顶村的乡村旅游烧起一把旺盛的火,增添更多的人气和活力。

以文化促旅游,大美雪岩顶旅游品牌正在创建中,一系列雪岩顶生态旅游系列产品陆续问世。文集《雪岩顶上党旗红》、小说《雪云顶上》正式出版发行,扶贫攻坚专题片、微电影、大美雪岩顶风光片等文化产品也陆续进入了拍摄制作阶段。此外,长航局还将择机邀请专业机构和专家学者,对雪岩顶村生态旅游进行规划设计,为雪岩顶村制定高质量的、既有前瞻性又有可行性的旅游发展规划,吸引有信誉有实力的企业来村投资开发,使之真正成为雪岩顶村“富万代”美好新生活的蓝图。

(特约记者　高妞)

(《中国水运报》,2020 年 6 月 17 日第 1 版)

在雪岩顶上书写山乡巨变

——长航局精准扶贫五年回眸

在精准扶贫五年的“长航答卷”上，这样的问题格外醒目：

一个怎样的词汇，既牵系国家大计，又连接百姓生活？

一份怎样的情怀，承载不渝的使命，寄托着美好梦想？

一种怎样的力量，开启了幸福之门，聚合起千万颗心？

2015 年底，湖北省拉开扶贫攻坚大决战。根据安排，交通运输部长江航务管理局（简称“长航局”）定点帮扶湖北省恩施州建始县雪岩顶村脱贫攻坚。五年来，长航局先后派出两批扶贫工作队，累计投入帮扶资金近 1300 万元，让雪岩顶村发生翻天覆地的变化，104 户建档立卡贫困户全部脱贫，一步一步踏上脱贫奔小康的幸福路。

雨后初晴，雪岩顶村村委会的外墙上，一行标语十分醒目：“我和家人一起奔小康”。脱贫奔小康不落一户一人，在雪岩顶村已是看得见、摸得着的现实。

这是担当有为的长航速度
——脱贫攻坚谋篇布局

通过航拍镜头俯视雪岩顶村，能看到蜿蜒曲折的山间公路，连绵起伏的苍翠山脉，和点缀在山坡上的跑山鸡、跑山猪。

如果镜头推进，或许还能看到在山顶上举着手机拍抖音的乡亲。

诗画般的乡村风景背后，藏着村民们如今越来越红火的日子。

这样一组数字，意味深长：

2015 年前，雪岩顶村是湖北省恩施州建始县 92 个重点贫困村之一，全村 157 户 501 人，贫困户 104 户 320 人，贫困率超过了 60%。由于交通闭塞、居住分散，产业发展无从谈起。

2019 年，雪岩顶村年人均纯收入从 2014 年的 2560 元增长到 10800 元，翻了近两番，从茅田乡末尾村一跃为全乡 29 个村前列，整村实现脱贫出列。

从出行难、吃水难、看病难，到活法换了、思路换了，雪岩顶村上演了中国最励志的“逆袭”故事之一。

把时间的轴线拉回到 5 年前——

2015 年 10 月，长航局根据湖北省委省政府扶贫工作要求，统筹协调全行业资源，扛下了对口帮扶雪岩顶村的“大旗”。“要在与贫困斗争的战场上抢时间。”该局领导班子取得共识。

入之愈深，其进愈难。村庄偏远，村民出行、小孩上学难；信号不好，与外界通讯难；山路崎岖，老人生病就医难；水窖挑水，吃水用水难……雪岩顶村的种种难处，是中国山区“贫”的缩影。

“当时的雪岩顶村是名副其实的‘穷窝窝’，几乎家家户户都是重点扶贫对象。”村民韩传平回忆。

一次次深入考察、一场场现场推进会、一项项重大决策部署，长航局从顶层设计谋篇布局，到瞄准真问题，拿出实方案，建立了一系列行之有效的脱贫攻坚制度——

建立扶贫工作落实会商机制。确立了长航局全系统参与、局属各单位齐抓共管的扶贫指导方针，坚持每年筹办扶贫工作现场推进会，领导小组成员单位负责人到扶贫点现场调研指导帮扶工作，讨论、研究帮扶重点，做到组织领导、人员安排落实到位，保证了扶贫工作有序开展。

建立扶贫工作协作机制。指导局直属单位成立扶贫工作专班，选派扶贫队员，筹集扶贫资金，落实帮扶项目，通力协作，构建起全系统参与、全方位帮扶的大格局。例如，长江海事局从 2016 年起，面向建始县招收 100 名建档立卡贫困生就读武汉海事职业学院，并实行“三免一包”；长江航道局捐赠村集体挖掘机、皮卡车等多项固定资产，充实村集体经济收入；三峡通航管理局捐建牛棚；长航公安局捐赠健身器材；局系统各单位通过爱心消费、工会消费、对口帮扶消费等形式采购特色农产品，以消费助脱贫……

建立考核评估机制。将扶贫工作开展情况纳入局直属各单位、机关各部门方针目标考核内容，真正做到年初有目标，年中有考评、年终有考核，将脱贫攻坚任务落细落准落实。

从长航局扶贫工作领导小组到基层“最后一公里”，长航局带领大家层层压实责任，不仅体现了加大顶层设计和整体谋划的政治自觉，更彰显了他们努力兑现对老百姓承诺的决心。

“对于长航人而言，这是一场必须打赢的攻坚战，需要‘撸起袖子加油干’，也需要下一番‘绣花’功夫。”长航局党委书记、局长唐冠军话语铿锵。

这是直抵人心的民生温度
——一心为民破解脱贫难题

来到雪岩顶村村头，村民樊申华正往加工房里运木材。“当初，日子看不到头，整天躺着干发愁。”如今樊申华开了家家居厂，日子越来越红火。

“雪岩顶村没有大路，九分石头一分土；羊肠小道曲弯弯，连绵大山绿茫茫。”一首山歌形象地唱出了村子的“行路难”，村民们的日子也像进出村唯一的未硬化路一样荒芜——雪岩顶村157户近五百人就困在石头窝窝里。

正是脱贫攻坚，让这里发生了翻天覆地的变化。

当长航局第一批驻村扶贫工作队初到雪岩顶村时，没有寒暄，不讲客套，便一头扎进深山。他们翻山头，钻刺蓬，双脚丈量，历时两个月勘查调研，一个现实摆在面前：扩建到村主干道，惠及不到30%村民，要彻底打通村民脱贫的“最后一公里”，就必须对每一条组级公路上档升级。

“路是村里的‘穷根’，打通村里的交通命脉，是村民们的大喜事，是一项前所未有的惠民工程。”第一批扶贫工作队队长黄发学如是说。

2016年10月21日，轰隆隆的挖掘机声，打破了村庄的百年寂静，雪岩顶村7.5公里主干道改造工程开建。入村公路由泥泞小道变为水泥硬化路，极大地方便了村民出行，为雪岩顶村的经济发展打下基础。

一条路，盘活了一村人。向国林的烤烟、孙祖宏的黄牛肉、樊申华的组合家具……运出去方便了，收入也跟着上来了。

村民生活的改变，源自长航局精准扶贫精准脱贫。高质量完成脱贫答卷，既要迎难而上、攻城拔寨，更需要对症下药、靶向治疗的精准方法。

基建扶贫，织牢生活保障网——

近5年来，长航局“三战”雪岩顶之路：首战，筹措专项资金560万元，改造一条 7.5 公里主干道、新建 6 条共计 11 公里组级干道,全部浇筑水泥路面;再战,争取资金 280 万元,打通座座大山之间断头路,建自行车环游路,到去年底,全村硬化路网已高达 38 公里;三战,争取资金 270 万元,全力开建产业路,一个大循环套小循环,在陡峭的深山中筑起了四通八达的水泥路网。

为解决全村"吃水难"的问题,从 2016 年至 2019 年,长航局投入并争取资金近百万元,共新建了 13 口互相联通、互为补给的蓄水池。目前,全村铺设各型管网近 3 万米,确保家家安装水表、吃上自来水,各项指标均达到国家饮用水标准。

产业扶贫,靠山吃山拔穷根——

"现在村里没闲人,都比着干。"这两天,村民杨正英正忙着照料青脆李基地,"再有一个来月,青脆李该采收了,可得卖个好价钱!"去年通过参加生态农业合作社,甩掉贫困帽,杨正英往前奔的劲头更足了。

在雪岩顶村,700 亩特色产业青脆李和 350 亩主导产业贝母得到有效管护,50 亩枸杞、100 亩金香芋、150 亩经济套种基地,四季花果长势良好,确保有劳动能力的贫困户有 1 ~ 2 个比较稳定的收入来源。发展高山富硒蔬菜(青椒)110 亩,传统产业烟叶 220 亩,有效运转农业专业合作社 5 家。同时把致富突破口转向了旅游发展,全村形成 1 个龙头企业与 10 家农家乐共同发展、具备接待近百人食宿的能力条件,全年实现旅游产值 60 余万元。

就业帮扶,让更多村民稳"饭碗"——

刚过完年,贫困户谢从均就迫不及待地回到了工作岗位。"多亏了扶贫工作队帮我找到这份工作。"32 岁的谢从均现在是中国电信建始县公司茅田乡分部的一名网络维护员,"端上了稳稳的'饭碗',今年脱贫没问题!"

增加就业,是直接有效的脱贫方式。为贫困户"找饭碗""造饭碗",长航局通过组织定向投放岗位,提升职业技能培训,加大有组织劳务输出力度等措施,创造有利于贫困劳动力就业增收的良好环境,让贫困劳动力如期脱贫。

此外,投入 60 万元实施"五个一工程",共建设花坛 72 个,摆放垃圾箱 100 个,新建公厕 1 座,新(改)建土厕 70 座;争取资金 40 万元,将"党员群众服务中心"全面翻修,配置了标准活动室、图书室、办公设备,建成了 1700 平方米的活动广场、文化宣传长廊、体育健身器材、公共厕所;

……

"人心暖了,等靠要的人少了,自力更生的多了;哭穷比穷的人少了,动脑筋想着怎么致富的人多了。很多贫困户既有决心,也有毅力,要把日子过好。”第二批扶贫队队长彭琤说。

这是不懈追求的民生高度
——留下一支“永不撤退”的工作队

盛夏时节,雪岩顶村游人渐多。走进村民刘辉军的农家乐,一簇簇绣球花映入眼帘。“种花植树,食客心情好了,生意才能更红火。”厨房里,刘辉军正忙着颠勺,瞅着空子跟记者聊上两句。

旅游招牌打了出来,但如何让雪岩顶村的农家乐走得长、走得远?彭琤带领扶贫工作队参与指导,成立了雪岩顶村农家乐协会。“协会一方面统一食宿价格,一方面建立监督员制度。游客权益如果受到侵害可直接向市物价监督管理局投诉。”

脱贫了,还要有可持续发展能力。为有效衔接乡村振兴战略,长航局多管齐下:

强化党建引领扶贫。长航局党员干部教育基地在雪岩顶村落地,打造了不忘初心、紧跟核心、为了民心的“三心党支部”,推行了“一统三治”(以党的领导为统领,以德治法治自治)村级治理模式,挂牌成立建始县首个新时代文明实践站。

开展结对帮扶。工作队与村干部结成“师徒”关系,将更高效的办公技能、更成熟开放的工作经验留在村里,为村里培养一批能干事、敢干事的中坚力量。

培养致富“领头羊”。樊申华开办了第一个家庭家具加工厂、魏明双成了青脆李贝母种植的专家、孙祖宏成了养牛大户,为村里培养了一批有技术、有想法的技术人才。

鼓励村民创业。向远凤的农家乐年收入8万多、武从平做起了跑山猪和跑山牛生态养殖业、刘勇开起了酿酒作坊并探索了一套林下养鸡技术,雪岩顶村村民创业激情高涨。

因地制宜开放产业。建设100余亩高山蔬菜基地、成功试种200亩特色中药材等等,村民以前种苞谷、土豆的土地得到了高效利用。

更难得的是,村里人的观念变了。现在村里每次开会,村民们不再漠不关心,而是开始谋划未来的发展。大家提出新期盼:“盘活山里的承包地、林地、宅基地，长出更多新钱袋”“城里机会不少，希望推荐一些更稳当、收入高的工作”“想开个小卖店，盼着能把贷款办下来”……

山还是那座山，人还是那些人，生活却大变样。

如今的雪岩顶村，一座座青山被点亮，一排排扶贫安置房喜气盈门，一个个新发展的产业长势喜人，新修的扶贫大道蜿蜒于群山之间，整个村子生机勃勃。昔日偏僻落后的武陵山腹地山村，如今成为国家级森林乡村、湖北省级生态村、绿色乡村、恩施州美丽乡村和建始县首批实施乡村振兴战略的示范村、乡村振兴金融服务示范村、旅游扶贫试点村。

进入波澜壮阔的新时代，那些幸福花开的故事，已经写进雪岩顶村人的心间。

（全媒记者　廖琨　特约记者　李璐）

（《中国水运报》，2020 年 10 月 28 日第 1 版）

他乡是故乡

——长航局第一批扶贫工作队侧记

秋日的湖北省恩施州建始县雪岩顶村，漫山遍野层林尽染，首个雪岩顶青脆李开园采摘节的喜悦还挂在村民脸上，眼下又迎来更大的丰收——村里的扶贫产业开始见效，山上的辣椒、玉米、松果以及天麻大黄等中药材相继收获了。

2015 年 10 月底，承载着交通运输部长江航务管理局（以下简称“长航局”）党委的期望，第一批扶贫工作队队长黄发学与队员王海江、刘向群、张志凌走进鄂西南这个偏远的山村。两年间，他们走山路，访农户、摸村情，把他乡当故乡，为村民办实事，为群众解难题，演绎了一场高山上的美丽“蝶变”。

沉下身子　工作通了心近了

一亩三分地，还得看天气。“雪岩顶村的地理条件比我预想的更糟糕。”黄发学开门见山地说。“刚进村里头，看到大多数房子都是石头砌的，贫困户不少。”

为了尽快摸清雪岩顶村的实际情况，长航局扶贫工作队队员们翻山越岭，挨家挨户拜访，个个成为“活地图”。70 多天里，扶贫工作队的足迹遍布了雪岩顶村的沟沟坎坎间；70 多天里，他们临时办公的房间灯光几乎没熄过，每天开会到深夜……

让他们牵挂的事情太多了！

山沟里转，火炉边唠，一笔笔账，灼烧着每一个队员的心：全村 157 户 501 人，靠天吃饭，靠天种田，2014 年人均纯收入仅 2560 元。

比贫穷更让人揪心的，是观念的陈旧与闭塞。100 公里外的花坪镇避暑度假办得红红火火，这里却埋头种着苞米无动于衷……

耗时两个多月，扶贫工作队精准识别雪岩顶村贫困户 74 户 238 人，为每户贫困户量身打造了脱贫计划。

“因为世世代代都穷，所以刚开始老百姓对扶贫队没有抱多大期望。”村支书李贤江说。为了打通与群众沟通的桥梁，队员们多次主动上门，往村民家中跑。一趟趟，一户户，拉家常、讲政策。“我们把工作做到位，以心换心，村民们就会跟着走的。”张志凌说。扶贫队队员的一举一动、一言一行，村民们看在眼里、记在心里，信任的种子落地生根。

冬阳暖人，滴水润心。越来越多的村民们认定：跟着扶贫工作队干就会有好日子！

“你们到这山沟里造罪，图个啥？”曾有村民说出心底的疑问。

“山清，水秀，人活，家富。”

找对路子　石山长出“摇钱树”

脱贫攻坚，战鼓催征。怎么脱贫？长航局扶贫工作队队员们深感责任重大。

先找水，有水才能活路。1 个 60 方的蓄水池，开启了扶贫工作队的“找水之路”。

接着修路，有路才能致富。起早贪黑，唯一一条通往山外的 7.5 公里主干道翻新、改建。

还有网络，网络通了与山外的信息交换才能通畅。跑乡里，跑州里，辗转往返，深山沟里通上了电话，连上了网络……

路通了、水有了，发展致富产业成为雪岩顶村村民们最大的期盼。“群众要致富，产业是出路。没有好产业，村子难出列。”黄发学说。为向“科学”讨答案，扶贫队队员的公文包里，总是揣着雪岩顶村的一捧土。农业大学、农业企业等等，他们一家家咨询，一个个求教。2017 年，在小范围试种成功的基础上，扶贫工作队最终确定了雪岩顶村产业发展方向：通过栽种银杏、落叶松着眼长期打造生态林绿化、乡村生态旅游区建设；集中连片种植清脆李，致力中期高山蔬果种植基地打造；科学养牛、贝母套种、烤烟等则是短期发展项目。同时联系当地企业将雪岩顶村作为该公司的新型枸杞种植基地之一，与村民签订包收购枸杞鲜果合同。

创业维艰，一切都要从头学起。栽培，嫁接，剪枝，防病灾害，浇水施肥，只要是与苗木技术有关的书籍资料，他们都当宝贝。深山静夜，一页页啃，一点点琢磨，一年多下来，光笔记就做了 4 大本。青脆李、贝母、枸杞、银杏、落叶松……一个个适合雪岩顶村光、热、水、土的优良品种引进来、扎下根。

“我家的好日子是从种青脆李开始。”村民杨正英指着自家的二层水泥房自豪地说,“当初做这房子,全靠在合作社打工赚的钱呢!”

然而,初听要种青脆李,许多村民心里都在打鼓:水果能顶饭吃?卖不出去咋办?4 名扶贫工作队员与村干部一道挨家挨户做工作。

“农民心里都有本账,有收益产业才能落地。”王海江回忆道,那段时间天天跟村民一起算细账:种玉米、土豆,1 亩地挣 400 多元;入股合作社,几年以后就有了分红,还可以到合作社打工挣钱……

村委会、家庭会,大小会开了上百次,嘴皮子磨破,人心焐热了。在扶贫工作队的带动下,雪岩顶村成立了建始县顶皓生态农业专业合作社和建始县宏平养殖专业合作社,建设了 150 亩的青脆李套种贝母连片基地和 44 亩枸杞种植试验基地。

两度寒暑,近 200 亩荒山秃岭在这捧心血的浇灌下郁郁葱葱。

两度寒暑,扶贫队队员的脸黑了,人瘦了;但村里的产业兴了,活力有了。

绿起来的大山成了资源,孕育着新希望。2017 年 12 月,雪岩顶村通过州县两级脱贫验收。

搬出深山　老乡奔向新生活

雨后,山里的空气格外清新,村里又开起一次屋场会。

搬迁的最后期限定了下来。“月底前拆完老宅,不然会影响后面的政策。”70 多岁的村民谭先高又叮嘱了一遍。

“对头,要抓紧拆完、复垦。”“不能住上新房,还占着老宅。”村里人你一言我一语,气氛热烈。

2017 年 11 月 27 日,雪岩顶村扶贫小区通过验收。长航局扶贫工作队争取异地搬迁资金 500 万,在严格的审核下,实施危房改造和易地扶贫搬迁农户 104 户,几乎覆盖了所有贫困户。

“太不容易了!”黄发学感慨。2015 年 12 月,雪岩顶村召开第一次扶贫搬迁屋场会。来了 47 户人家,只有 14 户同意搬,搬迁率不足 30%。对于搬迁,老人们基本不同意,怎么办?“一次不行两次,两次不行三次”,扶贫工作队把工作做到田间地头上。

担心搬不起——黄发学上门讲政策:贫困户搬迁有优惠,而且老房的宅基地复垦还有补贴;担心搬走了没有收入——刘向群掐着指头算增收账:搬迁后同样可以种田,打工的机会更多,一年的收入只会更多……

面对面,手把手,心贴心。温暖一方,带动一方,改变一方。

一年半时间,大大小小数次扶贫搬迁屋场会,雪岩顶村村民的共识逐渐凝聚:搬出深山,奔向充满希望的新生活。

然而搬出深山只是第一步,能不能稳得住、能脱贫、可致富?对此,扶贫队通过为贫困户专门定制培训,建立专业合作社,增加公益性岗位等措施,将“户户有营生”落到实处。

越来越多村民感慨,“村子变化太大了,简直是脱胎换骨!现在,在外面我可以很自豪地说,我来自雪岩顶村!”

(全媒记者　廖琨　特约记者　李璐)

(《中国水运报》,2020 年 11 月 11 日第 2 版)

江西交通驻村工作队化解百年恩怨 解开用水“梁子”结下扶贫对子

“听说我太爷爷年轻时就曾因吃水问题与童山、金湾两地村民起过纷争，算起来用水纠纷至少有上百年了。”日前，在江西省上饶市广信区湖村乡西龙岗村杨湾自然村，61岁的村民李祥义向记者回忆起祖辈争抢水源的经历。

由于地势原因，杨湾自然村长期面临着生活饮用水水量不足、水质污染等困扰，一直打算把灵山山脉北部一条名叫杨水源的山溪水作为饮用水源，却因灌溉等问题与同属西龙岗村的童山、金湾两个自然村争夺不休。

2020年春节，吃水纠纷终于化解。在江西省交通运输厅定点帮扶工作队的不懈努力下，西龙岗村高位饮水工程顺利完工，清澈甘甜的山溪水顺着自来水管流进了村民家中，各项扶贫举措也在山溪水的滋润下开花结果。

挨家挨户做工作

西龙岗村是江西省交通运输厅定点帮扶贫困村，总人口580户2260人，建档立卡贫困户103户340人。“积年累月的‘梁子’让三个自然村间的用水矛盾十分突出。”李祥义说。

2013年至2017年间，西龙岗村曾先后3次立项实施杨水源高位饮水工程，但均被童山和金湾两地村民强行阻工。其间虽然添置了小型净水设备，但饮水难的问题仍没有得到根本解决。

随着江西省交通运输厅驻村工作队的进驻，困扰西龙岗村的难题终于迎来转机。工作队始终将杨湾自然村饮水安全作为村里必须解决的突出大事来抓。“解决杨湾饮水安全问题是落实‘两不愁三保障’的要求，开展群众工作、化解群众矛盾也是驻村工作的一部分。”江西省交通运输厅驻西龙岗村扶贫工作队第一书记廖晓锋坚定地说。

“世间自有千千结，唯有心结最难解。”驻村工作队在做通村干部思想工作的基础上，不断入户走访，劝导化解恩怨，有针对性地开展宣传教育工作，为饮水工程赢得了广泛群众基础。

饮水工程是三个自然村村民的民生工程。驻村工作队反复研究，终于提出了获得杨湾、童山、金湾三地村民一致认可的方案。此外，驻村工作队多次向县、乡党委报告有关情况和解决问题的措施，项目重新立项、实施方案制定等全部环节得到了当地政府的大力支持。

在工程实施过程中，驻村工作队始终将杨水源高位饮水工程作为西龙岗村的重大事项，坚持“四议两公开”程序，每个程序都认真听取村民意见建议，多次修订完善工程实施方案。2019 年 8 月，在西龙岗村村民代表大会上，22 名代表全票通过了工程实施方案。

真情帮扶换来真心支持

在廖晓锋看来，是驻村工作队的真情帮扶换来了村民的真心支持。2018 年，驻村工作队带领村两委和贫困群众共同成立了上饶县上苏扶贫种植专业合作社，依托西龙岗村的土壤和气候优势，发展了“灵山小香薯”扶贫产业。2019 年度，该产业总销售收入达 61 万元，带动 80 名贫困群众合计增收 26 万元，实现村集体收入 13 万元。

“近年来，西龙岗村发生了巨大变化，绝大部分群众非常认可驻村工作队的工作成效。”廖晓锋说。

在驻村工作队的不懈努力下，2019 年 10 月，童山、金湾、杨湾三个自然村顺利签署了杨水源高位饮水工程用水协议；同年 11 月，高位饮水工程快速完工，村民饮水问题得以彻底解决。

在走访和宣传教育过程中，童山和金湾群众提出希望驻村工作队支持修建小学生上学便道等合理诉求。驻村工作队能帮尽帮，想方设法筹集资金予以解决，赢得了广大群众的称赞和支持。

（驻江西首席记者　练崇田　本报记者　黄金）

（《中国交通报》，2020 年 3 月 15 日第 1 版）

贫困村的美丽嬗变

——宜宾海事局走深走实脱贫攻坚之路

2020 年 7 月 5 日，记者走进宜宾海事局定点帮扶的宜宾市珙县沐滩镇新建村，只见山野滴翠、砂仁飘香，村民们正忙着采摘桑叶，育蚕摘茧，村里到处是一派欣欣向荣的景象。来到另一个定点帮扶山村——宜宾市屏山县屏山镇柑坳村，只见乒乓球大小的茵红李挂满枝头，满山坡的村民正热火朝天忙着将李子摘下，通过电商渠道送往全国各地。

按照宜宾市委部署，宜宾海事局分别于 2018 年和 2019 年开始对新建村、柑坳村开展脱贫帮扶工作，制定年度帮扶工作计划、千方百计筹措扶贫资金、单位主要领导经常性入村入户调研……宜宾海事局用一项项务实有效的举措，助力贫困村一天天向美丽、殷实转变。

蒋国权(右)与新建村致富带头人李忠均察看桑叶长势

扎根扶贫第一线

“脱贫攻坚是党中央一项重大战略决策，要把它当作一项重要的政治任务来抓，坚定不移用宜宾海事人的‘搏激’精神，切实带领村民们脱贫致富！”2018年，宜宾海事局党委召开脱贫攻坚专题会议时这样部署。为将脱贫攻坚各项举措落到实处，当年6月，宜宾海事局派出局里有20年扶贫工作经验的四级高级主办蒋国权，前往新建村担任驻村工作队队长。

那时，新建村基础设施薄弱，交通条件落后；年轻人大多外出务工，村里缺劳力、缺技术比重大；贫困户达67户223人，占总人口的五分之一；村集体经济收入为零，产业薄弱，村民年均收入仅有2000多元。

怎么改变落后的面貌，带领全村人脱贫？面对村民们的观望、期待甚至疑虑，蒋国权没有一丝退缩。“背后有局党委的高度支持和大力帮助，我有信心能带着老乡们共同致富！”从部队副营长转业的蒋国权，身高1米8以上，说话铿锵有力，办事更是一丝不苟，有着一股子退伍军人本色不褪的坚毅果敢。

他拒绝“资料扶贫”，俯下身子，坚持将脚印留在全村3.6平方公里的土地上，将组织要求的每季度走访一遍全村落实为每月走访一遍；为更深入了解村民的痛点、难点，他从拉家常、讲“田坎文化”开始，与村民从陌生隔阂到推心置腹；经验丰富的他甚至成了调解村民矛盾的“金牌调解员”……真心帮扶下，大家都认同了这个“不见外”的“外乡人”，亲切称呼他为“高营长”。

2018年6月17日深夜，宜宾长宁县发生6.0级地震，新建村离震中双河镇仅有67公里，当时正在珙县党校参加培训的蒋国权惦记着村民们的安危，即使膝盖半月板受伤行走不便，还是凌晨4点从县城出发，想方设法第一时间回到了村里与村民们并肩战斗。当排查完全村灾情后，他又响应号召，第一时间报名了沐滩镇的抗震救灾党员突击队参与救灾工作。

2020年以来，他在新建村又亲身体验了三次3级以上地震。“地震发生时，虽然也提心吊胆，但是无论如何也得留下！在岗一天，就得坚守一天，这是共产党员的职责！”他笑着说。

宜宾海事局定点帮扶新建村领导小组的成员也时常亲临一线，切实推动解决了不少实际困难。2018年7月末，宜宾海事局首任局长张刚带队调研新建村脱贫的重难点问题，决定为新建村提供危房改造、道路建设等专项补助4万元；2019年6月20日，余震不断，该局第二任局长程小胜坚持前往新建村调研震后重建工作，为新建村专项拨付震后救灾资金3万元；2019年1月末，该局政委严以立冒雨入村，为贫困户送去新春关怀和祝福……“脱贫攻坚是党中央一项重大战略决策，我们将坚定不移一以贯之，不获全胜，绝不收兵。”该局相关负责人谈到。

打好帮扶“组合拳”

“精准扶贫，关键在于‘精准’二字，要因地制宜，因户施策，把准脉，用良药，让贫困户脱离受穷的苦，感受生活的甜。”宜宾海事局提出了扶贫思路。

“发展产业是实现脱贫的根本之策。”宜宾海事局配合村两委，以发展培育桑蚕产业作为新建村产业扶贫抓手，让“输血”变为“造血”，让贫困群众拥有可持续脱贫的基础。当前，驻村工作队帮助村里培育了更多养蚕致富带头人，并推荐优秀村民外出学习养蚕技能，争取资金建设养蚕配套设施。“看着产业壮起来，老乡们的腰包鼓起来，我们自个儿也打心底里高兴。”蒋国权真诚地说。

贫困户韩周容独自抚养两个孩子长大，因为孩子上学、家中缺乏劳动力而陷入贫困。蒋国权多次上门鼓励她适度扩大养蚕规模，并兼顾养猪、养牛等，发展多样化产业平摊市场风险。“以前就靠种点苞谷，一年忙到头，只能勉强解决温饱，日子过得紧巴巴。现在每年毛收入10万元不成问题，还提前一年还清了扶贫贷款，现在就等着儿子娶媳妇儿咯！”谈起新生活，韩周容脸上笑纹多过皱纹，满眼都是期待。

宜宾海事局还多措并举打出了帮扶“组合拳”。在自身扶贫预算并不充足的情况下，拨付2万元资金用于新建村购买太阳能路灯灯杆及安装；充分发挥水运主管单位优势，推荐符合条件的贫困劳动力到水运行业就业，通过一个人就业带动一家人脱贫；当前，宜宾海事局又在积极帮助新建村探索乡村旅游发展新路子，让村民们也吃上一碗“旅游饭”。

2020年春节，新冠肺炎疫情突如其来，宜宾海事局党委第一时间部署疫情防控时期的脱贫攻坚工作，“战疫”“战贫”两手抓、两手硬。正月初九，蒋国权便下到新建村开展疫情防控工作，成为村里防疫的骨干力量之一。

当时交通物流运输受阻，柑坳村大量肉兔、鸡、鸭等家禽滞销，宜宾海事局及时伸出援手，通过消费扶贫的方式，从柑坳村购买了价值3万元的农副产品。同时，该局干部职工也通过个人力量大力购买并推广该村的土特产品，与村民们共渡难关。

誓让旧貌换新颜

通过多年帮扶,2018 年,新建村实现了整村脱贫。人均年收入从 2014 年的 1000 元不到,到现在超过了 4000 元;集体经济实现了从无到有;桑蚕、岩桂、肉牛、生猪等产业发展都让村民有了坚实的脱贫基础。柑坳村于 2016 年实现了整村脱贫,正处于巩固脱贫成果的关键阶段,当前人均年收入比 2014 年增长了 2.5 倍,贫困发生率从 2014 年的 10% 降到了 0。

收入增加了,村貌靓丽了,宜宾海事局继而将扶贫重点转到了"思想扶贫"上。"扶贫,不仅要富'口袋',还要富'脑袋',要进一步激发贫困群众的内生动力,拔掉思想上的'穷根'。"蒋国权一席话掷地有声。

"扶贫先扶志,治贫先治心。"在村里,蒋国权所在的驻村工作队与村两委班子通过召开院坝会、上门走访、开办农民夜校等形式,让村里逐渐移风易俗,开创文明新风。"现在村里聚集打牌的人少了,种桑养蚕的多了,浪费铺张少了,勤俭节约的人多了,现在大家都找到了事情干,村里自然生机蓬勃。"新建村支部书记黄之奎高兴地说。

在离村委会不远的一大片空地上,一个养牛场正在兴建。蒋国权告诉记者,这里是优秀返乡青年黄万松开办的养牛场。"当前,我们正在协助村里推进'引凤还巢'工程,为返乡青年争取好政策,优化服务环境,让他们切实感受到,留在村里也是大有可为的。"

2020 年是脱贫攻坚战的收官之年,怎么顺利收官?宜宾海事局党委表示,将持续把脱贫攻坚工作当作一项重要的政治任务来抓,在过渡期内严格落实摘帽不摘责任、摘帽不摘政策、摘帽不摘帮扶、摘帽不摘监管,把老乡们扶上马再送一程。努力巩固提升脱贫成果,为推进全面脱贫与乡村振兴战略的有效衔接继续贡献海事力量。

(全媒记者　周佳玲　通讯员　闫华翔　文/图)

(《中国水运报》,2020 年 7 月 8 日第 2 版)

莆田高速　帮扶有力量　脱贫劲不松

“8点准时打卡,熟悉工作流程,帮助车户办理ETC,协助安装及售后……”这是暑假期间,福建省莆田市埭头镇鹅头村贫困大学生吴淑贞在福建省高速集团有限公司莆田管理分公司)埭头征管所实习的工作日常。

自2020年开工以来,莆田高速致力于脱贫攻坚的力度不减、劲头不松,围绕帮扶“难点”、滞销“痛点”、脱贫“重点”,千方百计为贫困群众排忧解难,为扎实做好“六稳”工作、落实“六保”任务倾注高速力量。

消费扶贫　打破滞销“痛点”

莆田高速积极创新工作举措,开展多种形式扶贫工作,在得知仙游县大济镇坑北村的青枣滞销后,莆田高速迅速启动帮销助农工作,一场“战疫助农”行动在莆田高速迅速掀起。

行动过程中,服务区对接货源,在全公司范围内推广内销,并通过服务区设点、朋友圈宣传等方式助销。这场助农行动也得到了全公司上下和社会各界的广泛支持,短时间内即为果农营销青枣1000多斤。

有了青枣销售的经验后,莆田高速开始尝试在线下帮销的基础上,积极探索线上消费扶贫。利用节假日,莆田高速在所辖服务区开展了“直播带货”活动,卖起了枇杷、枇杷膏,工作人员热情吆喝、细心介绍,还跟司乘人员有趣互动。“一路帮”志愿者化身“主播”,服务区秒变“直播间”,丰富的线上推广、线下体验,让这场传递“莆田甜”的行动得到了过往司乘人员的关注和点赞。

2020年以来,莆田高速累计销售枇杷1.2万余斤、枇杷膏600余盒,有效缓解了当地村民的销售压力。

深入一线　精准结对共建

授人以鱼不如授人以渔。在解决疫情造成的困难基础上,莆田高速着眼长远目标,把扶贫同扶志扶智相结合。在助力消费的基础上,莆田高速的扶贫队伍还深入贫困地区一线,助力脱贫攻坚。

按照福建省高速集团关于决战决胜脱贫攻坚的工作安排和莆田市委文明办“城乡结对文明共建”活动部署,莆田高速与莆田市秀屿区埭头镇鹅头村开启了结对帮扶,使扶贫工作更加精准。

结对帮扶以来,莆田高速党委班子多次与鹅头村委共同研究帮扶工作的着力点和需求点,积极探索扶贫新路子。在派工作人员实地考察、走访了解后,莆田高速及时建立帮扶台账,聚焦帮扶重点人群,通过一系列志愿服务,有针对性地开展帮扶,补齐脱贫攻坚中的工作“短板”,切实打造结对样板。

除此之外,莆田高速还帮助1名品学兼优但家境困难的高中生,并为1名贫困在校大学生提供岗位锻炼机会。近期,莆田高速“一路帮”志愿者走进鹅头村鹅侨小学、仙游县兰石小学,与孩子们一起上安全课、画手工扇,并通过捐赠书籍、诵读经典等方式鼓励他们克服困难、树立信心,切实将脱贫重点由“输血式”向“造血式”转变。

下一步,莆田高速将在以往成绩基础上持续探索有效载体,走好走稳企村共建路、精准帮扶路,实现脱贫攻坚与乡村振兴、扶贫扶志扶智的有效衔接,进一步巩固脱贫攻坚成果。

(何巧丹)

(《中国交通报》,2020年9月27日第6版)

脱贫攻坚　交通先行

要想富，先修路。脱贫攻坚，交通先行。近年来，我国农村交通面貌发生了巨大变化，方便了百姓出行，也让广大乡村因路而兴、因路更美。2020 年 8 月 12 日，国新办举办中外记者见面会，邀请 5 位交通扶贫干部和典型代表分享了他们亲历的交通扶贫故事。

“近 5 年是西藏完成投资最多、建设速度最快、发展成就最显著、发展成果惠及人民群众最普遍的时期。”交通运输部选派的援藏干部、西藏自治区交通运输厅厅长徐文强告诉记者一组数据：“十三五”期间，西藏交通运输固定资产完成投资将超过 2515 亿元；“十二五”末，西藏高速公路只有 38 公里，目前已增至 620 公里，“十三五”在建项目完工后将突破 1100 公里；截至 2019 年底，全区公路通车里程达 10.45 万公里，“到今年底，新的青藏（国道 345 线）、新藏（国道 216 线）通道将投入使用，全区具备条件的乡镇、建制村将全部通公路，95% 的乡镇和 75% 的建制村通硬化路，今后进藏游客和当地群众出行将更加安全、畅通、便捷。”

“安远到底远不远？2013 年前，答案是非常远——从县城到赣州市不到 200 公里，去一趟要一天。对口支援工作以来，安远县高速公路实现了零的突破，形成了北上南昌、南下广东、东出福建、西进湖南的高速公路大通道，现在是‘安远不远，景在眼前’。”会上，曾在江西省赣州市安远县挂职的交通运输部干部罗洪波，介绍交通给当地带来的变化：企业多了，更多青壮年劳动力在家门口就业；物流成本降低，通行条件更好，电商和旅游产业发展起来，去年全县电商营业收入达 20 亿元，电商扶贫产业覆盖了 80% 的乡镇、32% 的贫困农民，1/3 以上乡镇发展起旅游业，去年接待旅游人数达 480 万人。罗洪波告诉记者，近几年，安远还建成一批村级交通服务站，集合了农村客运站、农村公路养护站、电商物流集散点、商铺等功能，“‘多站合一’，让有限的交通投资项目发挥了最大效益。”

地处川青交界地区的四川省甘孜藏族自治州色达县是全国 189 个深度贫困县之一，平均海拔 4127 米，山大沟深，曾经环境闭塞。正在色达县挂职的交通运输部干部桂志敬亲历了这里交通条件的改善："经过4年定点扶贫，色达的公路通车里程达到2260公里，17个乡镇、134个行政村实现了100%通硬化路、100%通农村客车，圆满完成了'两通'目标。2020年2月，色达县正式退出贫困县序列。"近年来，色达县的招商引资规模攀升到2019年的1.3亿元，酒店从54家增至150多家。"'道路兴、百业兴'，相信色达群众更好的日子还在后面。"桂志敬动情地说。

"持续改善的交通运输条件，带来了人气、财力，奠定了产业发展的坚实基础。"曾在四川省阿坝藏族羌族自治州黑水县芦花镇热拉村担任第一书记的交通运输部干部吕怡达对交通扶贫的作用感触很深：热拉村以前是"晴天一身土，雨天一身泥"，生产生活、走亲访友都不够便利，通过交通扶贫，村里建设了6.9公里村组道路，实现了"出门硬化路，抬脚上客车"。"2018年，村里还成立了一家食品公司，对外销售牦牛肉、黑水中蜂蜜等特色农产品。去年这家公司实现销售收入260万元，带动贫困户就业10人、非贫困户就业20人，有效提振了全村百姓劳动致富的信心。"吕怡达说。

"过去，店子坪村的村民到邻近的高坪镇赶集，要沿着两岸的绝壁小道翻山越岭，来回要两三个小时。2002年，我担任村支书后，带领村民打响了'修路第一炮'。"湖北省恩施土家族苗族自治州建始县店子坪村党支部书记王光国在会上深情回忆道：这些年，村里从凿毛路、修砂石路到修水泥路、沥青路，再到实现硬化路户户通。"原来我们种的是土豆、苞谷、黄豆'老三样'，现在改种了水果，还建起了小辣椒厂，产品销往国外。路通了，带动了产业发展，带来了百姓致富。"王光国热情地向大家发出邀请，"我们村庄在深山里，环境非常优美，希望大家去看看，见证交通给农村带来的变化！"

（本报记者　刘志强）

（《人民日报》，2020年8月13日第4版）

风雨扶贫路　拳拳赤子心

2020年是全面建成小康社会目标实现之年，是全面打赢脱贫攻坚战收官之年。8月12日，国新办举行中外记者见面会，邀请5位交通扶贫干部和典型代表，讲述交通扶贫故事，展现交通扶贫成绩。

因路而变　破解脱贫"痛点"

"交通闭塞一直是贫困地区脱贫致富的'痛点'。"来自湖北省恩施州建始县龙坪乡店子坪村的"愚公书记"王光国对此深有体会。2002年以来，王光国发扬"愚公精神"，带领村民决战"左边石柱河，右边洋芋河，前面梯子河，后面大山坡，祖祖辈辈肩挑背磨像骆驼"的出山之苦，在悬崖绝壁打通出山路。

王光国介绍，店子坪村在绝壁小道上，有很多老百姓不幸摔下了河谷，先后有七人被夺去了生命。"我感觉非常的心痛，交通对我们山区的重要性不言而喻。"近年来，曾是国家级贫困县的建始县，以"四好农村路"为抓手，不断加大交通基础设施建设投入力度，如今的店子坪村实现了户户通、村村通，店子坪的老百姓也走上了致富快车道。"2017年，我们村绝壁凿路、因路而变的故事被改编拍摄成全国首部'四好农村路'题材电影《村路弯弯》，上映后很多村民含泪看完，今年由中宣部和中央广播电视总台联合拍摄的《一村一寨总关情》，即将在央视播放。这里的变化也就是贫困山区得到交通支持发生的一个缩影，是交通部门从根本上让我们摘掉了贫困帽。"

色达县地处川青交界地区，是全国189个深度贫困县之一，平均海拔4127米，山大沟深，环境闭塞，常冬无夏。交通运输部安全与质量监督管理司公路工程质量监督处桂志敬，目前在四川省甘孜藏族自治州色达县挂职任县委副书记，他回忆，色达建县之初没有一条公路，运输全凭人背马驮，受特殊地理位置影响，色达的交通发展缓慢。到"十二五"末，全县没有高速、没有省道、没有县道、没有城市公交、没有农村客运。"2015年，交通运输部定点扶贫色达，开启了色达交通建设的新征程。"发布会上，桂志敬激动地说，"经过4年的定点扶贫，色达的公路通车里程达到2260公里，17个乡镇134个行政村实现了100%通硬化路，100%通农村客车，圆满完成了‘两通’目标，今年 2 月份，四川省人民政府正式宣布色达县退出贫困县序列。”

西藏作为全国唯一的省级集中连片特困地区，贫困程度深、贫困范围广、脱贫难度大。全区 356 万人，有 239.9 万生活在农村、农牧区，占比达 68.5%。交通运输部选派的中央国家机关第八批转第九批援藏干部徐文强，现任西藏自治区交通运输厅厅长，他介绍，脱贫攻坚 4 年来，西藏累计投入资金 941.6 亿元，实施了 3123 个农村公路建设项目，改造、新建农村公路里程达到 3.82 万公里，全部按照等级公路的标准实施建设，这些公路首尾相接，能够绕赤道一周。目前，乡镇公路通达水平达到 99.9%，村的通达水平达到 99.8%。到今年年底，具备条件的所有乡镇、所有的建制村将全部通上公路，其中 95%的乡镇和 75%的行政村将会通上油路。

徐文强自豪地说：“现在，西藏农牧区实现了路通、车通，也带来了百业兴旺，老百姓走上了油路、水泥路，也乘上了新车，他们的生活越来越美满、越来越幸福。”

以“精神翻身”带动“经济翻身”

交通运输部法制司执法监督处处长罗洪波，2016 年至 2018 年 3 月期间，任江西省赣州市安远县委副书记。他认为，交通发展可以改变生活，交通发展也可以改变思想观念。交通基础设施条件的改善，加强了贫困地区内外的物质和思想交流，引导了贫困群众从“生产方式、生活习惯”等方面改变思维定式，以“精神翻身”带动“经济翻身”。

罗洪波介绍，交通的发展带来了投资环境的改善。以前县里的青壮年劳动力出门打工，很多村变成了“空心村”。随着企业的增多、用工量的增多，大量的青壮年、劳动力已经回到了自己的家乡，建设家乡。另外，交通的发展也带来了物流成本的降低，进而直接促进电商发展。目前，全县有 1800 余家电商，而这些电商从业人员 60%都是大学毕业生或者是返乡创业的青年。2019 年全县电商的营业收入达到了 20 亿元，电商扶贫的产业覆盖了 80%的乡镇和 32%的贫困农民，“空心村”悄悄改变了落后的面貌。

“这两年我在村里工作，感受最深的变化就是交通运输建设带来的巨大改变。热拉村在完成村组道路建设以前，是‘晴天一身土、雨天一身泥’，在完成道路硬化工作后，全村的村民都很振奋。”交通运输部中国海上搜救中心综合处主任科员吕怡达,2017 年 9 月至 2019 年 9 月期间,任四川省阿坝州黑水县芦花镇热拉村驻村第一书记,他感叹,路通之后,就业的选择更多,买卖农产品更方便、务工就业选择更丰富;创业的机会更多,外界的种苗、饲料进村更容易,集中开展高山娃娃菜、散养凤尾鸡等已有良好基础;思想的交流更多,外地亲友、游客来访更多,相互之间的交流、合作更多;观念的转变更大,青少年对出去闯一闯、看一看的兴趣更强,大学生也有浓厚返乡创业的意愿。

如今,通过交通扶贫攻坚,热拉村通了硬化路、通了客车,建设完成村组道路 6.9 公里,家家都通了硬化路,实现了全村百姓“出门硬化路、抬脚上客车”的梦想。

探索出“1 + N”交通扶贫新路子

“聚焦定点扶贫县脱贫攻坚,就是要积极发挥交通行业的优势,想办法、出实招,为定点扶贫县打赢脱贫攻坚战创造更好的发展条件,努力走出一条交通定点扶贫新路子。”桂志敬表示,对此,色达县成立了结对帮扶工作组,分别由交通运输部公路局牵头,部国际司、部公路院、船级社、四川省公路局等参与配合,坚持“脱贫攻坚,交通先行”的理念,积极探索“1 + N”交通扶贫模式,有效保障了定点扶贫工作的全方位、多层次深入开展。

比如,通过“交通 + 脱贫攻坚”帮扶方式,大力开展农村公路的修筑,路通了,客车通了,实现“两通”目标。通过“交通 + 旅游”帮扶方式,通过农村公路将色达旅游景点相互串联,形成全域旅游规模效应,2016 年县里只有 54 个酒店,2019 年有 150 多个了。通过“交通 + 就业”帮扶方式,为致富增收提供保障。鼓励在建工程项目聘用当地 20 余名贫困户参与工程建设;联系职业学校为色达培养了 10 名施工机械操作手;通过开发公益性岗位,引导 268 名贫困户担任养路员,推动了农村公路养护工作的开展,实现了交通发展与就业增收的良性互动。

交通扶贫在脱贫攻坚中非常重要,但也会面临方方面面的困难,罗洪波认为,这需要扶贫干部抓住问题核心,即如何将有效的交通投资发挥最大的扶贫效能。

他介绍,高速公路通道打开以后,现在从厦门、深圳、广州的旅游大巴直达安远,全程高速大概需 5 个小时,这是“交通 + 旅游”的一个起点。但是,这些并不足以让老百姓、让贫困群众在“交通 + 旅游”的建设当中获取直接的收益。对此,他们在工作中开启了“快进慢游”的工作模式。近几年,除了农村公路建设以外，重点建设了300多公里高品质的美丽生态文明示范路，这些示范路构筑了一个两天半的旅游圈，让外地的游客在安远进得来、玩得好。通过这样的方式，县里1/3以上的乡镇都直接参与了旅游，催生了接近400家左右的农家乐和采摘园。“我们全县的人口是40万，2019年的旅游人数达到了480万，而且近几年平均增速都在30%以上。”对口支援工作开展以来，交通运输部将“造血”与“输血”、“扶贫”与“扶智”相结合，开展全方位、立体式帮扶援助。

“要踏踏实实为老百姓做点事”

结合挂职经历的体会，吕怡达表示，虽然在生活习惯上有些许差异，但是无论藏族还是汉族，对美好生活的向往是一致的，一道过上好日子的奋斗目标是一致的。驻村期间，他多次研读了《习近平的七年知青岁月》一书，学会了很多开展农村工作的方法，并始终牢记习近平总书记“懂得感恩和回报，想为老百姓做点事”的初心。

回忆起那两年驻村经历，他感慨万千。2017年，村里开展村容村貌整治，需要协调附近的1个贫困户将他们长期占道堆放的木柴从房前转移到屋后，来清理出一个小院坝平台供村民休息。吕怡达介绍，贫困户对此很不理解，他俩一个汉语不好，一个藏语不行，沟通有一定难度，于是他和当地干部反复做了多次协调，一次不行两次，两次不行三次，直到贫困户理解认可。后来，院坝平台清理完毕，种了一些花草，环境适合休息，这个贫困户竖起了大拇指，连称“巴适”，此后，他还特别支持驻村干部的扶贫工作。“两年下来，我深刻地感受到，群众永远是感情最真挚、最朴素的一群人，当你为他真心考虑、倾情帮扶时，他就会对你掏心掏肺、全力配合。”

扶贫干部怎么才能真正被当地接受和认可？徐文强认为，要带着感情，扑下身子，踏踏实实为当地老百姓做一点事情。4年来，他每年在藏时间都在10个月以上；下乡、到工地跑了18万多公里；翻越了全西藏所有能过汽车的高山和大坂，74个县到过70个；去了5次墨脱；到过几十个边防哨所和连队。他走访过上百户藏族农牧民，深入了解老百姓最真实的情况，也越来越喜欢吃老百姓做的酥油茶、糌粑和风干牦牛肉。

西藏高寒缺氧，条件艰苦，来了就要苦干，不能混日子。上一轮援藏期满后，组织要求他再延长3年，这对年届半百的他来说是个重大考验，但更是组织的最大肯定、最大褒奖。“我没有半点犹豫，开始了第二个援藏任期，今年，组织又决定让我担任交通运输厅的厅长,这是自治区党委、政府对中央国家机关援藏扶贫干部的最大信赖。”徐文强坚定有力地说道,“我将在我的第二故乡西藏,继续披风带雪,负重前行,践行使命,谱写好加快建设交通强国建设的西藏篇章,为西藏的繁荣稳定、民族团结作出自己的努力和贡献。”

(全媒记者　孙丹妮)

(《中国水运报》,2020 年 8 月 14 日第 1 版)

父女两代人　同筑交通梦

20 世纪 80 年代，父亲远离家乡来到大连瓦房店，成为沈大高速公路预制场的一名起重工。因为工期紧张，加上交通闭塞，一走便是一年。

春去冬归，始终如此，父亲的交通事业一干就是 30 年。

儿时通过座机电话，我从父亲口中了解到交通工程。后来有了移动手机，父亲每次回来都会给我看照片，从他如数家珍般的讲述中，我了解到工地环境的艰苦与施工人员的辛劳。再后来有了智能手机，父亲工作之余拍摄了许多工地的视频，而我却不忍再点开，因为我知道，父亲也是烈日下挥洒汗水的画中人。

2016 年 6 月，大学毕业后的我进入杭州市交通工程集团有限公司，也成为一名交通工程人，延续着父亲的使命。时至今日，我已参建了两个国家重点项目，见证了当地从天堑到通途，我走遍了父亲曾经走过的路，却不用再体会他当年的艰辛。

昔日的钢筋加工棚，几根木桩石棉瓦、一台简陋切割机就是全部；如今是方管钢板齐上阵，切割焊接自动化，棚内加工材料和设备分区设置，井然有序。昔日，运送混凝土靠“铁铲加小车”；如今，混凝土输送泵车是标配，原料“上天”“入地”不再难。昔日的工地上，几块石头支起锅，露天灶烧两个菜，水井旁边洗个澡；如今的大食堂窗明几净，独立卫浴洗去一天的疲惫……交通工程施工技术不断革新，工程人的工作生活也发生了天翻地覆的变化。

选择施工一线，就意味着风雨兼程、使命在肩。就拿我参与的溧阳至宁德国家高速公路 QHTJ03 标段建设来说，我们严格落实“绿色工地”“平安工地”目标，努力创建“品质工程”——通过分账管理、实名制度、信息公开等举措，杜绝拖欠民工工资；通过雨污分流、垃圾分类、边坡复绿等方式，公路创建有了绿色符号；通过安全双控、流动课堂、应急演练等活动，从源头上避免风险隐患……

两代人，三十载，共追一个交通梦。父亲从起重工到有自己的架桥机和团队，我从青涩少年到项目骨干，祖国交通事业从蹒跚起步到飞速发展，我们父女俩是见证者、建设者，更是受益者。在崇山峻岭间，在钢筋混凝土中，我们穿越了寒冬酷暑，为交通强国梦不懈奋斗。

走过肩挑手扛的穷困岁月,感受当下智慧建造的时代脉搏。我想,正是一代代交通工程人接续努力,才绘就出我国交通事业的宏伟蓝图。

踏着脚下修好的路,我们大步走向小康生活。

(杭州市交通工程集团有限公司职工　王晓双)

(《人民日报》,2020 年 7 月 7 日第 7 版)

带领乡亲打通脱贫致富路

——毛相林:“我愿当一辈子筑路人”

壁立千仞,群山合围。翻几座大山,盘过108道“之字拐”,重庆市巫山县下庄村便映入眼帘。这里地处巫山深处,如“深井”一般,“井底”缓坡上,小楼星罗棋布,大片柑橘林连绵起伏。

毛相林(上图,新华社记者王全超摄)是下庄村村委会主任,也是老村支书,当地人称他当代“愚公”。

成为“愚公”,是被穷逼出来的。“锁”在深山里的下庄村,以前是巫山县最穷的地方。村民外出只能徒步翻过绝壁,到县城得花两天时间。

不能让大山“困”住下庄!1997年开始,“愚公”毛相林带领乡亲们“移山”,用了整整7年时间,在绝壁上凿出一条“天路”。

路通了,产业也活了。在毛相林带动下,乡亲们种起了脐橙等水果,发展生态旅游。随之,一栋栋新楼拔地而起,一辆辆小轿车来来往往,日子一天比一天红火。

2015 年,曾经最穷的下庄村在全县率先实现整村脱贫。2019 年,村民人均收入达 12670 元,是修路前的 40 倍。

“要自己动手,劈山开路!”

“下庄像口井,井有万丈深。”小时候,毛相林就常听长辈们念叨。坐“井”观天,村民们有时也开玩笑说要修路,可没人敢下决心。

直到 1997 年的一天,38 岁的毛相林去县里开会,发现邻村村民家里有电视机,还有车子来收购蔬菜。“没想到山里还能这么生活!”回到村里,毛相林马上召集村民们商量修路的事。

“你看这山,鸟都飞不过去。”“钱从哪里来?”“要不搬出去算了?”

大伙你一句我一句。村里有几百亩地,乡亲们不想离开世世代代居住的土地,可想到修路之难也是特别打怵。

“不能坐等,要自己动手,劈山开路!”毛相林给村民们算了一笔账:公路预计七八公里,计划 20 年修完,每天修 1 米即可,全村将近 400 人,只要一起努力,修路是可行的。

不修路,没出路!几经周折,全村人终于下定决心。

男女老少齐上阵,冬去春来都不停。大家用最原始的办法,一块块石头凿。绝壁上,一个个“空中飞人”绑着绳索凿开炮眼、放上炸药……鞋子磨破就赤脚,夜里不便回家就住山洞。

可是,坏消息还是传来了。村民黄会元被巨石砸中,滚落下山,悲痛万分的毛相林一度动摇了修路的决心……此时,黄会元的父亲站出来说,“为了子孙后代,我儿子死得光荣!继续修!”顿时,大家齐刷刷地举手,擦掉眼泪,继续走向工地……

终于,2004 年春天,一条“玉带”出现在山腰上,下庄人终于打通康庄大道!

“失败了不要紧,继续干!”

路修通了,村民外出方便多了,当天就能往返县城。不少村民开始外出务工,赚钱补贴家用。

不过,村里没有产业,只能自给自足,村民依然贫困。“修好路,还要发展产业,打开财路!”毛相林又一次站出来,带领村民继续“折腾”。

2009 年,毛相林看到其他村发展蚕桑赚了钱,便号召村民种桑树养蚕。没想到,100 多亩桑树欣欣向荣,30 多张蚕子却死气沉沉。原来,下庄村海拔高、气温低,不适合养蚕。

“毛矮子蛮干,就知道瞎搞!”失败后,村民们意见很大。毛相林也很失落,在村民大会作检讨。

“老毛心还是好的嘛,只是急了点。哪个能一次就搞成功的?共产党员还怕这个?”会上,老党员杨元玖鼓励毛相林,也平息了大伙的议论。

山里人,脾气倔。失败反而激发了毛相林的韧劲:“失败了不要紧,继续干!”

第二年,毛相林在县城吃到一种西瓜,觉得特别香甜。他又动心了,想种植西瓜。不过,这次他精明了,先请教农技人员,自己试种两分地。

可喜的是,种西瓜,毛相林成功了。他把西瓜分给村民们吃,还卖到县城,赚了一笔钱。在毛相林带动下,下庄村终于有了第一个像样的产业。今年,村里西瓜种植面积达 200 亩。

村民们信心大增,毛相林乘势而上。2014 年,他邀请市县农业专家深入考察分析,确定发展柑橘、桃、西瓜三大产业。

在毛相林带领下,下庄村终于打通了脱贫致富路——650 亩柑橘套种西瓜、南瓜,150 亩桃园套种西瓜。村民刘恒保种了 10 亩柑橘,去年初挂果就收入 2 万多元。“光靠游客开着小车来采摘,就卖完了,都不用出门嘞。”刘恒保说,明年柑橘进入盛产期,收入还将翻番。

“讲述修路历程,激励更多人!”

公路通了,腰包鼓了,已年过六旬的毛相林依旧闲不下来。他在琢磨,怎么能让村里在外的年轻人回到家乡,振兴乡村。

29 岁的毛连长曾在外种西瓜、跑销售。今年春节回家,毛相林上门找他,“连长,留在村里吧,下庄村需要你们年轻人。”

看着毛相林满头白发,毛连长又回忆起当年修路的场景。看着村里产业蒸蒸日上,他动心了,选择留下,还说服女朋友也回来,准备发展民宿,搞直播带货。

这两年,返乡村民越来越多。200 多名外出务工村民中,已有 100 多人选择回来，振兴家乡。

2018年，毛相林提议，建一个全村的事迹陈列室，记录下庄人修路的故事："讲述修路历程，激励更多人！"

在乡党委、政府支持下，下庄人事迹陈列室于2019年落成。毛相林自告奋勇，当起讲解员。

在村口的下庄人事迹陈列室里，常常可见到毛相林的身影。他在为一批又一批的外地游客讲述当年的奋斗故事。

"这是我们当年修路时穿的鞋子，已经磨穿了……"毛相林说。这样的话，毛相林不知讲过多少遍，但每次都充满感情。

看着一拨拨年轻人来来去去，毛相林感慨万千："我愿当一辈子筑路人！"

（本报记者　王斌来　刘新吾）

（《人民日报》，2020年11月17日第6版）

让海事春风吹拂大山深处

——记“时代楷模黄文秀”式的海事扶贫干部陶三

夹在群山之间的百色市田林县那马村，是“十三五”广西壮族自治区深度贫困村，与外界的联通仅有一条不足四米宽的盘山小路，遇到夏季暴雨，道路塌方时有发生。封闭，贫穷，让村里183户贫困户苦苦挣扎，惨淡的日子似乎一眼望不到边。

然而，这种僵局自2018年3月起，因为一名“时代楷模黄文秀”式的脱贫攻坚“战士”、一位广西海事铁军的驻村而一点点改观：水、网、路等几辈人不敢奢望的问题得到解决，家家通自来水、户户通网络、屯屯通水泥路。每到夜晚，明亮的路灯照亮了小山村；村里原来单一的种植模式，被科学且销路有保障的“3＋1”特色产业所代替；2019年实现脱贫摘帽，贫困发生率由2018年年初的22.42%降至1.44%……

陶三（右一）一对一落实贫困补贴政策

2年多驻村时间里，这位海事铁军与战友们一起，为改善那马村贫苦、落后的面貌而奔走，让山村发生了翻天覆地的变化。而自己从年轻帅气的小伙子，变成了白发渐染的“大叔”，本就消瘦的身躯变得更加瘦弱……

他，就是山村致富带头人、百色市田林县那马村第一书记——陶三。

初心不改　从护航者到领航员

三十出头，高高瘦瘦，虽然两鬓已添了些许白发，两眼却炯炯有神。在那马村近2000名村民的眼里，他们的第一书记陶三，刚来时可是一个精干的后生呢，只两年下来，头发就白了好多，人也瘦了一圈，像变了个人似的！

“这都是为我们那马村操心累的呀！”那马村主任黄智生有些心疼地说。

“用两年多时间，换来那么多贫困户脱贫摘帽，并有稳定收入，山村面貌大变样，一想起来就舒坦呀！”陶三却满脸的高兴。

最让他打心眼里高兴的，是多年的梦想实实在在地变成了眼前的现实。

从江西省宜丰县的一个贫困小山村走出来，陶三深知山民日子的酸楚。在大学毕业加入百色海事局后，“得给山村百姓致富做点什么”的想法，很早就“种”在了他的心里。

因此，九年的海事工作中，他都一直申请到百色海事辖区最偏远、最艰苦的基层去。当来到百色海事局辖区最远的隆林办事处时，负责位于滇黔贵三省（区）交界处天生桥库区的监管重任，他便将内心的追求落实到每周护航“学生渡”中，通过精心守护，让一批又一批的孩子平安地往返于学校和村庄之间，孩子们都亲切地叫他“海事叔叔”。

“什么时候能让上学的路不要这么长呀？！”一次，一个男孩带着渴望的眼神问他。看到因高山湖水阻隔，孩子们每次上学要绕山路、坐渡船，花费近三个小时，陶三感到痛心而无奈。

当听到习近平总书记在2018年新年贺词中提到“到2020年我国现行标准下农村贫困人口实现脱贫”时，陶三实现梦想的心情更加迫切：如果能加入扶贫攻坚队伍中，为实现中华民族几千年来首次整体消除绝对贫困现象而尽一分力量，那将是多么荣幸的事啊！

机会终于来了。

2018年年初，当百色市委、市政府向全市各单位征集、选派脱贫攻坚工作队员时，陶三毫不犹豫地第一时间响应，郑重地向组织申请，并如愿以偿地成为扶贫队伍中光荣的一员。

2018 年 3 月，他换下笔挺的海事制服，身着简装、手提行李，搭火车、大巴，再换摩托车，转完“十八道”山路，辗转来到隐没在群山之间的田林县潞城瑶族乡那马村，成为村里的“第一书记”，从此全身心地开始了驻村扶贫工作。

和在海事工作相比，他感到目标更加亮堂：“第一书记”既是国家惠民政策的落点，也是精准扶贫的支点。他要利用这个身份、平台，将自己的梦想扩展得大大的，让它在百色红色革命根据地的小山村里变成现实。

从贫困山区走出来，再回到贫困山区，致力于山村脱贫攻坚；从一名水上安全“护航者”，变为山村致富“领航员”，改变的是角色，不变的是为民、利民的初心。

陶三（左一）走村入户与贫困户谈心

俯下身子　先当村民再当村官

理想很饱满，现实很骨感。

夹在群山之间的那马村，名字的由来，是因为村子在道路硬化前，村民主要靠骡子和马进行货物运输。那时，村民每次下山，往往从早上六点出发，下午三四点才能走出大山。

那马村是少数民族聚集村，壮族群众占 99%，长期的封闭、落后，让全村 4

个屯458户村民四成以上都是贫困户,达183户。年轻人几乎全部外出打工,村子里很难见到40岁以下的年轻人,土地、猫和狗,成了空巢老人最长情的陪伴。留守村民中,很多人还身体有残疾,或患有精神和各种慢性疾病。

村屯之间只有一个屯是水泥路,没有一盏路灯,晚上走路只能摸黑。宽不足四米的盘山小路,是山村与外界的唯一通道,一到雨季,山体塌方时有发生。时代楷模、百色市委宣传部理论科副科长、乐业县百坭村驻村第一书记黄文秀,就是从百色市返回这样的山村途中,因遭遇山洪而牺牲的。

“完了!完了!这下不会就‘报销’了吧!”骑着摩托车入户走访的陶三,有一次也遭遇了这样的险境。

那天,由于泥路雨天路滑,在过一个下坡弯路时,他连人带摩托车被甩出去。幸运的是,身子被路旁的树木阻挡而脱险,但摩托车被甩到山下,彻底报废。

山路险阻,山民的“心路”更难通。

全村有4个自然屯,都是壮族聚集屯,村民都说壮族方言。陶三不懂方言,加上村民一开始对扶贫干部和扶贫工作不了解,明显排斥。

“这个人来这里干嘛的呀?”

“他一个城里干部,只是来混混的吧,能干啥?”

……

起初入户调研时,村民要么爱答不理的,要么用壮语应付几句;要不就是问什么“嗯”一下,就没了下文,有的甚至轰他出门。

面对村民的冷眼,陶三心想:自己九年的基层海事工作中,和船主打交道时不也是从不熟悉、不配合,到最后都相处融洽的吗?只要拿出真心,一定能打开局面!

“先当村民,再当村官!”陶三给自己打气。

于是,他每天翻山越岭,骑着摩托车走家串户,到炉火边、田间地头与村民谈心,耐心地给村民宣传国家精准扶贫的各种优惠政策。往往早上六点多出发,到深夜才疲惫地归来。

最远的一户人家,他要翻过一座山头,骑车近一个半小时。雨天摩托车过漫水桥时,他要挽起裤脚推车过桥,骑车行驶在山路上,脚和裤子上满是泥。

除了调研,他还与村民同吃同住,顺手帮村民挑担水、劈个柴,嘘寒问暖;农忙时节,帮留守老人砍甘蔗、收油茶,忙得大汗淋漓。

不知不觉，陶三的扶贫工作本上写满了密密麻麻的入户资料，将每家每户的贫困程度、致贫原因建档立卡。两年多来，鞋子跑烂了五六双，摩托车彻底报废，自己也能用不算流利的壮语跟村民交流了，成为一名那马村人。

与村民熟悉后，陶三惊讶地发现，很多村民是能用普通话交流的！

与此同时，陶三所在单位——百色海事局，以驻村扶贫为纽带多次派员进村，了解工作困难，解决实际问题；同时，协调企业捐助、在村里办产业，将承载着交通海事人的深情厚爱送进大山。

“本以为陶书记顶多是来走走过场、镀镀金的，没想到他带领的工作队时刻替百姓着想，真心实意地帮我们脱贫，就像毛主席当年派来的土改工作队！”那马村的村主任黄智生感慨地说。

从起初的敷衍、爱答不理，到信任、依赖，第一书记陶三，实打实地从村民眼里的“城里干部”变成了“自家人”。

陶三（左二）把工作做到炉火旁

发展特色产业　打造不归队的扶贫队

打开“心路”之后，如何让村民脱贫增收，让山村经济活跃起来，才是硬道理。

那马村的特色产业是甘蔗和油茶，但是村民种植时大多采用土法子，产量不高，品相不好。

看到眼里，急在心里。陶三多处奔走，多方争取政策和资金扶持，并请来农业技术指导员，教村民科学种植。大部分村民文化水平不高，陶三就自己先弄懂后反复地给村民讲解，千方百计拓宽村民的脱贫致富路。

陶三深知，不能把鸡蛋放在同一个篮子。他积极落实产业“以奖代补”政策，逐户逐户地动员村民种油茶、杉木、生姜、甘蔗等经济作物，饲养猪、马、骡子等家畜，并帮村民填资料申领“以奖代补”资金，鼓励贫困户发展生产增收。村民种植经济作物的积极性大大提高，收入增加不少。

村里有一名单身汉，平日里游手好闲，上有80多岁的老父老母。陶三多次上门，鼓励他种生姜，还自己掏钱垫付种子款，让他试着种了3亩。尝到了甜头后，这位村民第二年就扩大了种植面积，2018年就实现脱贫摘帽，去年的生姜收入达到5万多元。

还有一位单身汉，有着严重的皮肤病，平时遭村民冷眼，同事叮嘱陶三“别接近他”。然而，几轮上门交流，他与这位单身汉成了朋友，并帮他安排在村里从事保洁工作，今年也能实现脱贫。

陶三的努力，还注重“以点带面”。依托村里的养殖专业合作社和产业基地，他推动成立了“同发养殖农民专业合作社”，并精心培育5名贫困村创业致富带头人，带领那马村发展“3+1”特色产业，一大批贫困人口因此脱贫致富。

“感谢陶书记帮我找到了致富的好路子，让我把种桑养蚕产业发展起来了，收入一下子提高了好多！”创业致富带头人之一、种桑养蚕大户杨世新说。

在事业发展初期，杨世新面临资金短缺和劳动力不足等难题。陶三就带着他跑银行申请贷款，并发动贫困户到养蚕基地采桑叶、摘蚕茧，既提高了贫困户的收入，又缓解了养蚕基地人手不足的窘境。自2018年开始种植，如今杨世新的桑叶种植面积已达100亩，年收入超30万元，带动11户贫困户15人逐步脱贫。

如今，那马村的杉木种植面积剧增，从八千亩发展为两万亩，整整翻了两倍多；油茶、生姜、甘蔗等经济作物成片，村民养殖猪、马、骡子的积极性越来越高。

授人以鱼不如授人以渔。看到村民致富“堵点”疏通后，村民自己学会了如何致富，一支带不走的扶贫队伍形成，陶三欣慰地笑了。

道路硬化亮化　拓宽村民致富之路

村里的特色农产品种植面积越来越大,产量越来越高,而出村交通的不便,生生地挡住了农产品外销之路,成为村里经济发展的新“堵点”。

一定要把“雨水和黄泥组成的水泥路”变成真正的硬化水泥路!

他多方搜集资料,多次向田林县扶贫、交通部门及乡政府申请“道路硬化亮化”工程,一遍又一遍地递材料、磨嘴皮,终于得到县、乡政府的支持,项目得以落地。

“工程正式动工后,每天都能看到他盯在现场,协调建设单位,推进工程进度,很晚才疲惫地回到宿舍,真的是太辛苦了!”黄智生看在眼里,不由地赞叹。

付出终于得到回报。

2019 年,那马村 4 个自然屯均通水泥路,货车也能畅通地抵达村内,村里的甘蔗和油茶等农产品也能顺畅地销往外地了,那马村的富裕之路越来越宽。村屯之间的道路两旁,还竖起了 100 多盏明亮的太阳能路灯,村民再也不用摸黑走路了。

道路硬化、亮化只是陶三计划的一小步。

看到那马村地势高低不平,村路蜿蜒曲折,稍有不慎就有可能危及生命,他又积极推动,在道路危险地段建设防护栏,在急弯和易塌方区域设置警示牌。

山路弯弯,最怕暴雨天气造成路面滑坡、塌方。每到这时,陶三一方面通过广播通知村民不要出行,另一方面和村委党员冒雨巡查、抢修,深一脚浅一脚地投入到塌方应急救援工作中。

以乡村道路硬化、亮化为基础,陶三还把村里的其他基础工程建设列为工作重点,瞄准村民最关心的问题,一项项落到实处。

刚驻村时,那马村村部仍旧是破旧的小楼,经他多次申请,新村部于 2019 年 6 月入驻办公,设施包括篮球场、农家书屋、办公楼和宽带网络等,那马村终于有了一套完整的现代化公共服务设施。

他推动安全饮水提升工程,让村民喝到了安全、干净的自来水;推动改善村民居住条件;建设乡村清洁垃圾处理池;改善汛期河水漫涨的漫水桥……一项项基础设施项目的落地,让那马村封闭、落后的村容村貌得到彻底改变,村民生活水平迈上大台阶。

村民的日子也悄然改变。许多村民脱贫后,买上了摩托车、小汽车。过去,从百色市回到村里，要坐火车、大巴、摩托车等，辗转颠簸四五个小时，如今小车直接开到家门口。

他把村民当家人　村民把他当亲人

每次入户走访，陶三的工作包里都有两样东西：一个是为落实各项扶贫政策而为村民准备的各种资料；一个是为村里留守儿童准备的棒棒糖。

驻村扶贫，最基本的目标就是实现贫困户“两不愁三保障”（吃、穿不愁，住房、义务教育、医疗有保障），陶三一点点落到实处，让贫困户的日子温暖起来。

在入户调查中，他发现有些过去享受低保政策的村民不太符合实际，经多方做思想工作，顺利开展了低保整治工作，并把43户贫困户安排到村里的公益性岗位，让他们有了收入保障。

2019年年初，那马村有5户非贫困户无住房安全保障。经多次做思想工作，并另外争取帮扶资金，解决3户住房问题，另外2户居住在亲戚家，全村住房保障达标率达到100%。

那马村有不少村民患有癫痫、高血压、糖尿病等慢性病，他多次组织相关人员入户核实，至2019年年底共为67名群众办理了慢性病历卡，其中40名建档立卡户群众门诊报销率可达80%。

长期驻村扶贫，见不到自己的儿子，陶三就把最柔软的一面留给留守儿童，包里不仅总是带着棒棒糖，还想方设法不让一个孩子掉队。

在一次入户走访时，一个怯生生躲在爷爷身后的小女孩引起他的注意。原来小女孩佳佳的爸爸在服刑，妈妈在外打工，已有四岁的她由于没有户口，无法上幼儿园，无法享受低保待遇。为此，陶三多次往返市县多个部门，今年1月终于为佳佳上了户口。

除了佳佳，那马村还有5名学生辍学在家。陶三多次入户谈心谈话，最终5名学生全部回校就读。

双腿残疾卧床的村民黄智文，家里有两个小孩，一个上初中、一个上小学，眼看就要因供不起而辍学。陶三知道后，为他们申请低保，并把他家作为自己帮扶的对象，照顾其生活，帮助联系医生。

“我家不仅享受到了扶贫政策，陶书记还自掏腰包帮我们……”说到这里，黄智文早已热泪盈眶。

把村民当家人，村民把他当恩人。

然而，一心驻村扶贫，陶三与自己的家人却聚少离多。

妻子刚怀孕时，陶三便奔赴扶贫一线。儿子出生第二天，因扶贫考核检查组要对脱贫攻坚工作进行抽查核验，他便连夜赶回村里。

“整个孕期几乎都是我自己挺过来的，儿子出生时他才回来几天，坐月子都没有照顾到……”聊起这些，妻子黄淑珍就掉眼泪。

因为扶贫任务艰巨，陶三一个月才能回一次家，不能长伴家人，因此错过了儿子成长过程中的许多重要时刻，第一次翻身、第一次坐起、第一次拿勺子吃饭、第一次站立、第一次走路、第一次喊妈妈……至今，儿子还只会喊妈妈，不会叫爸爸。他每次亲近儿子都被孩子的大哭打断，每次回家他都坚持陪伴孩子，好让儿子多熟悉他、亲近他。

时刻惦记着村民们的生活水平，两年多驻村生活，吃住、办公都在一间 15 平方米的宿舍里。一张简易床，一张书桌，一把椅子，没有独立卫生间；速冻饺子、方便面、火腿肠，是他经常的主餐。

“现在好多啦，刚来时还睡了好久的临时木板床，上个厕所要走 200 多米小路呢！”看着“住办一体”的“家”，陶三乐呵呵地说。

初春时节，那马村李花绽新蕾，青山起翠微。

在陶三的带领下，那马村顺利度过了今年新冠肺炎疫情最严峻的时期，考虑疫情期间，学校延迟开学，部分贫困家庭学生没有电脑在线学习，百色海事局积极联系爱心企业捐赠 8 台电脑，帮助贫困学生解决燃眉之急。如今，在陶三的协调下，部分青年包车走上了复工复产岗位，而更多长期外出务工的年轻人主动留了下来，发展自家的甘蔗、油果、杉木、生姜等山村特色产业。

2020 年，是打赢脱贫攻坚战的收官之年，陶三还将在那马村继续奋战一年，攻下脱贫攻坚最后的堡垒。当看到村里的产业项目一日胜过一日，老百姓的日子一天好过一天，行走在村道上，听到村民们热情地喊“陶书记”“陶书记”，陶三笑得很灿烂……

把挂职当任职，把海事春风送入大山深处，为村里干实事、谋发展，带领山民摆脱穷苦，陶三终于把梦想照进了现实！

（记者　周献恩　特约记者　徐碧苑　通讯员　周武　钟叶）

（中国交通新闻网，2020 年 4 月 7 日）

“象鼻村不脱贫，我就不回去”

“雄伟的大瓦山，昂起你的傲骨”，《金口河大峡谷之歌》描绘了一幅令人神往的峡谷美景。自 2015 年起，厅牵头定点帮扶乐山市金口河区。一系列强有力的帮扶措施，历年的帮扶成果和群众基础，让金口河区当地干部和群众对下派干部充满信任和期待。2018 年 2 月，作为厅下派的第二批精准扶贫驻村帮扶干部，工程质量监督局职工赵小军来到金口河区共安彝族乡象鼻村，开始了驻村帮扶工作。

赵小军（右）帮助村民测算收入

主动请缨　奔赴脱贫攻坚一线

2017 年年底,厅工程质量监督局征求干部下派意愿,赵小军主动申请,要求到脱贫攻坚一线工作。

金口河区共安彝族乡象鼻村面积 36.3 平方公里,是典型的彝汉杂居村,全村有 450 户 1810 人,其中彝族占 65%,共有贫困户 90 户 300 人,是金口河区贫困人口最多的村。初到象鼻村,未脱贫人口多、老人户多、集体经济薄弱、村民受教育程度低、固有观念转变难…… 一系列问题摆在赵小军面前。面对全新的工作,赵小军主动适应,从一名村民做起,积极融入当地生活。村民居住分散,走村入户比较困难,他就自己购买摩托车骑车入户。

在 2018 年金口河区脱贫摘帽的关键时期,赵小军主动放弃周末和节假日,曾连续在村工作 45 天。2020 年 3 月,在两年驻村期满之际,他向组织申请延期,继续奋战,"象鼻村不脱贫,我就不回去。"赵小军说。

协调资源　解决村民实际困难

2018 年下派之初,厅要求下派干部时刻思考三个问题:为什么而来? 来了以后干什么? 走了以后能留下什么? 驻村工作期间,赵小军以为民办事解忧为出发点,充分发挥工程质量监督局专业和平台优势,积极协调各方资源,着力帮助村民解决现实困难和问题,牵头制定并实施定点扶贫计划措施 33 项,累计协调帮扶单位投入资金 165 万元。

2018 年,在象鼻村村道提档升级和安保工程施工过程中,赵小军多次到现场督促指导施工建设,确保工程保质保量完工。面对全村 270 户危旧房改造和拆除重建任务,赵小军与村两委和驻村工作队分工合作,逐户指导村民新建房屋,确保质量安全。

2018 年汛期,连续降雨导致象鼻村村道垮塌,赵小军积极协调联系乐汉高速公司项目部,投入资金 34 万余元,帮助修复水毁村道,解决了象鼻村 260 余人安全出行问题,并捐赠防水卷材 1000 平方米,帮助 10 户贫困户修复漏雨屋顶,确保贫困户住房安全有保障。2018 年、2019 年,象鼻村两次遭受百年不遇的洪灾,部分村民生产生活面临较大困难,赵小军积极协调争取,先后落实 6 万元抢险救灾资金,用于购买急需生活用品和修复受损房屋,帮助 21 户受灾村民恢复生产生活,确保村民不因灾致贫返贫。

因地制宜　探索脱贫增收路径

受限于基础条件差以及缺乏致富带头人，象鼻村集体产业发展面临诸多困难。为打破产业发展瓶颈，赵小军因地制宜，邀请四川省农科院茶叶研究所专家到村各小组调研指导，传授茶叶种植技术，并组织召开茶叶种植技术培训会，为象鼻村茶叶产业化发展打下基础。他协调联系乐山市农业农村局专家到村调研指导，针对土壤气候条件，就农作物种植、土地集约化利用、提升投入产出比例提出指导意见。2019 年年底，赵小军带头引进乐山市市中区蔬菜种植大户，流转撂荒土地 170 亩，与村委会合作经营，建设象鼻村生姜基地。

2020 年，赵小军协调乐汉高速公司投入资资金 4.5 万元，帮助硬化村集体产业便道，破除农产品运输的制约瓶颈，为象鼻村集体产业发展，助力脱贫攻坚夯实了基础。

目前，象鼻村脱贫攻坚工作取得了显著成效：贫困户实现高质量脱贫、基础设施建设显著改善、基层治理水平不断提高、集体产业发展充满希望。在脱贫攻坚最后几个月时间里，赵小军将继续奋战在象鼻村脱贫攻坚的战场上。

（鲜晓丽　特约记者　徐航　刘涛声）

（《中国交通报》，2020 年 9 月 18 日第 7 版）

他本可以离开，但他却做了这样的选择

青山绿水、云蒸霞蔚，这是加坡村的真实写照；交通闭塞、人穷地贫，这也是加坡村的真实写照。

加坡村位于贵州省从江县加勉乡，这个苗族小山村隐藏在月亮山腹地沟岭里。2016年起，贵州省地方海事局对这个村子进行定点帮扶。四年多来，在这个小山村里，总能看到一个精壮的身影——爬坡蹚河，乐此不疲地奔走在各家各户。他就是贵州省地方海事局派驻从江县加勉乡加坡村驻村工作组副组长周儒松。

参照贵州省委组织部驻村"第一书记"管理办法，这里的驻村干部两年一换。周儒松不是"第一书记"，却陪伴着驻村干部为乡亲们干了一件又一件实事。任期到期，他本可回归自己原本的生活，却主动留了下来。他说，留在这里，是为了更好地带领乡亲们同步奔小康。

修路，搭“心桥”

“作为一名共产党员，去了就要踏实干，干了就要看到成绩。”临去加坡，周儒松如是说。

背上行囊，带着“黄沙百战穿金甲，不破楼兰终不还”的雄心壮志，周儒松来到了加坡村。可是，当时加坡村的人均收入不足2000元。

加坡村村委木楼的二层就是驻村工作组的住处，由于无人居住，门窗早已破损，风呼呼地往屋里灌。屋内仅有两张木板床，周儒松伸手摸了摸床上的棉被，竟是潮润的。那一夜又冷又长，周儒松失眠了。

“要想扶贫工作做得好，村里情况了解不能少。”寒夜没能冻灭周儒松的雄心壮志，失眠中他想好了开干的第一步。说干就干，周儒松开始一户户走访，一家家交流，全村112户，他来来回回走访了无数遍，鞋底都磨穿了。

“领导，帮我们修条路吧！我们世代都被困在这深山老林中啊！”当周儒松和其他驻村干部翻山越岭走了一个多小时的山路到达加坡村三组时，村民紧紧握住他的手恳求道。

“要致富，先修路！”这是出行不便的深山区贫困群众内心深处共同的心声，也是贵州省决胜脱贫攻坚、同步全面小康的理性思考。为此，周儒松找到自己的“娘家”——贵州省地方海事局，申请了项目帮助。后来，在贵州省地方海事局与当地政府的努力下，一条宽5.5米的崭新通村硬化路彻底解决了村民出行难的问题。

不久,周儒松与驻村工作组又协调建成了加坡村至荔波县佳荣镇的硬化公路,同时还协调资金 30 万元建设了 2 条 5.9 公里的机耕道,大大改善了村民的出行和生产条件。

通村硬化路和两条机耕道实实在在地修在乡亲们的心坎上。这些路,不仅是乡亲们走出山外的通道,更成为了搭在周儒松和乡亲们心间的桥梁。

办学,种"希望"

解决了乡亲们出行难的问题,周儒松心里更有底气。

"加坡村有着一百多年的历史,村子里的很多老人一辈子都没有走出过村口。"在与村民的接触中,周儒松明显感受到,缺乏与外界交流、不通汉语、文化程度低是阻碍乡亲们脱贫致富的主要因素。

"要让村民走出去,首先要学会汉语。"周儒松心里暗下决心。

加坡村村委会附近有一个教学点,但由于乡亲们积极性不高,教课老师不专业,导致教学点长期闲置。

为把教学点充分利用起来,周儒松积极向省地方海事局汇报,申请教育资助,聘请幼儿园教师,立志要把娃娃们的学习抓起来。经过一个多月的努力后,幼儿园的教师确定了。

老师有了,乡亲们的积极性要怎么调动?

在走访适龄上学儿童的家庭时,周儒松常常会碰一鼻子灰。

一次不行两次,两次不行三次,周儒松始终没有放弃,终于说服了几个村民将孩子送到幼儿园上学。渐渐地,村里适龄儿童都来到教学点上学。

"孩子们开始学习了,可大人们呢?"周儒松心里突发奇想,办起了"加坡成人扫盲班",同一个教学点,白天是孩子们的幼儿园,晚上是大人们的"扫盲班"。大人们在这里学汉语、学写字、学计数……看着教室里黑压压的人头,听着热烈的讨论,周儒松的心里很欣慰。

留下,守"承诺"

"爸爸,我们学校组织亲子运动会,你能回来吗?"

"爸爸,我有一道题不会,你能给我讲讲吗?"

……

在村里,白天调查基础设施情况,晚上入户走访,很多时候回到住处都已经过了午夜12点，周儒松只能拿着手机呆呆地看着妻子朋友圈，默默地红了眼圈。他多么希望自己是一个“合格”的父亲、丈夫，他多么希望自己能够陪在家人身边。

然而，当这样的机会摆在面前，他却放弃了。

2018年，第一批同步小康工作组完成任务离开了，第二批同步小康工作组开始驻村。周儒松本可离开，但他主动申请留在了加坡村。

坚守，为“初心”

为了带动加坡村民脱贫致富，周儒松与驻村工作组采取“长短相继、难易相加”的原则，有序推进加坡村产业发展。

“短期发展林下鸡和香猪养殖，长期发展黄牛养殖和中药材种植。”和专家组商讨后，基本定下发展规划。

养殖好说，可要让他们拿出土地来种中药材却难办。

办法总比困难多。周儒松与驻村工作组一合计，采取“合作社+农户”形式，将村民的土地流转过来，参与合作的农户既能获得土地租金收入，又能获得务工收入。

如今，加坡村的产业发展已步入了正轨，去年各项产业的产值达到90万元，村集体经济收入达10万元以上，人均收入达到了8000元以上。

（钟明秀　冯蕾　张雪）

（交通运输部微信公众号，2020年11月2日）

走遍六乡一镇　聚力交通规划

2019年7月,受组织委派,我以第四批援青干部的身份来到青海,并前往平均海拔4300米的果洛州甘德县接受锻炼。从此,雪山、草原、蓝天、牦牛、格萨尔便从远方走进现实,成为我一段重要的人生经历。

秘境果洛其实早有耳闻,甘德却是第一次听说。甘德县位于青海省东南部,地处青藏高原高山峡谷向高原面的过渡地带,东临甘肃省玛曲县,南濒黄河与达日、久治两县隔河相望,西部和北部与玛沁县接壤。全县地势高亢,且受中纬度西风带、山脉、冰川的影响,境内气候严寒,昼夜温差大,冰雹、大风、雪灾等灾害性天气频繁。全县人口近4万人,却拥有七千多平方公里的辽阔土地,藏族约占全县总人口的98%,是个典型的纯牧业县。

果洛是从什么时候开始入冬的?或是果洛什么时候开始夏天的,我的记忆已模糊,只记得从来到县上的第一天起就没有脱下过羽绒服。当地人说,这里一年只有两季,一季是冬季,另一季是大约在冬季。

来青海之前,我一直在零海拔的位于上海的东海救助局工作。垂直上升了4千米,给身体带来了严重不适。但我想,只要能在青海发出一点光和热,这份坚持就很值得。

与牧民同胞拉家常掏心窝

在党和国家政策的支持下,经过数十年各级干部群众呕心沥血的付出,这个典型"三区三州"中的深度贫困县已然发生了翻天覆地的变化。产业帮扶、异地搬迁、职业培训帮扶、基础设施建设帮扶、教育帮扶、保障帮扶和结对帮扶在藏区广袤的土地上随处可见。

习近平总书记向全世界郑重宣布,2020年年末在我国全面消除贫困人口。作为一名援青干部,我感到了身上沉甸甸的担子。可压力也是动力。在克服了初上高原的严重不适后,我便积极融入到县里脱贫攻坚工作中。先是仔细研读了国家以及省、州、县的各级扶贫政策和文件,做到心中有数,再根据县委县政府关于落实"双帮"责任的要求,在乡、村干部的陪同下,多次进村入户,和牧民同胞拉家常、掏心窝、讲政策,了解他们的贫困原因和存在困难,尽心做好帮扶工作。

格泽伊巴是我帮扶的5户"亲戚"中比较典型的贫困家庭。家中共有5个孩子,4个在上学,还有一个最大的孩子在寺院出家。由于他从小左眼患有眼疾,几近失明,难以找到合适的就业岗位,甚至在虫草开挖的季节也挖不了虫草。了解这一情况后,我积极联系了州人民医院和西宁的相关医院,并在上海援青医生的协调帮助下,先后带他在果洛州人民医院、西宁市第一人民医院进行检查会诊。但是由于视神经先天发育不良,并且已经错过了最佳治疗期,左眼已经无法通过手术治疗来恢复到正常的视力水平。尽管结果遗憾,但还是让格泽伊巴一家深深感受到组织的关怀和温暖。

来到青海后,大家一直挂念着我在这边的工作和生活情况。新冠肺炎疫情肆虐期间,在原工作单位领导和同事的关心下,我第一时间为县里筹措了2000个口罩和400升消毒水;有一家爱心企业通过县民政局捐赠了十万元的善款,为我联点的下贡麻乡在州外就读的71名学生每人援助了一千元助学金,还为县里5所敬老院共一百多位老人购买了御寒羊皮靴,并通过县民政局的同志一一发放到老人手中。

交通人总是格外关注交通事

交通人总是格外关注交通的事。临行前,交通运输部领导的谆谆教导犹在耳边。近几年来,在部、省、州各级政府和部门的大力支持下,甘德县的交通运输建设已取得长足的发展,国道227穿境而过,县道728串起了柯曲、青珍、江千和下藏科4个乡镇。但是仍有沿黄公路X724和连接下贡麻和岗龙两个乡镇的S219公路亟待进一步升级改造,部分农村公路和桥梁的建设也迫在眉睫。但是公路建设,尤其是农村公路建设是一个复杂的系统工程,涉及工程建设的方方面面工作太多,投资大、立项审批时间长、环保要求严、高原高寒地带建设难度高等种种原因也制约了公路建设的快速发展,这与广大干部职工和牧民急切想着进一步改善交通状况、全力奔小康的愿望还存在着较大的落差。

到县里后,在交通局同志的陪同下,我很快走遍了全县六乡一镇,通过调研和座谈,初步了解制约城镇化建设和乡村振兴战略的交通瓶颈,认真研读了国家相关部委以及省、州关于交通建设的政策文件,结合正在编制的"十四五"交通运输规划,多次向上级主管部门作了专门汇报,力争对于县里迫切需求的公路建设能够早日立项、早日开工建设、早日惠及牧民群众。

“我住长江头,君住长江尾。日日思君不见君,共饮长江水”。长江,源自青海,一路向东奔流入东海。我在长江的最下游喝了几十年母亲河的水,如今我已来到她的源头。极目东眺,那是一片怎样的繁华似锦,还有家的温馨。

雄关漫道真如铁,而今迈步从头越。我坚信,假以时日,大美青海的青藏高原上,繁荣之花必将遍地开放。

(作者系中央单位第四批援青干部,甘德县委常委、副县长,原交通运输部东海救助局规划建设科技处副处长　李世锋)

(《中国交通报》,2020 年 9 月 15 日)

麻鸡“啄出”小康路

羊肠九曲、蜿蜒曲折，这是一条通往一户农家的山路，也是一条通往脱贫致富的幸福之路。2020 年 4 月 13 日，笔者随着广州港集团精准扶贫工作队来到英德市大洞镇麻蕉村，探访这深山之处养殖清远麻鸡专业户的脱贫致富带头人——黄天云。

蓬户瓮牖　前程无望

四年前，黄天云在大洞镇上的一间摩托车维修店内打工，年收入仅有一万三千余元。他个子瘦小，患有先天性心脏病，频繁的体力活使他孱弱的身体不堪重负。其妻子也遭受病痛折磨，身患胃癌且动过手术，需要长期服药并定期复查。夫妻俩育有一子，一家三口仅靠维修摩托车和种植少量农作物获取绵薄收入，在沉重的家庭开支面前显得捉襟见肘。

然而命运并没有对黄天云报以微笑，衣单食薄、蓬户瓮牖、前程无望的日子一直困扰着他……

扶贫春风吹来　曙光在眼前

2016 年，身处迷茫的黄天云终于看到了一丝曙光。5 月，广州港集团精准扶贫工作队（以下简称“工作队”）进驻麻蕉村，经过精准识别，黄天云成为建档立卡贫困户之一。为了尽快找到合适麻蕉村的脱贫之路，工作队深入当地，经过艰苦细致的摸查与考察，决定因地制宜大力发展产业扶贫，并逐步确立将种植炮弹冬瓜、红薯和养殖清远麻鸡、蜜蜂等作为主要的扶贫产业。

然而起初产业扶贫推广工作并不顺利，老实巴交的黄天云与部分贫困户一样，对扶贫工作缺乏了解，对通过帮扶脱贫不抱太大希望。工作队获悉后，决定在贫困户中先开展“扶志”与“扶智”工作——

工作队向贫困户详细讲解国家惠民普众的精准扶贫政策，并通过入户走访了解到每一位贫困户的具体情况，再根据他们各自不同特点及其自身意愿制定“一户一法”精准帮扶措施。接着邀请农业专家到村为贫困户开展种养技术培训，培养他们的技能以及增强他们发展产业脱贫的信心。

工作队认为黄天云住家位于山顶，比较适合养鸡与养殖蜜蜂，经与他本人沟通，为他制定了一套精准帮扶计划：以养殖清远麻鸡为主，养殖蜜蜂和种植冬瓜为辅。在工作队指导和帮助下，黄天云终于“开窍”了，逐步消除了顾虑，积极性提高了不少，并领到了工作队派发的30只麻鸡苗，成为第一批试点养鸡贫困户。初试成功后，2017年他兴趣渐浓，分两批领养了300只麻鸡，另外加上种植冬瓜、砂糖橘等，夫妻俩起早摸黑勤劳耕作，经过一年多的努力，2017年他们家庭可支配收入达到了57021元，比开展精准帮扶前翻了几倍，经济收入远超过了脱贫标准。

勤劳铺就致富路

经济条件改善后，在政府补贴及广州港集团的帮扶下，黄天云进行了危房改造，建起了新家，解决了水、电、上网通信等问题。

2018年，初尝甜头的他在新家后山利用当地麻竹资源搭建了200平米的鸡舍，打算进一步扩大自己的养鸡事业。除工作队给他派发的150只麻鸡苗外，他还自掏腰包购买了200多只鸡苗一同饲养。难能可贵的是，几个月后麻鸡出栏销售时，心思细腻的他留下80余只母鸡，用来下蛋敷小鸡。起初，他并不懂这方面技术，从零做起，通过不断学习、摸索，反复的试验，两个月后已经孵化出几十只小鸡。另外，考虑到他没有养殖蜜蜂的经验，工作队特意请来了专家指导，并给予帮扶20群蜜蜂作为启动资源。目前为止已发展到50余群，年产蜂蜜1000多斤，收入三万多元。

黄天云在田头打拼，妻子在幕后做好销售工作，上演一幕“夫唱妇随”的好戏。黄天云妻子阿娟通过大洞镇上的一些快递代收点把农产品往线上销售，还建立微商平台销售自家产的农产品，取得了不错的效果。

黄天云的养鸡场位于他家对面山上，当驻村干部带着我们前去参观时，不远处传来一阵阵节奏明快的音乐声，走近看，原来听着音乐的居然是一群群活蹦乱跳的小麻鸡。黄天云笑着说：“音乐声一是能阻隔恶劣天气等产生的异响，避免鸡群受到惊吓；二是能防止黄鼠狼等动物走近对鸡群造成伤害。”只见他把养鸡的故事娓娓道来，俨如已成半个养鸡专家。当前鸡场里共有3000多只麻鸡，属于纯正的2号清远麻鸡，除喂养食料，鸡群在山林里随意行走，还能捕食到小虫等物，故肉实、皮脆，比较受食客欢迎。紧接着，黄天云又跟弟弟合伙经营，将养鸡厂做大做强,并跟商家签订包销协议……

勤劳铺就致富路,黄天云的辛勤耕耘换来了可喜的收获。几年来,他的经济收入逐年攀升,2019 年他家庭可支配收入达到了 119421 元,人均可支配收入 39807 元,已迈上了脱贫奔小康的道路。如今的他,已不必再担心妻子的医药费支出,也无需再为孩子的教育等而发愁。

“其实我们也不想贫穷,只是因为文化有限,办法不多,想到一些项目又苦于没本钱,幸亏你们精准扶贫工作队来了,给我们指明了方向,树立了信心,又投入资金发展产业帮我们脱贫,才有了我们这些贫困户的今天。”黄天云发自肺腑地说。

(通讯员　梁胜华　张志泽　邓江哲　王勇明)

(《中国水运报》,2020 年 4 月 15 日第 1 版)

凤凰村里“带货”忙

2020 年 5 月 6 日，李田林再次来到凤凰村贫困户张朝见家中，询问他家跑山鸡的销售情况。原来在“五一”前夕，李田林曾化身网络主播，用直播带货的方式为张朝见家中的跑山鸡打开了电商销售的大门。

2019 年 1 月，来自重庆云阳海事处的李田林赴云阳县宝坪镇凤凰村担任驻村扶贫第一书记兼驻村工作队队长，一年多来，他带领驻村工作队全力帮助贫困户们实现“两不愁、三保障”，助力凤凰村兴产业、稳就业，为云阳县这个秦巴山区集中连片特困地区的国家扶贫开发重点县早日实现脱贫，不断贡献着海事力量。

“前段时间，习近平总书记在陕西考察，强调电商不仅可以帮助群众脱贫，还能助推乡村振兴，大有可为，我们也深受启发。”李田林信心满满地告诉记者。

说干就干！李田林和云阳海事处脱贫攻坚工作队队员迅速研究，观看相关直播带货视频，学习专业话术，准备一番后便上阵了——李田林选择的第一个直播地点，就是贫困户张朝见的家里。

“老张从前在外地做木工，因家里需要照顾，就想着借脱贫攻坚的春风回乡创业。”李田林帮助张朝见申请了小额信贷、争取了产业补助，并时常叮嘱镇上的兽医多关注他家跑山鸡的养殖情况。眼看着一只只雄赳赳气昂昂的跑山鸡即将长大出栏，突如其来的疫情却影响了销售，这让老张十分发愁。

了解到张朝见家里的情况后，4 月 29 日，李田林拿着一部手机，一个自拍杆，戴上一顶草帽，翻山越岭来到了他家。

“老乡家的鸡苗都是从政府农技部门专门购买的优质健康鸡苗，喂养的食物是玉米等自家种的粮食，绿色无污染，散养的跑山鸡肉质鲜美劲道，营养价值高，欢迎网友们踊跃购买啊……”面对镜头，从未做过直播的李田林却不显一丝紧张。“就是把平常实实在在的工作给网友们介绍一遍嘛，虽然心里有点紧张，但网友真的都很支持我们的扶贫工作，我觉得特别有底气。”李田林爽朗地笑着说。令张朝见高兴的是，直播助农公益活动首战告捷，仅仅一个小时，李田林就帮他成功卖出了 50 斤鸡蛋和 8 只土鸡。

"为扶贫点赞""草帽哥帅气"……在直播间里,屏幕上不断弹出的留言带给李田林更大的动力,"下一步,我们还将持续直播带货引流,向外推出我们的蚕丝、高粱酒等特色产品,继续为巩固脱贫攻坚成果贡献海事力量,确保凤凰村高质量通过国家脱贫攻坚普查。"

(全媒记者　周佳玲　通讯员　孙琼)

(《中国水运报》,2020 年 5 月 8 日第 1 版)

老刘过上好日子

“老刘，又在背草？听说你又养了将近400只鸡？”

“是啊，刚刚卖了80只鸡，要忙起来咯！小鸡崽子们都等着我呐。”刘勇笑着摆摆手，脚步迈得更大了。

早在几个月前，刘勇可是笑不出来的。受新冠肺炎疫情影响，家里早该出栏的“林下鸡”1只都运不出去，这可愁坏了刘勇一家。近日，记者通过采访了解到，2020年3月27日，交通运输部长江航务管理局（简称“长航局”）扶贫工作队队员们回到雪岩顶村，头一件事就是解决雪岩顶村农产品的滞销问题。

卖给谁、怎么运、运多少……一个个小问题在疫情之下都举步维艰。辗转多日，扶贫工作队的队员们打了一圈电话，包括刘勇家养殖的190公斤土鸡，以及村民们的165公斤新鲜牛肉、75公斤腊肉等农产品终于找到了销路。

“多亏了他们啊！”望着满满一车运往重庆的农产品，刘勇这才放下心里的大石头。

村里人都说，老刘的日子是越过越好了。

湖北省恩施州建始县雪岩顶村是一个平均海拔1500多米的偏僻山村，离建始县城约48公里，国土面积11平方公里，有效耕地面积只有2000亩，经济落后。

中等个子，衣着朴素。40岁的刘勇正值壮年，岁月却在脸上雕刻了一道道深浅不一的皱纹。原本，刘勇家里十分困难，夫妻俩在县城打零工，2个孩子都在读书，每天起早贪黑劳作，日子仍然过得很拮据。

没想到，祸不单行，一场安全事故让他们家雪上加霜。2014年底，在建始县务工的刘勇摔成粉碎性骨折，整整一年多时间只能躺在床上。没有存款，家里还有2个正在读书的孩子，养家的重担就这样结结实实地落在了妻子唐春丽身上。“最艰难的时候只能靠父母和兄弟姐妹接济过日子，当时真是恨透了自己，经常整晚整晚地失眠。”回忆起当年的窘境，刘勇眼角湿润了。

2015年底，长航局扶贫工作队进驻雪岩顶村，接下来扶贫工作队走遍了全村102户建档立卡贫困户。2016年底，刘勇家被识别为贫困户。

当扶贫工作队来通知他可以拿低保时,他却挺生气的,因为他很不服气,“看不起我吗?我有手有脚,靠自己没问题的!”“老刘啊,别这么犟,我们是要帮你啊。你要心里有想法,就马上脱贫,让大伙儿看看!”

虽然知道扶贫工作队是为了他好,但刘勇心里仍然不是滋味。“一定要甩掉这个穷帽子!”他暗下决心。怎么办呢?在扶贫工作队的帮助下,他养蜂蜜、种贝母……这个要强的汉子不肯低头,还置办了一个小小的农村“移动超市”。那一年,刘勇终于缓了一口气。

解决了眼前之忧,但刘勇依然贫困。

一天晚上,他摸黑找到扶贫工作队的住所,队员们建议他可以尝试养“林下鸡”,之前有人成功了,“老刘,你就用心养好你的鸡,销售的问题我们大伙一起帮你想办法。”

刘勇决定干一把。扶贫工作队就想方设法帮他找到长江引航中心给他资助了200只“林下鸡”,还帮他出主意、选地方。2018年5月,刘勇又另外再买了200只“林下鸡”,并搭建了鸡棚。

散养的鸡即便大部分时间都在山坡上觅食,每天早上仍然需要喂食玉米和青草。刘勇夫妻俩用背篓背草,一年时间里,他们搬运近万斤玉米、14多万斤青草。夫妻俩苦里熬蜜、辛勤劳作,被乡亲们称为“背篓夫妻”。

除了劳作之苦,还有挫折。由于不懂技术,今年3月初,养的100多只鸡全部感冒生病了,刘勇急得团团转。他打起精神,找兽医耐心请教,向同村的养鸡户询问经验,逐渐摸索出了一些办法。鸡的病好了,刘勇却累得生了一场大病。

春华秋实。2018年,刘勇卖出240只鸡,收入2万多元。2019年,卖出了400只鸡,收入3多万元。

村民们看到刘勇脱贫了,上门来请教,跟他学养殖。“老刘过上了好日子,我们都替他高兴,也让我们更有干劲。”沈维权与刘勇的村子隔了一座山,他听说刘勇脱贫后,特意赶到他家来祝贺。

现在,刘勇不用这么辛苦了。在扶贫工作队的努力下,村里的路修到了他家门口,他买了一辆四轮小货车。每逢节假日,他就开着他的“移动超市”穿行在雪岩顶村的每一条乡间小路上。

“我们家的日子越来越有奔头了。”刘勇嘿嘿一笑,“假如不是这场疫情,我的农家乐早就开起来咯!”原来刘勇在扶贫工作队的鼓励下,又有了开农家乐的念头。“我现在也算是个努力奔跑的追梦人了。”刘勇不好意思地摆了摆手，脸上的笑容格外耀眼。

清晨，青山绿水间。刘勇的背篓又满上了，篓中翠绿的青草层层叠叠。刘勇从山上踏向乡间小路，步履轻快地往大路走去。如同他的日子，从清贫走向殷实，走向希望。

（全媒记者　廖琨）

（《中国水运报》，2020 年 6 月 8 日第 1 版）

攻坚步伐强劲　战“疫”不忘扶贫

夏日朗朗，蝉声鸣唱。湖北省恩施土家族苗族自治州建始县茅田乡雪岩顶村种植了4年的青脆李第1年挂果。2020年6月18日，第二批长航扶贫工作队队长彭琤和队员们在青脆李基地里忙碌。这支在雪岩顶村已经长驻了2年的工作队，把扶贫工作又默默延长了1年。工作队担心刚刚通过扶贫“国考”的乡亲们因疫情影响生产生活，返贫致贫，决心留下来巩固扶贫攻坚的“胜利果实”。

他们是交通运输系统扶贫工作的一个缩影，也从侧面反映了“战疫阻击战”和“脱贫攻坚战”相互叠加的复杂性。交通扶贫工作，是否会因为疫情“褪色”？

“点对点”采购　破解产品销售“难题”

长航扶贫工作队畅通扶贫产品销售、运输绿色通道。组织机关事业单位购买贫困地区农产品，“点对点”做好积压农产品的采购。疫情期间，经过工作队的不懈努力，雪岩顶村的7万元农产品，建始县的76万元茶叶、30万元菜籽油，被先后销售到长航局系统各单位，解决了疫情期间贫困地区农产品销售难的问题。

2020年4月，湖北省人民政府发布通知，批准建始县等17个县(市、区)退出贫困县，这标志着经过近5年的精准帮扶，长航局对口帮扶的建始县，驻守的雪岩顶村全面实现脱贫摘帽，步入全面小康和乡村振兴的新征程！

5年来，仅雪岩顶村累计投入帮扶资金1200多万元，村里的年人均纯收入从2015年的2560元增长到2019年的10800元，人均增长了8240元，从茅田乡末尾村一跃为全乡29个村前列，104户320名贫困人口全部脱贫。

“现在，工作队的任务更重了，我们又重新摸排贫困户和脱贫群众的底数，进行精准帮扶。”彭琤表示，工作队深入分析研判疫情影响脱贫工作的新情况新问题，围绕防止返贫致贫的关键环节和重点人员，开展疫中疫后的救助工作。宣传地方政府推出的企业招工信息，引导村民“不挑不拣”，尽快实现上岗就业；鼓励村民克服困难，发展喂猪、喂鸡、种贝母等“短、平、快”的种养产业；加大个体种植商引进力度，扩大130亩的天麻、大黄、广椒的种植面积；流转承租土地，引导村民在专业合作社、个体种植商以及能人大户打工,减少疫情带给扶贫工作带来的“次生伤害”。

一站式服务　提高脱贫攻坚“免疫力”

喝一杯青稞酒,饮一碗酥油茶。四川阿坝州黑水县通村公路建成通车时,藏民们会自发地穿上节日盛装,在蓝天下尽情地载歌载舞,为建设者敬献哈达。

“戴着藏民献上的洁白哈达,揣着藏族罗米老阿妈塞过来带着体温的核桃,心里暖暖的很踏实。”在黑水县挂职扶贫的援藏干部、县委副书记、河北海事局党工部副主任赵立栋深情回忆。

赵立栋告诉记者,春节后,黑水县组织了“春风行动”,确保农民工、藏民“点对点”、一站式服务,让他们安心、放心的返岗就业。2 月 18 日上午,黑水县首批 16 名农民工搭乘“春风行动”客运专车前往浙江省海宁市、桐乡市,踏上了返岗就业的旅程。疫情期间,黑水县共发“春风行动”包车 7 辆,运送农民工 168 人。其间,结合疫情防控要求,扎实开展好在线岗位搜集、发布、招聘、培训等工作,组织在家剩余劳动力就近就地务工就业。

2020 年 3 月 9 日,G347 茂红路工程复工;3 月 20 日,扎红隧道工程复工;3 月中旬,黑水县的交通扶贫项目实现了全面复工。

路通了,藏民的农产品,再不用人背马驮 2 ~ 3 个小时送下山。坐在家门口,等着山下的商人开车上门收,粮食、药材就能变成现钱,藏民的好日子才有盼头。

据了解,交通运输部在黑水县累计投入定点扶贫专项资金 4.67 亿元,实施项目 72 个。截至 2019 年年底,黑水县 64 个贫困村全部退出,累计完成 2895 户 10006 名贫困人口脱贫,贫困发生率从 18.7% 降至 0.03%。2020 年 2 月,四川省政府正式批准黑水退出贫困县序列,全省综合考核评定为“好”。黑水交通扶贫工作确保了疫情有防控、民生有保障、群众有增收,提高脱贫攻坚的“免疫力”。

建立长效机制　牵住就业帮扶“牛鼻子”

在战“疫”“战贫”两条战线上,保障就业是一项重要工作,就业稳则收入稳。记者了解到,地方的交通运输相关管理部门积极探索建立防止返贫的帮扶机制。

“此次复工的自治区六大重点公路建设项目共进场 3041 人,进场设备 1320 台,已具备复工条件。6 个项目全长 1850 公里,是‘疆内环起来、进出疆快起来’

规划的主骨架项目。”新疆维吾尔自治区交通运输厅有关负责人介绍。

5月前,自治区35个交通续建项目陆续全面复工,交通运输厅统筹协调地方政府及各施工单位,组织各施工单位对施工企业人员采取包机、包车、专列等“点对点”方式进场返岗。

与此同时,新疆维吾尔自治区交通运输厅围绕“四好农村路”,以“农村公路养护+扶贫就业”模式提升深度贫困地区道路管护水平、增加贫困户就业收入。为来自南疆四地州22个深度贫困县的易返贫脱贫监测户和易致贫边缘户,设置了2.2万个乡村道路养护工岗位。每人每月可以领取标准为1000元的补助,5月20日前已经上岗开展工作。

2020年,新疆维吾尔自治区交通基础设施投资预计达到542亿元,其中续建项目35个、新开工项目14个。年内将完成新改建国省干线公路1482公里,高速公路突破5500公里;3个县通高速(一级)公路,占比达78%;实现所有县市二级公路连接,新改建农村公路1万公里。在脱贫攻坚方面,将实现吸纳贫困家庭劳动力转移就业2.7万人,帮助新疆交通运输部门所驻的6个未脱贫村全部实现脱贫摘帽。

“土特产”变“热销品”　解决重点片区“贫中之贫”

谈到交通扶贫,就不能不提“贫中之贫、困中之困”的六盘山,甘肃东部的六盘山区是我国西部深度贫困地区,也是交通运输部的扶贫重点联系片区。

交通运输部作为片区牵头联系单位,部扶贫办和四个结对帮扶工作组主动对接、主动服务,切实做好协调、指导、帮扶等各项工作。东乡县、岷县、西吉县饮水安全问题,临夏县、西吉县基本医疗设备人才紧缺问题,通渭县乡村寄宿制学校短缺和安全住房隐患问题等……优先支持劳动力务工就业,切实解决农副产品滞销问题,积极支持扶贫产业恢复生产,加快扶贫项目开工复工。

六盘山片区涉及甘肃省8个市州、40个县市区,其中深度贫困县21个。党的十八大以来,国家累计向六盘山片区投入235亿元,建制村通硬化路率从2012年底的49.6%达到2017年的100%。六盘山片区25个县通了高速公路,40个县全部以二级及以上公路连通,具备条件的乡镇和建制村均100%通了硬化路,建制村通客车率达到99.87%。

“现在水泥路通了,渠道搭建好了,只要咱甩开膀子干,不愁销路!”农忙时节,陕西省咸阳市淳化县润镇张家岭村的海越现代果业示范园区内,村民们正忙着上肥、翻地、覆膜……当地依托“交通＋电商”模式，苹果销量可观。

脆甜爽口的淳化苹果、味道鲜美的庆阳黄花菜、红皮黄肉的西吉土豆等，从过去农户家中的“土特产”变成了“热销品”。

路通了，车来了，六盘山片区县的农业产业、乡村旅游蓬勃发展，有效带动了群众脱贫致富。贫困人口由2013年底的394万人减少到2018年底的85万人，累计减贫309万人，贫困发生率由29.7%下降到6.6%，40个贫困县有11个实现脱贫摘帽，2019年底24个县拟退出摘帽，2020年将全部实现脱贫摘帽。

2020年是我国全面建成小康社会之年，也是脱贫攻坚“大决战”之年。交通运输部“五年规划＋三年行动计划＋年度计划”的“5＋3＋1”规划计划体系，在脱贫攻坚的全国战役中起到了基础性、引导性、战略性、服务性的重要作用。将老少边贫地区全部纳入交通扶贫支持范围，帮助贫困地区加快建设“外通内联、通村畅乡、客车到村、安全便捷”的交通运输网络。“十三五”以来，累计投入约7100亿元车购税资金支持贫困地区交通项目建设，为打赢脱贫攻坚战提供了有力资金保障，也让疫情下的交通扶贫成色十足。

（全媒记者　吴静）

（《中国水运报》，2020年6月22日第2版）

“我家香猪格外香”

“玉和，猪仔装好没有？一会儿收货的人就到了。”

“马上装好！”院里的人嗓门洪亮，眼前的猪圈欢腾起成群的黑香猪。

“18、19、20……周队长，正好20头猪仔。”搁3年前，养猪户龙玉和完全想不到自己能做成如此规模的养殖。他和村里大多数乡亲们一样，曾经有个共同的身份——贫困户。

“出行爬坡上坎，一里挂九梯”。龙玉和所在的加勉乡加坡村，属于贵州省20个极贫乡镇之一，人均坡耕地仅0.47亩，人均基本农田不足0.4亩。2016年，周儒松成为贵州省地方海事局驻加勉乡加坡村脱贫攻坚小组负责人，一待就是四个年头。

“刚进村里头，几乎看不到一间像样的房屋，人畜混居随处可见，怎么也没想到，如今有了这样好的住房条件。”周儒松感叹道。

然而，曾经那不像样的住房，龙玉和一家五口一住就是几十年。“一年总收入也就万把块钱，我弟弟还得看病、吃药，两个孩子还在上学，真是穷得叮当响。”龙玉和愁肠百结。

养黑香猪是周儒松给他出的主意。

“不能外出打工的村民，得想办法让他们在家门口脱贫。”2017年，经过多方考察，加坡村扶贫工作组大力鼓励村民们养殖黑香猪。针对养殖中遇到的问题，扶贫工作组专门在农民夜校班上开设了养殖课程，手把手培训，双语教学（汉语和苗语），内容丰富、针对性强。

“周队长，窝在这山沟沟里香猪卖不出去可怎么办？”龙玉和心动了。

“你只管养好你的香猪，我们不仅给你提供技术服务，帮你购买养殖保险抵御风险，还确保解决你的销售难题。”周儒松的回复让他放了心。

迈过一道道关口，香猪带来收益，龙玉和越过越好。2017年，他养殖3头黑香猪种猪，纯收入近2万元；2018年，养殖扩大到7头，纯收入3万元；2019年，仅黑香猪养殖这一项，纯收入就超过8万余元。

“政府促能人，大户带群众。”“比学赶超”的氛围激励着越来越多的加坡村村民加入到黑香猪的养殖大军中。根据不同贫困户实际情况,提供不同项目,加坡村贫困人口人均纯收入从2016年的2000元增加到2019年的8000多元。

村里人的光景越来越好了。按照"合作社+农户"的运行模式,加坡村正统一将10亩黄精基地建设区域内土地流转至合作社,合作社负责40万株黄精种苗培植,年底将培育成功的种苗分配给30多户村民,并按市场价每斤10元签订回购协议。"预计1亩黄精收益5万元,我们无疑是抱了一个奔小康的'金娃娃'。"有了企业托底,村民梁永锋感到黄精产业让人更踏实了。

"以前加坡村是袋子空、家里空、寨子空、精神空。"周儒松笑着说,"现在,村民收入多了,走出大山的年轻人多了,全村人致富奔小康的心气足足的!"

(全媒记者　廖琨)

(《中国水运报》,2020年7月6日第1版)

穷山村成了“金窝窝”

“路修好了、房建起来了、街道也干净了，如今在扶贫车间泳装厂打工，我的生活有了新奔头……”辽宁省葫芦岛市南票区暖池塘镇沙金沟村脱贫户王桂兰深有感触地说。

这样的生活来之不易。

“支部工作无合力，环境卫生脏乱差”是辽宁海事局驻村工作队（简称“工作队”）和第一书记来到沙金沟村之后的第一印象。

“支部强不强，关键看头羊。”驻村伊始，工作队积极发挥“头雁效应”，通过讲党课、学技能等方式，实行党员帮带制度，全体党员干部心往一处想、劲往一处使，形成脱贫攻坚的强大合力，让“后进”变“先进”成为现实。2018 年 7 月，沙金沟村党支部被评为“南票区先进党支部”。

“现在，村里党建活动十分丰富，党员心思齐，我们这些干部有活力有干劲，都把群众的事当自己的事干呢！”沙金沟村党支部书记高兴地说。

治病下药，对症为先。“村里必须得有持续稳定增收的产业！”

从哪儿着手？工作队走村入户、亲访民情，详细分析了每家农户的实际情况，为当地群众解决困难、谋划产业——

2017 年，辽宁海事局组织建档立卡贫困户养殖黑猪；

2018 年，辽宁海事局投资 64 万元为沙金沟村建设 83.08 千瓦光伏发电板，带动全村建档立卡贫困户脱贫致富，人均共增收 3000 元。

致富产业发展起来了，沙金沟村党员为民办事的积极性也增强了。

“怎样才能让沙金沟村实现美丽蝶变？”工作队和村两委开动脑筋，反复琢磨研究。

“我们着力在‘厕所革命’、垃圾分类、绿化美化等硬件上狠下功夫，同时还注重村规民约、道德评议等软件建设。”工作队目标明确。

2019 年，辽宁海事局协调“美丽乡村”项目建设，为沙金沟村美化环境建设项目投资 80 万元，硬化路面 1.8 公里，添置路灯 40 盏，彩砖铺砌 5510 平方米，景观墙绘画 1000 平方米，种植快柏球 250 棵、金叶榆 250 棵、玉兰树 300 棵。与此同时，通过树立先进模范、运用“道路宣传板”等手段，让“孝、勤、和、善、美”五字村规民约深入人心。

如今，沙金沟村的基础设施全面改善，产业发展蓬勃有力，脱贫攻坚成效显著，逐步实现脱贫攻坚与乡村振兴的同频共振。

“沙金沟村是我们倾尽心力的第二个家，建设美丽富饶的沙金沟村是我们奋斗的目标！”工作队队长、村党支部第一书记李文龙信心满满。

（通讯员　倪常宇）

（《中国水运报》，2020 年 7 月 27 日第 1 版）

大棚里种出红火日子

“田营村的西瓜甜吗?”面对手机屏幕上弹出的问题,中交二航局沙颍河航道升级改造PPP项目(简称“项目部”)综合办负责人郭欣然和党员宋彪在镜头前一人抱着一个大西瓜,一边竖大拇指,一边与直播间的网友们互动。

“老铁,不是我吹牛,这里的西瓜又甜又脆,上直播之前我‘咔咔’整了几块,现在还想吃!”宋彪咧着嘴,在场的老乡们哈哈大笑。

郭欣然和宋彪正在“带”的货正是河南省沈丘县白集镇田营村精准扶贫蔬菜种植基地大棚里收获的瓜果。田营村距项目部不足15公里,作为当地经济发展的“拳头产业”,精准扶贫蔬菜种植基地棚内的大批瓜果已经成熟了,可新冠肺炎疫情和连绵不断的降雨却导致部分蔬菜瓜果滞销。

了解情况后,项目部主动与田营村党支部开展支部联建,以“直播带货”的形式助产助销。“高峰时期有2000多人在线,一场直播下来就卖出3000多公斤。”蔬菜种植基地的村民们欢声雀跃。

销路打开了,如何提高大棚里瓜果的产量和种植技术?

受疫情影响,蔬菜种植基地扩建计划被暂时搁置,这让项目部党员许哲坐不住了。“必须扩建,资金不够我们就自己动手!”在他的带领下,项目部党员技术攻关团队充分发挥工程企业资源优势,协助村民购买低价、优质的原材料,帮助村民们学习蔬菜大棚与分拣车间活动房搭建技术。于是,基地扩建计划再次被提上日程。

考虑到当地“三夏”农忙时节常遇干旱,洒水保收成为蔬菜种植基地常遇的难题。为此,许哲组织项目部将现代农业大棚技术与现有的种植基地进行分析对比。他们仔细研究了年度土壤墒情、基地灌溉情况,提出了“深井自动取水、一棚两阀”的灌溉思路,新技术不但让取水更方便、灌溉更高效,还减轻了村民的劳动强度。

“真是太好了,有了新技术,旱季的蔬菜收入也有了保障,我们的日子肯定会越过越红火！”村民们的脸上笑开了花。

（全媒记者　樊雪菲　通讯员　黄树）

（《中国水运报》,2020 年 7 月 29 日第 1 版）

端稳饭碗　幸福满满

“向以兵,新修的院子真是干净整洁呢!”

“是啊,家里人住得更舒心了! 来来来,李书记快进来坐坐。”院里的人嗓门洪亮,眼神中流露出笑容。

原来,这是宝坪镇凤凰村村民向以兵招呼重庆云阳海事处驻村书记李田林到他家新修的院子里坐下,畅谈脱贫攻坚带来的幸福生活。

异地扶贫搬迁住进新院子、护林员岗位年收入 6000 元、2019 年养蚕纯收入近 10 万元……搁 4 年前,向以兵完全想象不到自己能过上这样的好日子。

宝坪镇凤凰村所在的云阳县为秦巴山区集中连片特困地区的国家扶贫开发重点县。村里地势落差大,山地多、平地少,土质差肥力弱,交通、水利等基础建设不完善,村民只能靠天吃饭,一旦遇到干旱或洪涝灾害,一年的辛苦都会付诸东流。

“那时候一年总收入也就万把块钱,媳妇看病、吃药要花钱,孩子上学要花钱,家里连吃顿肉都要盘算盘算,一年到头存不下钱,真是穷得叮当响。”作为家里的顶梁柱,向以兵经常被劳累和焦虑压弯了腰。

日子从 2017 年重庆云阳海事处成立宝坪镇凤凰村脱贫攻坚小组(简称“工作组”)后有了改变。

“不能外出务工的村民,得想办法让他们在家门口脱贫。”2017 年,工作组组织成立云凤桑蚕合作社,大力鼓励村民养蚕。工作组还同步在农民夜校班开设养殖课程,从环境温度控制到养殖管理分工、从桑叶农药残渣去除到桑蚕病害防治,“面对面”“手把手”培育贫困户的致富技能。

“没有启动资金怎么办? 就算把蚕养好了,窝在这山沟沟里,蚕茧卖不出去怎么办?”看着村民们纷纷加入合作社,向以兵动心了,但仍有许多顾虑。

“我们帮你购买养殖保险抵御风险,打通销售渠道,资金有小额贷款来保障,你只管养好桑蚕!”工作组的答复让向以兵心里的大石头落了地。

在工作组的帮助下,向以兵顺利迈过一道道难关,桑蚕的收益越来越好——2018 年,他养蚕 5 季 50 张,纯收入近 5 万元;2019 年,他又带动亲友把养殖规模扩大到60张,纯收入近10万元。

“光景真是越来越好!”向以兵感叹,“现在肉和蛋想吃就吃,孩子天天喝牛奶!在外辛苦一天,回家喝一杯自己酿的高粱酒,一整天的疲惫都消失了,这才叫幸福生活呀!”

2019年,村里由40余户村民成立了蚕桑专业合作社,养蚕5季,实现年收入26万余元,还有11户贫困户剩余劳动力实现了就近就业。

“以前,凤凰村村子空、袋子空、精神空。如今,村民收入多了,生活越过越甜了,奔小康的底气也更足了!”李田林笑着说。

(全媒记者　周佳玲　通讯员　孙琼　李吉朝)

(《中国水运报》,2020年8月3日第1版)

“致富路”上山　老乡吃上“旅游饭”

“想吃点什么？我们家的山羊土鸡、蔬菜水果都是自己产的，营养又健康，要不要品尝一下？”时近中午，看到来访的客人，张定发赶紧起身迎出去。不一会，他就在自家开办的农家乐风风火火地忙活开了。

说起这个农家乐，张定发一脸笑意。“能开起农家乐，还多亏了万州航道处的扶贫干部帮我出谋划策呀，现在交通便利了，养猪种菜的水源问题解决了，在村里也能吃上一碗‘旅游饭’，以前真是想都不敢想！”他高兴地说。

张定发是重庆市巫山县曲尺乡哨路村八社的建档立卡贫困户，说起他家原来的穷苦日子，长江巫山航道处帮扶干部王仕兵深有感触。

“我第一次去他家走访，他们一家五口人刚从泥瓦房中搬出来，旧房子的泥墙上已经裂开了好几条拇指粗的缝，家中妻子治病吃药要钱，危房改造还借了一笔外债，在土地上刨了十几年，日子始终过得紧巴巴。”而村里像他家这样困难的，远不止一户。看到村里这副光景，王仕兵心里很不是滋味，回去后，就积极与上级单位长江万州航道处的帮扶工作组（简称“帮扶组”）商量对策，决心让老乡们走出贫困，走向殷实。

2016 年接到帮扶任务后，长江万州航道处每月都派出帮扶干部到张定发家走访，帮他出谋划策、精准施策、用活政策。经过全面排查，帮扶组发现，哨路村八社海拔 600 多米，通往山外的只有一条坎坷泥泞的羊肠小道，摩托车通行都困难；主要水源则靠下雨时储水以解决生活用水困难，养殖、种植都受到很大限制。

为此，帮扶组不辞辛劳，多次与村委会干部一道寻找水源，终于在张定发家的后山坡找到了一眼泉水，但由于水量不大，受季节影响时而断流，长江万州航道处又挤出资金为他家建造了一个 10 立方米的水池，通过水管，清澈的泉水可直通家门口。

为解决出行问题，帮扶组又多次到巫山县扶贫办、交通局奔走。2017 年 3 月，一条硬化公路经过张定发家门前，贯通哨路村八社，2019 年，该段道路又升级为油化路。

为了让他有更稳定的脱贫渠道，帮扶组继续引导他申请小额无息专项贷款，每年养殖生猪二十多头，喂养山羊三十多只，种植脆李及其他农作物6亩。

2019年8月，随着位于哨路村的巫山旅游支线机场通航，摩天岭森林风情小镇建设初具雏形，勤奋好强的张定发又找到帮扶干部，希望办起农家乐，吃上“旅游饭”。

危房改造、医疗保险、教育资助、小额贷款、退耕还林、生态补偿，再加上种植、养殖产业，如今梦想照进现实，张定发过上了衣食无忧、幸福甜蜜的小康生活。

“从贫困到殷实，生活是‘芝麻开花节节高’，一天比一天过得甜蜜，我要衷心感谢党和政府精准扶贫的好政策，感谢万州航道处对我的真心帮扶。”张定发激动地说。

2019年，他还在县城贷款买了一套二手精装房，虽然是贷款买的，他却自信满满。“有党的好政策帮扶，自己再努点力，我相信贷款很快能还上。在农村勤爬苦挣了几十年，现在我也想过过城里人的生活，小康生活不是梦，我们农民的日子越来越有奔头了！”

（全媒记者　周佳玲　通讯员　申忠平）

（《中国水运报》，2020年8月12日第1版）

“放牛娃”圆了“港口梦”

“经过10个月驻港实习，在广州港师傅们耐心的传帮带下，我从什么都不会，到现在已经能够独立操作30米高的大型港口吊机，还考取了龙门吊专业操作证书。如今，我已成为一名广州港人，感觉自己离梦想又近了一步。”秦鹏来自贵州省毕节市大方县普底乡跑马村，属贵州省建档立卡的贫困生。近日，他满怀憧憬迎来人生的重要时刻，参加了一场毕业即就业的“双重典礼”——首届“广东技工·广州港班”学生毕业暨入职典礼。

典礼上，广州港集团领导将港口工作服、安全帽、反光衣和印有员工姓名的工作证，郑重地交到首批从“广东技工·广州港班”毕业的贵州毕节贫困学生手中。经过在毕节职业技术学院为期两年的理论学习，以及广州港技工学校一年的港口专项技能培训，34名深山学子全部入职广州港。

作为华南地区港口龙头企业，广州港集团以聚焦西南山区贫困根源的敏锐眼光，于2017年在贵州省乌蒙山腹地的西南重镇毕节，种下教育扶贫的种子——毕节首个校企合作订单班“广州港班”在毕节职业技术学院落地。一个为校企合作量身定做，为毕节贫困家庭子女提供入学、就业“一条龙”帮扶的专业编班，打开了广州与毕节两地就业扶贫协作的新局面。

“一个机会改变我的一生”

“我来自毕节市大方县，父亲患病多年，全靠母亲一人务农支撑家里开销，由于家里负担不起，我就辍学了。本来以为这辈子都没有机会读书了，是面向贫困学子的‘广州港班’改变了我的境遇。”秦鹏个子不高，谈起这次改变人生的机会，身穿崭新广州港工作服的他，双手忍不住微微颤抖。

“我父亲得知广州港集团在毕节办了一个班，招生对象包括精准扶贫的辍学学生，就劝我回来读书。那时的我因为没有专业技能，只能在贵阳打小工，一个月两三千块钱。所以，有一技之长、在大城市定居就成了我的梦想。”2017年6月，秦鹏因贫辍学在家，在对未来生活感到迷茫、苦恼之时，他收到了广州港技工学校“广州港班”招生简章。当看到简章上关于贫困生可免费就读、毕业后有望入职广州港工作的特别说明时,秦鹏意识到这是一次改变命运的机会。

作为第一批走出大山的孩子,秦鹏无疑是幸运的。2017 年 9 月,秦鹏通过考试正式成为“广州港班”的一员。在毕节职业技术学院完成两年学业后,2019 年 7 月,秦鹏怀着改变命运的志向踏上了广州港实习之路。

2019 年 8 月,秦鹏和同学们共同来到南沙三期进行机械司机岗位的实习,广州港集团为他们制定了专项驻港实习方案,还对他们的生活作了精心安排,不但免费提供食宿和生活用品,每个月还有实习补贴。

“当我看到港口作业现场高耸入云的桥吊、门机,一个个集装箱被高空驾驶室里的师傅精准地吊起放稳,内心感到无比震撼和激动。我暗下决心,一定要努力学习,成为像他们一样的技术能手。”秦鹏告诉记者,这 10 个月里他得到了老师傅们的精心指点和照料,进步很快,如今独立上岗操作完全没问题。

扶智扶贫创造出彩人生

“授人以鱼不如授人以渔,按照中央扶贫精神和省市工作要求,5 年前广州港集团率先贯彻‘教育扶贫’理念,探索并开创了东西部扶贫协作‘智力扶贫’全新模式,是第一个开办校企合作订单班的企业。”广州港集团党委书记、董事长李益波表示,“广州港班”将扶贫与扶智结合起来,让贫困地区的孩子们重回课堂,学习一技之长,为他们创造人生出彩的机会。

2017 年,广州港集团在广东省率先提出“智力扶贫”的扶贫理念,通过穗毕两地政府搭台,探索“校企合作”和“智力扶贫”结合新模式,首次尝试引入职业教育精准招生、精准资助、精准培养、精准就业的扶贫总体思路。

同年,在广州、贵州毕节两市相关政府部门的牵线搭桥下,广州港集团成功和毕节职业技术学院开展“订单式培养”合作项目,以常年举办“广州港班”为试点,面向毕节市建档立卡贫困家庭初、高中应往届毕业生招生。通过“订单式培养”的形式打造出一批又一批一线技能人才,并帮助他们实现就业,推动长效扶智扶贫。

“目前,广州港集团已投入近 200 万元,免费为‘广州港班’就读学生提供专业课程教材,承担学生在广州港技校学习、住宿、培训、考证费用和基本生活津贴,学生进入集团顶岗实习期间,每月还可以拿到平均约 1800 元的实习补助。”广州港集团工会主席温东伟介绍,“广州港班”采用“2 +1 智力扶贫”模式,学生前两年在毕节职业技术学院进行理论学习,第三年到广州港集团下属广州港技工学校进行实操培训，毕业后考核合格，由广州港优先招聘到港口就业。学生在校期间享受国家学费减免、生活补助等扶贫政策，广州港集团设立专门奖学金，对表现优异的学生进行奖励和资助。这种“入学即入职、顶岗即上岗、毕业即就业”的新型办学模式，有效帮扶了毕节贫困家庭子女，以开创性思维践行了“穗毕同心，港口圆梦”。

为港口发展输送生力军

“今天是我人生中最幸福的日子。”毕节职业技术学院2018级“广州港班”学员朱羽在广州实习开班仪式上代表全体同学发言时说，“看到2017级师兄们顺利入职，一个个从贫困山区的‘放牛娃’成为世界大港的一员，我无比羡慕和向往。我坚信，经过一年的努力，我们也能顺利通过实习考核，成为广州港集团的一员，真正实现‘走出大山、通向世界、回报家乡’的梦想。”

为了让贫困家庭子女安心就读，广州港集团还联合毕节职业技术学院为学员提供一系列保障措施：免费提供专业课程教材，为每届“广州港班”提供80000元/年的奖学金；免费为学生提供1次叉车、岸桥司机等职业资格培训及考证机会。学生经广州港技工学校培训合格后，进入集团进行顶岗实习，期间享受不低于每月1500元的实习补助。学生毕业后与集团签订就业合同对于未具备独立上岗能力的，保证广州市最低工资标准每月1895元；对于独立上岗的，工资每月6000元以上。

“‘广州港班’为集团培养、输送、储备了一批港口大型机械操作与维护专业技能人才，提供了源源不断的生力军。”回顾广州港集团的“智力扶贫”之路，温东伟深有感触地对记者说，“让寒门学子在提高学识与技能的同时，还能够获得就业机会，是以个人就业带动全家脱贫，这充分调动了贫困群体自主脱贫的能动性，真正实现了既‘输血’又‘造血’、既扶贫又扶志。”

据统计，目前“广州港班”2017级毕业生34名，11名属于深度贫困地区贫困学生；2018年在校生39人，10名属于深度贫困地区贫困学生。2019级“广州港班”招生（大专）26人。预计到2020年年底，累计培养学生150人左右，人均年收入达到6至10万元，帮助150个家庭初步实现了“一人就业、全家脱贫”的目标。

（全媒记者　龙巍　通讯员　邹井棋　李泽恩）

（《中国水运报》，2020年8月28日第1版）

“输血”又“造血” 扶贫更扶志

2020 年 9 月 11 日，从鄱阳县城出发，驾车在山路上蜿蜒前行近 3 小时，记者终于来到了位于鄱阳县北部的谢家滩镇芦林村。

村子处于半丘陵地带，面积 12.8 平方公里，自然资源匮乏，全村 563 户 2788 人中，贫困户有 69 户 275 人，早在“十三五”规划时就被列为贫困村，扶贫干部换了一批又一批，也没能啃下这块“硬骨头”。

2015 年 8 月，江西省港航管理局上饶分局（以下简称“上饶分局”）接下帮扶鄱阳县谢家滩镇芦林村脱贫攻坚的担子。该局领导高度重视，亲自谋划并选派精兵强将扎根驻村、精准施策。

鼓励创业、种植奖补、完善村部基础设施、促进就业……随着政策落地、规划落实，量变终于迎来质变。2017 年底，贫困户全部精准退出，芦林村完成九大体系建设并通过验收，按期退出贫困村。今年，贫困户将全部脱贫。

回望芦林村的脱贫路，绕不开“造血、扶志”两个关键词。上饶分局驻鄱阳县谢家滩芦林村第一书记俞敏感慨地总结，“既要富口袋，也要富脑袋。通过增强造血功能，激发贫困户的内生动力，才能奔小康。”

找准路子 靠双手致富

“与群众同吃同住同劳动，在劳动中增长才干，在流汗中体会民情。”这是俞敏在民情日记中写下的扶贫心语。

白天，俞敏骑着一辆破旧红色电瓶车入户访贫；晚上，他加紧整理材料，填报表格台账。“每天与老乡同吃，住村部。‘5 + 2’‘白 + 黑’是工作常态。”俞敏笑着说，“扶贫无小事，驻村第一书记就是要带领群众发展生产，解决困难诉求。”

通过对芦林村的资产、资源、资金情况调研，俞敏终于找到了迟迟无法脱贫的“病因”。“以前普遍种植的木耳是安徽品种，到了我们村水土不服，必须蹚出一条新路子。”俞敏下定决心。

“叽叽叽叽……”记者迎着小鸡叫声来到蔡金求家，他是“土鸡养殖”新路子的受益人之一。1998 年，妻子因车祸不幸去世后，蔡金求独自拉扯两个孩子，家中一贫如洗。

“俞书记说,鸡鸭市场稳定,而且养小鸡很容易。”蔡金求回忆,“一开始我还有资金方面的顾虑,但俞书记前前后后到我家里不下5次,不仅帮我解决了鸡苗,还帮我跑下来5万元钱的贷款,心里很感动。”

缺乏销售渠道,俞敏就做他的促销员,帮他把土鸡销售简介放在江西省市的促销平台上,并且多次设法取得在农产品大会上推广的资格。如今,蔡金求养了近4000只土鸡,盖起了新楼房,屋里亮堂堂,备齐大彩电,孙女的奖状贴了满满一墙。贫困户摇身一变成了村里的致富典型。

一户一策　帮扶有“准星”

吃一顿“连心饭”,安一颗“踌躇心”。“原来有困难也不说,不想给国家添麻烦。”叶柏员老人朴实地说。

那是前年的一天,他的帮扶人、江西省港航管理局上饶分局纪委书记涂胜利又带着猪肉、鱼和青菜来到家,饭桌上,涂胜利再次细细询问了老叶家的难处。那么多年事无巨细的关怀终于让老叶打消了顾虑:“我想要技术,还是靠自己!”不久,经过扶贫工作队的引荐,叶柏员拿到了免费的药材苗,今年除种田外,又多种了10亩药材。

惠民政策数不清,可具体哪些能落到自己头上,不少村民并不清楚。为此,俞敏带领村干部们一户一户算账,逐项解读政策。

用好政策能留住年轻人。起初,村民程银泉和村里大部分青年一起在东南沿海务工谋生,“在那里干一点粗活,挣一点辛苦钱。听说村里变了样,我去年就回来了,想在家里创业。”程银泉说。

站起来只比桌子高一点的村民叶明和因残致贫,扶贫工作队把政策送到了家门口,一听自主创业还能享受补贴,他又燃起了生活的希望。

“技能培训及职业教育是解决就业压力的必经渠道,要使劳动者由外出务工转变为自主创业,就不仅要有输血功能,更要有造血功能。”俞敏告诉记者。

为此,他及时联系就业局聘请专家。2019年7月22日至8月25日,芦林村20余名学员如愿参加了相关培训班,并通过考试取得资格证,为自谋职业奠定了基础。

“如果参加培训的人少,就把当事人送出去;如果需要某项技术的人多,我们就把老师请进来。”俞敏表示。

户户有脱贫门路,家家有增收项目。如今,叶柏员的新房子盖得宽敞明亮;程银泉养了3000多只鸭,能挣2万多元钱;叶明和的家电维修生意也经营得红红火火。

初心如磐　一起奔小康

走进村民叶喜宝家里,墙上红色的《谢家滩镇芦林村贫困户政策享受清单》(简称《清单》)被填得满满当当:2016年,产业对接10000元,低保救助4680元……2017年,重疾补充保险360元,农村低保5760元,教育补贴500元,安全饮水600元……2019年,医疗报销9246元,残疾补助1050元……

看到记者进来,叶喜宝从电视柜里拿出鼓鼓囊囊的一袋子药,对记者说,“我74岁了,得了慢性阻塞性肺病,每天都要吃好多药,家也被我吃垮了。”他伸出一根手指,指着墙上的《清单》又说,“现在国家政策好,我去拿药只用出少部分钱,剩下的国家都给我们包了。”一项项政策、一笔笔补贴使叶喜宝满是皱纹的脸上笑开了花,“我家里的情况他们都知道,我对他们非常满意。”叶柏员竖起了大拇指。

金杯银杯不如老百姓的口碑,金奖银奖不如老百姓的褒奖。“只有带着感情开展群众工作,老乡才会和你心贴心;只有你把老乡当作亲人,他们才会把你也当作亲人。”这是俞敏的切身体会。

上饶分局刚接手芦林村时,村里只有一条主路,村民说:“路不好走,三轮车常常侧翻,自来水时断时续,晚上蚊虫叮咬让人睡不好觉。”这让扶贫队员们下定决心,一定要带着村民如期过上小康生活。

5年来,上饶分局积极开展产业和就业扶贫,2016年32户贫困户对接食用菌种植;2017年对接37户光伏发电受益;2019年扶持了吴江澎家庭农场土鸡养殖产业,对接贫困户20户,增强贫困户持续受益和造血功能。青壮年劳力村委与劳务输出与公司、企业对接上岗76人,增设公益性岗位解决留置在家一般劳力或半劳力就业41人。

水、电、路、太阳能路灯、农田水利等大家都能享受到的公共资源和设施从无到有、由有变优;村部卫生建设有成,环境焕然一新。同时,按照厕所革命要求,芦林村和驻村工作队共同推进改厕工作,共改厕460户,其中贫困户69户全部改厕。

“贫困群体家底薄,技能少,抗风险能力小,很容易‘一个风浪打来就回到从前’。更重要的是帮助他们‘造血’,建立长效机制。”上饶分局副局长黄成说。

脱贫不松劲,摘帽不摘责。脱贫攻坚战场上喜讯频传,鼓舞着芦林村的干部群众向贫困发起最后总攻。“如果党和国家需要,我们愿意留下,继续带领乡亲们共同致富。”俞敏坚定地说。

（全媒记者　樊雪菲）

(《中国水运报》,2020 年 9 月 14 日第 2 版)

跑船挣出红火日子

“从小山村到大城市，感谢西部海员计划，帮助我家过上小康生活。”

“从事跑船工作对于西北地区的人来说，确实是一个脱贫奔小康的好法子。”

……

2007年，交通运输部海事局在革命圣地延安启动西部海员发展项目，帮助革命老区脱贫致富。岁月如梭，转眼间已到全面建成小康社会的决胜之年，项目成果如何？近日，记者采访了部分参与西部海员发展项目的船员，虽然他们的经历不同、岗位不同，但一言一行中都流露出掩藏不住的幸福感。

“我把侄子‘变成’了同行”

2011年参加高考之后，井万里的侄子站在专业选择的人生“岔路口”。知道侄子想报考酒店管理专业后，在华洋海事中心有限公司跑船的井万里耐心地跟侄子交心。

“酒店管理竞争大，为人需要八面玲珑，升职也不容易，这条路并不好走。”井万里告诉侄子，对比之下船员这份工作收入不错，环境相对单纯很多，工作也稳定，还有一条明确的考证升职之路。“要是以后不愿意跑船了，干几年把房子买了，转行也行。”

听井万里详细介绍了船员的工作环境、收入和升职前景以后，井万里的侄子最终报考了轮机工程专业，目前在一家公司做三管。

“不怕侄子对专业不满意，将来埋怨你吗？”井万里告诉记者，他自己是干这行的，对行业了解，跑船确实是个好出路。“今年休假，我给侄子找了个临时活儿，一天一百来块钱，干了几天他就说，这还不如去船上，一天就能挣几百块钱。”

井万里的家乡在陕甘交界处的旬邑县，那里交通闭塞、经济落后，计划今年下半年脱去贫困县的帽子。井万里上学的时候，全村人都靠种田维持生活，早出晚归，一年忙到头收入可能也就1000多块钱，每年开学，年迈的父母都瞒着他去亲戚家借钱。

2008年，井万里参加高考后，在朋友推荐之下报考了延安职业技术学院轮机工程专业。

“薪酬高、待遇好、专业对口、就业率高，未来发展前景广阔。”井万里的朋友当时是这么对他说的。

2012年，毕业一年的井万里带着12个月的工资回家休假，看到村里部分年轻的家庭买了冰箱，井万里也给家里买了台，家里的条件从那时起节节攀升。

“挣这么多钱还干农活！”当上船员之后，村里人都知道井万里挣钱了，当他休假在家帮父母干农活时，村里人就会跟他开玩笑。

“实习生干了9个月提职技工，技工每月700美金；干了19个月提到三管轮，1400美金；工作了30个月提职二管轮，2600美金。”井万里说。

从事航海职业的9年时间里，井万里不仅装修了家里的老房子，在市区买了一套新房子，还买了一辆车。全家从偏僻的小山村搬到了大城市，孩子得到了优质的教育，休假期间，他还能带家人外出旅游。

“跑船这份工作对于西北地区的人来说，确实是一个脱贫的好法子。”身为二管轮的井万里，如今工资已达到每月一万八千元，今年，他正在准备大管轮考试，他相信小日子一定能越过越红火……

“我跳出了之前的生活圈子”

与井万里不同，周理哲是通过西部海员计划里的短期职业技能培训成为了船员。

2008年，经陕西省延安市老促会推荐，周理哲参加了海员培训，经过半年多的学习，他取得了水手执业资格证书，正式成为一名水手。

如今，周理哲已经成长为一名大副，就职于江苏蓝德海洋风电工程有限公司，月薪一万五千元。

“一个船员可以改变一个家庭的命运，我对此深有体会。”周理哲告诉记者，与村里的同龄人相比，他不仅在城里买了房子车子，要了二孩，妻子还能全职在家照顾两个孩子。去年，他还花15万元把村里的老家装修了一番。

“干这一行，能在城里买房子，妻子还能在家专心带孩子，孩子教育的起点就不一样了，我已经完全跳脱出了之前的生活圈子。”周理哲打心眼里感到高兴和自豪。

2019 年,周理哲介绍了一个朋友到公司工作。“转正之后,各项福利加在一起就有七八千元,交五险一金,吃住都在船上,一年还有四个月带薪休假福利,比起在工厂打工,工资更高,时间更自由。”朋友对周理哲表示感谢。

“明年,我想考船长的证书。”周理哲告诉记者,他打算在这行一直干下去。

周理哲认为,对于个人来说,船员有一条明确的考证升职之路,门槛不高却潜力无限,从整个行业来看,未来几十年海运的发展前景都很好。“知识改变命运,技术造就财富。希望有志于航海梦的青年,早日投身大海。”说这话时,周理哲的眼里闪耀着光芒。

“海上的故事特别吸引人”

2018 年,延安职业技术学院航运工程系开始招收女生,来自重庆丰都的代凤杰在那一年选择了这个专业,成为该学院 2018 级航海技术专业唯一的女生。

当年,代凤杰知道自己被延安职业技术学院航运工程系录取时,心里很忐忑。“当时心中感到摇摆,万一学习三年找不到工作,或者不喜欢这个工作怎么办?我甚至还准备去复读,重新参加高考。”

后来,代凤杰咨询当过海员的亲戚,“这个工作前景比较好,薪水相对来说也比较高。”考虑到家里刚刚脱贫不久,经济压力仍然不小,她最终选择去航运工程系报到。

报到后,代凤杰发现班里只有自己一个女生,她感到后悔了,但这种情绪并没有困扰她太久。开学一周左右,天津海事局派人来学校给新生讲解行业的前景、发展方向,代凤杰顿时觉得自己的心结被打开了。

“天津海事局派来的船长语言幽默,与我们分享了航运企业的现状,当说到薪资的时候我就心动了。”代凤杰的话语里充满笑意,“船长说实习期间工资就有两三千元,不下陆地,吃住在船上,钱都可以存下来。如果留在我们小村子,平均工资也就一两千元。”

代凤杰告诉记者,那年她还与一个在英国航运企业当三副的学长交流过,“工作之余,可以在船上的甲板溜达,下了岸还可以游泳,学长分享的海上故事深深地吸引了我。”

随着对专业的进一步了解,代凤杰越来越喜欢,她一门心思扎到学习里,不仅取得专业第一的好成绩,还成为预备党员和国家励志奖学金获得者。

“海上的故事特别吸引人,选择这个专业我感到不后悔。”代凤杰告诉记者,

“这个行业特别公平。现在社会上一些工作岗位只招本科生,但是船员这个岗位,只要你努力就可以考到证书,能力达到就可以往上晋升。”

对于今后的发展,代风杰也有了自己的盘算。“我想先去海上工作,研究一下船上的仪器设备,还想考取三副证书。”雀跃的话语之间,都是她满满的向往和憧憬。

(全媒记者　杨柳)

(《中国水运报》,2020 年 9 月 18 日第 1 版)

“驻”进群众心坎里

脸上总是洋溢着微笑、一身干劲似乎永远使不完，总和老百姓打成一片、身影永远在工地和田间闪现——他是彭琤，交通运输部长江航务管理局（以下简称“长航局”）驻湖北省恩施土家族苗族自治州建始县雪岩顶村第一书记、驻村工作队队长。

自2017年底来到雪岩顶村，彭琤就誓言改变村里的落后面貌、让百姓过上幸福生活，“第一批工作队致力于解决雪岩顶村脱贫的问题，我们不仅要让村民脱贫，还要让他们致富。”2020年9月15日，彭琤对记者说。

走村入户、找水修路，化解滞销、开辟销路……2年多来，彭琤走坏了10双鞋，写完了近20本扶贫日记，带领村民自力更生，大力发展特色产业和乡村旅游产业，在脱贫路上大步向前。

彭琤（中）在村民家了解情况（汪睿翔　摄）

彭琤(左二)将货款交给村民(王俊松　摄)

胸有丘壑　守着青山换金山

平均海拔1500米的雪岩顶村位于鄂西群山之巅,森林覆盖率高达90%,发展生态旅游条件得天独厚。但由于交通不便,农业生产水平低,当地群众收入微薄。这里的人们常说,“老天爷给了秀美的景,却没赏能致富的路。”

如何开药方?

初到雪岩顶村,没有寒暄,不讲客套,彭琤一头扎进深山。“整合当地自然资源和历史文化发展乡村旅游业,擦亮‘大美雪岩顶’这张名片!”2个月后,彭琤勾勒出带领雪岩顶村发展乡村旅游脱贫的胸中蓝图。

看到这剂药方,当地百姓直摇头,“异想天开、不合实际”“书生意气、纸上谈兵”“没带真金白银,不是真刀真枪”。创业之难,难在从无到有。打破旧习惯,开拓新方向,村民们不敢也不愿尝试。

产业发展离不开龙头带动。为了将蓝图化为现实,2019年3月,彭琤“三顾茅庐”引进龙头企业——恩施福康公司,投入资金近700万元,建设接待中心1座,大小木屋15幢,却迟迟未能投入运营。

当彭琤找到该公司老板刘吉友,了解到是因为公路需要拓宽并加装安保设施、电网改造等问题后,他马上找到建始县乡党委政府及交通、供电部门反映。

在他的积极争取下,不到 1 个月,通往福康旅游接待中心的组级公路就加宽至 4.5 米,电网全部升级改造增容。

刘吉友高兴地说:“没想到你们这么快就把我的难题解决了,我再不开张就对不住你们了。”同年 5 月 1 日,福康公司正式对外营业。

引进了龙头企业,闲不住的彭琤又开始“撺掇”贫困户向远凤把住房腾出来开农家乐。

“老百姓心里都有本账,不吃亏、有利益,产业才能落地。”彭琤回忆说,那段时间他天天跟向远凤一起算细账:自己种粮食、土豆,1 亩地也就挣 400 多元,还没算人工;开农家乐,保底也有几万块钱……

嘴皮子磨破,人心焐热了。

“彭队长说得在理,咱还能不信?”2019 年 4 月,67 岁的贫困户向远凤开起了全村第一家私人农家乐。“2019 年,农家乐纯收入 6 万多元,比我儿子在外打工赚的还多呢!”老人的喜悦之情溢于言表。

如今她的话里透着自信:“脱贫摘帽了,腰杆一下硬了。要想一直硬下去,那还得靠自己这双手。”现在每次向远凤碰上彭峥,都会亲切地打招呼,拉着他去家里吃饭。彭峥笑着问:“现在还后悔吗?”向远凤不好意思地连连摆手:“莫说莫说,当初多亏了你那么坚持。”

目前,雪岩顶村有 1 个龙头旅游企业与 10 家农家乐,“抱团”发展带来了规模效应,该村已具备接待近百人食宿的能力条件,全村生态旅游初见雏形,2019 年全村旅游创产值 60 余万元,带动近 30 人就业。

沉睡的大山“活”了。曾经苦寒落后的雪岩顶,如今成为国家级森林乡村、湖北省生态村、绿色乡村,建始县首批乡村振兴示范村、旅游扶贫示范村、金融服务示范村。“走遍崇山峻岭,我要到雪岩顶”早已成为响遍恩施的广告语。

雪岩顶村的旅游业发展是在一张白纸上画图,彭队长付出了巨大心血。”村民逢人就夸,“他让村里变了样,我们村来了个好队长!”

心怀村民　不是亲人胜似亲人

“驻村帮扶,就要把贫困户当亲人看,把贫困村当家乡建。”这是彭琤 2017 年 12 月刚驻村时在扶贫日记中写下的一段话。话是这么说的,事也是这么做的。

世代生活在雪岩顶村,村民高耀权打小喝的就是“望天水”,不下雨就吃水难。2019 年 9 月,施工队上门安装新水管和新水表,高耀权家的小水窖终于功成身退了。“这才叫自来水嘛!”水龙头刚拧开一半,一股白花花的水流喷涌而出,高耀权笑得眼睛眯成一条缝。

“喝上放心水让干部和群众的心紧紧地贴在了一起。”彭琤回忆,2018 年 4 月的一个晚上,高耀权闯进村委会议室:“连口好水都喝不上,你这个工作队队长一天到晚搞得是什么精准扶贫!”正在开会的彭琤被呛得一头雾水。当天晚上,向来不急不缓的彭琤急得彻夜难眠。

第二天一大清早,彭琤就来到高耀权家,高耀权说出了心里话:“彭队长,我们这里的水实在是不好喝啊,不光是苦,吃了人还得病。你看看我的牙。”说话间,他露出了一口黑黄的牙齿。彭琤心疼不已,坚定地说:“放心,我一定让乡亲们吃上好水。”

为了这句承诺,彭琤和扶贫工作队的队员们,费尽周折,争取到 20 万元项目资金,铺设饮水管网。绝壁上找水源,溶洞里寻小溪,哪里有水源,哪里就有彭琤的身影。经过多次论证和相关部门的勘察,2018 年底,7 个水池、近 10 万米饮水管道的水管网工程开工建设。

慢慢地村民们发现,无论白天还是晚上,施工现场总能看到彭琤的身影:他在挖路基、他在搬水泥袋、他在笔记本上写写画画、他坐在泥巴坎沿上吃饭……“自己不去看、不去问、不动手,心里不踏实。”彭琤笑着说。

2019 年 11 月底,困扰雪岩顶村百年的饮水困难终于解决了,300 多名村民吃上了不苦的自来水。好水引来后,高耀权深情地说:“彭队长,您是好样的,您真是我们最贴心的人呐!”

心里装着老百姓,做什么事情都惦记着老百姓,那份对老百姓的深情,特别是让全村 104 户 320 人按期脱贫的使命,彭琤时刻挂在心上。

为了帮助村民樊申华提高家具产品质量和技术工艺,拓展市场销路,彭琤特地介绍并陪他一起到重庆永川的家具制造企业进行学习培训。如今,樊申华又新购了一批加工设备,生产能力进一步扩大,带动周边贫困户 3 人就业。

村民刘勇想发展林下养鸡,苦于找不到好的鸡苗品种,求助于彭琤。彭琤辗转联系到重庆的朋友,专门驱车 1000 多公里到重庆拉回纯正的土鸡苗 300 只。如今,这批鸡苗饲养成功,销售收入 3 万元。在彭琤的鼓励帮助下,刘勇又申请到扶贫贷款 4 万元,开办了酿酒作坊,发展农家乐,种植贝母、党参等中药材近

10 亩。

村里的养殖大户孙祖宏、何显平等人通过成立专业合作社，饲养肉牛 40 余头。近些年，每年通过帮扶单位长航局定购 3000 斤左右，较好地解决了销售难题。今年新冠肺炎疫情居家封闭隔离期间，彭琤在重庆家里多次接到孙祖宏焦急的求助电话，希望继续帮助销售。3 月底，驻村工作队返岗进村后，彭琤迅速组织，帮助包括孙祖宏在内几家农户的新鲜牛肉 500 公斤、土鸡 200 公斤，腊肉 75 公斤千里销往重庆，总价值近 7 万元。

一顶顶穷帽子被扔掉，一颗颗感恩之心火热。

“彭队长，不是亲人胜似亲人。”村支书李贤江感慨地说，彭琤把村里的事当成自家事，村民也把彭琤当成了自家人。

凝聚人心　打造一支“永不撤退”的工作队

彭琤和雪岩顶村的干部群众有一个共识，就是村支两委班子是带领村民们脱贫的主心骨、致富的领头雁。

“现在脱贫攻坚的任务重、要求高，工作队帮得了一时，帮不了永远，雪岩顶村要实现全面小康和乡村振兴，归根到底还是需要村支两委一班人给力才行。”作为第一书记，彭琤十分重视雪岩顶村组织建设和村级治理能力建设。通过他的积极努力，促使长航局党员干部教育基地在雪岩顶村落地，打造了不忘初心、紧跟核心、为了民心的“三心党支部”，推行了“一统三治”（以党的领导为统领，推行德治法治自治）村级治理模式。

为了壮大村支两委的力量，彭琤可没少操心。雪岩顶村纪检委员余一芳，性格爽朗、大大咧咧，跑外勤搞联络是一把好手。但由于文化程度不高，对村里建表册以及整理台账资料等工作感到吃力。彭琤主动与她结成对子，平时工作中经常指导、督促、提醒余一芳，手把手教，针对工作中遇到的各类问题进行分析总结，并对一些有难度的工作进行点评。两年多过去了，余一芳的工作责任感、能力水平有了明显提高，她负责的雪岩顶村纪检工作被恩施土家族苗族自治州列入了示范村（建始县唯一一个）。

更大的变化正在雪岩顶村悄然发生：过去开村委会没有时间观念的村干部，现在都能准时到会；过去对群众反映的困难不太上心的个别村干部和组长，现在都能主动为群众跑路办事；部分觉醒的群众开始询问怎么申请政府支持的种养殖项目，怎么申请办理贷款……

“现在村干部普遍感到，只要增强组织凝聚力，发挥党员的带动作用，就能融洽干群关系，把村里的每项工作做好。”彭琤说。

夏日的深夜，雪岩顶万籁俱寂，皓月当空。在村民韩传平家，彭琤正与几位年长的村民聊天。“这些年，你们在雪岩顶，真的吃了不少苦！通过精准扶贫和长航局帮扶，把我们这么火塞（形容非常落后）的村搞得这么好，如果说还有什么意见，我倒真有一条。”67 岁的韩传平吸着土烟，徐徐地说。

“什么意见？”彭琤急切地问。

“工作队特别是你彭队长，这些年为雪岩顶操了太多心，你知道我们村民叫你什么吗？管得宽队长！”

“好！我们的工作群众认可，‘管得宽队长’这顶帽子我接受了！”彭琤高兴地应答着。

“彭队长，再留在这里一年吧！你是真正为我们办实事的好队长，大伙都舍不得你。”76 岁的李汝琚接着说。

作为在这里驻村两年多的工作队队长，彭琤心里也别有一番滋味。他说：“其实我也很不舍得。水通了、灯亮了，看着大伙脸上露出幸福的笑容，日子一天天地往好的方向奔，再苦再累都值了。”然而，深深不舍背后，却是常年工作在外，无法照顾家人的苦楚。

“我的父亲 75 岁了，尾椎撕裂无法弯腰，近年来时常要就医。作为他唯一的儿子，在他最需要我的时候却不能陪在身边，实在有愧。上高中的女儿，正处于青春叛逆期，经常指责我没有尽到做父亲的责任，父女关系一度紧张。说来说去，还是失去了陪伴孩子最关键的那几年。”这位在村民们眼中雷厉风行的好队长，谈到家庭时却几度哽咽。

九月的山间，天气微凉。彭琤满布风霜的面庞上，却好像有一丝光芒，正在缓缓地绽放，这丝光芒并不耀眼，却深深地照到了人们的心窝里。一个陪伴了他多年的笔记本，上面工整地写着“将使命写在崇山峻岭之间，不达小康不还乡。”

（全媒记者　廖琨）

（《中国水运报》，2020 年 9 月 20 日第 2 版）

民营航企梦圆小康路

“这几年营商环境好了,企业迎来了黄金机遇期,我们信心十足!”

“长江航运发展了,企业壮大了,我的小家庭也实现了小康,心里有说不出的高兴!”

……

2020年是全面建成小康社会的收官之年,民营企业既是参与者,也是建设者。伴随着长江航运的发展,民营航运企业如何实现自身的壮大?之后又如何反哺社会?如何促进职工家庭奔小康?近日,记者走访多家航运民营企业,倾听他们的真实故事。

抢抓时代机遇　见证航运变迁

“我们不仅要做好市场研判,大力发展大型化生产工具,还要保持资金良性运转,建立良好的企业信誉,突破同质化竞争,如此才能占领市场高地。”9月18日,记者来到位于万州的重庆市河牛滚装船运输有限公司(简称“河牛公司”),该公司总经理谭博文看起来年纪轻轻,但对公司的经营发展已“胸中有丘壑”。

河牛公司成立于2002年,当时只有4艘船舶、载重6000吨,运输收入500余万元,但如今,公司拥有川江载货汽车滚装船、集装箱船、干散货船舶等超过100艘,总运力达45万余吨,员工突破1000名,已是重庆市名副其实的大型民营航运企业。

如何在民营航运企业众多的重庆脱颖而出?在谭博文看来,这源于公司抓住了几次重要的市场机遇——

2000年,三峡库区将建成蓄水,河牛公司审时度势,研判长江运输格局必将发生改变,于是果断决策,开辟万州—宜昌的川江汽车滚装船运输业务,也因此收获了可观的社会效益和经济效益;

2005年,交通部、长江航务管理局制定发布船型标准化相关纲要性文件,河牛公司认真分析航运市场,在2006年至2012年间,投资建造了110米长、19.2米宽,及110米长、17.2米宽的标准化船舶50余艘,新增运力38万吨,这一进程让该公司成长为长江上初具规模的知名航运企业；

2014 年，交通运输部再次鼓励船企建造 130 米三峡库区大长宽比标准化示范船型，河牛公司再次积极响应，2015 年至 2019 年之间，共建造了 130 米标准化船舶 45 艘，新增运力 36 万吨，成为长江龙头航运企业。

紧抓市场机遇、不断开拓创新，这不仅是河牛公司的发展之道，也是重庆市东江实业有限公司（简称“东江公司”）坚守的准则。

成立于 2001 年的东江公司，经营长江豪华游轮已有近 20 年。由于前身为美国维多利亚游轮旅游集团公司，该公司也成为长江第一家将美式管理和服务理念引入长江游轮的公司。

“高山峡谷、山水秀美，一直以来，三峡旅游市场都十分火爆，游客量相对稳定，这给企业发展带来了良好契机。”东江公司执行董事周琢介绍，今年虽然因为新冠肺炎疫情停航了 6 个月，损失比较严重，但“空窗期”也给公司留下了复盘空间。

“以前游轮旅游的主体是中老年人，但如今 85 后一辈年轻人成为新的消费主体，所以我们要迎合他们的消费特点和需求。比如，开发三峡腹地深度游、水陆双栖游等新形式，包装新产品、催生新机遇，为三峡游轮找出一条新路子。”周琢说，今年 10 月 1 日，该公司新建的“美维凯悦”将投入运营，新运力的投入，或将提升整个游轮市场的服务品质和消费层级。

营商环境优化　政策持续加码

民营企业的发展，除了自身抢抓机遇，还有赖于营商环境不断优化、政策扶持持续加码等客观因素。

日前，全国工商联发布 2020 中国民营企业 500 强榜单及分析报告。报告显示，2019 年民营企业 500 强税收贡献稳步增长，但增幅与往年相比明显收窄。有专家表示，民营企业在中国经济中的作用日益彰显，因此税收贡献逐渐扩大；而增速减缓与税收收入总体减缓保持同步，则主要是大规模减税降费所致。2019 年，民营企业合计减税 1.26 万亿元，占全部减税额的 65.5%，税费负担明显降低。

“近年来，政府各级职能部门通过实施各项优惠政策、推进航运产业软硬件升级等措施，极大地改善了营商环境，我们民营企业算是迎来了黄金机遇期！”重庆浩航船务有限公司（简称“浩航船务”）总经理张勇高兴地说，“特别是今年疫情期间,社保和银行贷款等减免措施、失业保险的稳岗补贴等政策,都让公司受益良多。”

成立于2009年的浩航船务,主要提供长江集装箱内支线运输、件杂货运输、国际运输代理等服务。过去十年,该公司虽然规模不大,却稳扎稳打,各项指标实现了稳步增长——集装箱运力从最初的1612TEU增加到6805TEU;散货年业务量从46万吨增加到145万吨,员工也从51人增加到128人。

为了进一步提升服务质量,去年年底开始,该公司在当地的政策鼓励下,积极调整运力结构,开通了渝沪直达快线,每周发运2至3班直航班轮,比传统的班轮运输方式节省2至3天时间。

在重庆涪陵港江水运有限公司总经理彭诗杰眼中,公司成立22年来,见证了长江航运发生的巨大变化,也迎来了奔小康的机遇。“特别是重庆市财政局关于扶持航运业发展的财政政策,让我们企业受益多年。每次去海事部门办理相关证书,切实地感受到了政务服务的便捷,我们心里感到暖暖的!”

积极反哺社会　助力家庭圆梦

民营企业在我国经济社会中扮演着重要角色,不仅是技术创新的重要主体、国家税收的重要来源,还在农村富余劳动力转移、促进当地经济发展方面发挥着重要作用。

据彭诗杰介绍,该公司在发展壮大的同时,始终肩负着民营企业的社会责任,积极参与扶贫、救灾、捐资助学、修路修桥等公益事业。特别是2020年2月,该公司通过涪陵区红十字会捐赠20万元助力抗击疫情。此外,彭诗杰作为涪陵区政协委员,多次就环保、民生、交通、市容市貌等问题反映社情民意。

致富思源,回馈社会!河牛公司在发展过程中,也致力于拓展就业渠道,为政府排忧解难。谭博文向记者介绍,公司聘用的1000多名员工,大多为来自三峡库区移民、城镇待业青年,以及三峡成库后下岗的航运企业从业人员,职工薪资每年至少以10%的比例在增长。与此同时,该公司还积极开展助学、救灾、扶贫、防疫等,共计捐资400余万元。

在推动社会经济发展的同时,民营企业还积极助力职工家庭圆梦小康。

对此,与河牛公司并肩成长的张建深有感触。1992年,当河牛公司董事长谭建强刚开始从事长江航运运输事业时,他就跟着一起干。“那时候长江上大多是个体户运输,没有航运公司的概念,现在买社保、拿退休金的事,放在那个时候想都不敢想，更想不到能在城里扎下根。”张建笑着说。

张建介绍，那时农村出来的年轻人，大多会选择去广东等发达城市打工。但他庆幸自己没去，而是选择上船工作，他学习了轮机、驾驶方面的技能，从此有了一技之长。后来河牛公司成立了，他也慢慢从水上走向陆地，承担起公司副总经理的职责。“是这个行业赋予我们生活的改变，让我们实现了小康。”他感叹。

来自东江公司的付振华也有同感。“在游轮上工作了近20年，这里就像第二个家一样，不管好与坏，都想与公司共渡难关、共同成长。”从最基层的客房服务员，到“美维凯娜”号游轮的客运经理，他说，这个平台就像一个大熔炉，可以激发人的无限潜能。

“我是一个从湖北宜昌来的外地人，没有背景、没有外援，却在这里收获了爱情，组成了幸福的四口之家。我们凭借自己的双手，得到了现在的幸福生活，是东江公司给了我们这样的机会，我们很满足，也很珍惜。”付振华真诚地对记者说。

小康梦、富强梦、家国梦……随着一个个小梦想的实现，中国梦的实现也有了更加坚实的基础。

（全媒记者　周佳玲）

（《中国水运报》，2020年9月23日第1版）

小灯塔照亮“致富路”

距离海南文昌清澜港约8.9公里的曲客港,是文昌东郊镇良梅村的出海港。这个长约300米,宽约150米由珊瑚礁组成的泻湖里,常年停靠着40多艘良梅村村民用以出海捕鱼的大小各异的渔船。

2020年9月25日傍晚,天刚黑,在港口小型灯塔的指引下,渔民陈颖侨就驾船出海了。天擦亮时,渔船返港,陈颖侨便将新鲜的渔获拉到早市上去卖。自2017年底曲客港灯塔落成后,良梅村渔民夜间出海作业也就成了惯例,工作时间拉长了,捕捞时间也以白天为主改成晚上为主,渔获更多,收入明显增加了。

“红手印”按下小型灯塔建设快进键

“这座小型灯塔可是我们村的宝贝,有了它,从前那样靠感觉、凭经验、摸灯泡出海的日子可以说是一去不复返了!”陈颖侨激动地对记者说。

曲客港港内水深在2至4米之间,进出港航道约115米,左右侧为珊瑚礁,东侧有礁石,涨潮时被海水淹没。夜间或者能见度不好的时候,进出港船舶容易走偏,搁上礁石,人和船都容易出危险。以前,也总有村民在进出港途中发生触礁事故,所以大伙都不敢晚上出海,只能白天出海作业,返港基本都是下午或晚上。

陈颖侨告诉记者,海洋捕鱼最好的时机其实是晚上,因为鱼有趋光性,会追着船头的灯光跑,网一撒或多或少都能捕上一些。以前,白天出海既收获不多,而且到下午卖的价钱也远远比不上早市。

为了能在晚上出海,陈颖侨就和其他村民在礁石上竖起5米长的竹竿挂上灯泡,给夜里进出港的渔船指引方向。后来,村委会牵头向上级提出设置航标的申请,陈颖侨第一个在村委会的申请书上按下了自己的红手印,接着四十多个红手印就都按在了这份沉甸甸的申请书上。

“红手印按下了灯塔建设的快进键,我们不能让村民们等太久。”时任南海航海保障中心海口航标处清澜航标管理站站长的吴若琦回忆道:“我们在了解到良梅村的迫切需求之后，几乎是一刻未停，立即启动了灯塔建设相关前期工作，很快就组织了技术人员赴现场进行设标勘察。”

当地村民得知这个消息后，非常关注和支持，纷纷开动自家渔船载着技术人员出海测量航标设置位置环境、勘察港池及周边礁石情况。

吴若琦介绍，当时曲客港的灯塔建设也遇到不少困难。首先，适合建设灯塔的岸礁周围水位很浅，稍微大一点的船舶到不了跟前，给钢筋、水泥等建筑材料的运输造成一定的麻烦。其次，海域风大浪急，给施工带来巨大挑战。

“灯亮了心就安了，日子也越来越红火了！”

“当看到老百姓那一双双渴望的眼睛，我非常感动，下定决心一定要想办法把灯塔尽早建设完成。”吴若琦对记者说。

水浅怎么办？那就用小船。

施工方经过多次研讨之后，决定根据曲客海域的水深情况，组装适当大小的小驳船运输建筑材料，解决了材料“进不去”的问题。

风浪大怎么办？那就“躲”。

吴若琦说，大自然的力量人类无法抗衡，但是可以根据规律巧妙利用。为了保证高质量高效率施工，他们为施工方提供了每日曲客海域潮汐变化表，分析出落潮时间段，然后抢着那段时间进行施工。

2017 年 12 月 28 日，曲客港小型灯塔正式投入使用，配置了性能稳定的国产 LED 灯器，并安装了遥测遥控系统，灯塔夜间闪烁白色灯光，最远射程能达到 12 海里。虽然只是 1 座灯塔，但其辐射范围已经远远满足需求。

“现在不光是本港渔船，周边临近曲客港的小港渔船也是通过它来导航进出港的，不管是雨天、雾天，还是晚上，只要看到这个白光，心里就有底了。”陈颖侨说。

灯亮起来以后，曲客港的中型灯光捕捞船会根据渔讯情况增加夜间出海作业，捕捞的渔获也多了，收入增加明显。

陈颖侨得意地说，他驾驶一艘 40 匹马力的小渔船，一晚上最少能获 100 多斤鱼，按照现在市面上 8 块钱一斤，差不多能挣 800 多块钱。一年下来，比原来增收两到三万块钱。

良梅村的渔民大多像陈颖侨一样，傍晚出港，凌晨返回。有些渔民的 120 匹马力大船，一晚上能捕 600 多斤鱼，把捕捞来的新鲜渔获拉到早市上去能卖

5000 多块钱。相比原来,每年增收五到六万块钱。这对于他们家庭来说是一笔可观的收入,也成了近些年良梅村村民们增收致富的主要渠道之一。因此,良梅村的日子越来越红火了。

陈颖侨还在灯塔基座上刻下了建设和投入使用的日期,把建设灯塔、守护灯塔的故事写下来讲给孩子们听,让这颗爱护灯塔的种子也能在孩子们的心间生根发芽、枝繁叶茂。

灯亮心安,是良梅村村民们的心声。自曲客港小型灯塔投入使用到现在的两年多时间里,再未发生过渔船出海触礁事故。

吴若琦对记者说,让村民们进出港安全,就是我们航标管理部门的初心使命。

点亮一盏灯,畅通“微循环”

记者从海口航标处了解到,点亮航标灯,让渔民、岛际村民走上“平安路”“致富路”,保障好陆岛交通运输的安全,是交通运输部南海航海保障中心近年来大力推进的“点灯扶贫”工程,该工程旨在加强水上交通安全基础设施建设,畅通群众水上出行的“微循环”。

同时,海口航标处立足海南自由贸易港建设和岛际交通、陆岛运输的特殊实际,充分发挥环海南岛一体化航海保障服务的专业优势,切实保障琼州海峡等海上交通运输“大动脉”的畅通,并有针对性地推进沿海航标设施建设,尤其是中小海轮航线的航标建设补点工程。

“鞋子磨破了,但心里踏实了。”海口航标处工作人员介绍,为了能让航标灯照亮每一个渔村、每一个渔港,他们走遍了海南环岛散落的小渔村、小渔港,开展助航需求摸查,着力解决渔村、渔港、岛际村民和贫困地区水上安全出行问题。

据统计,五年来,海口航标处在文昌、琼海、洋浦、八所等海南环岛市县沿海中小型港口、水道建设小型灯塔 79 座,布设浮标 19 座,不但满足了群众安全出行的助航需求,还激活了当地涉海旅游景区的服务项目。

清澜航标站站长卓上堂告诉记者,目前,仅清澜航标站辖区就建设了 5 座灯塔,20 座灯桩,覆盖多个诸如良梅村这样的小渔村、小渔港,群众对此大加赞许,劳动致富情绪也随之高涨。

如今,矗立在港口口门的一座座灯塔,不仅为渔民、村民的水上出行和出海作业安全筑起了一道安全防线，还成为当地海洋风情旅游的一张靓丽名片，照亮了村民渔民们奔向小康生活的“平安路”“致富路”。

（全媒记者　杨宝）

（《中国水运报》，2020 年 9 月 28 日第 2 版）

5 位铁路人的扶贫故事

2020 年是决战脱贫攻坚的关键之年,在这场波澜壮阔的脱贫攻坚战中,铁路人充分发挥行业优势和特点,为打赢脱贫攻坚战贡献着自己的力量。11 月 18 日,在国新办新闻发布会上,5 位来自中国国家铁路集团有限公司的扶贫一线干部和典型代表讲述了扶贫故事。

新建铁路覆盖 274 个国家级贫困县

党的十八大以来,14 个集中连片特困等老少边贫地区累计完成铁路基建投资 3.3 万亿元,占铁路基建投资的 78%;投产新线 3.6 万公里,占全国投产新线的 83%。这些新投产的铁路覆盖了 274 个国家级贫困县,其中 100 多个国家级贫困县结束了不通铁路的历史。

据云桂铁路广西公司贵南高铁建设指挥部指挥长周军伟介绍,他参与建设的贵南高铁穿越毛南族、瑶族、布依族、水族等 30 多个少数民族聚居区,是国家“十三五”交通扶贫 16 个重点铁路项目之一,也是国铁集团铁路建设扶贫滇桂黔石漠化区精准扶贫项目。

“贵南高铁位于典型的喀斯特艰险山区,修建难度极大,我们在全力有序推进项目进度的同时,也千方百计为沿线乡亲们增收。”周军伟表示,铁路部门在提升道路承载能力和互通能力的同时,还通过筛选、改造工程弃土,把洼地变成利于种植的良田沃土。

周军伟表示,贵南高铁是广西首条 350 公里时速的高铁,预计将在 2023 年年底开通,届时南宁到贵阳的通行时间将缩短至两个多小时,沿线的革命老区以及少数民族聚集区将步入高铁时代。

“慢火车”每年运送贫困群众超 2200 万人次

在客运方面,铁路部门持续开好途经 21 个省区和 35 个少数民族地区的 81 对公益性“慢火车”,每年运送沿线赶集、务工、求学的贫困群众超 2200 万人次。同时,充分挖掘贫困地区旅游资源,有效带动沿线旅游、商贸、餐饮等产业发展。

阿西阿呷是中国铁路成都局集团有限公司成都客运段列车长，负责成昆铁路5633次“慢火车”。据她介绍，这趟“慢火车”自1970年成昆铁路开通时就开始运营，全程运行353公里，沿线是我国最大的彝族聚居区，因为沿线一些小站交通不便，这趟车是当地老乡与外界沟通唯一的方式，20多年来票价不变，最低2元。

“彝族老乡亲切地称我们这趟火车是‘赶集车’‘致富车’‘求学车’。为了方便他们联系我，我的手机号18年没有变过，里面存着很多彝族乡亲的号码，接到老乡的求助电话，我会尽全力为他们解决难题。”阿西阿呷说。

此外，国铁集团派驻河南省洛阳市栾川县的副县长周胜展指出，栾川县过去是秦巴山区重度贫困县，国铁集团自2012年结对帮扶栾川，栾川县的贫困发生率由2013年的12.34%降至2019年的0.306%。“2018年，国铁集团打造了河南省首个铁路小镇。”周胜展表示，铁路小镇的建成让不通火车的栾川变成了网红打卡地，如今，老百姓的腰包鼓起来了。

产业扶贫精准实施项目684个

铁路部门精准实施产业扶贫项目，帮助贫困地区打造特色产业、提升品牌价值、推动集约化发展，自2013年起至2020年，累计在定点扶贫4县区实施精准扶贫项目684个，惠及贫困人口20余万。

中国铁路武汉局集团有限公司派驻湖北长阳土家族自治县青岗坪村第一书记郭兵表示，通过持续不断地定点帮扶，青岗坪村的基础设施不断完善，产业发展初具规模，经济收入稳步增长，好走的路多了，盖新房的多了，脱贫的贫困户也开上了小汽车。

中国铁路兰州局集团有限公司派驻宁夏固原市原州区姚磨村工作队队员晁宁回忆起自己的扶贫故事：“通过定点扶贫，国铁集团给贫困村援建了智能温室、养牛园区、养鸡场等，解决了老百姓发展产业缺设施的问题，老百姓不用出远门在家门口就能挣到钱。”

（光明日报记者　訾谦　光明日报通讯员　郭子暄）

（《光明日报》，2020年11月19日第10版）

脱贫攻坚的邮政力量

2020年10月17日是第7个“国家扶贫日”,同时也是第28个国际消除贫困日。今年脱贫攻坚任务完成后,中国将有1亿左右贫困人口实现脱贫,提前10年实现联合国2030年可持续发展议程的减贫目标。这一“最成功的脱贫故事”,不仅将创造人类减贫史上的中国奇迹,也将为人类减贫进程贡献更多中国方案和中国力量。在脱贫攻坚的宏大事业中,中国邮政发挥“国家队”“主力军”作用,笃定前行、砥砺奋进,真扶贫、扶真贫,各地邮政人拿出了决战决胜的精气神,勇于担当,执着奉献,特别是基层邮政扶贫干部扮演着贴心人、实干者等多重角色,为打赢脱贫攻坚战贡献了邮政力量,其间涌现出一批邮政助力脱贫攻坚的典型事迹和先进人物。今天,我们就走近4位邮政扶贫干部,一起来听听他们的扶贫故事。

扶贫路上　向猛很“猛”

“你们不过就是来体验生活的,真要拔掉我们村的‘穷根子’,恐怕不是你们想的那么容易!”伴随着这句话的,还有村民们一脸不以为然的神情。“那今天咱就把话搁这儿! 夜力坪村不脱贫,我绝不放手!”急得脸红脖子粗的向猛,噌地一下站了起来。

两年前,重庆市丰都县邮政分公司选派的扶贫干部向猛和丰都县三建乡夜力坪村的村民们刚一见面,就是这样一幅剑拔弩张的场面。

岂料两年后,“画风”大变——

“感谢邮政帮我们推广芦花鸡,为夜力坪村打开了农产品销售渠道,真是雪中送炭!”数日前,丰都县分公司收到一封来自三建乡人民政府的感谢信。信中的“送炭人”,就是向猛。

出发,访遍600多户村民

三建乡是重庆市18个深度贫困乡镇之一,属于国家级贫困乡,而夜力坪村又是三建乡贫困人口最多的村。2018年5月,丰都县分公司党总支选派向猛到夜力坪村驻点扶贫。谁知,刚一去就受到了“打击”。但村民们的质疑没有让向猛退缩,反倒让他有了大干一场的勇气。为深入了解夜力坪村的情况,两个月里,他白天翻山越岭、进村入户,跟村民们面对面交谈;晚上,忙于整理各种档案资料。通过与600多户村民交心谈心,向猛找到了夜力坪村贫困户的致贫原因和制约村里经济发展的主要因素,很快形成了工作规划。

夜力坪村600多户村民家里都留下了向猛(左二)的足迹(廖玲丽　摄)

正好,巧借邮政人的“身份”优势

没过多久,向猛就将想法付诸了行动。

芦花鸡是夜力坪村村民养殖的特色家禽,自然放养在海拔880米的松林里,天然健康,是城里人最喜欢的“土货”。刚开始,向猛在丰都县分公司的员工微信群里为芦花鸡做宣传。随后,丰都邮政召开了脱贫攻坚专题会,向猛在会上作了工作汇报,希望借企业之力,通过邮乐网平台帮助村民们脱贫致富。了解情况后,丰都县分公司第一时间前往夜力坪村进行实地考察,成立专项工作小组,细化帮扶措施,于2019年8月17日与源源食品有限公司旗下的“源小幺”麻辣鸡签订合作协议。消息传开后,村民们把向猛团团围住,激动地说:“感谢政府、感谢邮政帮我们把芦花鸡卖出去,多亏了你!”如今,“源小幺”每月从夜力坪村购买芦花鸡1000多只,带动村民增收10万元。

这下，村民们都舍不得他

两年，700 多个日夜，向猛全身心投入扶贫工作。在他内心深处，一直存有对父亲的一分愧疚。向猛的父亲今年已 92 岁高龄，多种病症让其生活难以自理，但向猛不能陪在父亲身边。“有时候确实感觉进退两难，但夜力坪村的贫困户又实在让我放心不下。没办法，只有咬牙坚持。”向猛说。

贫困户罗港军一家就深深牵动着向猛的心。几年前，在一次意外事故中，罗港军的腿受了伤，由于没有足够的医药费，他不敢做手术，病情越拖越重。为了解决罗港军的医药费，向猛在村里和“水滴筹”上帮他筹款，在当地政府的帮助下，共筹得 78747 元捐款，帮罗港军根治了疾病。

2019 年的国庆节，得知向猛要被选派到社坛镇平安村进行驻点帮扶时，夜力坪村的村民们不约而同地前来送别：“我们都舍不得你走！有时间常回来看看。”在向猛的身后，大家目送他走了很远很远。

2020 年是脱贫攻坚战收官之年，向猛一如既往地在扶贫道路上挥洒着汗水。他说：“总觉得能做一些对人民群众有益的事，我这一生就很有价值。”（本报记者　李平　通讯员　廖玲丽）

来了，就要干出个样子

到 2020 年 5 月，贵州省贵阳市邮政分公司龚羚曦两年的驻村帮扶期已满。但他至今仍念念不忘那片曾经战斗过的热土……

2018 年初，龚羚曦受贵州省分公司委派，到惠水县雅水镇摆亚村开展驻村帮扶工作，担任驻村“第一书记”。摆亚村有 355 户 1496 人，2014 年有建档立卡贫困户 77 户 258 人，贫困发生率高达 7.25%，属于国家一类贫困村。截至 2018 年底，摆亚村已累计脱贫 61 户 210 人，贫困发生率降至 2.6%，提前实现了整村脱贫摘帽。在此基础上，2019 年该村又圆满完成了剩余 16 户 48 名贫困户的减贫清零目标。

从贵阳到摆亚，需要大巴倒小巴，高速转土路，单程就要三四个小时。刚上任时，龚羚曦虽然心里已有准备，但村里的贫困程度还是深深触动了他：破木板房敞风漏雨，屋内昏暗空荡，“家具”只有土砖砌成的床……“既然来了，就要干出个样子！”就这样，龚羚曦在摆亚村扎下了根。

摆亚村大牛场组 78 岁的班乔保中年丧偶，儿子儿媳都是残障人士。龚羚曦在走访中了解到老人的情况后，积极向当地政府反映，帮助老人争取到危房改造补助。老人热泪盈眶地说："谢谢邮政为我们送来了这样的好干部！"背着背包，揣着纸笔，埋头走在乡间小道上，给贫困户送衣送药、修葺房屋、谈心解忧……两年来，龚羚曦从一个城里来的陌生人变成了摆亚村村民最熟悉的身影。

龚羚曦（左二）到田间地头了解贫困户情况（崔建强　摄）

刚到摆亚村时，村里基本没有产业支撑。县、镇两级虽然引进了不少产业项目，但由于缺乏项目运作的基础设施，加之村里自然条件相对落后，没有一个项目能真正落地。为解决这个问题，龚羚曦向贵州邮政寻求帮助，争取到30万元为摆亚村建起了2000平方米的现代化连体钢架育苗大棚，使花卉苗木种植基地项目成功落地，帮助十几名村民就近务工。为了让种植基地持续为村民增收，2019年，贵州邮政又出资30万元为村里修建了蓄水池。"我们已经和贵州国林景观工程有限公司达成合作，将这片荒山发展成花卉苗木种植园，靠着它，村里的贫困户就又多了一份稳定收入。还有水库，邮政投放了6.5万尾鱼苗，波光粼粼的水下可是村里的'聚宝盆'。"龚羚曦比画着，充满激情地说，"这些项目发展起来，可以进一步开发农产品深加工和农业休闲旅游，乡亲们的好日子就更有盼头了。"

驻村以来，龚羚曦积极帮助村民专业合作社和致富带头人发展产业，联系邮储银行惠水县支行为6户村民解决了48万元的融资难题。“这些年，贵州邮政帮我们修路、建大棚，在水库投放鱼苗，为贫困户捐款捐物、修缮房屋，作了很多贡献。”摆亚村村支书曾超说：“摆亚村能有这么大的变化，真要感谢龚羚曦，感谢贵州邮政。”在邮政扶贫工作的推动下，摆亚村幸福温馨的康庄大道越走越宽广。（魏荣耀）

群众利益无小事

刘玉鹏（右）深入贫困户家中调研摸底

“‘决胜全面小康，决战脱贫攻坚’是我们每一位驻村帮扶队队员为之奋战的根本目标和坚定信念。”眼前这位身材瘦小的小伙子叫刘玉鹏，2019年，他主动报名并通过组织考察，被甘肃省邮政分公司派驻到庆阳市宁县盘克镇武洛村开展帮扶工作。

“任何事情都没有一帆风顺的，尤其是扶贫工作，困难和问题有时候超出了我的想象。但是每次为群众办成一件事，哪怕是很小的一件事，我都像吃了蜜一样甜。扶贫工作十分考验一个人的能力和魄力，但这份经历使我收获满满，感到非常光荣和自豪。”谈起扶贫工作的感受，一向话不多的刘玉鹏感觉有很多精彩的扶贫故事要一吐为快。

贫困户赵会禧让刘玉鹏印象非常深刻，也是最让他牵挂的人。赵会禧为一类低保户，二级肢体残疾，妻子汪改梅有精神问题，女儿在村里上小学，全家没有劳动力，一家人挤在一间土坯杂物间里生活。虽然刘玉鹏自小也在农村长大，但是眼前这一家的情况还是让他大吃一惊，心里说不出的难受。“一定要尽我所能帮助他们。”刘玉鹏下定决心。回到村委会后，他做的第一件事不是解决奔波了一天后咕咕乱叫的肚皮，而是找到村“第一书记”说明赵会禧家的情况，并提出解决方案。经过一番奔波和协调，刘玉鹏终于为赵会禧争取到实施人居环境提升改造的项目。拆除了脏乱的土坯房，盖上了新砖房，赵会禧一家的居住环境焕然一新。

在进一步对接中，刘玉鹏了解到汪改梅没有户口，很多扶贫政策无法享受，他看在眼里急在心里。“这关系到一家人的生存问题，必须尽快解决。”刘玉鹏多方收集材料，多次向相关部门说明原因，终于在2020年4月为汪改梅办理了补入遗漏人口手续，并纳入一类低保保障，政府为其代缴了养老保险和合作医疗保险。此外，刘玉鹏还利用宁县残联在盘克镇集中办理残疾人认证的机会，帮助汪改梅做了残疾人认定，享受到“残疾人两项补贴”。老实巴交的赵会禧一个劲儿地说：“小刘真是帮了我家的大忙。我女儿的寄宿生活补助也是他给争取到的，他懂政策，热心肠，是个好干部。”

平时，村民经常让村干部出面调解田地界划分、房屋门前占地、邻里矛盾等纠纷。刘玉鹏说：“看着都是些小问题小矛盾，但是作为扶贫干部，必须时刻谨记‘群众利益无小事’，小事情办不好就会失去群众的信任。”（本报记者　汪慧丰　文/图）

宋洛民（右）和陶岭社区村民亲如一家

不忘初心走稳扶贫路

宋洛民给人的感觉很淳朴，他说话时语速很快，走路速度也快，皮肤晒得黝黑，手掌满是老茧，陕西省洛南县陶岭社区的百姓都亲切地叫他一声“宋书记”。宋洛民是邮储银行陕西省商洛市洛南县支行行长，也是驻陶岭社区的扶贫“第一书记”。自2016年4月接受组织重托，扎根陶岭社区开展帮扶工作以来，至今已有4年多。这几年于他而言，是默默付出的时光；对当地百姓而言，是收获幸福的时光。

刚到陶岭时，受委屈、遭冷眼成了宋洛民的工作常态。召集开会，叫不到几个人；到贫困户家家访，人家嫌耽误时间；和老百姓没说两句，人家说“你们来肯定是三天打鱼两天晒网，能扶啥？”这样的质疑不止一次落在宋洛民身上，但越是这样，他就越是鼓足了干劲儿想改变村民的看法，改变村子贫穷的现状。

“你走吧，你是国家干部，不知道我们基层老百姓的苦，多少年都解决不了的事，你一个小小的扶贫干部就能解决？”这是2016年，宋洛民到黄塬组72岁老党员黄民娃家，吃的第一次闭门羹。第二次，老人依旧不想和他谈。老人祖孙三代居住在一起，一家8口生活困难。宋洛民了解情况后，逢年过节就自掏腰包慰问老人。在宋洛民的多方协调下，给黄民娃一家解决了A类低保待遇。驻村工作队还为他一家解决了10亩油葵种植的地膜、化肥和种子，帮助其发展产业，使黄民娃一家经济情况明显好转。

红旗组58岁的麻会玲独自抚养一儿一女，自己还做了动脉瘤手术，宋洛民上门看望，并就近联系工业园区解决其就业困难；陶岭组71岁的苏引娥患有智障，宋洛民带着苏引娥到县民政局、残联、精神病院，办理了残疾证申请手续；石坡的女孩刘雨晴错过了高考志愿填报期，宋洛民费尽周折，在陕西省邮政分公司扶贫办的协助下，终于让刘雨晴顺利补录石家庄邮电职业技术学院。类似这样的事，老百姓还能讲出一箩筐。渐渐地，宋洛民走进了老百姓的心中，不管在哪儿见到他，老百姓总要拉他到家里坐坐，喝口热水，有时还把地里刚长好的玉米、葵花籽、青椒带到他的办公室。

在驻村扶贫的日子里，宋洛民目睹着贫困户的窘迫，聆听着他们的诉说，深切感受着那份渴望脱贫的盼望。他充分发挥行业优势，向贫困群众发放扶贫贷款125万元，扶持了一批养牛、养猪、养鸡大户和朝天椒、油葵种植户。截至目前，陶岭社区的83户贫困户已经实现脱贫摘帽，宋洛民也已告别陶岭，回到他原本的岗位。他常说:“我很高兴看到陶岭社区村民走上了发展产业实现脱贫的道路,这条路是我与贫困户的友谊之路,更是通往党和人民所希望的小康之路。”(马瑞　文/图)

(《中国邮政报》,2020 年 10 月 20 日第 4 版)

本书编写组

刘鹏飞　孙文剑　李占川　马国栋

臧　青　方建敏　梁译尹　孙丹妮